블루 아워

THE BLUE HOUR
by Paula Hawkins

Copyright ⓒ Paula Hawkins Ltd., 2024
All rights reserved.

Korean Translation Copyright ⓒ MUNHAKDONGNE Publishing Corp., 2025
Korean translation rights arranged with David Higham Associates Limited,
through EYA Co.,Ltd.

이 책의 한국어판 저작권은 EYA Co.,Ltd를 통해
David Higham Associates Limited사와 독점 계약한 (주)문학동네에 있습니다.
저작권법에 의해 한국 내에서 보호를 받는 저작물이므로
무단 전재 및 무단 복제를 금합니다.

THE
블루 아워
BLUE

PAULA HAWKINS
폴라 호킨스 장편소설
이은선 옮김

HOUR

문학동네

일러두기
1. 주석은 모두 옮긴이주다.
2. 본문 중 고딕체와 볼드체는 원서에서 이탤릭체나 대문자로 강조한 부분이다.

엄마와 아빠께, 사랑을 담아서

그러니 죽음이 결코 지배하지 못하리라.
죽어서 벌거숭이가 된 이들 모두
바람과 서쪽 달에 사는 이와 하나되리라.
뼈가 말끔히 뜯기고 그 말끔한 뼈마저 사라지면,
팔꿈치와 발에 별들이 붙으리라.
하여 미칠지라도 모두 온전할 것이며,
바다에 가라앉더라도 다시 솟구치고,
연인을 잃어도 사랑은 잃지 않으리라.
그러니 죽음이 결코 지배하지 못하리라.

딜런 토머스

인생은 짧고 예술은 길다.

히포크라테스

밝은 달이 가까이서 나를 깨웠다. 달이 어두컴컴한 햇빛 같은 묘한 빛으로 바다를 비춰 마치 인화된 네거티브필름을 보는 느낌이었다. 다시 잠이 오지 않았다. 몇 주째 일이 손에 잡히지 않던 터라 바닷가로 내려갔다. 나는 맨발이었고 서늘한 모래가 발바닥에 닿자 달리고 싶어졌다.

바람이 불었다. 묘하게 따뜻한 바람에 모래가 일렁였고, 지나가는 구름이 달을 가려 생긴 그림자가 나를 쫓아왔다. 그레이스가 가르쳐준 노래가 계속 생각났다. 늑대들이 묻은 지 얼마 안 된 시신을 무덤에서 파내 그 가엾은 유골을 흙 위에 흩뿌린다는 노래였다.

요즘 들어 내가 조금 야만스러워진 것 같다.

달리고 달리다 발이 물에 잠기자 몸을 돌려 섬과 집과 불이 켜진 내 방 창문을 돌아봤는데, 뭔가가 움직이는 게 보였다. 아마도 커튼이었겠지만 온몸이 오싹해졌다. 나는 지켜보고 기다리며 그가 다시 나타나길 간절히 바랐지만, 아무것도 보이지 않았다. 아무것도 그리고 아무도 보이지 않고 갑자기 물살만 내 종아리와 무릎을 때렸다.

이제 더는 모래가 일렁이지 않고, 모든 게 물속에 잠겨 모래도 아예 보이지 않고, 돌아갈 길은 멀었다. 최대한 빠른 속도로 물살을 헤치며 걸어보려 했지만 맞바람이 불면서 마치 강물처럼 바다가 밀려들었다. 나는 계속 휘청이다 무릎을 꿇으며 넘어졌다. 너무 추워서 따귀를, 그것도 계속해서 얻어맞는 느낌이었다.

그런 공포는 느껴본 적이 없는 것 같다.

계단으로 돌아왔을 무렵에는 기진맥진해서 거의 움직일 수도 없었다. 거기 누워 있는데 온몸이 어찌나 떨리는지 마치 경련이라도 일어난 것 같았다. 나는 간신히 몸을 일으켜 집으로 올라왔다. 샤워하고 옷을 입고 작업실로 올라가 그림을 그리기 시작했다.

분할 Ⅱ(2005년경)

버네사 채프먼

도자기, 옻, 금박, 금색 필라멘트,
우제류*의 흉곽, 나무, 유리

페어번 재단에서 대여

　채프먼이 사금파리와 파운드 오브젝트를 한데 결합해 만든 단 일곱 점의 작품 중 하나인 〈분할 Ⅱ〉는 언뜻 보면 단순한 공간 장치로 착각하기 쉽다. 서로 긴밀하게 배치한 일단의 오브제를 철사에 매달아 유리 케이스 안에 넣었을 뿐이라고 말이다.

　이 오브제들을 이런 식으로 배치함으로써 채프먼은 포용과 배제, 우리가 무엇을 감추고 무엇을 드러내는지, 어느 부분에서는 관대하고 어느 부분에서는 옹졸한지, 무엇을 만들고 무엇을 두고 떠나는지에 대해 생각해보게 한다.

---

* 소, 사슴, 돼지, 양 등 발굽 수가 짝수인 포유류.

보낸 사람: bjefferies@gmail.com
받는 사람: info@tatemodern.co.uk
제목: 채프먼—조각과 자연 전시

관계자분께

저는 이번 주말 테이트모던에서 아주 즐거운 시간을 보낸 관람객입니다. '조각과 자연' 전시에 특히 인상적인 작품이 많더군요. 하지만 버네사 채프먼의 2005년작 〈분할 Ⅱ〉의 설명에서 오류를 발견했습니다. 소재 중에 우제류의 흉곽이라는 것이 있던데, 오랜 경력을 가진 법의인류학자로서 단언컨대 그 작품에 쓰인 흉곽은 우제류가 아니라 사실 인간의 것입니다.

아무래도 채프먼 씨가 착각하신 게 아닐까요. 비전문가의 눈에는 사슴의 흉곽이 인간의 흉곽과 아주 흡사해 보일 테니까요.

알아두셔야 할 것 같아서 말씀드립니다.

벤저민 제퍼리스 드림

1

정신이 번쩍 들도록 춥고 눈부신 10월의 아침, 제임스 베커는 인도교 난간에 엉덩이를 걸치고 서서 담배를 말고 있다. 그의 뒤편에서 천천히 흐르는 시커먼 시냇물은 수면이 거의 얼어서 붉은빛이 도는 주황색 돌 위로 당밀처럼 스멀스멀 움직인다. 그가 사는 사냥터 관리인 관사에서 일터인 페어번 하우스까지 꼬박 12분이 걸리는 출퇴근길의 중간 지점이 여기다. 잠깐 멈춰서 담배를 피우면 15분이 걸린다.

그는 외투 옷깃을 세우고 어깨 너머를 얼른 흘끗거린다. 모르는 사람 눈에는 주변을 몰래 살피는 것처럼 보일지 모르겠지만 사실 그는 그럴 필요가 없다. 뜻밖이라 느껴질 수도 있겠지만 그는 여기 직원이다. 심지어 그조차도 거의 믿기지 않을 만큼 놀라운 사실이다. 슈퍼마켓 계산원의 혼외자로 태어나 공립학교를 졸업하고 싸구려 양복을 입고 다니는 그가 여기 이 페어번에서 명문가 출신들과 함께 살며 일하고 있다니. 그는 어울리지 않는 인물이다. 하지만 끈질긴 노력과 뜻밖의 행운과 사소한 배신을 통해 어찌어찌 이 자리까지 왔다.

그는 담배에 불을 붙이고 어깨 너머를 다시 한번 확인한다. 주방 창문에서 흘러나온 따뜻한 불빛이 너도밤나무 산울타리를 금빛으로 물들이고 있는 관사를 돌아본다. 그를 지켜보는 사람은 아무도 없고—헬레나는 다리 사이에 베개를 끼운 채 아직 자고 있을 것이다—그가 담배를 끊기로 한 약속을 어겼다는 사실을 알게 될 사람은 아무도 없을 것이다. 그래도 줄이긴 줄였고—하루에 고작 세 대로—물이 꽁꽁 얼 때쯤이면 완전히 끊지 않을까 싶다.

그는 난간에 기댄 채 담배를 깊게 한 모금 빨아들이며 봉우리에 벌써 눈가루가 쌓인 북쪽의 언덕들을 올려다본다. 여기와 거기 사이 어딘가에서 사이렌이 울린다. 베커는 구급차 아니면 경찰차가 파란 불빛을 깜빡이며 도로를 지나가는 것을 언뜻 본 것도 같다는 생각을 한다. 니코틴이 들어가자 맥박이 빨라지고 머리가 빙글빙글 돈다. 뱃속에서 희미하지만 부인할 수 없는 공포의 꿈틀거림이 느껴진다. 그는 그러면 피해를 줄일 수 있기라도 한 것처럼 담배를 후딱 피우고 꽁초를 난간 너머 시냇물 속으로 던진다. 다리를 건너 서리가 내린 잔디밭을 으드득으드득 밟으며 페어번 하우스로 향한다.

사무실 문을 열자 유선전화가 울리고 있다.

"여보세요?" 베커는 어깨와 턱 사이에 수화기를 끼우고 컴퓨터를 켠 뒤 그대로 몸을 돌리고 손을 뻗어 사이드테이블에 놓인 커피메이커 스위치를 켠다.

잠시 정적이 흐른 뒤 분명하고 딱 부러지는 말소리가 들린다. "안녕하세요. 제임스 베커 씨입니까?"

"네, 그런데요." 베커는 패스워드를 입력하고 외투를 벗는다.

"아, 맞군요." 다시 정적. "저는 테이트모던의 굿윈이라고 합니다."

수화기가 어깨에서 미끄러지자 베커는 잡아서 다시 귀에 갖다 댄다. "죄송합니다. 누구시라고요?"

수화기 저편의 남자가 소리 내서 숨을 토한다. "윌 굿윈이요." 모음을 강조하는 상류층 특유의 억양이 정확한 발음 때문에 더 도드라지게 느껴진다. "런던의 테이트모던 직원입니다. 저희가 페어번에서 대여한 작품에 문제가 생겨서 연락드렸어요."

베커는 수화기를 움켜쥐며 차렷 자세로 일어난다. "으, 안 돼, 설마 파손된 건 아니죠?"

"아닙니다, 베커 씨." 굿윈의 어조에 애써 참는 기색이 역력하다. "페어본에서 대여한 세 작품 모두 완벽하게 관리하고 있습니다. 그런데 그중에서 〈분할 Ⅱ〉를 전시에서 빼야 할 이유가 생겨서요."

베커는 미간을 찌푸리며 자리에 앉는다. "그게 무슨 말씀이죠?"

"지난 주말에 우리 미술관을 방문한 아주 저명한 법의인류학자가 보낸 이메일에 따르면 〈분할 Ⅱ〉에 인간의 유골이 쓰였다는군요."

베커의 폭소는 끝없이 깊은 침묵에 맞닥뜨린다. "미안합니다." 베커는 계속 쿡쿡거리며 말한다. "하지만 그건 그냥—"

"네, 당연히 사과를 하셔야죠!" 굿윈은 잡아먹을 듯한 투다. "유감스럽게도 나는 재밌지가 않거든요. 그쪽의 무능한 큐레이션 덕분에 관장으로서 내 첫 전시회이자 코로나 이후 우리 미술관의 첫 전시회에 인간의 유골을 전시하게 됐으니 말이죠. 이게 우리 미술관에 얼마나 엄청난 악영향을 미칠지 모르겠어요? 이런 사건이 벌어지면 사람들이 관람을 취소한단 말입니다."

마침내 통화가 끝나자 베커는 눈앞의 컴퓨터 화면을 멍하니 바라보며 굿윈이 보낸다는 이메일을 기다린다. 그의 항의—이런 것도 항의라 할 수 있을지 모르겠지만—는 누가 들어도 말이 안 된다. 장난 아닐까? 아니면 진짜로 착각한 걸까?

받은 편지함 맨 위에 메일이 뜨자 베커는 클릭한다. 메일을 두 번 읽고 보낸 사람을 인터넷에서 검색해본 뒤(영국에서 손꼽히는 대학의 명망 있는 학자라 장난일 가능성은 거의 없다) 페어번의 소장품 관리 프로그램인 아트프로를 클릭해 문제의 작품을 찾는다. 여기 있다. 〈분할 II〉, 2005년경, 버네사 채프먼. 베커가 직접 촬영한 컬러사진이 목록에 첨부돼 있다. 도자기와 나무와 뼈가 채프먼이 직접 제작한 유리 케이스 안에 필라멘트로 동그랗게 매달려 있다. 도자기와 뼈는 일란성쌍둥이다. 가운데에 금이 가고 옻칠과 금박으로 한데 접합한, 새하얗고 금방이라도 부서질 것 같은 방추형.

그 작품을 맨 처음 봤을 때 그는 잘못 발송된 줄 알았다. 조소라고? 버네사 채프먼은 조소작가가 아니라 화가이자 도예가였다. 하지만 아름다우면서 이상하고, 미묘한 수수께끼이자 완벽한 퍼즐이 그를 맞이했다. 소개글은 없었고 채프먼이 그 껍데기, 그러니까 다른 구성품을 담은 유리 케이스를 만들기가 얼마나 어려웠는지 공책에 아주 간단하게 적어놓은 메모만 있었다. 그러니 틀림없이 그녀의 작품이었고 이제는 그의 것이었다. 연구하고 목록에 넣고 설명하고 전시하고 세상에 소개할 그의 것. 그 작품은 페어번 하우스에 잠깐 전시됐다가 베를린과 파리 그리고 가장 최근에는 런던의 미술관에 대여되어 수천 명—아니, 수만 명!—의 관람객을 만났다.

그런데 인간의 유골이라니. 어처구니없는 소리다. 베커는 의자를 뒤로 밀며 일어나 창문 쪽으로 고개를 돌린다.

그의 사무실은 페어번 하우스에서 동쪽 뜰이 내다보이는 일반 관람 구역에 있다. 당구대처럼 산뜻한 초록색 잔디밭 중앙에 헵워스의 청동 조각이 서 있다. 둥그스름한 곡선은 아침 햇살을 받아 반들거리고 정중앙에 뚫린 구멍의 비스듬하고 볼록한 벽은 초록색으로 희미하게 빛난다. 그 타원형 공간 너머로 귀에 휴대폰을 대고 잔디밭을 성큼성큼 가로지르는 서배스천이 보인다.

서배스천 레녹스는 페어번의 후계자다. 그의 어머니가 뒷전으로 물러나면 이 건물, 베커가 살고 있는 관사, 안뜰, 헵워스의 작품과 그 너머의 땅이 서배스천의 소유가 될 것이다. 그는 재단 이사장이기도 하니 베커의 집주인인 동시에 상사인 셈이다.

(그리고 그의 친구이기도 하다. 그 사실을 잊지 말도록.)

베커는 조각품을 빙 돌아 걸어가며 지나치게 활짝 미소를 짓고 여기까지 들릴 만큼 큰 소리로 웃는 서배스천을 지켜본다. 베커가 살짝 몸을 돌리자 서배스천이 그 움직임을 포착한다. 실눈을 뜨며 한 손을 올려 경례하고 다섯 손가락을 활짝 벌려 숫자 5를 표시한다. 5분만 기다려달라는 거다. 베커는 창가에서 물러나 다시 책상 앞에 앉는다.

10분, 15분 뒤 복도에서 서배스천의 발소리가 들리더니 잠시 후 서배스천이 인간의 형상을 한 골든리트리버처럼 사무실 안으로 폴짝거리며 들어온다.

"방금 전에 내가 누구랑 통화했는지 말해줘도 못 믿을걸?" 그가 눈을 덮은 금발의 앞머리를 옆으로 쓸어넘기며 말한다.

"설마 윌 굿윈은 아니겠지."

"헉, 맞아!" 서배스천은 웃음을 터뜨리며 베커의 사무실 한쪽 구석에 놓인 안락의자에 털썩 앉는다. "전시회가 취소될까봐 안절부절못하던데. 너한테도 전화한 모양이네?"

베커는 고개를 끄덕인다. "전시에서 그 작품을 빼겠다던데." 그는 말한다. "근데 그건…… 그건 정말이지 과잉반응이라고—"

"과연 그럴까?"

베커는 양 손바닥을 활짝 펼쳐 보인다. "그럼! 과잉반응일 수밖에 없지. 지금까지 그 작품을 관람한 사람이 전문가를 비롯해서 몇 명인데. 인간의 유골이었다면 진작 알아차린 사람이 있었겠지."

서배스천은 입꼬리를 내리고 고개를 끄덕인다.

"지금 실망한 거야?" 베커는 믿기지가 않아 묻는다.

서배스천은 어깨를 으쓱한다. "베크, 너는 눈치채지 못했을지 모르지만 우리가 재개장한 이후로 대영제국의 국민이 열렬한 반응을 보이진 않은 터라…… 미스터리의 기미가 느껴지고 스캔들의 냄새가 살짝 풍기면……"

"스캔들? 와, 그거 솔깃한데." 두 남자가 고개를 돌려 보니 헬레나가 문 앞에 서 있다. 턱 아래부터 발목까지 덮는 검은색 캐시미어 골지 원피스가 보기 좋게 나온 배를 감싸고 있다. 밤색 머리칼 몇 가닥이 포니테일에서 삐져나왔고 광대뼈가 발갛게 물들었다. 그런 채로 살짝 숨을 몰아쉰다.

"헬스!" 서배스천은 벌떡 일어나 그녀를 끌어안고 양쪽 뺨에 가볍게 입을 맞춘다. "나의 빛. 걸어왔어? 들어와서 앉아!"

헬레나는 서배스천의 안내에 따라 방금 전까지 그가 앉아 있던 안락의자로 간다. "조금 걷고 싶었거든." 그녀는 말하고, 조금 놀란 눈빛으로 그녀를 빤히 쳐다보는 베커에게 미소를 짓는다. "바깥 날씨가 너무 좋아서 실은 드라이브를 하고 싶지만," 그녀는 한 손을 들어 가볍게 흔들며 베커의 반발을 사전에 차단한다. "나가자고 하질 못하겠네. 그러니까 들어보자, 스캔들이라니?"

그녀는 베커의 설명을 열심히 듣다가 결정적인 부분에 다다르자 말허리를 자른다. "하지만 그 작품은 베를린주립미술관에 전시됐었잖아. 파리시립현대미술관에서 열린 '21' 전시회에도 출품됐었고!"

베커는 고개를 끄덕인다. "내 말이 그 말이야."

"그래서…… 어떻게 할 거야?"

서배스천은 베커의 책상 가장자리에 걸터앉는다. "전혀 아무 생각 없음." 그는 말한다. "솔직히 이게 그렇게 난리법석을 떨 일인지도 잘 모르겠어. 그게 인간의 뼈라고 치자. 작가가 무덤을 파해쳤을 가능성은 없잖아, 안 그래? 그런데 그게 무슨 상관이야?"

베커는 볼 안쪽 살을 깨문다. "인간의 유골을 그냥 막 전시할 수는 없으니까."

"영국박물관은 유골 천지인걸!"

"뭐, 그렇긴 하지." 베커의 얼굴에 미소가 번진다. "하지만 이건 좀 다른 것 같은데."

서배스천은 그를 돌아보며 인상을 쓴다. "뭐, 굿원도 같은 생각이야. 노발대발하면서 그 작품을 사설 연구소에 보내 검사해보면 좋겠다고 하더군. 은밀하게 말이야—"

"그건 절대 안 되지!" 베커가 벌떡 일어나며 책상을 내려치자 초록색 고급 가죽 표면 위로 커피가 쏟아진다. 서배스천과 헬레나는 그가 휴지를 한줌 뽑아 엎질러진 커피를 미친듯이 닦는 것을 지켜본다. "뼈를 검사하려면 유리 케이스를 부숴야 하는데 그 케이스는 작품의 일부야. 작가가 직접 만든. 유리를 부수면……일단 보험 적용이 안 되고 그보다도 작품을 훼손하게 돼. 작품의 이력을 전혀 모르고 이 분야에 문외한인 그런…… 아무 연구소에 그 작품을 맡길 수는 없어."

"그래." 서배스천은 과장해서 어깨를 으쓱하며 말한다. "좋아. 그럼 어쩌자고?"

"먼저 다른 사람, 다른 전문가, 어쩌면 복수의 전문가에게 확인을 요청할 수 있지. 유리 너머로 그냥 한번 봐달라고. 그사이에 보험사에 연락해 상황을 설명하고 향후에 추가로……" 그는 검사라는 단어를 쓰고 싶지 않다. 그 필요성을 인정하고 싶지 않다. "조사가 필요할 수도 있다고 설명하는 거지."

"그사이에," 헬레나가 다리를 꼬았다 풀었다 하며 말한다. "당신이 그레이스 해스웰을 찾아가서 물어봐도 되고."

"아니." 베커는 흥분해서 두근대는 심장을 애써 달래며 말한다. "그건 안 돼. 당신 상태가 지금 이런데……"

"내가 불안정한 상태라는 거야?" 헬레나는 웃음을 터뜨린다. "안 되긴 뭐가 안 돼. 왜 그래, 베크. 에리스에 미치도록 다녀오고 싶어했으면서. 코로나 봉쇄 기간 내내 그 얘기밖에 안 했잖아. 지금이야말로 완벽한 기회야. 완벽한 핑곗거리라고."

"그럼," 베커는 조심스럽게 운을 뗀다. "일찌감치 출발해서 후딱 만나고 당일에 돌아오면……"

그가 서배스천을 흘끗 쳐다보자 서배스천이 어깨를 으쓱한다. "난 상관없어. 도움이 될 것 같으면 다녀와. 에리스섬의 사악한 마녀가 이 문제를 어떤 식으로 도와줄 수 있을지는 잘 모르겠지만. 그 여자가 아는 게 있다면 모를까. 그녀가 과자로 만든 집으로 유혹한 아이들의 마지막 유골일 수도 있으려나?" 서배스천은 자기 농담에 자기가 웃는다. 헬레나는 베커를 보며 눈을 찡긋거린다. 한심한 인간 같으니라고. "아냐, 좋은 생각이야. 정말로. 일석이조잖아. 이 유골 문제도 해결하고, 그 여자한테 당신 늑장이라면 이제 신물이 난다고 직접 알릴 수도 있으니까. 채프먼의 자료와 우리 몫인 다른 것들을 이제 넘겨줄 때도 됐잖아. 예술 자산은 페어번에 유증됐으니 그 여자는 뭘 우리에게 넘기고 뭘 안 넘길지 결정할 입장이 아니라고—"

"뭐, 엄밀히 말하면," 베커는 의자에 몸을 기대며 말허리를 자른다. "그럴 수 있는 입장이긴 하지. 유언집행자니까."

"염병할, 잘난 체하지 마." 서배스천의 장난기가 열판에 튄 침처럼 증발한다. 베커는 움찔하지 않으려 최선을 다한다. 헬레나는 카펫을 내려다본다. "그 여자가 이것저것 틀어쥐고 안 내놓고 있는 건 맞잖아? 문서, 편지 그리고 아마도 작품 몇 점. 우리 거잖아. 모두 다. 모든 캔버스, 모든 스케치, 작가가 물레에 올렸던 모든 도자기, 바닷가에서 주워서 딱 그렇게 배치한 모든 빌어먹을 조약돌. 다 우리 거야. 작품과 연관 있는 모든 유산이 우리 거라고."

베커는 혀를 깨문다. 그도 채프먼의 자료를 인수하고 싶은 마음이 굴뚝같다. 위탁받은 주요 작품 몇 점과 함께 공책 두어 권이 페어번으로 전달됐지만 어느 누구도 본 적이 없는 자료가 훨씬 더 많다. 베커는 그녀가 제작 일기를 쓰고 다른 작가들과 편지로 작품 얘기를 주고받았다는 것을 인터뷰를 통해 알고 있다. 그레이스 해스웰이 그걸 넘겨준다면 그가 맨 처음 읽어볼 수 있을 것이다. 그러면 세상이 버네사 채프먼을 어떤 식으로 바라볼지, 그녀의 작품을 어떤 식으로 이해할지, 그 작품이 어떤 평가를 받을지 좌우할 수 있는 권한이 그에게 주어질 것이다. 생각만 해도 현기증이 난다.

하지만 베커는 천성이 조심스럽고 또 다정하다. 채프먼의 유언 집행자—친구이기도 하다—를 으르거나 협박하지 않고 그런 자료를 입수할 방법이 있다면 그쪽을 택할 것이다.

"잘난 체하려는 게 아니라," 그는 결국 이렇게 말한다. "너도 알다시피 뭐가 예술 자산이고 뭐가 아닌지 아직 결정이 나지 않아서—"

"여러분." 헬레나가 서배스천의 도움을 사양하며 자리에서 일어난다. "전부 흥미진진한 얘기지만 둘 다 큰 그림을 놓치고 있는 것 같은데. 만에 하나 이 뼈가 정말 인간의 것으로 밝혀지면? 그럼 어쩔 거야? 그 카드를 어떤 식으로 써먹을 거야?"

"써먹어?" 베커는 반문한다.

"베크, 그러면 페어번이 이 나라 모든 일간지의 1면을 장식하고 〈더 원 쇼〉에도 소개되고 또……"

서배스천의 표정이 환해지지만 베커는 회의적이다. "이게 과연 그 정도로 엄청난 일일까?" 그는 말한다. "특이한 사건이기는 하겠지만—"

"베크." 헬레나는 그를 보고 미소 지으며 고개를 젓는다. "자기야, 지금 장난해? 지금은 고인이 된 위대한 은둔 예술가, 베일에 싸여 있던 버네사 채프먼의 작품에 인간의 유골이 쓰인 게 밝혀져도 언론이 관심을 보이지 않을 수도 있다고? 바람둥이로 악명 높았던 남편이 거의 20년 전에 실종됐는데? 그 시신이 여태 발견되지 않았는데?"

2

 가끔 베커는 아내를 바라보면 심장이 너무 부풀어오르고 피가 끓어넘쳐서 아플 때가 있다. 가슴이 원하는 걸 모두 가진 그는 두렵다. 모든 걸 잃을 수도 있다는 뜻이기 때문이다(분명 그런 뜻이지 않을까). 요즘 그가 불안에 떠는 이유가, 극도로 예민한 이유가 그것이다. 아주 운이 좋았다는 걸 그도 안다. 그는 이 모든 걸 누릴 자격이 없다.
 헬레나는 조각품을 우회하려다 갑자기 걸음을 멈추더니 고개를 왼쪽으로 돌리고 한 손을 들어 햇빛을 가린다. 뭔가가 시야에 들어온 것이다. 이 장면으로 적갈색 얼룩무늬 포인터 한 쌍이 달려들어와, 씩씩하고 단호하며 머리를 덮은 은발이 햇빛을 받아 백금색으로 바뀐 에멀라인 레녹스 여사의 등장을 예고한다. 헬레나는 몸을 돌려 여사를 마주보는데, 베커의 자리에서는 아내의 불룩한 배가 노인성척추후만증으로 굽은 에멀라인의 등과 닮아 보인다.

당연히 그들이 어떤 대화를 나누는지 들리지 않고 표정도 잘 보이지 않지만, 헬레나의 손목을 붙잡고 비틀면서 비정상적으로 바짝 당기는 에멀라인의 태도에서 누가 봐도 적의가 느껴진다. 베커는 신경질적으로 창문을 두드린다. 두 여자 모두 그가 있는 쪽으로 고개를 돌린다. 헬레나가 머뭇거리며 붙들리지 않은 손을 든다. 에멀라인은 잡고 있던 헬레나의 다른 쪽 손목을 놓고 고개를 돌린다.

"못된 할망구 같으니." 베커는 중얼거린다. 어깨 너머를 흘끗 돌아보며 들은 사람이 없는지 확인한다. 그가 서배스천의 어머니와 사이가 나쁘다는 건 비밀도 아니지만 그녀를 욕하다 들켜서 좋을 건 없다. 그는 쫓아가서 헬레나에게 무슨 말을 들었는지 물어보고 괜찮은지 확인할까 고민하지만, 그녀는 고마워하지 않을 것이다. 그의 호들갑을 못 견뎌할 것이다. 게다가 어찌됐건 전화벨이 또 울리고 있다.

베커는 서배스천이 그와 의논도 없이 매입한 두 작품의 배송 세부사항을 확인하는 택배 기사의 말을 들으며 인터넷에서 버네사 채프먼의 남편 줄리언 채프먼의 기사를 또다시 검색한다.

그는 제법 오랫동안 거론되지 않았다. 그나마 읽을 만한 가장 최근 기사가 2009년 〈태틀러〉에 실린 것인데, 채프먼의 여동생 이소벨을 소개하고 있다. 표면상으로는 "줄리언이 다시 세간의 이목을 받도록 하기 위해" 진행된 인터뷰지만 상당 부분이 새로 시작한 이소벨의 인테리어 사업 소개에 할애됐다는 것을 모르려야 모를 수가 없다. 그래도 도입부에선 줄리언이 꽤 많이 언급된다.

줄리언 채프먼을 주제로 사람들과 대화를 나누다보면 악마라는 단어가 자주 등장한다는 것을 알게 된다. 그는 훤칠한 악마였고, 악마처럼 무모하게 살았으며, 악마의 유혹에 휘둘렸다. 내가 이 말을 꺼내자 이소벨 버치는 웃음을 터뜨린다. "아, 맞는 것 같아요." 그녀는 말한다. "오빠는 확실히 사악한 면이 있었어요." 그녀는 잠시 말을 멈춘다. "하지만 사랑받는 악마였죠. 다들 오빠라면 사족을 못 썼으니까요."

완벽하게 복원된 버치의 코츠월드 자택 그랜드피아노 위에는 사진 액자가 가득 놓여 있는데, 버치의 인기 많은 오빠 사진이 많다. 어떤 사진에서는 카약을 타고 콘월 연안에서 출발하는가 하면 또 어떤 사진에서는 왕실 주최 대회가 열리는 경마장에서 날렵한 정장을 입고 할리우드 배우 같은 외모를 뽐낸다. 또다른 사진에서는 까무잡잡하게 탄 그가 대초원의 눈부신 석양을 배경으로 말을 탄 채 웃고 있다.

케냐라고 이소벨이 알려준다. "오빠는 아프리카를 사랑했어요. 오빠의 야생적인 면을 자극했거든요. 오빠하고 실리아(연인이었던 실리아 그레이)는 거기로 거처를 옮길 계획을 세웠고 집을 짓고 싶은 땅을 발견했다며 엄청 신나했어요." 버치는 눈물이 흐르지 않게 눈을 깜빡인다. "그런데 1년도 되지 않는 새 둘 다 사라져버렸죠."

그레이는 2001년 마지막날 프랑스에서 교통사고로 유명을 달리했다. 그 6개월 뒤 채프먼은 별거중이던 아내이자 화가 버네사 채프먼을 만나러 차를 몰고 스코틀랜드의 에리스섬으로 떠났지만 돌아오지 못했다. 그도, 그가 타고 다녔던 빨간색 듀에토 스파이더 1600도 발견되지 않았다.

운명의 그날 이후 7년이 지났으니 줄리언을 '사망한 것으로 간주하기에' 충분한 세월이다. 하지만 이소벨은 희망의 끈을 놓지 않는다. "오빠를 봤다고 연락하는 사람들이 계속 있어요. 단서를 추적하느라 전 세계를—프랑스와 불가리아와 남아프리카와 아르헨티나를—돌아다녔죠." 그녀는 슬픈 표정으로 고개를 젓는다. "가능성이 낮다는 건 알아요. 오빠는 우리를 사랑했고 사악한 면이 있었을지 몰라도 잔인하지는 않았어요. 하지만 나는 희망을 포기할 수 없어요. 시신이 발견되지 않는 한 포기하지 않을 거예요."

줄리언에게 무슨 일이 벌어진 것 같으냐고 묻자 버치의 표정이 어두워진다. "오빠의 마지막 행적이 명확하지 않아요. 버네사는 아무것도 모른다고 했어요. 오빠가 섬에서 떠났을 때 그녀는 거기 없었던 것으로 추정된다고 하더군요." 추정된다고요? 이소벨은 고개를 젓는다. "더는 아무 말씀도 드릴 수 없지만 이거 하나는 알아요. 버네사는 오빠가 실종되고 몇 주가 지나도록 우리—그러니까 우리 가족요—한테 전화나 편지로 안부를 물어본 적이 한 번도 없었다는 거. 오빠가 어디 있든 관심도 없는 눈치였어요." 내가 버네사도 충격을 받았거나 혼자 슬픔을 삭이고 있었을지 모르지 않느냐고 하자 그녀는 애처로운 미소를 짓는다. "버네사는 감정 표현을 잘 하지 않는 성격이었어요. 그녀가 어떤 심정이었는지는 몰라도 슬퍼했다면 놀랄 일이겠지요. 어떤 심정이었든 오빠에게서 벗어났다는 데 안도한 쪽에 가깝지 않았을까요?"

이후 이어지는 기사에서 기자는 줄리언의 다양한 친구들에게 그와 버네사에 대해 묻는다. 익명의 친구들은 줄리언의 사악했던 유머 감각, 사람을 끌어들이는 매력, 인생을 즐기던 태도를 운운한다. 소떼와 함께 달리고 벤네비스산을 오르고 5월의 어느 아침 모들린 다리에서 뛰어내렸던 일화를 소개한다. 버네사는 배경의 소음이다. 미모의 아내. 재능이 뛰어나고 진지하며 야심만만했던.

기자가 줄리언의 재정난과 (잦은) 불륜에 대해 언급하자 그의 여동생은 이렇게 일축한다.

"제가 아까 오빠는 사악한 면이 있었다고 했잖아요. 오빠는 완벽하지 않았어요. 하지만 그보다 더 자유로울 수 없는 영혼이었죠. 재미있고 엉뚱하고 같이 있으면 절대 지루할 일이 없는. 모두가 오빠를 사랑했어요. 모두가 오빠 곁에 있고 싶어했어요." 그녀는 잠깐 말을 멈추었다가 미소를 짓는다. 커다란 갈색 눈에 맺힌 눈물이 반짝인다. "죄송해요, 그건 아니네요. 모두는 아니었어요. 그녀는 예외였으니까."

버네사 채프먼의 일기

(날짜 미상)

내가 그린 검은 그림이 내 신경을 건드린다. 그게 내 맞은편 작업실 벽에 기대 세워져 있어서 일을 할 수 없다는 사실을 어제 알았다. 그래서 비밀의 방으로 치웠는데도 그 존재가 느껴지는 것 같아 도망치려고 집밖으로 나갔고, 그래도 부족한 것 같아서 아예 섬을 떠났다.

차를 몰고 육지로 건너가 주차장의 공중전화로 줄리언에게 연락했다(집전화가 또 말썽인데 사람을 불러서 고친다는 걸 계속 깜빡한다). 절대 오지 말라고 했다. 그가 여기 있는 걸 <u>원치 않는다고</u> 말했다.

그후 마을 반대편 끝에 있는 술집에 갔다. 구석자리에 혼자 앉았다. 거기 들어간 지 10분쯤 됐을 때 한 남자가 다가와 말을 걸었다. 묘비를 찾는 미국인이었다.

자기 조상과 연관이 있는 일인 모양이었다. 그가 술을 한잔 사겠다고 했다. 그의 제안을 받아들이면 물때를 놓칠 터였다. 나는 그에게 에든버러에서 온 기혼의 교사인데 남편과 싸웠다고 말했다.

섹스는 평범했지만 그래도 대환영이었다.

이런 자유는 중독성이 있다.
나는 내킬 때 먹고
내킬 때 일하고

내킬 때 왔다갔다한다.

아무에게도 반응하지 않고, 오직 밀물과 썰물에만 반응한다.

3

 밀물과 썰물의 인력이 그녀의 피를 끓게 하고 한밤중에 그녀를 깨운다. 에리스섬에서 그 긴 세월을 지내는 동안—이제 20년이 넘었다—그레이스는 밀물과 썰물의 영향을 받게 되었다. 미치광이가 되었다. 달의 지배를 받는 진짜 미치광이가! 그녀는 이제 썰물일 때는 잠을 자지 않고 바다가 그녀를 육지와 갈라놓는 때라야 쉴 수 있다.
 아무도 그녀를 몰래 덮칠 수 없다는 걸 아는 때라야.
 에리스섬은 사실 섬이 아니다. 그레이스처럼 에리스도 밀물과 썰물의 영향을 받는다. 길이가 1마일 정도 되며 곶처럼 생긴 좁은 땅이 육지와 연결된, 섬 비슷한 곳이다. 하루에 열두 시간, 즉 여섯 시간씩 두 번 이 방죽길을 도보나 차량으로 건널 수 있다. 밀물이 들면 에리스는 닿을 수 없는 곳이 된다. 오늘처럼 썰물 시간이 오전 6시 30분이면 대략 3시 30분에서 9시 30분까지 방죽길을 안전하게 오갈 수 있다.

그러면 그레이스는 한밤중에 깬다.

그녀는 주방에 있는 장작 난로에 불을 지피고 아가$_{Aga}$ 레인지에 커피 물을 올린다. 레인지 앞에 서서 포리지를 끓인다. 귀리를 천천히 젓다가 소금 한 꼬집을 넣고 마지막으로 크림을 살짝 추가한다. 주방 창문 앞에서 아침을 먹는다. 바다가 보이지는 않지만 소리는 들린다. 괴물이 속절없이 해안에서 물러나며 발톱으로 모래를 긁는다.

이후에 그녀는 노트북을 마주하고 식탁에 앉는다. 어제 오후에 받은 이메일을 다시 읽으며 갈비뼈 뒤쪽에서 파닥이는 공포를 느낀다. 마치 숙제가 남은 일요일 저녁의 끊임없이 불편한 마음과도 같다. 버네사가 세상을 떠난 지 5년, 5년이라는 긴 세월이 흘렀지만 버네사의 문제는 여전히 정리가 되지 않았고, 그레이스는 여전히 한 번도 만난 적 없는 사람들에게 편지와 이메일로 시달리고 있다. 그녀가 잘못한 탓이지만, 그걸 안다 한들 불편한 마음을 해소하는 데는 아무 도움이 되지 않는다. 오히려 부채질한다면 모를까. 5년이다! 슬퍼한 세월이, 일에 매달린 세월이. 꾸물댄 세월이. 숨긴 세월이. 그녀는 의자로 타일 긁는 소리를 요란하게 내가며 벌떡 일어난다. 이제 더는 숨길 수 없을 것 같다.

잠시 후 그녀는 샤워를 하고 따뜻하게 옷을 챙겨 입은 뒤 안경을 가지러 다시 주방으로 간다. 날은 아직 조금씩 밝아오는 중이고 해협 저편의 언덕 위로 콘크리트색 하늘이 무겁게 드리워져 있다. 그레이스는 다 끓인 커피를 보온병에 담고, 비옷을 챙기고, 현관홀의 열쇠 걸이에서 작업실 열쇠를 빼내 잠깐 손에 얹어놓고 있다가 주머니에 넣는다.

 현관문으로 나가 등뒤로 문을 닫는 동시에 차갑고 짭짤한 공기를 한껏 들이마시며 섬이 만으로 길게 이어지는 오른쪽을 돌아본다. 부둣가 코티지에 불이 켜져 있다. 마거리트도 일어난 것이다. 또 한 명의 미치광이.

 그레이스는 왼쪽으로 몸을 돌려 바다를 등지고 오솔길을 따라 작업실로 올라간다. 작업실을 지나 그 길을 계속 따라가면 숲과 에리스 암벽과 아일랜드해가 나온다.

 언덕 중턱에서 그녀는 머뭇거린다. 현관문에서 작업실까지는 몇백 피트밖에 안 되지만 1천 마일이나 다름없다. 마지막으로 그 문을 연 지 1년도 넘게 지났다. 그녀는 온갖 핑계를 대며―일하느라, 피곤해서, 마음이 아파서―이 결산을 미뤄왔다. 하지만 이메일과 전화와 협박이 끊길 기미가 없다. 그녀는 이 상황을 정면 돌파해야 한다. 그 외에 무슨 대안이 있겠는가. 주머니에 넣은 열쇠를 넘기고 손을 터는 것? 어떤 모르는 사람이 버네사의 자료를 뒤지도록, 외부인이 그들 삶의 어떤 부분은 사적인 영역으로 남겨두고 어떤 부분은 만천하에 공개할지 결정하도록 내버려두는 것?

 그녀는 숨을 크게 들이마신다.

 오르막길을 걷는다.

 열쇠가 놀랍도록 부드럽게 돌아가고 거대한 철문이 삐거덕거리며 열리자 차가운 점토와 먼지, 물감과 테레빈유 냄새가 훅 풍긴다. 그레이스는 문 앞에 서서 물레 앞에 놓인 다리 세 개짜리 스툴에 시선을 고정한다. 거기 앉아서 플라이휠에 발을 얹고 바람과 날씨를 잊은 채, 그레이스를 잊은 채, 온 세상을 잊은 채 자기 손 밑에서 움직이는 점토에만 집중하던 버네사에 대한 기억이 순간 파도처럼 밀려와 옴짝달싹할 수 없다.

눈을 깜빡여 버네사를 지우자 작업실의 풍경이 눈에 들어온다. 상자가 쌓여 있는 창가의 작업대, 뒤편에 설치된 가마. 먼지가 두툼히 쌓이고 종이와 공책과 여러 개의 다른 상자가 어지러이 흐트러진 중앙의 가대식 테이블. 작업실 뒤편으로 줄줄이 이어진 선반에는 단지, 물감이 묻어서 뻣뻣해진 붓, 팔레트 나이프, 딱딱하게 굳은 점토 덩어리, 완벽한 동그라미 모양의 장미석, 흑사병 환자를 치료할 때 썼던 가면처럼 길고 둥그스름한 부리가 달린 세가락갈매기와 마도요의 머리뼈가 잔뜩 놓여 있다. 점토 슬라이서와 커터, 바늘과 녹슨 펜치, 조각칼과 예쁜 너도밤나무 손잡이가 달리고 크기가 다양한 끌망치 한 세트가 마트료시카 인형처럼 한 줄로 나란히 있다.

망치는 선물받은 거였지, 그레이스는 생각한다. 아마도 더글러스에게, 아니면 다른 남자에게. 어쨌거나 사용한 적은 거의 없었다. 버네사는 석조라는 발상 자체는 사랑했지만 실제 현실에서는 만질수록 좌절을 느꼈다. 너무 단단하고 너무 시끄럽고 너무 거칠었다. 그녀는 한동안 바람을 피웠다가 늘 그랬던 것처럼 사랑하는 재료로, 통달한 재료로 돌아왔다. 점토, 물감.

버네사의 캔버스는 오래전에 사라졌고 단지와 꽃병도 마찬가지다. 3년 전 마침내 유언 검인이 완료되자 그레이스는 버네사의 유언장에 예술 자산의 상속인으로 거명된 남쪽의 페어번 재단으로 작품을 부쳤다.

그레이스는 버네사의 유언집행자이자 둘뿐인 상속인 중 한 명으로서 자료—편지, 공책, 사진—를 추려 예술 자산의 일부로 추정되는 것을 모두 발송할 작정이었지만 양이 너무 많았고, 페어번측에서는 모든 걸 당장 내놓으라며 다급하게 재촉했다. 그레이스는 완강하게 버텼다. 양측의 관계는 급속도로 나빠졌다. 그레이스가 유언집행자로서 역량이 부족하다는 의견이 대두됐다. 비난이 난무했고, 없어진 작품이 있다는 주장, 그레이스가 버네사의 유언을 무시한 채 유산을 쥐고 있다는 주장이 제기됐다. 그레이스는 쓸 수 있는 수단을 총동원했다. 더는 대응하지 않고 전화가 오면 음성사서함으로 돌리고 그들이 보낸 이메일을 무시했다. 한동안 모든 게 잠잠해졌다.

하지만 요즘 들어 다시 시끄러워지면서 지난달에 변호사가 편지를 두 통 보내더니—한 통은 버네사의 자료를 총망라한 목록을, 또 한 통은 도자기 목록을 요구하는 편지였다—어제는 이메일이 날아들었다. 변호사가 아니라 페어번의 큐레이터 베커 씨가 보낸 거였다. 그레이스는 그 문제와 관련한 이메일이라면 전부 삭제하는 습관이 생겼지만 그의 메시지는 지금까지 페어번측에서 보낸 법리적이고 공격적인 다른 이메일과 분위기가 조금 달랐다. 선생님과 의논하고 싶은 시급한 문제가 있습니다. 베커 씨는 이렇게 썼다. 연락 부탁드리겠습니다. 왠지 모르게 애원하는 투라 거의 애처로울 지경이었다.

그래서 그녀가 지금 여기 와 있는 것이다—작업실. 그녀는 안을 한 바퀴 더 돌며 가대식 테이블에 쌓인 먼지를 손끝으로 훑고, 작고 예리한 스크래처를 집어보고, 한 손에는 제일 큰 끌망치를, 다른 손에는 깃털처럼 가벼운 세가락갈매기 머리뼈를 얹어 본다.

제일 가까운 데 있는 자료 상자를 들고 집으로 내려간다.

버네사 채프먼의 일기

폭염.

화이트홀 전시회가 토요일에 끝나고—상업적인 관점에서는 대성공이었다—모든 작품이 팔렸다. 〈현대 미술〉 동정란에 실린 한 줄 평—"채프먼은 클리셰의 적절한 선을 지키는 데 얼추 성공했다."

내 작품이 아름답기는 하지만 알맹이는 없는 모양이다.

전시회가 끝난 뒤 다 같이 이지의 집에 갔다. 명목상은 저녁을 먹기 위해서였는데 음식은 구경도 못했다. 끔찍한 인간들—돈 많은 집안에서 태어나 그렇지 않다는 이유로 나를 깔보는 벌링던* 출신의 지긋지긋한 돌머리들—이 하나같이 휴가와 부동산 가격에 대해 쉴새없이 떠들어댔다. 내가 경멸을 감추느라 들인 에너지면 도시 하나에 전력을 공급하고도 남았을 것이다.

그 와중에 줄리언은 계속 나를 쳐다보고 미소를 지으며 진심으로 뿌듯하다고 했다. 그는 이미 그 돈을 쓰고 있다.

---

* 옥스퍼드대학교의 최상류층 남학생만 가입할 수 있는 클럽.

4

 베커는 차를 몰고 가며 라디오를 듣는다. 방송에서 대프니 듀 모리에* 이야기가 이어지고 있다.
 한 명의 진행자와 남자 하나 여자 하나로 구성된 두 명의 패널이 새롭게 출간된 듀 모리에의 충격적인 전기를 주제로 대화를 나누고 있는데, 전기에 아버지와의 부적절한 관계를 암시하는 대목이 있다고 한다.
 여자는 학대 관계라고 말한다.
 남자는 근친상간이라고 말하며, 강요에 의한 것이었는지는 단언할 수 없다고 한다.
 여자는 발끈하며, 듀 모리에가 열여섯 살이 되기 전에 벌어진

---

* 영국의 소설가 겸 극작가. 앨프리드 히치콕 감독의 영화 〈레베카〉와 〈새〉의 원작자다.

일이었다고 하니 학대일 수밖에 없다고 대응한다. 아이들이 무슨 동의를 할 수 있겠느냐며.

그건 그렇네요, 사회자가 말한다. 그러고는 좀더 안전한 쪽으로 대화를 유도하기 위해 서둘러 덧붙인다. 우리가 예술가의 사생활에 이토록 관심이 많은 이유가 뭐라고 생각하십니까? 사람들은 작가의 글이 실제 경험에 기반한다고 굳게 믿는 경향이 있는데요, 그렇다면 여기에서는 이…… 관계가, 듀 모리에와 아버지 사이의 이런 상황이 그녀의 작품, 가장 극명하게는 『레베카』에 어떤 식으로든 영향을 미쳤을 거라는 주장이 제기될 수 있습니다.

여성 작가의 경우 특히 그런 사례가 많아요, 여자가 말한다. 평론가들은 여성에게도 창작 능력이 있다고 인정할 수가 없는지—

아, 왜 이러세요, 남자가 말한다. 모든 게 성차별의 문제는 아니잖아요, 마저리.

모든 건 아니죠, 그럼요. 나도 모든 것이라고 하지 않았어요. 그런데 내 말을 중간에서 자르면—

베커는 라디오를 끈다.

한동안 오르막길이 이어졌다. 그는 이 길의 꼭대기에 다다랐다. 마지막 모퉁이를 돌자 초록색과 황갈색과 적갈색으로 물든 가파른 계곡이 눈앞에 펼쳐진다. 왼쪽으로는 땅이 점점 사라지면서 양치류 사이로 물줄기가 흐르는 곳만 철회색으로 반짝인다. 오른쪽에는 사슴 방지망이 쳐져 있고 위협적인 분위기를 풍기는 새까만 까마귀들이 세 개의 기둥에 일렬로 앉아 지나가는 그를 쳐다본다.

『새』는, 그는 생각한다. 이런 풍경에서 착상했을지 몰라. 캘리포니아 북부의 따스한 햇살이 비치고 티피 헤드런의 미모가 빛을 발하는 영화가 아니라 음산하고 공포스러우며 비극적인 듀 모리에의 원작 말이다. 그는 등골이 오싹해진다. 운전대를 너무 세게 쥐지 않으려고 손을 몇 번 쥐었다 폈다 한다.

그는 에멀라인이 등장했던 안뜰의 그 광경에 대해 계속 생각한다. 헬레나는 아무 말도 해주지 않으려 했다. 아무 일 없었어. 그녀는 이렇게 말했다. 정말이야. 아무 일도 없는 것처럼 보이지 않던데. 베커가 이렇게 말하자 헬레나는 웃으며 고개를 젓더니 말했다. 그래, 뭐, 만날 똑같은 얘기지. "그냥 잊어버려." 그녀는 말했다. "나처럼. 에멀라인은 늙었고 상을 당했고 별로 건강하지도 않잖아. 걱정할 거 전혀 없어."

그는 사무실에서 나눈 그 대화—서배스천이 잘난 체하지 말라며 세차게 그를 몰아붙였던 것—도 계속 재생하고 있다. 서배스천! 사립고등학교인 이튼과 옥스퍼드를 졸업한 머저리가 그를 바보 취급하다니! 뭐에 대해서든 아는 게 하나도 없고, 집중력은 벌레 수준이며, 허스트와 뱅크시 등등 유행하고 비싼 거라면 뭐든 쫓아다니는 인간. 키 크고 잘생기고 돈 많은 인간. 헬레나를 먼저 차지했던 인간.

베커는 그런 생각이 떠오르도록 방치한 자신을 경멸하고, 상상일 뿐일지라도 서배스천을 헐뜯은 자신을 경멸한다. 서배스천은 그에게 잘해준다. 따지고 보면 아주 잘해준다.

그가 심란해서 그렇다, 그뿐이다. 헬레나를 혼자 두고 온 게 영 마음에 걸린다. 질투가 나거나 그녀를 못 믿어서가 아니다. 그냥 불안한 마음이 드는 걸 어찌할 수가 없다. 그녀에게 아이가 생겼다는 얘기를 들었을 때부터 불안했는데, 이제 거의 8개월째로 접어들고 있으니.

그녀가 모두에게 전염될 만큼 느긋한 것도 그의 심란함을 거든다. 그녀는 와인을 마시고(내가 절반은 프랑스 사람이잖아) 4인치짜리 힐을 신고 파티장에서 춤을 춘다. 요전날에는 블루치즈를 크래커에 얹는 그녀를 보고 그가 크래커를 거의 낚아채다시피 했다. 헬레나는 임신 관련서를 한 권도 읽지 않고 유튜브에서 분만 영상을 찾아보지도 않는다. 세워놓은 출산 계획이 전혀 없다.

반면에 그는 사유지에 있는 그들의 집에서 가장 가까운 병원까지 대여섯 번 차를 몰고 다녀왔다. 여러 경로를 시험하고 심지어 남쪽으로 60마일 떨어진, 그다음으로 가까운 병원까지 알아놓았다. 만일의 경우에 대비해서. "무슨 경우?" 그가 그 사실을 알리자 헬레나가 물었다. "병원이 문을 닫은 경우?"

그가 긴장하는 이유는 그녀가 걱정되기 때문이다. 그뿐이다. 그리고 잠이 부족하기 때문이다. 그는 잠을 잘 수가 없다. 그녀는 이제 코를 골고 몸에서 열을 뿜어낸다. 그는 속절없이 그 옆에 누워서 가려운 피부와 애타는 마음과 공포를 달랜다. 뭐가 잘못되면 어쩐다? 그녀의 생각이 바뀌면 어쩐다? 그녀가 이게 모두 끔찍한 실수라는 걸 알아차리면 어쩐다?

그에게 응당한 처벌이 내려지면 어쩐다?

버네사 채프먼의 일기

이곳에선 마음의 평화를 누릴 수가 없다. 코츠월드는 명목상 시골인데 야생의 느낌은 아무데도 없고, 어딜 가나 펀드매니저의 아내들이 타고 다니는 레인지로버로 가득한 근교처럼 느껴진다. 그리고 불볕더위가 계속된다. 모든 산울타리가 죽어가고, 하늘은 몇 주째 하얀색을 고수하며, 목초지는 누렇게 시들고, 땅은 바짝 말랐다. 물이 그립고, 초록색과 파란색과 보라색이 그립다.

∽

여기서는 일주일 동안 일기를 쓰지 않았다. 콘월에서 이제 막 돌아온 참이다. 옥스퍼드셔에 J를 두고 콘월에 가서—어차피 그와는 거의 볼 일도 없다—열흘 동안 머물렀다. 수영하고 작업하고 수다를 떨고 떨고 또 떨고—프랜시스가 도자기로 이보다 더 근사할 수 없는 작품을 빚고 있다—새파란 하늘색과 자주색 유약을 바른, 신비롭고 으스스한 바다 생물.

∽

그림을 그려보려고 애쓰는 중이다.

∽

나는 고독을 갈망하지만 너무 외롭다. 어떻게 그럴 수 있을까? 혼자 있으면 외롭고, 줄리언이 옆에 있으면 더 외롭다. 우리는 절대 대화를 나누지 않는다. 싸우고 밤일만 한다.

가장 최근에 싸운 것도—시시하게도 크리스마스 계획 때문이었다—나는 콘월로 돌아가고 싶어하고 그는 가족들과 함께 보내야 한다고 주장해서다. 그러더니 쿠르슈벨에서 이지의 가족들과 새해를 맞이하자고 한다. (여기에 이르자 나는 선을 긋는다. 혼자 가라고.)

런던에서 열리는 화이트큐브 전시회에 출품할 마지막 작품을 완성하고 싶지만 하늘이 너무 칙칙하고 햇빛은 너무 밋밋하다. 차량과 사람들과 산울타리에 에워싸인 느낌이다.

∽

화이트큐브에서는 한 작품도 팔리지 않았다. 줄리언은 나더러 시간을 낭비하고 있단다.

하지만! 〈아트 리뷰〉에서 나를 주목할 만한 작가라고 했다. "젊은 영국 작가들의 대척점에 버네사 채프먼이 있다." 그러니까—구식이라는 건가? 맞는 말이다, 나는 정리되지 않은 생각은 다루지 않으니까. 하지만 이런 평가도 있었다. "강렬하고 감동적이다."

이 정도면 괜찮은 거 아닌가?

올해 초부터 그림은 아예 손을 놓았지만 도자기는 조금씩 빚고 있다. 옥스퍼드에서 내가 쓸 수 있는 작업실을 찾았다. 작업을 하지 않을 때도 거의 매일 거기로 출근한다. 집에서 벗어날 수 있다면 뭐든 좋다.

나는 조만간 혼자 지내게 될 것이다. 줄리언은 다음주에 이지와 계획중인 무슨 "유랑 모험"을 위해 나이로비로 떠난다. 거기서 둘이 같이 라무로 갈 거라고 한다. 실리아 그레이가 거기에 집을 빌려놓았다. 이지의 말에 따르면 그녀는 "그냥 잠깐 만나는 상대"라고 한다.

그러거나 말거나 상관이 있는지 잘 모르겠다. 아니, 상관있다. 가끔은 그렇다. 한편으로는 그가 떠나서 영영 돌아오지 않으면 좋겠다. 또 한편으로는 그를 방에 가두어놓고 절대 꺼내주지 않고 싶다.

5

　계곡 끝에서 우회전한 베커는 해변을 향해 북서쪽으로 달린다. 속도계가 60을 찍자마자 구급차가 비명소리와 함께 파란 등을 깜빡이며 쌩하니 지나가고 1마일도 못 가서 길이 봉쇄된다. 바리케이드에 배치된 젊은 경관이 대형 사고라며 얼굴을 찡그린다. 오토바이 사고로, 시간이 좀 걸릴 테니 멀리 우회하는 편이 나을지 모른다고 한다.

　베커는 차를 돌려서 계곡을 가로질러 달리며 계기판의 시계를 확인한다. 10시 45분까지 에리스에 도착하지 못하면 물때를 놓칠 텐데 지금 시각이 9시 12분이니 그렇다면, 잠깐만 그렇다면 이게 무슨 뜻이지? 그는 내비게이션을 조작하며 액셀을 깊숙이 밟는다. 경로 재탐색, 경로 재탐색, 이 바보야. 계곡 입구에서 마지막 급커브 구간을 도는데, 차 뒤꽁무니가 미끄러지는 느낌이 든다. 브레이크를 세게 밟자 차가 흰색 이중 실선을 미친듯이 가로지르고 속이 울렁거리고 심장이 쿵쾅거린다. 검은색 세단이 맞은편에서 달려오는 빨간색 대형 트럭 앞에서 공포로 몸을 웅크린 것처럼 느껴지는 그랜트 우드의 그림 〈능선 길 위에서의 죽음〉이 머릿속에 떠오르고, 좌석과 운전대 사이에서 으스러진 자기 몸이 보이고, 전화를 받고 떨리다 갈라지는 헬레나의 음성이 상상된다.

그는 아드레날린 때문에 어질어질한 머리를 달래며 계속 달린다. 시속 40마일로 다시 속도를 줄이고 당면한 문제에 집중함으로써 심박수를 늦추려 한다. 이번에 기회가 왔으니 잡아야 한다. 이 그레이스 해스웰 문제를 잘 처리해야 한다.

먼저 〈분할 II〉 얘기부터 꺼낼 것이다. 문제의 흉곽―거기가 비집고 들어갈 틈새다. 해스웰은 그 뼈의 출처에 대해 전혀 모를 테니―어쨌거나 명확하게는―이 작품과 관련된 사전 스케치나 다른 메모가 있는지 묻고, 거기서 버네사의 일기라는 주제로 깔끔하게 넘어갈 수 있을 것이다.

그도 두어 권은 읽었지만―2차로 배송된 작품들과 같이 받았다―인터뷰에 따르면 버네사는 작가로 활동하는 내내 일기를 썼다고 하니 수십 권은 될 것이다. 그뿐 아니라 편지와 사진도 모두 귀한 자료다. 하지만 일말의 성과라도 거두려면, 서배스천의 아버지와 그의 변호사들이 망친 관계를 복구하려면 신중하게 접근해야 할 것이다.

사실―정황상 아무도 인정하지 않는 사실이다―이 일은 처음부터 처리가 잘못됐다. 그럴 만도 한 것이, 채프먼의 유언장 내용은 모든 예술계 종사자에게 충격이었다. 그녀가 예술 자산을 모조리 페어번에 유증할 줄은 누구도 상상하지 못했던 것이다. 이 재단을 설립한 서배스천의 아버지 더글러스 레녹스가 처음에는 버네사의 작품을 판매하는 갤러리 관장이었다가 막판에 가서는 그녀의 숙적이 되지 않았는가.

그 내용이 공개되자 더글러스는 환호성을 질렀다. 버네사 채프먼이 마침내 정신을 차렸구나! 그가 인터뷰에서 주장한 바에 따르면 유증은 사후에 전하는 사과였다. 그녀가 오래전에 저지른 끔찍한 잘못을 인정한다는 뜻이었고, 10여 년 동안 소원하게 지냈음에도 버네사가 그와 그의 온갖 배려를 잊지 않았다는 증거였다. 깊고 친밀했던 그들의 관계는 결국 깨진 적이 없었다.

공증을 받는 데 1년이 넘게 걸렸지만 공증이 끝나자 작품들이 페어번으로 배달되기 시작했다. 상황이 꼬이기 시작한 건 그때부터였다. 더글러스는 증거도 없으면서 사라진 작품이 있다고 주장했다. 버네사의 유언집행자인 그레이스 해스웰에게 무능하다고 비난하는 편지를 보냈다. 나중에는 그녀를 거의 절도범으로 몰아붙이다시피 했다. 양측에서 변호사가 동원됐다.

이런 아수라장의 와중에 베커가 등장했다. 서배스천의 대학 동창이자 버네사 채프먼 전문가인 그에게 처음에는 해스웰 사안에 관여하지 말라는 엄격한 지시가 내려졌다. 변호사들이 처리하고 있다고 했다. 그런데 갑자기—슬프게도—더글러스가 사망했다. 사유지에서 사슴 개체수를 줄이는 사냥을 하던 도중 실수로 총에 맞았다.

모든 게 원점으로 돌아갔다. 서배스천과 그의 어머니가 상을 치르는 동안 변호사들이 사임했다. 서배스천과 헬레나 피츠제럴드의 결혼식이 연기됐다. 가족의 관심 사업이 개편됐고 하일랜드 땅은 매각됐다. 서배스천이 경영을 물려받았다. 그리고 얼마 안 있어 코로나가 터지자 상황은 더욱 복잡해졌고 직접적인 대처 가능성은 유예됐다.

하지만 새로운 사태―〈분할 II〉에 쓰인 유골 논란―가 발생하자 상황에 새롭게 접근할 수 있는 기회가 베커에게 주어졌다.

베커가 생각하기에 더글러스와 서배스천과 그들의 변호사가 시종일관 저지른 실수는 그레이스 해스웰을 채프먼의 유언집행자로 대했다는 것이다. 물론 그건 맞지만 그녀는 채프먼의 친구이기도 했고 거의 20년 동안 함께 지낸 동반자이자 말년에는 간병인이었다. 그들이 연인이었을 거라는 소문도 있다.

이 여자를 만나는 것이 베커에게는 매우 매력적인 기회다. 버네사 채프먼의 진면모를 그녀보다 더 제대로 알려줄 사람은 없다. 그러니 배척할 대상이 아니라 관계를 잘 다져야 하는 연결점이지 않을까?

그녀가 그들에게 무얼 줄지 아무도 모를 일이다. 어떤 통찰력을 보여줄지. 어떤 이야기를 들려줄지.

버네사 채프먼의 일기

오늘 받은 우편물 중에 〈타임스〉의 부동산란에 실린 기사가 있었다—메모는 없이 그 기사만.

섬이 매물로 나왔다는 기사였다. 섬 전체가! 집—다 쓰러져가는 작고 오래된 농가 아니면 어부의 코티지일 것 같다—과 별채 포함이었다. 그리고 헛간 두 개. 하나는 다 무너져서 아마 수리가 불가능할 거라고 한다. 다른 하나는 "개조의 가능성이 있다"고 한다. 이달 말에 경매가 열릴 예정이다.

그 섬을 갖지 못하면 내 심장이 견딜 수 있을지 잘 모르겠다.

6

에리스 항구 위로 회반죽을 바른 코티지들이 짧게 한 줄로 이어지고, 그 앞에 조그만 주차장이 있다. 베커의 프리우스가 11시 23분에 그 주차장으로 조심스럽게 들어선다. 얕은 녹황색 바다 아래로 옅은 색 돌이 깔린 방죽길이 보인다. 걸어서 건널 만한 깊이로 보이지만, 밀물 때 운을 시험하려 드는 한심한 멍청이가 있다면 끔찍한 결과를 각오하라는 경고문이 그의 차 보닛 왼쪽으로 보인다.

베커는 운전대 위로 몸을 구부리고 앉아, 짙은 회색과 초록색의 쐐기처럼 생긴 에리스섬을 좁은 해협 너머로 노려본다. 남동쪽 끝에 흰색 반점 같은 것이 보인다. 이렇게 가까운데 닿을 수 없는 버네사의 집이다. 다음번 간조는 오늘 저녁 8시다. 5시는 되어야 건널 수 있을 것이다. 차를 돌려 집으로 돌아가고 싶지만 서배스천이 짜증을 부릴 테고 그는 바보가 된 기분이 들 것이다.

그리고 할일이 없는 것도 아니다. 노트북을 들고 왔으니 일을 할 수 있고 읽을거리도 많다. 어디 가서 점심을 먹으며 적어놓은 메모를 훑어보면 된다.

하지만 그는 제일 먼저 스트레칭을 하기로 한다. 차에서 내려 팔다리를 쭉 뻗으며 운전의 피로를 푼다. 바다에서 불어오는 쌀쌀한 바람에 두들겨맞으며 외투를 걸치고 주머니에 휴대폰을 챙기고 북쪽으로 주차장을 가로질러 코티지들을 지나고 사람들의 통행이 많은 해변 길을 따라 걷는다. 마을에서 450야드쯤 떨어진 곳에서 시작되는 오르막길이 에메랄드색 목초지와 깎아지른 듯한 절벽을 가르는 아슬아슬한 경계선 역할을 한다.

정면에 보이는 하늘이 빛바랜 연한 파란색이라 베커는 맞바람이 불어오는 쪽으로 고개를 돌린 다음에야 서쪽에서 점점 다가오는 거대한 층층 먹구름을 본다. 그는 망설인다. 폭풍이 머리 위로 그냥 지나가지 않을까? 그는 희망을 품고 성큼성큼 걸음을 옮기지만 겨우 100피트쯤 갔을 때 첫번째 빗방울이 핑 총알처럼 그의 어깨를 때린다. 그는 돌아서서 실눈을 뜨고 어깨를 움츠린 채 폭우를 맞으며 최대한 빨리 움직인다. 좀더 안전한 지대로 건너가자마자 진흙탕에 미끄러져가며 주차장을 향해 질주한다. 코티지들이 줄줄이 이어지는 곳에 다다르자 왼쪽으로 고개를 숙이고 얼굴에 묻은 빗물을 닦으며 속도를 늦춘다. 맨 끝 집 창문 너머로 누군가 언뜻 보인다. 괴로워하는 표정으로 유리창에 얼굴을 대고 있다. 그는 다시 걸음을 옮기다가 중심을 잃고 미끄러지며 멈춰 선다. 돌아보니 창턱에 화분 하나만 있을 뿐 아무도 없다.

그는 쿵쾅거리는 심장을 달래며 다시 차에 올라타 히터를 최대로 튼다. 축축한 외투를 낑낑대며 벗어 뒷좌석에 던진다. 이리저리 휴대폰을 찾아보지만 당연하게도, 외투 주머니 안에 있다. 그는 몸을 비틀어 휴대폰을 꺼내고 셔츠 끝단으로 안경에 서린 김을 닦은 뒤 휴대폰 안테나가 한두 칸 정도 뜨는 걸 보고 안도한다. 드롭박스에 저장해둔 문건, 그러니까 언론 기사의 스크랩 파일을 열어보기에 충분하다. 버네사의 프로필, 전시회 리뷰, 부고 그리고 유언 검인이 끝난 뒤에 보도된 신문기사 몇 개와 언론에 공개된 버네사의 유언장 내용이다.

타임스
2017년 3월 4일
수백만 파운드 상당의 유산을
숙적에게 남긴 저명한 화가

지난해 10월 암으로 사망한 은둔 화가 버네사 채프먼이 예술 자산을 법정에서 그녀를 괴롭혔던 사람에게 남긴 것으로 어제 밝혀졌다.

수백만 파운드로 추정되는 채프먼의 예술 자산이 페어번 재단에 유증된 것이다. 페어번 재단은 자선사업가이자 화상인 더글러스 레녹스가 설립한 공익신탁이다.

레녹스와 채프먼은 2002년부터 2004년까지 치열한 법정 싸움을 벌인 바 있다. 채프먼이 레녹스의 글래스고모던갤러리에서 열기로 했던 단독 전시회를 막판에 취소해 갤러리에 수만 파운드의 손실을 안겼기 때문이다. 양측의 분쟁은 결국 당사자 간의 합의로 종결됐다. 그 당시 레녹스의 주장에 따르면 그는 채프먼으로 인해 "파산 직전까지 갔고" 재판 스트레스가 건강과 결혼생활에 악영향을 미쳤다고 한다.

저장해놓은 리뷰는 1990년대 초반, 그녀가 좀더 전통적인 풍경화가였던 시절에 연 첫번째 전시회까지 거슬러올라간다. 〈아트퓨처〉의 평론가는 그녀의 풍성한 색상 활용과 표현력 넘치는 붓놀림을 칭찬했지만 그림 자체는 허망할 정도로 향수에 빠져 있다고 했다. "채프먼은 죽어가는 물감을 향해 속절없이 분노하며 개념주의의 바다에 맞서 용감하게 헤엄친다."

버네사의 작품이 추상적이 될수록 평론가들은 더 환호했다. 〈인디펜던트〉는 사우스뱅크에서 열린 '1995 페인팅 투데이' 전시회에 버네사가 기여한 바를 다음과 같이 소개했다. "색으로 충만한 채프먼의 캔버스에는 추상과 상징 사이의 묘한 빈틈이 있고 그래서 더욱 흥미진진한데……"

하지만 언론이 그녀의 작품을 좋아하게 됐을지 몰라도 그녀를 좋아하는 것 같지는 않았다. "채프먼의 그림이 대담하다면," 어느 리뷰에서는 이렇게 공언했다. "그녀의 도자기는 섬세하고 절제되었으며 작가 자신처럼 감정을 드러내지 않고 서늘하다."

이것이 공식이 되었다. 채프먼의 작품은 호평을 받고 그녀의 외모―검은 눈, 촉촉한 피부, 우아하고 늘씬한 몸매―에도 찬사가 쏟아졌지만, 성격에 대해서는 그렇지 않았다. 평론가와 인터뷰어마다 상대하기 까다롭고 무뚝뚝하고 짜증을 잘 내고 뚱하고 공격적인 외곬이라고 썼다.

베커는 이런 기사들을 다시 읽으며 불편한 마음에 자리에서 꼼지락거린다. 언론에 묘사된 채프먼의 이미지는 그가 사랑하는 작가의 감성과 절대 어울리지 않는다. 그녀의 조각과 도자기를 언급한 내용을 찾아보지만 그림 말고 다른 관심사는 언론에 소개된 적이 거의 없는 것 같다. 그는 기사를 읽고 또 읽다가 항구에 부딪치는 파도 소리를 자장가 삼아 깜빡 잠이 든다.

심란한 꿈의 잔상을 붙잡고 소스라치듯 잠에서 깨어보니 어떤 사람—처음에는 어린애인 줄 알았다—이 차의 앞유리를 주먹으로 두드리고 있다. 품이 큰 회색 스웨트셔츠의 후드를 거의 눈을 덮을 정도로 내려쓰고 그 위에 눈에 확 띄는 노란색 점퍼를 입은 이 사람이 '캠핑 금지'라고 적힌 주차장 저편의 팻말을 손으로 가리킨다.

"내가 빌어먹을 캠핑이나 하고 있는 걸로 보이나?" 베커는 중얼거리며 문을 열고 낑낑대며 이슬비가 내리는 밖으로 나선다. 체구가 왜소한 상대방을 향해 환하고 우아하게 미소를 짓는다. "그레이스 해스웰을 만나러 왔어요." 그는 말한다. "저 섬에 사는 분요. 물이 빠지기를 기다리는 중인데, 언제쯤이면 안전하게 건널 수 있는지 혹시 아세요?"

그자가 고개를 홱 들자 베커는 흠칫 놀란다. 창문 너머로 보았던 얼굴이다. 비바람에 피부가 쪼글쪼글해진 여자가 입을 일그러뜨리며 입술을 달싹인다.

"뭐라고요?" 베커는 큰 소리로 되묻지만 여자는 이미 몸을 돌려 코티지들이 있는 방향으로 걸음을 옮기고 있다.

그녀는 몇 걸음 더 가서 멈추고 그를 잠깐 돌아본 뒤 다시 몸을 돌린다. 천천히 멀어져가는 그녀가 장갑을 끼지 않은 핏기 없는 두 손을 양옆으로 늘어뜨리고 계속 쥐었다 폈다 하는 것이 그의 눈에 들어온다.

  파도가 방파제를 때리자 둔탁한 폭발음처럼 나지막하고 위협적인 소리가 들린다. 베커는 다시 차에 올라타며 꿈속에서 그가 차를 타고 있었다는 사실을 기억해낸다. 차 안에 있는데 환풍구와 문 틈새로 물이 쏟아져들어오고 뒷좌석에서 젖먹이가 악을 쓰고 있었다.

7

 누군가 오고 있다. 새로운 인물이다. 파란색 차가 털털거리며 방죽길을 건넌다. 그레이스는 운전자가 천천히 조심스럽게 차를 모는 것을 보고, 서두르지 않는 것을 보고 새로운 인물임을 알아차린다.
 그녀는 현관문이 잠겼는지 확인한 뒤 큼지막한 주방 창문 앞 감시초소로 돌아간다. 너덜너덜한 카디건 소매로 유리에 맺힌 물방울을 닦지만 차는 사라지고 보이지 않는다. 그 차는 방죽길 이편에 다다라 언덕 기슭에서 공회전하고 있을 것이다. 운전자는 오솔길을 가로막은 쇠사슬과 거기에 걸린 '사유지' 팻말을 쳐다보고 있을 것이다.
 그레이스는 바다가 내려다보이는 큼지막한 창문에서 북향으로 난 좀더 작은 창문으로 자리를 옮긴다. 거기서는 오솔길에서 현관문으로 이어지는 계단 꼭대기를 감시할 수 있다. 1, 2분이

지난다. 그 사람이 돌아갔나보다는 생각이 들기 시작한 찰나, 키가 크고 비쩍 마른 남자가 시야에 들어온다. 안색은 창백하고 머리는 축축한 짚단 색이며 검은색 외투를 입고 테가 굵은 안경을 썼다. 그녀는 흠칫 놀라지만―순간 아는 사람으로 보였던 것이다―아니다. 그냥 흔한 얼굴이다. 남자는 계단 꼭대기에서 걸음을 멈추고 숨을 고른다. 얼굴에 비를 맞으며 집을 올려다본다. 확실하지는 않지만 남자가 미소를 지은 것 같다는 생각이 든다.

남자는 험상궂어 보이지 않지만 그레이스는 첫인상으로 얼마나 위협적인 인물일지 넘겨짚을 만큼 어리석지 않다. 남자의 폭력적인 성향은 외모로 미루어 짐작하면 안 된다. 그녀는 부드러운 손에 뼈가 부러져봤고, 잘 웃는 화이트칼라 남자가 낸 상처를 꿰맨 적도 있다. 천사의 얼굴을 한 짐승도 만난 적이 있다.

그녀는 창가에서 물러난다. 거실 벽 선반에서 엽총을 내려 들고 현관홀로 가서 문가에 서 있는 사람에게 훤히 보이도록 벤치에 기대 세워놓는다. 문 두드리는 소리가 서너 번 들리자 문을 연다.

"해스웰 부인?" 남자는 소심하게 미소를 지으며 축축한 손을 내민다.

그레이스는 마주 미소를 짓지도 악수에 응하지도 않는다. "닥터 해스웰이에요"라고 바로잡는다.

"닥터 해스웰이시군요, 죄송합니다. 이런 식으로 불쑥 찾아와서―"

"원하는 게 뭐죠?"

"제 이름은 베커입니다, 제임스 베커. 페어번 재단에서 근무하고 있어요. 계속 연락을 드리려고 했는데—"

페어번이라는 말에 그레이스는 문을 닫으려 한다. "더는 그쪽한테 줄 거 없어요." 그녀는 자기 목소리에서 울음기가 느껴지자 당황한다. "이미 전부 가져갔잖아요."

버네사 채프먼의 일기

이 섬은 환상적이다! 어느 쪽으로 고개를 돌려도 풍경이 내게 말을 건다. 동쪽의 그 완만하고 둥근 언덕은 어쩌나 편안하고 여성적인지! 고개를 들면 초록색과 검은색의 신비로운 숲이 나를 맞이하고 암벽 위로 올라가 혼돈의 바다를 내려다보면 진정한 공포를 느낄 수 있다. 바로 지금 나는 남쪽과 여러 섬과 십스헤드에 마음을 빼앗긴 상태다. 십스헤드Sheepshead는 이름과 달리 생긴 것이 전혀 양 같지 않다! 내가 보기에는 늑대다.

8

 그레이스 해스웰은 못생겼다. 베커는 사람이 이렇게 못생길 수 있다는 데 놀랐다가 그런 생각을 했다는 데 곧장 부끄러워진다. 그녀는 겁에 질리기도 했다. 그가 공포를 유발한 것이다.
 그는 1분, 어쩌면 그보다 좀더 오래 요란하게 닫힌 문 앞에 서서, 그 뒤에 숨은 겁에 질린 여자보다는 오늘 있었던 일을 서배스천에게 전할 때 느낄 굴욕감에 대해 생각한다. 그냥 거짓말을 할까? 어차피 처음도 아니다.
 그가 몸을 돌리려는 찰나 문이 다시 홱 열리는 바람에 하마터면 모서리에 옆통수를 맞을 뻔한다. 그는 뒤로 휘청한다. "내 말 못 들었어요?" 그레이스 해스웰이 그를 노려보고 있다. 눈은 얼음물 같고, 얇은 입술을 뒤로 당겨 이를 드러낸 채 으르렁거린다. 아무튼 겁에 질린 것과는 거리가 멀다.
 베커는 뒤로 살짝 물러선다. "닥터 해스웰, 설명을 드려야겠는데요, 제가 찾아온 이유는 다른 게 아니라…… 〈분할 II〉 때문이에요. 그 조소 작품요. 그 작품에 대해 의논하고 싶어서 온 겁니다."

그레이스는 미간을 찌푸리고 고개를 젓는다. "그 작품은 그쪽이 가지고 있잖아요. 두번째인가 세번째로 실어 보낸 짐에 있었는데. 내가 송장도 가지고 있고…… 받지 못했다는 거예요?"

"아뇨, 아뇨, 잘 받았습니다. 그게, 저희가 그 작품을 테이트모던에 전시를 위해 대여해줬는데—"

"그랬는데 그쪽에서 작품을 손상한 모양이군요."

"아뇨…… 적어도 아직은 아닙니다." 그레이스의 미간에 잡힌 주름이 더 깊어진다. 베커는 숨을 깊이 들이마셨다가 천천히 뱉고, 머리 위로 다시 폭우가 쏟아지자 몸을 웅크린다. "문제가 조금 복잡한데요." 그는 힘없이 말한다. 그녀가 입술을 아주 살짝 씰룩거리고, 그는 순간 그녀가 미소를 지으려나보다고 생각한다. 그녀는 미소를 짓지는 않지만, 문을 조금 더 열고 그가 들어올 수 있게 뒤로 물러난다.

그는 문지방을 넘는다. 쿵쾅거리는 심장과 현기증을 달래며 숨을 참는다. 그토록 오랜 시간 동안 기다린 끝에 이렇게 여기, 그녀의 집—버네사 채프먼의 집!—에 발을 들여놓게 되었는데 안이…… 어두컴컴하다. 넘쳐나는 잡동사니로 지저분하다. 이 순간을 음미하고 싶은 마음이 굴뚝같지만 실망스럽다.

"이쪽으로!" 그레이스가 퉁명스럽게 외치자 그는 등뒤로 현관문을 닫으며 몸을 돌린다. 그가 복도를 따라 그녀를 뒤쫓아가다가 그녀 왼편으로 다가가자—오!

이제 노란색과 파란색과 환한 빛이 펼쳐지고 어떤 풍경이 그를 맞이한다. 그도 아는 풍경이다. 방죽길, 모래사장, 저멀리 순백색으로 덮인 봉우리 삼형제.

"〈에리스 모래사장〉이네요." 이렇게 말하는 그의 얼굴 위로 미소가 번진다. 그는 그레이스 해스웰을 쳐다보며 얼굴을 환하게 빛낸다. "〈에리스 모래사장〉이에요!"

그레이스는 등뒤로 손을 감추고 그 방의 오른편에 놓인 아가 레인지에 기대서 있는데, 표정의 의미를 알 수가 없다.

베커는 흥분을 감출 수도, 미소를 참을 수도 없다. "바로 여기, 바로 이 지점에 서서 그 작품을 그리셨나보네요! 시점이며 빛이 떨어지는 각도가…… 작가님이 그 그림을 야외에서 그리셨을 거라고 생각했는데 여기였어요, 맞죠?" 그는 자기 발치를 내려다본다. 그녀가 붓을 털었을 그곳의 바닥과 벽에 물감이 튄 자국이 있다. 뒷덜미 털이 일제히 쭈뼛 서는 게 느껴진다. "바로 여기였어요!"

그는 다시 그레이스를 쳐다보고, 이번에는 그녀가 등을 돌리기 직전에 미소의 끝자락을 보았다고 확신한다. 그녀는 주전자를 들고 개수대로 가서 물을 받는다. "버네사야 당연히 야외에서 작업하는 걸 좋아했죠." 그녀는 말한다. "하지만 그럴 수 없는 날도 있었어요. 대부분의 날씨는 용감하게 극복했지만 바람을 이기지 못한 날이 더러 있었거든요." 그녀는 주전자를 레인지에 올려놓는다. 그러고는 부드러워진 표정으로 돌아서서 그를 마주본다. "말년에 몸이 안 좋았을 때는 여기서 작업하는 시간이 점점 늘었고……"

베커는 고개를 끄덕인다. "그러셨겠죠." 그는 말하며 억지로 좀더 엄숙한 표정을 짓는다. "죄송합니다, 제가 좀…… 흥분했네요. 오래전부터 와보고 싶었던 곳이라서요." 그레이스가 고개를 젖히고 턱을 살짝 드는데, 표정이 다시 바뀌었다. 잘은 모르겠지만 거의 불쾌해하는 듯 보인다. 좀더 예의를 갖추었어야 하는데, 그가 무신경하게 굴었다. 여긴 관광지가 아니라 그레이스의 집이다. 그는 흥분을 가라앉히고 입을 다문다.

그레이스는 그를 향해 손짓으로 식탁의 자리 하나를 가리키고는 다시 차를 끓이기 시작한다.

베커는 자리에 앉는다. 두리번거리며 천장을 가로지른 시커먼 들보, 뒷벽 벽감 속에 쏙 들어앉은 장작 난로를 눈에 담는다. 아늑하지만—날씨가 좋으면 햇빛이 가득 비쳐들 것이다—많이 낡았다. 나무 몰딩에 걸린 그림은 빛이 바랬고, 찬장 문 몇 개는 경첩에 매달려 대롱거리고, 전에는 연노란색이었을 벽은 니코틴으로 인해 색이 바뀌었다. 여기저기에 그림을 오랫동안 걸어두었다가 치운 자국이 환영처럼 남아 있다.

베커는 버네사가 살아 있을 때는 어땠을지 애써 상상해본다. 자기 그림을 벽에 걸었을까? 유화물감으로 거울에 비친 듯 똑같이 그린 바다 풍경이었을까? 아니면 전혀 다른 그림을 걸었을까? 그레이스가 벽감 위쪽의 지저분한 자국을 응시하고 있는 그를 보고 인상을 쓴다.

그레이스는 그의 예상과 전혀 다르다. 신기하게도—버네사 채프먼과 여기 이 에리스에서의 삶을 다룬 기사를 그가 얼마나 많이 읽었는지를 감안하면 그렇다, 신기하다고 볼 수 있다—베커는 그레이스 해스웰의 사진을 본 적이 없기에—오늘까지—머릿속에 품고 있던 이미지는 온전히 상상의 소산이었다. 그는 나이를 먹어가는 라파엘전파의 작품 속 인물, 키가 크고 빼빼 마르고 동그란 눈은 초록색에 희끗희끗한 적갈색 머리를 길게 기른 여성을 상상했다. 현실의 그레이스는 키가 작고—기껏해야 5피트다—체구가 다부지다. 그가 연배 있는 여자의 나이를 짐작하는 데 영 젬병이긴 하지만 누가 물어보면 예순다섯 살쯤 된 것 같다고 대답할 것이다. 얼굴에 탄력이 떨어져 볼이 살짝 늘어졌고, 색감은 온통 우중충하다. 바가지머리부터 조금 불룩한 눈, 긴 카디건과 발목을 덮은 바지에 이르기까지 여러 색조의 갈색으로 색칠되어 있다.

그는 이제야 의아한 생각이 든다. 왜 그녀가 미인일 거라고 생각했을까? 요정 같고 팔다리가 길고 사랑스러운 이미지를 떠올리게 하는 이름 탓도 있다. 하지만 그보다는 연상작용 때문으로, 학교에서 터득한 교훈이 반영된 것이다. 예쁜 여자아이들은 끼리끼리 다닌다는 것. 버네사 채프먼이 미인이었으니 그녀의 친구도 그럴 거라고 넘겨짚은 것이다.

그레이스가 머그잔을 그의 앞에 쿵 내려놓자 식탁에 차가 조금 쏟아진다. 진하고 맛을 보니 다디달다.

"진품 여부를 의심하는 건가요?" 그레이스가 맞은편에 앉으며 묻는다. "만일 그렇다면 근거 없는 의심이에요. 〈분할 II〉는 분명히 버네사의 작품이에요." 베커는 놀라서 머그잔을 내려놓고 허리를 똑바로 펴고 앉는다. 그 조소 작품이 버네사의 작품이 아닐 수도 있다는 생각은 해본 적도 없었다. "이례적인 작품이긴 하죠." 그레이스는 말을 잇는다. "왜냐하면 버네사가 조소로 유명하지는 않았으니까요. 결국 그 연작에서 완성된 작품은 아마 일곱 점뿐일 거예요. 버네사가 그림을 그려보려고 애쓰던 시기에 만들었고요." 그녀는 차를 한 모금 마신다. "메모도 있고 스케치도 있어요." 베커는 입 안쪽이 바짝바짝 마르지만 그가 뭐라고 말을 꺼내기도 전에 그녀가 한쪽 손을 든다. "지금 당장 그걸 보여달라고 하지는 마요. 당장에 찾아낼 방법이 없으니까. 당신들이 얼마나 조바심을 내는지는 익히 알지만요."

베커는 차를 다시 한 모금 마시고는 그 단맛에 움찔하며 자신은 페어번에서 일한 지 얼마 되지 않았다고, 외부인이라고, 가족도 아니라고 밝혀야 할지 고민한다.

"그래서요?" 그레이스는 쏘아붙인다. "그게 다예요? 진품 여부에 대한 의심?"

"아뇨, 아뇨." 베커는 격하게 고개를 젓고 찾아온 이유를 곧장 이야기한다. 테이트모던을 찾은 법의인류학자, 유골에 대해 언급한 이메일. 그가 마침내 핵심을 밝히자 그레이스는 웃음을 터뜨린다.

"인간의 유골이라고요?" 그녀의 반문에 그는 고개를 끄덕인다. 그녀가 다시 웃음을 터뜨리자 이목구비에 화색이 돌면서 뺨이 사과처럼 동그래지고 얼굴이 달라진다. 육십대 초반 심지어 오십대 초반인가 싶다. "내가 의사라는 거 알죠, 그렇죠?" 그녀는 묻는다. "버네사가 자기 작품에 인간의 유골을 썼다면 내가 알아차리지 않았겠어요?"

베커는 얼굴이 빨개지는 걸 느낀다. "뭐, 저도 그게 사실이라면 진작 알아차린 사람이 있지 않겠느냐고 얘기했지만, 사슴의 흉곽을 인간의 흉곽으로 오해하는 일이 종종 있다고 들어서요."
그레이스는 그의 말에 대해 곰곰이 생각하는 듯 입술을 오므리고 고개를 갸우뚱한다. "저도 그 말을 들었을 때," 그는 말을 잇는다. "선생님과 똑같이 반응했어요. 웃었죠. 상사에게 그 작품은 페어번뿐 아니라 다른 갤러리에서도 전시한 적이 있다고 짚어줬고요. 하지만 테이트모던측에서 불안해해서요. 전시에서 그 작품을 빼서 검사해보자고 서배스천—제 상사인 서배스천 레녹스요—을 설득하려 해요. 그러니까 그게 사슴 뼈가 맞는지—"

"그건 안 돼요!" 그레이스가 말허리를 자른다. "케이스를 열면 안 돼요! 그것도—"

"작품의 일부니까요." 베커가 말을 대신 맺는다. "저도 그렇게 얘기했습니다. 정확히 그렇게요."

그들의 시선이 마주친다. "버네사가 그걸 직접 제작했어요." 그레이스는 조금 힘이 들어간 목소리로 말한다. "그 케이스요, 버네사가 직접 조립해서 유리 안쪽 면에 지문도 남았어요. 그 케이스 안에…… 버네사의 흔적이 남아 있어요. 지문, DNA. 숨결."

베커는 식탁을 내려다보며 수치심을 삼킨다. 5년이나 지난 지금까지 이 여자는 누가 봐도 슬퍼하고 있다. 벽에 걸었던 그림들을 치워 그녀의 집은 벌거숭이가 되었다. 돈이 많아 보이지도 않는다. 그런가 하면 무능하다고 손가락질당했고 그보다 더 끔찍하게는 변호사들에게 시달렸다. 그런데 이제는 그가 해질 무렵에 사전 약속도 없이 그녀의 집을 찾아온 것이다.

"이런 문제로 번거롭게 해드려서 정말 죄송합니다. 닥터 해스

"웰." 그는 최대한 부드럽게 말을 꺼낸다. "저는…… 그 작품과 연관 있는 스케치나 메모를 볼 수 있으면 케이스를 열어보는 사태를 막을 수 있지 않을까 싶었어요. 그 뼈를 언제, 어디에서 주웠는지 그것만이라도 힌트를 얻을 수 있으면—"

"어디에서 주웠는지는 알려줄 수 있어요." 그레이스는 딱 잘라 말한다. "정확한 위치는 모르지만 이 집 뒤편 언덕의 숲속일 거예요. 거길 뒤지고 다녔거든요. 거기 아니면 바닷가. 이 섬은 온 사방에 사슴, 양, 소 뼈가 흩어져 있어요. 물개 뼈도 있고." 그녀는 고개를 한쪽으로 기울이고 가늘게 뜬 눈으로 그를 쳐다본다. "하지만 어디에서 또는 언제 그걸 주웠는지 파악한들 그게 무슨 도움이 될까 싶네요. 그걸로 뭘 알 수 있겠어요?"

"알 수 있는 게 많지는 않겠죠." 베커는 시인한다. "하지만 작가님이 그 뼈에 대해 또는 어디에서 주웠는지에 대해 일기에 썼다면 그걸 무슨 뼈라고 생각했는지도 언급하셨을 수 있고 그럼 작가님이 의도적으로 인골을 쓴 게 아니라는—"

"뭐라고요? 버네사가 자기 작품에 인간의 유골을 썼을 수도 있다고요?" 그레이스는 다시 큰 소리로 웃음을 터뜨린다. "세상에 누가 그런 짓을—" 그녀가 말을 뚝 끊더니 벌떡 일어나는데, 표정이 다시 달라졌다. 기존의 혐오하는 표정에 다른 뭔가가 더해졌다. "맙소사. 이제 찾아온 이유를 알겠네. 그 인간의 유골이라고 생각하는 거죠, 맞죠?"

베커는 헉하고 숨을 들이마신다. "아뇨, 저는—"

"하, 어이가 없네." 그녀는 입술을 일그러뜨리며 경멸하는 표정을 짓는다. "정말이지 어이가 없네요." 그녀는 앞으로 몸을 숙여 차가 반쯤 남은 그의 머그잔을 낚아채더니 몸을 휙 돌려 개수대에 던진다. "그만 나가주시죠!" 그녀가 소리친다.

"닥터 해스웰, 저는 그 사람이라고 생각하지 않아요, 그래서 찾아온 것도 아니—"

"지금 당장!" 그녀는 문 쪽을 가리킨다. "나가요!"

그녀가 선택의 여지를 주지 않으니 베커로서는 어쩔 도리가 없다. 그는 외투를 집어들고 현관 쪽으로 비척비척 돌아간다. 그런 그의 꽁무니를 쫓아오며 그레이스는 계속 소리를 지른다. "당신 같은 인간들이란! 미술관을 홍보할 수만 있다면 어처구니없고 선정적인 헛소문을 날조하는 것도 마다하지 않지! 이제 보니 지능도 떨어지네! 줄리언 채프먼은 2002년에 실종됐어요! 〈분할 II〉는 2004년에 제작됐고!" 작품 소개에 따르면 2005년인데, 베커는 속으로 중얼거리지만 그녀의 말에 토를 달 생각은 없다. "2, 3년 만에 그 인간이 백골로 변할 수 있겠어요?"

"어…… 글쎄요…… 그건 저도 잘—" 베커는 처량하게 말하며 고개를 돌려 그녀를 마주본다.

"변할 수 없어요!" 그레이스는 쏘아붙인다. "아니, 그게 무슨 뜻인지 알 만한 사람에게 물어보기라도 할 것이지! 당신 같은 인간들이란!" 그녀가 다시 말한다. "당신은 버네사의 주방에 앉을 자격도, 버네사의 섬을 걸어다닐 자격도 없어. 벽에 버네사의 작품을 단 한 점도 걸어놓을 자격이 없다고. 버네사를 그런 인간으로 생각한다는 거지? 그러니까…… 뭐야? 남편을 죽이고 그 뼈로 작품을 만들었다고?"

버네사 채프먼의 일기

지금 여기는 나폴리, 공기에서 소금과 유황 맛이 나고 밤하늘은 자주색이고 바닷가를 걸으며 수많은 아이와 어스름 속에서 웃고 떠들고 서로 입을 맞추는 매혹적인 이탈리아의 십대들을 구경할 수 있는 곳이다.

낮에는 폭염과 남자들이 무지막지하게 달려든다. 거리를 걷다보면 지친다. 마지막으로 여기 왔을 때 나는 어린애였는데, 남자들이 늑대처럼 우리 어머니를 쳐다보면 어머니가 미소를 짓거나 웃음을 터뜨렸던 기억이 난다. 나는 그들을 노려보며 욕을 한다. 나는 허영심이 있긴 하지만(아니면 그 때문일지도?) 누가 날 그리거나 사진 찍는 걸 좋아해본 적이 없다. 누가 날 쳐다보는 것도 마찬가지다.

내가 여기 온 건 보기 위해서다.

카포디몬테미술관에 전시된, 젠틸레스키가 그린 유디트와 홀로페르네스를 보기 위해서다.

내가 마지막으로 여기 왔을 때 그 작품을 봤던 기억도 난다. 그때는 그냥 그 피바다에, 그 끔찍한 분위기에 매료됐던 것 같은데 이번엔 두 여자가 진심으로 임무에 전념하며 진지하게 힘을 합치고 있다는 데 마음이 간다. 카라바조의 유디트는 조심스럽고 겁이 많지만, 이 유디트—입술은 빨갛고 나폴리 하늘처럼 파란 옷을 입은—는 결연하고 단호하다. 그녀는 소매를 걷어붙였다. 그리고 그녀의 하녀는 그냥 소극적으로 또는 속절없이 한쪽에 서 있지 않는다. 그의 얼굴에 시선을 고정한 채 있는 힘껏 그를 붙잡아 침대에 대고 누른다. 즐기고 있는 게 아닐까 싶을 정도다.

이 위대한 두 여성에게 외경심을 느끼며 그 앞에 서 있는데 그림자가 나를 덮었다. 어떤 남자가 햇빛을 전부 가리며 가까이 서 있었다. 키가 크고 어깨가 넓고 턱이 사각이라 경마장으로 가려다 길을 잘못 든 것 같은 인상이었다. 내가 그의 반대편으로 걸음을 옮기려는 찰나 그가 물었다. 버네사 채프먼 씨 아닌가요? 농담이 아니라 진짜로 내 입이 떡 벌어졌다.

그는 화이트큐브에서 내 작품을 봤다고 했다. 그의 이름은 더글러스 레녹스, 글래스고에서 갤러리를 운영하는데 내 대리인이 되고 싶다고 한다.

나는 술을 한잔 사고 싶다는 그의 제안에 응하고, 몇 잔 마신 뒤에는 잠자리에도 응한다. 같이 일하게 될 사이라면 좋지 않은 선택이었을지 모르지만, 그는 기술이 아주 좋았다. 그리고 유부남이니 골치 아픈 일도 일으키지 않을 거다.

∽

줄리언이 닷새째 골이 난 채로 집에 들어앉아 있다. 실리아와 완전히 끝난 모양이다. 파산 상태인데 그의 아버지가 더는 돈을 빌려주지 않겠다고 한다. 나도 더는 줄 돈이 없다.

∽

어제 더글러스 레녹스가 찾아왔다. 옥스퍼드의 역에서 전화해 지나가는 길에 들렀다고 했다.

글래스고에서??

그는 내가 그린 블레넘궁을 마뜩잖게 여겼다. 남들은 모두 감탄하는데, 너무 감상적이고 예쁜 초콜릿 상자 같은 느낌이란다. 그는 산울타리를 사랑했다. 대담하고 야심만만한 것—새로운 방향에서 풍경을 담는 것. 당신이 하고 싶은 게 그거 아니에요? 대화를 나누는 동안 줄리언이 작업실로 들어왔는데, 우리가 바짝 붙어서서 내가 더글러스의 팔에 손을 얹었나 아니면 그가 내 허리에 손을 얹었나, 아무튼 서로 몸을 맞대고 있는 걸 보고 줄리언—내가 특히 스킨십을 통해 그 누구와도 애정이나 다른 감정을 얼마나 스스럼없이 표현하는지 아는 사람—이 화를 내며 나가버렸다.

더글러스와 나는 한참 동안 대화를 나누었다. 나는 좀더 입체적인 방향으로 나아가고 싶다고, 팔레트 나이프로 조각하는 것과 같은 흔적을 내고 싶다고 말했다. 그는 내 최고의 걸작은 여기서 작업한 게 아니라는 점을 지적했다. 콘월과 이탈리아에서 그린 그림이 더 훌륭하다고. 이 풍경—한때는 나를 전율하게 했던—은 이제 매력이 없어졌다고.

저녁에 집으로 돌아온 줄리언이 더글러스를 걸고넘어지자 나는 그를 비웃었다. 그가 날 때릴지도 모른다는 생각이 잠깐 들었다. 때리길 바랐던 것도 같다. 그가 주먹을 휘두르면 내가 떠날 수 있을 테니까, 그렇지 않을까.

✦

3일 동안 계속 뇌우가 치고 내 몸이 공기 중의 전기를 흡수하는 느껌이다. 그림을 그리고 또 그리며 소생하는 기분, 거듭나는 기분을 느낀다.

내일은 아트페어 참석차 런던에 간다.

❦

더글러스 사건을 용서받은 줄 알았더니 내 착각이었다. 런던에서 돌아와보니 익숙한 원투펀치가 나를 기다리고 있었다.

잽: 그가 실리아 그레이를 다시 만나고 있다. 그리고 이번에는 잠깐 한눈을 파는 게 <u>아니라</u> 그녀를 사랑한단다.

크로스펀치: 내가 집을 비운 새 그가 내 이탈리아 그림 중 한 점(《나폴리의 해변 도로》)을 "실리아가 아는 화상"에게 팔았다.

내 심정을 말로 표현할 방법이 없다. 단순한 절망이 아니라 전에는 몰랐던 어둠이고, 증오였다. 가끔 그의 잔인함에 숨이 막힐 때가 있다. 불륜만으로는 부족한지 내 그림과 내가 번 돈까지 자기 마음대로 한다.

나는 다른 데 신경쓰지 말고, 일을 내 삶의 중심에 두어야 한다.

그리고 떠나야 한다. 떠나지 않으면 그를 죽일지도 모르니까. 아니면 그의 손에 내가 죽든지.

9

베커는 방죽길을 되돌아 나오며 백미러로 뭔가를 본 것 같다는 생각을 한다. 파란색이 언뜻 지나갔는데, 하늘이나 바다의 파란색이 아니라 그보다 좀더 밝고 부자연스럽고 엉뚱한 파란색이다. 사이키 조명 같은 파란색. 그는 차를 세우고 내린다. 공기가 습하고 안개가 연안을 부유한다―이미 섬의 일부가 보이지 않는다. 언덕 비탈에는 생뚱맞게 보이는 것이 하나도 없다. 잠깐 서서 주변을 두리번거리는데, 공포의 미세한 전율로 몸이 진동한다. 차가운 바다 안개에 스멀스멀 덮여가는 저 아래 갯벌을 보니 밀물에 갇혀 오도 가도 못하게 되는 끔찍한 광경이 그려진다. 그는 수영을 잘하지 못한다. 다시 차에 올라탄 그는 돌에 걸려 덜컹거리고 움푹 파인 곳을 쿵쿵 넘어가며 육지까지 쌩하니 달린다.

그래. 그는 속으로 우울하게 중얼거린다. 잘 끝났네.

에리스 마을 저쪽 끝에 펍이 있다. 베커는 주차장에 차를 대고 운전대에 손을 얹은 채 잠깐 앉아 있는다. 집에 가고 싶은 마음이 굴뚝같지만 운전할 자신이 없다. 몇 시간 전에 느꼈던 불안이 다시 돌아와 그의 관자놀이와 뒷덜미를 묵직하게 누른다. 어스름이 깔리기 시작한 지금 출발했다가는 무사히 귀환하지 못할 거라는 확신이 그를 사로잡는다.

그는 헬레나에게 연락하려고 휴대폰을 꺼냈다가─그녀와 얘기를 나누면 정신을 가다듬을 수 있을 것이다, 그녀는 한 번도 실패한 적이 없다─서배스천에게서 부재중 전화가 세 통 와 있는 것을 보고 결정을 내린다. 그는 차에서 내려 펍으로 들어간다.

펍은 색다를 게 없다. 직사각형 공간에 짙은 색 목재로 된 카운터와 테이블 몇 개가 놓였는데, 평범하고 허름한데다 안쪽 구석 테이블에 앉은 젊은 남자 삼인조와 카운터 뒤에서 휴대폰을 들여다보는 중년 여자 말고는 아무도 없다.

여자가 고개를 들고 그를 보며 환하게 웃는다. "뭐 드릴까요, 손님?"

"실은 방이 있는지 알아보려고 들어왔어요. 오늘 하루만 자면 되는데요."

"아, 있지요!" 그녀는 몸을 돌려 뒤편의 메모판에 걸려 있는 열쇠를 빼든다. "큰 방이랑 작은 방 중에서 고를 수도 있어요. 작은 방이 더 저렴하긴 하지만 욕실이 따로 없어요."

그는 큰 방을 선택하는데, 그 술집처럼 실용적이지만 포근한 분위기는 아니다. 하지만 깨끗해 보이고 방안에 스며든 퀴퀴한 맥주 냄새 위로 언뜻 기분좋은 냄새가 느껴진다. 파이 냄새인가?

베커는 다시 1층 술집으로 내려와 아주 훌륭한 스테이크 앤드

에일 파이를 비터 맥주와 함께 먹으며 파일 속의 메모와 기사를 마저 읽는다. 다시 들어갈 방법, 일말의 정보, 그레이스 해스웰의 집 문지방을 다시 넘게 해줄 접점을 찾기 위해서다―가망이 없을 것 같아 두렵긴 하지만.

채프먼은 인터뷰를 그다지 많이 하지 않았다. 평론가들의 말마따나 그녀의 성격이 까다로워서였을 수도 있고 평론가들이 그녀가 얼마나 까다로운 성격인지 강조하는 데 수많은 지면을 할애해서였을 수도 있다. 심지어 전성기였던 1990년대 후반과 2000년대 초반에도 그녀는 공개 석상에서 자신의 작품 얘기를 한 적이 거의 없었다. 2002년에 남편이 실종되고 더글러스 레녹스의 글래스고모던갤러리에서 열기로 했던 단독 전시회를 취소한 뒤에는 두 번 다시 언론을 상대하지 않았다.

그는 노트북을 닫아서 가방에 넣은 뒤 유리잔을 들고 카운터로 간다. 주인의 남편인가 싶은 사람이 합류했다. 얼굴이 불그스레하고 비쩍 마른 남자가 카운터 한쪽 끝에 앉아 지역 신문을 읽고 있다.

"파이 정말 맛있었어요." 베커가 말하자 주인이 우아하게 고개를 살짝 숙인다. 그녀는 잠깐 그를 주시한다.

"여기서 휴가용 별장을 찾고 있어요?" 그녀가 묻는다.

"아, 아니에요." 베커는 고개를 젓는다. "그레이스 해스웰을 만나러 왔어요. 섬에 사는 분요."

"아, 닥터 해스웰!" 그녀는 한쪽 눈썹을 쫑긋 세운다. "친구분이신가봐요."

그는 다시 고개를 젓는다. "아뇨, 아니에요. 저는…… 음, 미술관 큐레이터예요. 보더스에 있는 미술관요. 저희가―그러니까 저희 미술관이요―버네사 채프먼 사후에 그분의 작품을 일부 유증받았거든요."

"아, 그러시구나. 그런 일을 하시는구나. 채프먼 부인이 그렇게 됐을 때 우리가 얼마나 슬퍼했는지 몰라요. 좋은 분이었거든요. 다정하고, 자유분방하고, 맞죠? 매력이 넘치고. 남자들한테 인기도 많고." 그녀는 한쪽 눈을 찡긋거린다.

남편이 신문을 읽다 말고 험상궂은 눈빛으로 그녀를 쏘아본다. "아무한테도 폐를 끼친 적이 없었지." 그는 중얼거리며 베커를 노려본다. "그분도 그렇고 그 의사도 그렇고. 자기들끼리 지냈잖아. 아무한테도 폐를 끼치지 않고."

"뭐," 그의 아내는 생각에 잠긴 투로 중얼거린다. "정비공하고 그 일이 있었―"

"주방에 가봐야 하지 않아, 셜리?" 남자가 으르렁거린다. 셜리는 베커를 향해 다정하게 미소를 지어 보이며 어깨를 으쓱하고 뒤편 어딘가로 사라진다. 베커가 이제 그만 자리를 뜨려는데, 남자가 다시 중얼거린다.

"은퇴했어요, 알다시피." 그가 말한다.

"네?"

"닥터 해스웰 말이에요. 은퇴했다가 코로나 때 병원으로 복귀했어요. 열다섯 시간씩 교대근무를 했죠, 다들. 뼈가 부서져라 일했어요." 그는 그게 베커 탓이라도 되는 양 노려본다. "그렇게 고생한 분에게 성가신 일이 생기는 건 보고 싶지 않네요. 그분과 채프먼 부인은," 그는 다시 말한다. "아무한테도 폐를 끼친 적이 없어요."

베커는 2층 방으로 올라와 헬레나에게 전화한다.

"희한하게도 동네 주민들은 버네사를 좋아했던 눈치야." 그가 말한다.

"그게 왜 희한한데?"

"그냥 뜻밖이었어. 이 외지인—상당한 상류층에 속하는 남부 출신의 잉글랜드 여자—이 등장해 섬을 하나 사더니 거기서 혼자 지낸 거잖아. 게다가 차갑고 까다롭고 쌀쌀맞기로 명성이 자자했는데 여기 주민들—뭐, 술집 주인 부부이긴 하지만—은 칭찬만 한단 말이지."

"흐으으음." 헬레나는 딴 데 정신이 팔려서 그의 말을 듣는 둥 마는 둥 하는 눈치다.

"흐으으음? 뭐가 흐으으음이야?"

그녀는 웃음을 터뜨린다. "좋은 손님이었나? 베크, 잘 모르겠지만 마음만 먹으면 버네사도 얼마든지 매력적인 인물이 될 수 있었을 거야. 그리고 평론가들이 그녀를 두고 한 평가는—그러니까…… 뭐라고 그랬더라?—무뚝뚝하고 성깔 있고 공격적이다—자기 주관이 뚜렷한 여자한테 사람들이 하는 말이잖아?"

"그래?"

헬레나는 다시 웃음을 터뜨린다. "응! 그리고 사실 따지고 보면 어떤 집단에서는 외곬이고 이기적이라는 말이 무자식과 동의어로 쓰여."

"그래?"

헬레나는 혀를 찬다. 그녀가 그를 향해 눈을 부라리는 게 느껴질 정도다. "다시 찾아가서 대화를 나눠봐―친구였는지 동반자였는지 모를 그 여자랑. 그러려고 간 거 아니야? 버네사에 대해 진심으로 알고 싶다면 그 해스웰이라는 여자의 입을 열 방법을 찾아야지. 모든 시신이 묻힌 곳을 아는 사람이 그 여자니까."

베커의 귀에 어떤 목소리가 들리는데, 진원지가 객실 밖 복도인지 아니면 수화기 너머인지 잘 모르겠다. "이거 무슨 소리야?" 그는 헬레나에게 묻는다.

"피자 보이." 헬레나는 허스키한 목소리로 말끝을 길게 늘인다. "지금 막 샤워하고 나왔어." 베커는 요란하게 숨을 토한다. "텔레비전 소리야, 베크, 어휴. 당신 없는 틈에 〈카다시안 패밀리〉 몰아보는 중이야."

"사랑해." 베커는 말한다.

"우리도 당신 사랑해."

"당신이랑 피자 보이?"

"피자 걸일 수도 있지."

그는 전화를 끊고 버네사 관련 자료를 처음부터 다시, 이번에는 좀더 비판적인 시각으로 읽어본다. 당연히 버네사는 그렇게 무뚝뚝하지 않았고, 당연히 그건 단순한 여성혐오였다! 평론가는 모두 남자였고 인터뷰어도 남자였고 대부분의 인터뷰이도 마찬가지였다. 그들은 저의가 있는 남자 아니면 원한을 품은 남자였다.

베커는 이번에야 기사를 읽으며 그레이스 해스웰의 부재를 알아차린다. 그녀는 거의 언급된 적이 없다―버네사의 부고 기사에서 한두 번 간병인으로 언급됐을 뿐이고 그때도 그녀가 한 말이 인용된 적은 없다. 그녀가 신문기자들과의 대화를 피했을 수도 있다. 버네사가 아무 말도 하지 말라고 부탁했을 수도 있고. 하지만 또한 기자들이 터너상 수상자나 저명한 평론가를 찾아다니며 코멘트를 청한 반면, 이 지역 보건의인 그레이스 해스웰에게는 생각이나 심정을 물을 생각을 아무도 하지 않았을 수도 있다.

베커는 노트북을 덮는다. 지쳐서 기운이 하나도 없고, 운전하고 노트북 앞에 웅크리고 앉아 있었던 탓에 허리와 어깨가 뻣뻣하다. 그는 침대에서 힘겹게 내려와 삐걱대는 마룻장을 가로질러 손바닥만한 욕실로 들어가서 허리를 펴고 어깨를 뒤로 돌리고 목을 좌우로 움직인다. 머리가 천장에 닿을락 말락 한 상태로 변기 앞에 서서 볼일을 보고 천창 너머로 저멀리서 사방을 외로이 밝히는 불빛을 내다본다.

그는 생각한다. 그녀를 만나지 않으면 정말 간단할 텐데. 그녀를 완전히 생략하면 정말 간단할 텐데.

방으로 돌아간 그는 다시 노트북을 열고 글을 쓰기 시작한다.

해스웰 선생님께

선생님과 나누고 싶은 이야기와 선생님께 하고 싶은 질문이 너무나 많습니다. 그 뼈—줄리언 채프먼의 뼈일 거라고는 단 한 순간도 생각한 적이 없습니다—는 그중에서도 가장 하찮은 부분이에요. 제가 처리해야 하는 일, 해결해야 하는 문제, 페어번의 소장품을 관리하는 큐레이터에게 주어진 업무 중 일부에 불과하죠.

저는 선생님과 버네사가 함께했던 시간에 대해 물어보고 싶습니다. 작품 뒤에 숨어 있는 여성, 당신만 아는 그 여성에 대해. 물론 직업적인 호기심에 묻고 싶은 것도 있습니다. 제 논문 주제가 비전통적인 풍경화의 발전인데, 그 중심에 버네사의 작품이 있었으니까요. 하지만 그분의 작품과 저의 접점은 그보다 훨씬 이전으로 거슬러올라가며 뿌리가 깊습니다. 예술에 관심 있는 사람이라면 누구나 그렇듯 저 역시 두 종류의 추억을 가지고 있습니다. 개인적인 추억과 예술적인 추억. 가끔 이 둘이 서로 겹칠 때도 있죠.

제 어머니는 재능 있는 수채화가였습니다. 미술대학에 진학했지만 아이가 생기자 중퇴했죠. 어머니는 다시 공부할 작정이었지만 아버지―저는 얼굴도 모릅니다―가 지원해주지 않았어요. 그 당시 이미 할아버지와 사별한 할머니에게는 우리 세 식구를 부양할 능력이 없었으니 어머니가 일을 하는 수밖에 없었죠.

어머니는 비스터 도심의 슈퍼마켓에 취직했는데, 같은 블록에 해리웨스트아트라는 갤러리가 있었어요. 선생님도 아실 거라고 확신합니다만, 버네사의 작품을 처음으로 전시한 곳이었죠. 어머니는 점심시간이나 퇴근 후에 종종 그 갤러리를 찾아가 버네사의 작품을 감상했어요. 한번은 8×5인치 크기의 조그만 유화를 사가지고 오셨고요. 일주일 치 주급과 맞바꾼 거라 할머니와 대판 싸우셨답니다.

산울타리를 그린 작품이었는데, 강렬한 초록색에 보라색과 노란색 야생화가 점점이 박히고 여름의 향기가 피어올랐어요. 작가가 이런저런 것―풀씨과 꽃잎―을 그림에 박아넣었더라고요. 거기서 무지갯빛 곤충 날개를 발견하고 놀란 동시에 환호했던 기억이 납니다. 작긴 했지만 아무리 봐도 절대 질리지 않는 작품, 들여다볼 때마다 뭔가 다른 선물을 주는 그런 작품이었어요.

어머니는 그걸 침대 옆 벽에 걸어놓으셨죠.

그로부터 2, 3년 뒤 임종을 앞두고 호스피스에 입원하게 되었을 때 어머니는 소지품을 딱 두 개 들고 가셨어요. 저랑 둘이서 찍은 사진 액자와 그 조그만 그림. 그로부터 1, 2년 뒤에 제가 어느 정도 용기가 생겼을 때 어머니 사후에 집으로 반송된 유품—어머니의 잠옷, 세면도구 파우치—가방을 열어보았는데 사진은 있지만 그림은 없더군요.

그래서 그 그림을 찾아 나섰습니다. 저는 그때 열세 살이었고, 외로웠고 화가 났고 그림에 대해서는 전혀 아무것도 몰랐지만 다행히 할머니가 그 작가의 성이 채프먼이었다는 걸 기억하고 계셨어요. 구글도 없던 1990년대였지만 운좋게 동네 도서관에서 1995년 런던아트페어 전시회 이후에 〈아트나우〉에 실린 버네사의 인터뷰를 마이크로피시로 찾을 수 있었어요. 저는 십대 남자아이답게 그녀의 미모에 깜짝 놀랐지만, 그보다는 그림이 어떤 의미냐는 질문에 그녀가 한 대답이 더 인상적이었답니다. 그녀가 뭐라고 했는지 여기서 인용할 수도 있어요. 하도 읽어서 외우고 있거든요.

"예술은 유산이고 위안이죠. 우리를 달래고 위로하고 자극해요. 예술은 일이에요. 하루종일 하는 일이요. 문제를 해결하는 방식, 세상을 이해하는 방식이에요. 다시 시작하고, 허물을 벗고, 복수하고, 사랑에 빠질 수 있는 기회예요. 좋은 사람이 될 수 있는. 오래 살 수 있는."

저는 나중에 그 조그만 그림(〈산울타리〉, 1993)을 경매장에서 맞닥뜨렸습니다. 첫 월급으로 크리스티 경매장에서 그 작품을 샀죠. 얼마였는지 들으면 어머니는 깜짝 놀라셨을 거예요. 아니 어쩌면 놀라지 않으셨을지도요! 언젠가는 어머니처럼 세상도 버네사의 진가를 알아볼 거라고 전부터 짐작하셨을지 모르니까요. 아무튼 이제 제 침대 옆에 그 그림이 걸려 있는 걸 보면 어머니가 아주 기뻐하실 거예요.

선생님과 다시 대화를 나누는 것이 제게 왜 그렇게 중요한지 이로써 조금이나마 설명이 되었길 바랍니다.

제임스 베커 드림

이른새벽, 조수가 바뀌기 직전에 베커의 휴대폰 진동이 울린다. 그는 번쩍 눈을 뜨고는 쿵쾅거리는 심장을 달래며 헬레나, 라고 생각한다. 하지만 화면을 보니 이메일 알림이다.

베커 씨에게

이메일 잘 받았어요. 아직 에리스에 있으면 오늘 섬으로 오세요. 간조가 8시예요.

나를 그만 괴롭히라는 말을 당신 상사에게 전한다는 조건하에서만 만날 수 있음을 이해해주세요.

그럴 용의가 있으면 좀더 대화를 나눠보도록 하죠.

그레이스 해스웰

10

베커는 버네사의 집 앞 계단을 올라가며 작업실도 구경할 수 있을지 궁금해한다. 아아, 거길 볼 수 있다면 얼마나 좋을까! 암벽 꼭대기에 올라가 풍경을 감상할 수 있다면 얼마나 좋을까!
"올라가봐도 돼요." 그가 물어보자 그레이스가 답한다. 그녀는 그의 머그잔에 커피를 따르고 있다. 굳이 따지자면 환대하는 분위기는 아니지만 그래도 충분히 깍듯하다. 어제 화를 냈던 흔적은 전혀 없다. "하지만 추천하지는 않겠어요." 그녀는 안개를 보라는 뜻으로 창문을 턱으로 가리킨다. "바다 안개가 꼈을 때 마지막으로 거기 올라갔던 사람이 돌아오지 못했거든요. 아니다, 돌아오긴 했죠, 최단경로로." 그녀는 양쪽 눈썹을 쫑긋 세우고 그를 쳐다보며 나지막이 휘파람을 분다. "일주일 뒤에 해변으로 쓸려왔으니."
베커는 커피를 마시다 하마터면 사레가 들릴 뻔한다.

"신문에 실렸어요." 그녀가 냉랭하게 말한다. 그의 맞은편에 앉아 자기 잔에 담긴 커피를 후후 분다. "2년쯤 전이었는데…… 아니 3년이었나? 시간개념이 없네요. 아무튼 코로나 전이었어요."

"맙소사. 누구였는데요?"

그레이스는 어깨를 으쓱한다. "산책 나온 사람. 아니면 관광객. 캐나다 사람이라고 했던 것 같아요. 고향에서 멀리 떠나온 어떤 가엾은 영혼. 내가 직접 만난 적은 없어요. 그 사람 렌터카가 길에 며칠 주차돼 있어서 무슨 일이 벌어졌다는 걸 알아차렸죠."

그들은 커피를 한 모금 마신다. 베커는 고개를 젓는다. "그렇게 위험한 곳이었을 줄이야…… 그 암벽은 버네사가 그림을 그리러 자주 갔던 곳 아닌가요?"

그레이스는 격하게 고개를 끄덕인다. "네, 맞아요. 노상 거기 올라가 있곤 했죠. 날씨가 어떻든 상관없이. 어떤 공간을 자주 볼수록 거기서 더 많은 걸 뽑아낼 수 있대요. 버네사가 한 말이에요. 물감이며 캔버스, 온갖 도구를 챙겨서 사륜 오토바이를 타고 갈 수 있는 데까지 간 다음 거기서부터 걸어올라갔죠." 그녀는 잔잔한 미소를 머금고 다시 눈썹을 위로 쫑긋 세운다. "바람에 날아간 캔버스가 한두 개가 아니었어요. 그럴 때마다 나는 신에 대한 두려움이 생겼지만 아무것도 버네사를 막을 수는 없었죠." 그녀는 입술을 오므린다. "거의 아무것도."

의문의 여지가 없다. 오늘 그레이스는 달라졌다. 어제보다 자주 눈을 맞추고 덜 방어적이며 말을 많이 한다. 이메일 작전이 성공을 거둔 것이다.

"버네사는 여길 잘 알았어요." 그레이스가 말한다. "이 섬의 구석구석을, 모든 바위와 모든 뿌리, 모든 틈새를 알았고, 어디가 지반이 약하고 어디가 바람이 심한지도 알았죠……" 그녀는 고개를 젓는다. "오늘은 안 돼요. 바보가 아닌 이상 오늘 같은 날은 올라가면 안 돼요. 그리고 작업실도 아직은 보여드리지 못할 것 같네요. 준비가 안 됐거든요." 두 사람의 시선이 마주치고, 그레이스는 앉은 자리에서 허리를 아주 곧게 편다. "내가 아직 준비가 안 됐어요. 아무튼 당신에게 확실히 들어야겠어요. 앞으로 뭘 어떻게 할 생각인지."

베커는 고개를 숙이고 커피를 한 모금 더 마신다. 매력이 통하지 않겠다는 것을 감지하고 대신 복종을 선택한다. "저는 사실," 그는 조심스럽게 말문을 연다. "당연한 말이지만 선생님이 시간이 되시면, 그럴 생각이 있으시면 같이―선생님과 저, 이렇게 둘이서요―버네사의 자료를 읽어봤으면 했습니다……" 그는 고개를 들지 않고 식탁에 시선을 고정한 채 여전히 차분한 말투로 말을 잇는다. "그러다보면 양측 모두 받아들일 수 있을 만한 해결책을 찾을 수도 있으니까요." 그는 이제 고개를 들어 그녀와 눈을 맞춘다. "선생님의 도움이 필요합니다."

그레이스는 입술을 꾹 다물지만 희미한 홍조가 광대뼈에 번진다. 그 말에 기분이 좋아진 것이다. 우쭐해진 것이다. "그러면…… 그러면 좋겠네요." 그녀의 말에 베커는 식탁 아래에서 의기양양하게 주먹을 꽉 쥔다.

그들은 합의를 도출한다. 그레이스는 페어번에 가져갈 자료 샘플―공책 몇 권, 편지 두어 통―을 줄 것이다. 그는 서배스천에게 자제해달라고 요청할—아니, 얘기할!—것이다. 앞으로 그레이스는 베커와 직접, 그리고 오직 베커하고만 이야기할 것이다. 법적 조치를 취하겠다는 협박은 중단될 것이다. 베커는 어린애처럼 의자 아래에서 발목을 십자 모양으로 겹친 채 엄숙하게 약속한다.

"그럼 살펴볼 만한 공책을 몇 권 가져올게요." 그레이스는 말하며 자리에서 일어난다. 베커는 현관문이 열렸다 다시 닫히는 소리가 들릴 때까지 기다렸다가 기회를 잡는다. 주방에서 슬그머니 빠져나가 어두컴컴하고 어수선한 거실로 들어간다. 거실은 창문도 없고 바람도 통하지 않는데다 거의 쓰지 않는 공간 같은 분위기를 풍긴다. 수술복 같은 초록색 리넨으로 된 빛바랜 파티션이 한쪽 벽에 기대 세워져 있고, 작은 파란색 소파가 추레한 안락의자 두 개, 철제 급식 카트에 놓인 구닥다리 텔레비전과 자리싸움을 한다.

바닥에 책, 누레진 신문, 묵은 〈닥터〉 잡지가 쌓여 있다. 다른 반듯한 표면마다—모든 선반과 커피테이블, 구멍처럼 입을 떡 벌린 벽난로 위 선반—주워온 물건들이 놓여 있다. 밀크커피색 유목, 순백색 동그란 석영 조각, 파도에 쓸려 반질반질하고 매끈해진 밝은 초록색 유리. 베커는 핏줄처럼 장미색 줄이 간 돌을 골라 손에 쥐고 굴려보다가 다시 벽난로 선반에 내려놓는다.

거실 저편으로 이어지는 다른 복도를 따라 가자 화장실과 방 두 개가 나온다. 오른쪽 작은방에는 깔끔하게 정리된 싱글 침대와 책상과 옷장이 있고 큰방은 왼쪽에 있다. 베커는 큰방 앞에서 걸음을 멈춘다. 벽은 하얀색 페인트칠이 되어 있고 더블 침대는 시트를 벗긴 상태고 의자 하나가 그 옆에 비스듬히 놓여 있다. 버네사의 방이라는 걸 알 수 있는 것이, 맞은편 창밖으로 바다와 저 멀리서 섬을 지키는 등대가 보인다. 그는 버네사가 죽기 불과 몇 달 전에 완성한 마지막 작품 〈희망은 격렬한 것〉에 담긴 풍경을 보고 있는 것이다.

베커의 눈에 눈물이 고인다. 그는 잽싸게 주방으로 돌아가는데, 집안을 가로질러가면서 모든 벽이 휑뎅그렁하다는 것을, 한때 그곳을 장식했던 모든 것을 빼앗겨 공간 전체가 벌거벗은 것처럼 느껴진다는 것을 알아차린다. 그리고 그가 그 도둑들 중 한 명이라는 것을. 그는 거실을 되짚어가다가 흰색 돌을 다시 집는다. 모든 조약돌. 서배스천은 그렇게 말했다. 그녀가 바닷가에서 주워서 딱 그렇게 배치한 모든 빌어먹을 조약돌. 베커는 돌을 주머니에 넣는다. 그가 식탁으로 돌아오고 몇 초 뒤 현관문 열리는 소리가 들린다.

"버네사는 날짜를 하나도 적지 않았어요." 그레이스는 A5 크기의 라이프 버밀리언 공책을 뒤적이며 주방으로 다시 들어온다. "그러니까 당신이 원하는 걸 쉽게 찾지 못할 수도 있어요." 그녀는 그 공책을 다른 두 권의 공책과 낱장 종이가 가득 담긴 서류 파일과 함께 식탁에 올려놓는다. 베커는 당장 달려들고 싶지만 손깍지를 끼고 참는다. "이 공책들이 참고가 될지는 잘 모르겠어요." 그레이스는 말한다. "그냥…… 내가 알기로는 구상하는 과정의 일부분이었거든요."

그녀는 그와 눈이 마주치자 얼른 시선을 돌린다. 부지불식간에 이 공책의 소유권을 주장하는 페어번의 손을 들어주게 된 것이다. 그것이 과정의 일부분이었다는 말은 버네사의 창작 과정의 일부분이었다는 뜻이니까. 베커는 알은체하지 않고 그냥 흘려버린다.

"내가 무슨 얘기를 하고 있었죠? 아, 날짜가 적혀 있지 않다는 거. 그러니까 이중 적어도 한 권은 아주 초창기에 작성된 거예요. 버네사가 맨 처음 여기로 이사왔을 때 쓴 건데. 읽어보면 아주 재미있어요. 두번째 공책에는 조소에 대해 썼으니 좀더 연관성이 있을 수 있겠네요. 나는 이걸 전부 살펴볼 작정이었어요." 그녀는 한숨을 쉰다. "정말이에요."

"압니다." 베커는 조용히 말한다. "이해해요, 진심으로요." 그녀가 감사의 미소를 짓자 그는 마음이 불편해진다.

"파일 안에 스케치가 들어 있는데 당연히 전부 가져가도 돼요. 그중에 정말 값이 나가거나 관심을 기울일 만한 게 있을지는 나도 모르겠어요. 내 눈에는 대부분 그냥 낙서라……"

무식한 인간 같으니라고, 베커는 고약한 생각을 한다. "제가 흥미롭게 여기는 부분은," 그는 말한다. "그녀의 개별적인 작품과 전체적인 작업 모두에서 느껴지는 스타일상의 변화와 발전 양상입니다. 그러니까 작업 순서만 알아낼 수 있다면 거의 모든 스케치에 가치가 있을 겁니다."

그레이스는 미심쩍어하는 표정이다. "내가 보기에는……"

"버네사 작품의 남다른 특징 중 하나가 나이를 먹으면서 스타일은 대거 달라졌을지 몰라도 일관성이 확실하게 느껴진다는 거예요. 그녀가 맨 처음 여기로 건너왔을 때 그린 그림을 보면 놀랍죠. 이 섬에서 제일 처음 완성한 작품 중 하나인 〈남쪽〉 같은 그림과 1년 뒤에 완성한 〈밀물과 썰물은 멈추지 않는다〉의 차이가 두드러지잖아요. 하지만 변화가 상당히 과격하고 스타일이 훨씬 더 물 흐르듯 부드러워졌지만, 붓을 잡고 있는 손과 눈은 동일하다고 단언할 수 있죠."

그레이스는 짜증 섞인 한숨을 쉰다. "나는 잘 모르겠어요." 그녀는 말한다. "미술평론에는 문외한이라서요. 다들 이론의 틀에 갇혀서 어쩌고저쩌고하지만 가끔은 그냥 그렇게 될 수밖에 없었던 경우도 있어요. 아까 〈밀물과 썰물은 멈추지 않는다〉를 언급했는데—버네사가 그 작품을 다르게 그린 건 붓을 제대로 쓸 수 없었기 때문이에요. 그냥…… 물감을 손에 짜서 캔버스에 직접 바른 다음 붓질을 했는데, 해놓고 보니 마음에 들어서 이후 작품 활동에 영향을 미치게 된 거죠. 붓질이—"

"느슨해졌죠!" 베커는 외친다. "좀더 넓어졌고요."

"맞아요, 아마—"

"그리고 그림이 좀더 조소처럼 입체적이 되었고요…… 그런데 잠깐만요, 붓을 쓸 수 없었다고요?"

"아, 네, 손목이 부러졌거든요." 그레이스는 웃는 듯도 하고 미간을 찌푸린 듯도 한 어리둥절한 표정으로 그를 쳐다본다. "그런 일이 있었다는 거 몰랐어요? 우리가 그때 처음 만났는데."

11

카라칸, 1998년

힘든 하루였다. 다음 진료까지 15분의 여유가 생기자 그레이스는 커피를 끓이기로 했다. 어쩌면 마실 만한 시간이 될 수도 있었다. 바로 그때 그레이스는 그녀—아니면 그것이라고 해야 할까—를 보았다. 초록색 소형 고물차가 덜덜거리며 주차장으로 들어서더니 주차 공간 두 개를 대각선으로 차지하고서 부르르 떨며 멈춰 섰다. 운전석 문이 벌컥 열리고 여자가 차에서 내렸다. 키가 크고 비쩍 말랐고 옅은 호박색 머리칼—열심히 빗어야 하게 생긴—이 얼굴을 덮고 있는 여자였다. 그녀는 턱을 가슴에 묻고 두 팔로 몸을 감싼 어색한 자세로 약간 비틀거리며 주차장을 가로질러 보건소 입구로 걸어왔다.

술에 취했나보네, 그레이스는 입천장이 데도록 커피를 들이켜며 생각했다. 대기실에서 처음에는 조용했다가 살짝 높아진 접수 담당자의 목소리가 들렸다. 잠시 후 문을 두드리는 소리가 났다.

"해스웰 선생님, 죄송하지만 예약 없이 온 환자 진료 좀 봐주실 수 있을까요?"

여자가 허리를 꼿꼿이 펴고 어깨를 뒤로 젖힌 채 오른팔로 가슴에 댄 왼손을 누르며 진료실로 들어왔다. "부러진 것 같아요." 그레이스가 무슨 일로 왔느냐고 묻자 여자는 조용히 이렇게 말했다. 그레이스는 여자에게 다가갔을 때 뭔가 네일리무버처럼 톡 쏘는 냄새를 맡았지만 여자의 눈빛은 또렷했고 초점도 흐트러지지 않았다. 그렇다면 술에 취한 건 아니었다. 하지만 누가 봐도 아파하는 모습이었고, 학대에 시달린 피해자처럼 경계하는 표정을 짓고 있었다.

"어쩌다 이런 거예요?" 그레이스는 여자의 팔을 아주 조심스럽게 살피며 물었다. 불길한 멍이 손꿈치 바로 위로 번져갔다. 팔뚝 핏줄이 근육 위로 밧줄처럼 솟아나와 있었다. 손톱은 지저분했다.

"우리집 뒤편 정화조를 덮은 그 빌어먹을…… 물건, 맨홀처럼 생긴 그 물건에 걸려서 넘어졌어요." 그녀의 목소리는 나지막하고 듣기 좋게 허스키했고 모음을 둥글게 발음했다. "전화를 받으러 달려가다—집밖 작업실에서 일하고 있었거든요—그냥 대자로 넘어졌어요." 그레이스가 손목을 돌리자 그녀는 숨을 격하게 들이마시며 몸을 움츠렸다. "우라지게 아파요."

그레이스는 미소를 지었다. "그런 모양이네요. 성함이……?"

"버네사예요. 버네사 채프먼."

"채프먼 씨, 안타깝지만." 그레이스는 환자에게 자리를 권하며 말했다. "채프먼 씨 짐작이 맞는 것 같네요. 아무래도 부러진 것 같아요. 확인차 엑스레이를 찍어봐야겠어요."

"아, 씨발." 그레이스는 욕을 듣고 움찔했다. "다 나으려면 얼마나 걸릴까요?" 버네사는 팔을 가슴에 갖다대며 다시 숨을 격하게 들이마시고 몸을 움츠리면서 눈을 질끈 감았다. 덕분에 그레이스는 그녀를 유심히 살펴볼 수 있었다. 까만 눈썹과 굳게 다문 입술, 얼굴에 비해 살짝 크고 곧은 코.

"엑스레이를 찍어봐야 정확히 알 수 있어요." 그레이스는 말했다. "여기까지 혼자 차를 몰고 오셨나요?" 그녀는 정답을 알았지만 환자가 얼마나 정직한지 확인하고 싶었다.

"그럴 수밖에 없었어요." 버네사가 대답했다. "혼자 살거든요."

"구급차를 불렀어야죠." 그레이스는 말했다. 버네사는 짧게 미소를 지었다. 그레이스가 보기에는 무시하는 미소였다. "사고를 낼 수도 있었잖아요." 그녀는 쏘아붙였다. "그렇게 다친 몸으로 운전을 하다니."

"구급차가 올 때까지 기다릴 수가 없었어요." 버네사가 말했다. "그럴 만한 여유가 없었어요. 제가 에리스섬에 살거든요."

"에리스에 산다고요?" 반쯤 잊고 있던 슬픈 옛 노래를 듣고 시간을 거슬러올라가기라도 한 것처럼 그레이스의 심장이 쿵 내려앉았다.

버네사는 고개를 끄덕였다. "거길 아세요?"

"네." 그레이스는 말하고, 이동식 엑스레이 기계를 끌고 왔다.

"예전에 산책하러 자주 갔거든요. 너무 아름답고 평화롭잖아요. 게다가 암벽에서 보이는 풍경은……" 그레이스는 버네사의 자세를 바로잡아주고, 엑스레이를 찍는 동안 모니터 뒤로 물러나 있었다. "거기 가본 지도 오래됐네요. 방죽길 입구에 누가 문을 만들어놨더라고요."

"내가 그런 거 아니에요." 버네사가 말했다. 분하게 여기는 듯한 말투였다. "부동산중개인이 전 주인을 대신해서 설치한 거예요. 내가 그 문을 철거해서 없어진 지 몇 달 됐어요. 거래가 이루어진 게 작년이었으니까. 스코틀랜드에는 돌아다닐 권리가 있잖아요? 당연한 권리죠." 그녀는 다시 눈을 감았다. "내가 그 집의 주인은 맞지만 그 섬에 대해서는 후견인이라고 생각해요."

그레이스는 모니터 뒤에서 억지웃음을 지었다. 부자들의 허세란! 만약 자신이 에리스의 주인이라면 가시철조망을 두르거나 맹견을 키웠을 것이다.

엑스레이 촬영이 끝나자 그녀는 버네사에게 코코다몰 진통제 두 알과 물을 주었다. "당신이 거기서 나올 수 있었다면 구급차가 들어갈 수도 있지 않았을까요?" 그녀는 물었다.

"밀물이 들어오고 있었거든요." 버네사는 말했다. 그녀가 약을 입안에 넣고 삼키느라 고개를 뒤로 젖히자 허연 목이 드러났다. 누군가가 숨통에 칼을 갖다댔다가 생각을 바꾸기라도 한 것처럼 목의 정중앙에 조그만 흉터가 있었다. "20분인가 25분 후면 방죽길이 물에 잠기게 생겼는데, 구급차가 그전에 도착할 것 같지 않더라고요. 차마 여섯 시간을 기다릴 수는 없었고요."

그레이스는 고개를 끄덕였다. "네, 그랬겠네요. 그래도 여기까지 차를 몰고 올 게 아니라 부둣가에서 공중전화로 구급차를 불렀어야죠."

"그러게요." 버네사는 고분고분하게 대답했다. "사실 정신이 하나도 없었어요."

"통증이 있으면 그렇게 돼요." 마음이 누그러진 그레이스는 말했다. "이제 간호사가 손목에 부목을 대줄 거예요. 깁스가 필요할 수도 있지만 부기가 가라앉을 때까지 하루이틀 기다려야 해요. 어찌됐건 엑스레이를 보고 결정할게요."

진단 내용을 컴퓨터에 입력하려고 다시 책상 앞에 앉은 그녀는 버네사의 시선을 느끼고 갑자기 어색해졌다. "집까지 어떻게 가실 생각이에요?" 그레이스가 업무에 최대한 집중하며 물었다. "차를 몰고 가는 건 정말이지 말리고 싶은데요."

버네사는 얼굴을 찡그렸다. "뭐…… 어차피 지금 당장 돌아가지도 못해요, 아직 밀물 때라. 4시는 되어야 건너갈 수 있을 거예요. 택시를 타고 가면 되긴 할 텐데…… 타고 온 차는 어떻게 하면 좋을지 모르겠네요."

그레이스는 고개를 들고 버네사를 쳐다보았다. "굉장히 묘하겠어요." 그녀는 말했다. "밀물과 썰물에 좌우되는 삶이라니." 버네사가 어깨를 으쓱하며 미소를 짓자 그레이스는 진부한 소리를 늘어놓는다고 무시당하기라도 한 것처럼 부아가 치밀었다. 그런데 짜증이 났음에도 자기도 모르게 도움을 자진했다. "택시 부를 필요 없어요." 그녀는 말했다. "어차피 오후까지 기다려야 한다면 내가 태워다줄게요. 월요일에는 3시에 퇴근하거든요."

"아, 그런 부탁을 드릴 수는 없죠." 버네사는 단호하게 고개를 저으며 자리에서 일어났다. "선생님께 폐를 끼치고 싶지 않아요."

"폐랄 것도 없어요." 그레이스는 대답했다. "그 섬에 다녀온 지 오래되기도 했고요."

"하지만 저를 데려다주고 어떻게 나오시려고요?"

"걸어나오면 되죠. 1마일 정도밖에 안 되고 그 마을에서 여기까지 다니는 버스도 있어요." 그레이스는 말을 하면서도 자기가 이 여자를 위해 왜 이렇게까지 무리해가며 수고를 아끼지 않으려 하는지 의아했다. 그녀에게는 신경을 건드리는 동시에 사람을 홀리는 뭔가—아마도 미모나 돈에 따라오는 당당한 분위기—가 있었고, 그레이스는 그걸 의식하면서도 저항할 수 없었다.

그날 오후에는 바람 한 점 없었다. 만의 수면이 마치 유리 같았고, 한여름의 햇빛을 듬뿍 받은 에리스섬은 초록색과 보라색과 노란색으로 일렁거렸고, 고사리가 무성한 가파른 언덕 비탈은 가시금작화와 히스 덤불로 얼룩덜룩했다. 그레이스와 버네사가 창문을 내리고 섬을 향해 다가가자 해초의 톡 쏘는 짠내가 차 안을 가득 채웠다.

"마지막으로 여기에 온 게 언제였어요?" 버네사가 물었다.

"아." 그레이스는 천천히 숨을 토했고, 그런 다음에야 자기가 숨을 참고 있었다는 사실을 알아차렸다. "한참 됐네요. 카라칸의 보건소에 취직한 1991년에는 자주 왔어요. 자전거로 건너와서 암벽 꼭대기까지 걸어올라가곤 했죠. 하지만 93년인가 94년 겨울에 끔찍한 폭풍이 여러 번 들이닥쳤거든요. 당신은 그후에 온 거죠?"

"아, 네. 작년에 이사왔어요. 그전에는 잉글랜드 옥스퍼드셔에 살았고요."

"그해 폭풍이 어마어마했어요. 그때 방죽길 일부가 유실돼서 더는 건널 수가 없게 됐죠. 위험을 무릅쓰지 않고서는요. 그 당시는 섬에 아무도 살지 않아서 몇 달이 지난 다음에야 도로 보수공사가 시작됐어요. 그리고 얼마 안 있어 내가 말했던 것처럼 누군가가 문을 설치했고…… 여길 다시 오게 되다니 정말 기뻐요." 그레이스는 수줍은 미소를 지으며 버네사를 흘끗 쳐다보았다. "그리웠거든요."

버네사는 길을 따라서 집 뒤편으로 가달라고 했다. 그 집은 더 이상 그레이스가 기억하는 다 쓰러져가는 폐가가 아니었다. 자갈 섞인 시멘트로 마감한 외벽에는 회반죽을 발랐고 나무 창틀에는 샛노란색 페인트를 칠했다. 집이 마당을 니은 자 모양으로 감싸고 있었다. 전에는 마당 뒤편에 디귿 자의 한 면에 해당하는, 아마도 헛간으로 쓰였을 건물이 있었는데 오래전에 무너졌다. 그레이스는 마당에 차를 대고 버네사를 따라서 별채를 향해 집 뒤편의 언덕길을 올라갔다.

"조심하세요." 버네사가 앞에서 성큼성큼 걷다가 어깨 너머로 외쳤다. "제가 저기 저거에 걸려 넘어졌거든요." 그녀가 가리키는 오른쪽을 보니 콘크리트 슬래브가 풀 속에 반쯤 가려져 있었다. 언덕 꼭대기에 커다란 문—녹이 슬고 거대한 철문이었다—이 달린 헛간이 있었다. 그 문을 밀어서 열자 휑뎅그렁한 내부가 드러났는데, 서쪽에 달린 창문으로 오후 햇살이 큼지막하게 한 조각 들어왔다. 아우트라인만 대강 스케치한 종이가 벽에 핀으로 꽂혀 있고, 공간 뒤쪽에는 창문 앞에 물레가 놓여 있었다.

"화가 아니었어요?" 그레이스가 말하자 버네사가 의아하다는 표정으로 그녀를 쳐다보았다. "아니, 섬이 팔렸을 때 어떤 화가가 샀다는 기사를 읽은 기억이 있거든요. 그래서—"

"화가 맞아요." 버네사는 웃으며 말하고 성한 팔을 들어 햇빛을 가렸다. "그림을 그리죠, 요즘은 별로 안 그리지만." 그녀는 그레이스가 안으로 들어갈 수 있게 뒤로 몇 걸음 물러났다. 그들은 나란히 서서 벽에 꽂힌 스케치를 바라보았다. 그레이스의 눈에는 여러 가지 형체를 한데 뭉뚱그린 것에 불과했다. "요즘 들어 도자기 공예가 더 재미있게 느껴지더라고요. 아무래도…… 과도기인가봐요. 설 자리를 찾고 있어요. 아니면 손을 둘 자리를." 그녀는 그레이스를 보며 다시 미소를 지었다. "하지만 정말로 필요한 건 안목을 기르는 거예요." 그녀는 다정하게 유유히 자기 왼팔을 그레이스의 오른팔에 끼었다. 그레이스는 놀라서 움찔했고 목에서 얼굴로 시뻘건 홍조가 번졌다. "우리, 차 마실까요?" 버네사가 물었다. "아니면 숲을 지나서 암벽까지 산책 갈래요?"

그레이스가 팔을 빼고 뒷걸음치다 벤치에 부딪치자 벽돌망치가 요란한 소리와 함께 바닥으로 굴러떨어졌다. "어……" 그녀는 웅얼웅얼 사과하며 무릎을 꿇고 허둥지둥 망치를 집었다.

"그건 신경쓸 필요 없어요." 버네사가 말했다. "거기 올라가보고 싶지 않아요?" 그녀는 특유의 허스키한 웃음을 터뜨렸다. "내가 사기를 쳐서 당신을 여기로 꾀어냈다고 생각할 수도 있겠네요. 당신이랑 자고 싶어서 테드 번디*처럼 다친 척했다고." 그녀는 갑자기 말을 멈췄다. "어우, 해스웰 선생님, 농담이에요. 진짜 겁에 질리셨나보네요!"

"무슨 그런 말도 안 되는 소리를." 그레이스는 얼굴이 화끈거리고 땀이 흘러 등줄기가 따끔거렸다. "제가 겁에 질렸을 리 없잖아요."

---

* 매력적인 외모와 뛰어난 말솜씨를 가졌으며, 법학을 공부한 미국의 유괴범이자 연쇄살인범.

버네사 채프먼의 일기

차도가 있다. 글은 조금 쓸 수 있고 그림은 아직 못 그린다. 점토 작업은 당연히 안 된다. 날씨가 환상적이라 빌어먹을 손목만 아니라면 날마다 수영하러 나갔을 텐데. 대신 바닷가와 숲을 샅샅이 뒤져서 찾아온 이런저런 것들을 이렇게도 놓아보고 저렇게도 놓아보며 계속 배치를 바꾼다.

G는 나를 아주 특이하다고 생각한다! 그녀는 종종 신선한 음식과 마을에 떠도는 소문을 들고 찾아온다. 모르는 사람이 없지만, 나처럼 대중보다 고독을 더 좋아한다. 그녀는 이 섬에 얽힌 이야기, 나무들이 쓰러졌던 때 이야기, 방죽길을 건너려다 파도에 휩쓸린 사람들 이야기를 안다. 내게 이것도 알려주었다. 예전에는, 몇백 년 전에는 마을 사람들이 죽은 사람을 늑대에게 유린당하지 않도록 여기 에리스에 묻었다고.

12

　잘게 썬 양파, 으깬 마늘. 손목 스냅, 칼날이 긁히는 소리, 채소가 달군 기름에 닿을 때 나는 나지막한 지글거림.
　아가 레인지에 그레이스가 매일 저녁 먹는 파스타의 토마토소스를 끓일 때 쓰는 구닥다리 르크루제 캐서롤 냄비가 놓여 있다. 같은 냄비, 같은 재료, 같은 저녁식사가 반복된다. 전에는 제대로 차려 먹었지만—그녀는 요리를 잘한다—시간이 지나고 혼자 지내는 세월이 길어지자 메뉴가 다양한 요리에서 두어 가지로, 그러다 결국에는 저녁 한 끼로 줄었다.
　전에는 요리할 때 라디오를 들었지만 어느 시점부턴가 듣지 않게 되었다. 정확히 언제인지는 모르겠지만, 다른 사람의 목소리를 듣는 데서 느끼던 위안보다 잠자리에 들기 전 라디오를 끄면 사방에 울리는 정적의 불편함이 커지자 그만두었던 건 기억이 난다. 지금처럼 베커가 다녀간 뒤에 들리는 정적은 마치 종소리 같다.

그녀는 그를 배웅하며 악수할 때 손을 필요 이상으로 조금 오래 잡았다.

버네사는 누굴 만나든 손을 가만두지 못했다. 그렇게 손을 잡고 팔짱을 끼는 것에 그레이스는 처음에 조금 충격을 받았지만 다른 사람들은 좋아하는 것 같았다. 그녀는 사람들이 버네사에게 편안하게 스며들며 궤도 안으로 좀더 바짝 끌려들어가는 것을 지켜보았다. 그레이스에게는 전혀 없는 재주였다.

그러니까 베커는 그녀를 특이하다고 생각할 것이다. 안타깝고 이상한 사람이라고 생각할 것이다. 외롭고 겁에 질린 노인이라고 생각할 것이다.

그것도 틀린 생각은 아니지 않을까?

저녁을 먹은 뒤 그녀는 언덕 위 작업실로 올라간다. 손전등으로 앞쪽 땅바닥만 비추며 눈을 들지도, 늘어선 나무들을 흘끗 올려다보지도 않는다. 어차피 그 뒤편은 어둠뿐인데 뭘 무서워하겠는가? 숲속에 귀신이 사는 건 맞지만, 귀신은 어디에나 있다. 작업실이나 암벽 위에도, 버네사의 방에도, 여기 이 길에도. 그리고 길에서 오른쪽으로 몇 피트만 벗어나면 버네사가 걸려 넘어졌던 정화조 콘크리트 덮개가 나오는데, 거기서도 귀신을 만날 수 있을 것이다.

그녀는 작업실 문을 열고 불을 켠 뒤 선반 아래에서 히터를 꺼내 코드를 꽂는다. 문을 닫고 빗장을 지른다. 이제 더없이 안전하다.

베커 씨를 만났을 때 그녀는 안전함을 느꼈다. 황당한 일이지 않은가? 처음에는 그가 두려웠는데, 덕분에 안전함을 느꼈다니.

그녀는 가장 가까이 있는 자료 상자의 뚜껑을 열며 생각한다. 슈퍼에서 만나면 장바구니를 차까지 들어다줄 남자라고. 소파를 옮길 때 도와줄 남자. 찬장 맨 위 칸에서 냄비를 꺼내줄 남자. 어려움에 처한 사람을 보면 발 벗고 나설 남자.

버네사가 그를 만났다면 마음에 들어했을까? 그레이스가 생각하기에는 그랬을 것 같다. 버네사는 평론가는 좋아하지 않았지만 열렬한 팬은 사랑했다. 그를 보며 미소를 짓고 매력을 발산하고 그의 팔이나 손을 잡았을 것이다. 그녀는 워낙 스킨십을 좋아해서 금세 만지고 끌어안았다. 그녀더러 냉랭하고 쌀쌀맞다고 했던 사람들은…… 그녀를 모르는 것이다. 잘 모르는 것이다. 그녀는 마음만 먹으면 얼마든지 따뜻해질 수 있었다. 자기가 누굴 좋아하고 누굴 싫어하는지 알았을 뿐이다.

제임스 베커를 보고 생각난 사람이 있다. 그렇다, 그에게 필요 이상으로 친근감을 느낀 이유가 그것이다. 그를 보자 대학에서 알고 지냈던 닉 라일리가 떠올랐다. 베커 씨는 그 친구와 태도도 비슷하고 똑같이 점잖은 분위기를 풍긴다. 품위가 느껴진다. 외모도 조금 닮았다. 우윳빛 피부, 길고 연한 속눈썹.

그래서 이런 기분을 느끼는 걸까? 그래서 갑작스럽게 옆구리가 찌를 듯이 아프고, 작업대를 붙잡고 숨을 골라야 하는 걸까? 그래서 상실의 파도가 갑작스럽게 그녀를 기습한 걸까? 그가 그녀를 버린 닉을 닮았기 때문에?

그래서 베커 씨에게 거짓말을 한 걸까? 그에게 잘 보이고 싶어서? 그를 만족시키고 싶어서?

그녀는 그 캐나다 남자를 보았다. 추락한 남자를. 그녀가 주방에 있을 때 그가 지나갔다. 창가에 서 있던 그녀를 보고 웃으며 손을 흔들었다. 젊디젊었는데. 그녀는 달려나가서 그에게 경고할 수도 있었다. 조심하라고 일러줄 수도 있었다.

네가 모두를 살릴 수는 없어.

그녀는 작업실 뒤편으로 걸어가 쭈그려앉아서 수납장 문을 연다. 이 안에 뼈를 모아둔 상자가 있지 않았나? 하나가 아닐 텐데. 그녀는 어둠 속으로 손을 뻗어 자단나무 상자를 꺼낸다. 누레지고 먼지 낀 조그만 잡동사니가 가득 담겨 있다. 그녀는 그 사이를 헤치고 뼛조각을 골라낸다. 손 위에 가볍게 얹힌 이것들은 누가 봐도 동물의 뼈다. 인간의 뼈가 아니다. 런던의 미술관 사람들이 착각했다고 자신할 수 있다. 이건 인간의 뼈가 아니다. 그럴 리 없다.

그녀는 상자를 닫고 일어선다.

하지만 당연히 인간의 뼈일 수도 있다! 그 딱한 캐나다 젊은이가 암벽에서 처음 떨어진 사람도 아니었으니까. 가능성이 낮긴 하지만 아예 없는 건 아니다. 그녀의 등골을 타고 스멀스멀 소름이 돋고 버네사의 음성이 들린다. 나는 잿더미를 헤집는 꿈을 꿔.

그녀는 돌아서서 가마를 빙 돌아가 걸쇠를 풀고 문을 연다. 어두컴컴한 가마 안을 빤히 쳐다보며 희미한 기름과 비누 냄새를 맡는다. 오래전에 깨끗이 치워서 아무것도 없다.

〈분할 II〉는 분명히 버네사의 작품이에요. 그레이스는 베커 씨에게 그렇게 말했고 그건 진실이지만, 온전한 진실로 느껴지지 않는 건 그저 그 무렵 버네사가 제정신이 아니었기 때문이다. 비밀스럽고 적대적이고 평소와 달랐다. 등이 굽기 시작하고 눈은 노래지고 몸에서 시큼한 냄새가 풍겨 그레이스의 눈앞에서 다른 인간, 다른 무언가로 변모하는 것처럼 느껴졌다. 동물 같은 무언가로. 버네사는 주방에 앉아서 하루종일 담배를 피웠고, 밤에 그레이스가 자러 들어간 뒤에만 돌아다녔다. 그레이스는 버네사가 맨발로 바닥을 때리며 이 방에서 저 방으로 옮겨다니는 소리를 듣는 데 익숙해졌다. 한밤중에 현관문을 쾅 닫고 밖으로 나가는 소리를 듣는 데 익숙해졌다. 어디 다녀왔어? 아침에 버네사가 다시 식탁 앞에서 담배를 피우고 있으면 그레이스는 묻곤 했다. 어딜 그렇게 돌아다녀? 그녀는 아무 대답이 없었다.

나는 잿더미를 헤집는 꿈을 꿔. 잿더미를 헤집어서 뼈를 찾는 꿈.

하지만 그건 나중에 한 얘기 아니었나? 그리고 그녀는 전혀 다른 의미에서 그 말을 했다. 그래도 버네사가 남긴 수천 장의 메모와 낙서 중에 그 꿈에 대해 적은 게 있을지 모른다. 그렇다면 그레이스가 찾아서 없애야 한다.

그레이스가 베커에게 아무거나 되는대로 집어온 자료를 건넨 것 같은 인상을 풍겼을지 모르지만, 그것 역시 사실이 아니었다. 모든 걸 읽어볼 시간은 없었지만 그래도 그녀와 버네사가 처음 만났을 무렵에 쓴 공책은 확실히 넣고 나중에 쓴 공책은 확실히 뺐다. 더글러스 레녹스가 보낸 끔찍한 편지도 두어 통 추가로 넣었다. 레녹스의 아들이 그걸 보면 자기 아버지와 버네사가 개인적으로 주고받은 서신을 공개해도 좋을지 고민하게 될 것이다.

솔직해져야 할 때가 오리라는 사실을 그레이스도 안다. 페어번 측은 없어진 그림을 그냥 잊고 넘어가지 않을 것이다. 어느 시점이 되면 그녀는 어떻게든 해명을 해야 할 것이다. 더글러스가 유언장 검인 이후가 아니라 이전에 총을 맞았다면 일이 훨씬 더 간단했을 텐데!

그녀는 첫번째 상자를 시작으로 작업에 착수한다. 체계 없이 모든 것—공책과 사진과 스케치와 편지와 엽서, 쪽지에 쓴 메모, 장보기 목록—이 뒤죽박죽으로 섞여 있다. 그레이스는 일단 모든 걸 분류한다. 공책은 이쪽, 편지는 저쪽, 이런 식으로 정리가 끝나자 두번째 상자, 그다음에는 세번째 상자로 넘어간다. 시선을 오래 두지 않으려고, 읽지 않으려고 애를 쓴다. 읽기 시작하면 절대 일을 끝내지 못할 것이다. 다른 데로 샐 것이다. 하지만 가끔 빛바랜 파란색 잉크로 적힌 글씨를 훑어보다가 한껏 둥그스름하고 희망으로 가득한 대문자 G를 발견하면 시선이 휙 돌아가는 것은 어쩔 수가 없다.

요 며칠은 바람이 잔잔하고 따뜻하다. 밀물이 들었을 때 G와 함께 수영하면 천국이 따로 없다.

그녀의 심장이 문득 말랑해지고 두 눈에 눈물이 고인다. 그녀는 손등으로 눈물을 닦고 시선을 그 페이지의 맨 위로 옮긴다.

G가 휴가를 얻었는데 여기 있겠다고 한다. 나는 섬 밖으로 여행을 가거나 가족을 만나러 가고 싶지 않으냐고 물었다. 그녀는 정신 나간 사람 대하듯 나를 쳐다보았다. 아무튼 나로서는 고마울 따름이다. 우리는 저녁이면 와인을 마시고 암벽 위에서 피크닉을 즐긴

다. 요 며칠은 바람이 잔잔하고 따뜻하다. 밀물이 들었을 때 G와 함께 수영하면 천국이 따로 없다.

13

불쾌할 정도로 덥고 꽃가루와 일산화탄소와 비난이 공중에 떠다니는 끔찍한 여름이 이어지고 있다. 하지만 드디어, 드디어 J와 내가 합의에 도달했다. 갈라서서 그는 실리아와 살림을 합치고 집은 팔기로 말이다. 그가 그 돈의 4분의 3을, 내가 그 나머지를 갖지만 그 섬에 입찰할 수 있게 내 몫을 미리 받기로 했다.

실리아가 이 모든 조건을 승인했다. 결국에는 그녀의 돈이 될 테니까.

가슴이 아프지만, 다른 모든 곳이 기쁨으로 펄떡거려 거의 느껴지지도 않는다.

나는 자유로워질 것이다.

베커가 이 일기를 읽고 있는데 헬레나가 서재로 들어온다. 이제 막 동이 튼 이른 시각이고 축축한 눈발이 날리지만 쌓이지는 않는다. 그는 그녀를 돌아보지 않으면서도 그녀의 손이 부드럽게 그의 어깨에 얹히고 따뜻한 입술이 그의 목에 닿는 순간을 기대한다.

"안녕." 자고 일어난 그녀의 숨결은 설탕처럼 달콤하다. 그녀는 볼록한 배 위로 버건디색 가운의 허리끈을 느슨하게 묶고 김이 나는 차가 담긴 머그잔을 두 손으로 감싸고서 그의 책상 모서리에 걸터앉는다. "어때, 당신의 그 버네사는?"

그는 인상을 쓴다. "이상해." 그는 말하고 방금 전에 본 단락을 읽어준다. "그를 사랑하지만 그에게서 벗어나고 싶고 그를 떠난다고 생각하니 기쁨으로 펄떡거린대. 수수께끼 같은 인물이야."

헬레나는 어깨를 으쓱한다. "전혀 아닌데." 그녀는 말한다. 베커가 그녀를 보며 눈썹을 세우자 그녀는 한 발을 들어 그의 무릎에 올려놓으며 웃음을 터뜨린다. 그는 그녀의 발바닥을 주물러준다. "온 마음으로 누군가를 사랑해도 그에게서 벗어나고 싶은 마음이 간절할 수 있어. 이 세상에는—" 그녀는 말을 멈추고 머그잔 위로 나지막이 숨을 토한다. "아무리 좋아해도 같이 있기 힘든 사람도 있거든. 그리고 줄리언은 그녀에게 끔찍한 짓을 저질렀잖아, 안 그래? 그쪽 방면으로 악명이 높았지. 그녀의 작품을 팔아서 자기 빚을 갚고, 이 여자 저 여자와 바람 피우고. 실리아 그레이와의 관계는 너무 공개적이고 너무 굴욕적이었잖아. 그래서 분명 그를 증오했을 거야."

"그게 이상하다는 거야—그를 증오하지 않았거든." 베커는 대답한다. "그녀는 그를 사랑했어. 여기에서도 가슴이 아프다잖아."

"하지만 가슴만 그런 거잖아, 아니야?" 그녀는 미소를 짓는다. "다른 곳은 어땠다는데?" 그녀는 입술을 깨물며 발을 그의 허벅지 위로 살그머니 옮긴다. "가슴은 무시할 수 있지만 다른 곳은 안 그럴지 몰라."

그는 헉헉대고 웃으며 그녀를 향해 손을 내민다.

그들의 부부관계는 최근 들어 거의 야만적인 수준으로 격해졌다. 그는 그녀의 몸 상태를 경건하게 받아들이며 존중할 생각이 있지만 막상 닥치면 항상 잊어버리고, 그래서 쾌감이—절정에 이르자마자 거의 곧바로—죄책감으로 바뀌어버린다. 육체의 경계가, 그의 자아와 그녀의 자아 간의 경계가 무너지는 것이 희열의 원천이지만, 이제는 다른 것 때문에 복잡해졌다. 다른 누군가 때문에.

나중에 그는 그녀의 눈을 똑바로 쳐다보지 못해 난감해하다가 그녀에게 세게 떠밀려 책상다리에 머리를 부딪친다. 그는 무릎을 꿇고 뒤통수를 문지른다. "왜 그래?" 아무것도 모르는 척 이렇게 묻는다.

"나를 성녀 아니면 창녀, 그런 시각으로 대하지 마, 제임스." 그녀는 가운을 다시 여미며 단호하게 말한다. 그녀는 그가 내민 손을 잡지만 일어나자마자 손을 홱 빼고는 호수에 돌을 던져 물수제비를 뜨는 사람처럼 가볍게 말한다. "저녁 같이 먹자고 서배스천을 초대했어. 괜찮은 와인 좀 사다줄 수 있어? 테스코 파이니스트 말고."

대저택 뒷문 앞에 배달용 승합차가 주차돼 있는 걸 보니 새로운 작품이 들어오는 모양이다. 베커는 들은 바가 없어서 아주 오래되거나 아주 최근 작품인가보다 생각한다. 남자 넷—둘은 승합차 안에 있고 둘은 밖에 서 있다—이 거대한 카펫처럼 보이는 물건을 부리고 있다. 베커가 합류해 가운데를 잡고 같이 옮긴다.

서배스천과 그의 어머니가 기대감으로 얼굴을 환히 빛내며 중앙 홀에서 기다리고 있다. 베커를 보자 에멀라인 여사의 입술이 혐오감으로 뒤틀린다. 그녀는 피를 얼어붙게 만드는 눈빛으로 그를 노려보고는 자기 아들 쪽으로 고개를 돌린다. "제자리에 걸고 나서 알려주렴." 그녀는 이렇게 말하고, 하이힐로 쪽모이 세공 마루를 요란하게 때리며 응접실 쪽으로 걸음을 옮긴다.

"좋은 아침이에요, 에멀라인!" 베커는 멀어져가는 그녀의 등에 대고 외친다.

서배스천은 고개를 젓는다. "제발이지 최소한의 예의는 지켜주라."

베커는 눈을 동그랗게 뜨고 서배스천을 쳐다본다. "내가 너희 어머니를 어떤 식으로 부르건 상관없지 않아? 이러나저러나 더러운 노동자 계급 출신의 침입자니까."

"이러나저러나 자기 아들의 약혼을 깨뜨린 인간이겠지." 서배스천은 작지만 충분히 들릴 만한 목소리로 말하고 배달부를 돌아본다. "그거, 파란 방에 걸 거예요." 그는 투어 가이드처럼 오른팔을 뻗으며 명랑하게 말한다. "이쪽이에요. 따라오세요."

베커는 자기 사무실로 들어가 뉴스 사이트를 헤드라인도 읽지 않고 그냥 스크롤하며 조용히 자신을 나무란다. 왜 그런 말을 했을까? 심술을 부릴 이유가 없었는데.

그가 페어번에서 일을 시작하고 얼마 되지 않았을 때 서배스천이 구입한 어떤 조각품—용서할 수 없을 만큼 볼썽사나운 작품이었다—의 배치를 두고 설전이 벌어졌는데, 베커는 지금은 기억나지 않는 이유로 열을 올렸다. 언성을 높이고 욕을 했다. 나중에 동쪽 잔디밭으로 나가는 계단에 앉아 담배를 피우며 바보가 된 기분을 달래고 있을 때 헬레나가 그를 찾아왔다. 아, 시작이로군. 그는 생각했다. 신탁자금이 있고 미술사에서 C 학점을 받은 부잣집 아가씨가 나를 혼내고 처신을 가르치러 왔네.

하지만 그녀는 그러지 않았다. 자기도 담배 한 대만 말아달라고 하더니, 그가 담배를 주자 충고를 한마디 건넸다. 저 사람들 말에 발끈하지 마요. 그녀는 말했다. 일일이 신경쓰지도 말고요. 당신은 너무 감정적이에요. 그는 그 말을 듣고 얼마나 얼굴이 벌게지고, 얼마나 몸에 힘이 들어갔는지 떠올린다. 저 사람들은 냉혈한이에요. 그녀는 말했다. 당신 속내를 드러내지 마요. 당신이 어떤 사람인지 그렇게 쉽게 들키지 마요.

그는 오늘 아침에 그녀의 충고를 따르지 않았다는 데 짜증이 났지만, 그런 자기 자신에게 짜증이 나는 동시에 서배스천에게도 화가 난다. 어이가 없게도 말이다. 그가 고용주에게 저질렀던 모든 잘못을 떠올리게 된 상황이 싫은 것이다.

한 시간쯤 지났을 즈음 그가 여전히 쓰린 속을 달래고 있는데 서배스천이 문 사이로 고개를 내민다. "베크. 와서 제자리를 찾은 오뷔송 카펫 볼래?"

그는 아무 말 없이 순순히 서배스천을 따라 '파란 방'으로 간다. 커튼 때문에 그런 이름이 붙은 방인데, 정중앙에 여러 색조의 파란색과 크림색으로 이루어진 앤티크 오뷔송 카펫이 깔려 있다.

베커의 취향과는 전혀 동떨어진 카펫이다. "아주 훌륭한데?" 그는 말한다.

"그렇지?"

베커는 입을 굳게 다물며 고개를 끄덕인다. "아주 훌륭해. 어디서 구했어? 이런 거 찾는다고 말한 적 없었잖아."

서배스천은 쭈그려앉아 손등으로 털실을 쓰다듬는다. "어머니가 경매에서 샀어. 나한테 말도 없이." 그는 말하며 다시 일어선다. 그가 알 만하지 않냐는 표정으로 베커를 쳐다보고 두 사람은 미소를 짓는다. "아까는 미안했다." 서배스천이 말한다.

"아냐. 내가…… 재수없게 굴었지."

"맞아." 서배스천은 웃음을 터뜨리며 그의 어깨를 한 대 친다. "하지만 그래도. 헬스 때문만은 아니야." 그가 돌아서자 베커도 그를 따라 자기 사무실로 복도를 되짚어간다. "어머니가 너를 좋아하지 않는 거 말이야. 다른 이유도 있어."

"알아." 베커는 말한다.

"네가 더러운 노동자 계급 출신의 침입자이기 때문만도 아니야." 서배스천은 말하며 싱긋 웃는다. "복잡한 문제라는 건 너도 알지? 우리 아버지, 버네사, 그리고 너…… 너를 보면 계속 버네사 생각이 나고, 계속되는—"

"하지만 내가 있으나 없으나 버네사의 작품은 여기서 소장할 거라는 걸 너도 알잖아."

"물론이지. 하지만 너는 뭐랄까…… 버네사 하면 떠오르는 상당히 부정적인 이미지를 구현한단 말이지." 그는 어깨를 으쓱한다. "아―어머니가 지난주에 병원에 다녀오신 뒤로 계속 저기압이긴 했어."

그들은 그의 사무실 앞에 다다른다. "어디가 안 좋으신 건 아니지?" 베커는 묻는다. 병에 걸린 에멀라인 여사를 상상하자 얼마나 기분이 좋아지는지 깨닫고 부끄러워진다.

서배스천은 콧방귀를 뀌며 고개를 젓는다. "엠 여사는 우리보다 오래 살 거야." 그는 말한다. "병원에서는 어머니가 주무시지 못하고 노상…… 안절부절못하는 게 하고많은 이유 중에 외상 후 스트레스일지 모른다고 하지 뭐야. 너도 짐작하겠지만, 그 얘기를 듣고 어머니는 별로 좋아하지 않으셨어." 그는 베커보다 먼저 사무실로 들어가 책상 뒤편의 창문 앞으로 어슬렁어슬렁 걸어간다. 아까보다 더 무겁고 습한 눈이 계속 내리고 있다. "솔직히 요즘은 거의 모든 사람한테 똑같이 얘기하잖아, 안 그래? PTSD라고 말이야. 전에는 테러리스트의 폭탄 공격이나 적의 집중포화 정도는 당해야 했는데, 요즘은 키우던 고양이를 차로 치기만 해도 PTSD라고 해." 그가 서글픈 미소를 지으며 돌아보자 베커는 고개를 끄덕이고 시선을 돌린다. "네가 무슨 생각 하는지 알아. 아, 하지만 너희 어머니는 고양이를 친 게 아니라 실수로 자기 남편의 목을 쏴서 피 흘리며 죽어가는 모습을 보고 있어야 하지 않았냐고. 나도 알아." 베커는 그 불행한 사건―그리고 그 밖에 다른 사건들―앞에서 감정을 드러내지 않는 서배스천을 볼 때마다 놀라움을 금할 수가 없다. "나도 알고 너도 알지만 병원에서는 모르지. 경찰과 언론과 다른 모든 사람처럼 공식적으로 공개된 내

블루 아워 113

용만 알 뿐. 어쩌면 그게 실수였는지도 몰라. 병원에서는 비밀을 지켜줄 거라고 믿어도 됐을 텐데……" 서배스천은 미소를 지으며 고개를 젓는다. "어쩌다보니 그렇게 돼버렸네."

어쩌다보니 그렇게 돼버렸다는 건 서배스천의 어머니와 나이가 거의 비슷하고 십대 시절부터 이 집안사람들을 모신 사냥터 관리인 브라이언트 씨가 자기 총에서 발사된 유탄이라고 주장한 덕분에 에멀라인 여사가 경찰 수사라는 시련과 거기에 수반되는 온갖 언론의 사생활 침해를 면하게 된 것을 말한다. 수사는 진행됐지만 브라이언트는 아무 잘못이 없다는 결론이 내려졌고—잘못이 있다면 총보다 앞서 걸어 화를 자초한 더글러스 자신의 잘못이었다—그는 그로부터 몇 달 뒤에 퇴직했다. 짐작건대 퇴직금 액수가 예상보다 상당히 많았을 것이다.

"미안하다, 서브." 베커는 말한다. "네가 얼마나 많은 걸 감당해야 하는지 가끔 잊어버려."

서배스천은 콧방귀를 뀐다. "팔십대 노인들이 고성능 엽총을 들고 뛰어다녔는데 잘못될 일이 뭐가 있었겠어?" 그의 미소가 부자연스러워진다. "다들 거기 나가서 그럴 이유가 없었지만 뭘 어쩌겠어? 내가 어머니를 말릴 수 있겠냐고."

베커는 일상적인 화제로 대화의 방향을 돌린다. 서배스천이 참석할 예정인 에든버러 경매, 내년 봄에 개시할까 고민중인 하우스 투어. 하우스 투어는 서배스천이 어찌어찌 매스컴의 관심도 조금 얻어냈다.

"〈선데이 타임스〉 기자 나부랭이를 설득해서 이메일로 기사를 미리 받았어. 오탈자 점검차. 내가 보내줄 테니까 한번 쓱 읽어봐줘, 알았지?"

"그래." 베커는 말한다. "쓸 만해?"

서배스천은 고개를 좌우로 젓는다. "퓰리처상은 못 받겠더라."

페어번 하우스의 비밀스러운 희소식

규모가 커진 레녹스 컬렉션을 마리아 애트워터 기자가 미리 살짝 엿보았다.

서배스천 레녹스에게 지난 몇 년은 격동의 시기였다. 2016년 그는 아버지 더글러스 경이 설립한 공익신탁 페어번 재단의 이사장으로 임명됐고, 이듬해에 재단이 버네사 채프먼의 예술 자산 상속자로 지정되자 어깨에 갑작스럽게 날개를 달았다.

하지만 비통하고 비극적인 사건이 그를 기다리고 있었으니, 2019년 여름 더글러스 레녹스 경이 가족의 사유지 안에서 총기 오발 사고로 유명을 달리했던 것이다. 그로부터 몇 달 뒤 레녹스의 약혼녀가 파혼을 선언했고, 이후에 코로나 사태가 벌어지자 보더스에 위치한 레녹스 집안의 본가, 페어번 하우스에서 열릴 예정이던 첫번째 대규모 전시회가 엄청난 타격을 입었다.

"힘들었죠." 서배스천은 말한다. "그래도 지난 2, 3년 동안 고생한 다른 사람들에 비하면 아무것도 아니에요. 그리고 이제는 엄청난 기대감을 가지고 미래를 바라보고 있습니다."

레녹스 컬렉션에서 가장 이목이 집중되는 건 그간 한 번도 공개된 적이 없는 채프먼의 작품들일 것이다. 그중에서도 하이라이트는 작지만 매우 강렬한 바다 풍경화와 조수와 날씨에 따른 에리스섬의 온갖 풍광을 담은 그림들이다. 채프먼의 임종 전 마지막 작품으로 알려진, 특히 울림이 큰 〈희망은 격렬한 것〉은 채프먼의 방 창문에서 바라본 십스헤드섬을 인상적으로 구현하고 있다.

하지만 가장 기대되는 작품은 고인이 일기에서 "검은 그림"이라고 지칭한 연작일 것이다. 광택이 나는 여러 색조의 초록색과 파란색, 검은색과 회색을 대형 캔버스가 버거워할 정도로 두툼하게 바른 다섯 점의 작품 중에서 세 점은 순수 추상화지만 두 점은 잔인한 미소를 지으며 금기 행각을 저지르는 인물을 담고 있다. 섬뜩한 동화 같은 그 그림들이야말로 채프먼의 전작을 통틀어 가장 이야기가 풍부한 작품이라 하겠다.

페어번의 메인 홀에 널찍하게 간격을 두고 세심한 조명 아래 전시된 이 검은 그림들은 놀랍고 기묘하다. "아주 불길하고 악몽 같은 분위기를 풍기지만 뭘 그린 건지는 사실 알 수 없습니다." 레녹스는 말한다. "지금으로서는 추측만 할 수 있을 따름이죠. 그림 속 그 인물이 줄리언 채프먼(먼저 세상을 떠난 버네사의 남편)일까? 아니면 그녀의 목숨을 앗아간 암세포를 의인화한 걸까? 채프먼이 남긴 기록을 전부 입수하면 이 기이한 그림의 출처와 상징하는 바를 파악할 수 있을지 모릅니다."

깜짝 유산 중에는 소수의 조소 작품도 포함되어 있는데, 이중에서도 〈탈색〉 〈분할 I〉 그리고 〈분할 II〉는 엄청난 호평을 받았던 파리시립현대미술관의 '21' 전시회에도 출품된 바

있다.

"이 작품들이 매력적인 이유는 무엇보다도 채프먼의 초기 작품을 설명하는 참고문헌처럼 느껴지기 때문이죠." 페어번 재단의 크리에이티브 디렉터 제임스 베커는 말한다. 서배스천 레녹스의 대학 친구인 베커는 채프먼 전문가다. "[채프먼은] 표현주의 화가로 유명해지기 전 옥스퍼드셔의 자기 집 근처에서 주운 물건을 가지고 아상블라주* 작품을 자주 만들었어요. 이 초창기 작품들은 평론가들에게 무시당했고—'민속 공예'로 폄하됐죠—그래서 채프먼은 확신을 잃고 포기한 것같이 보였어요. 하지만 이 조소 작품들을 보면 작가가 밖에서 찾은 자연의 산물에 대한 관심을 계속 유지하고 있었다는 걸 알 수 있죠. 여기에서 우리는 그것들이 창조된 형식과 한데 어우러져 강력한 효과를 연출한다는 걸 볼 수 있습니다."

엄선된 채프먼의 조소 작품은 11월까지 열리는 테이트모던의 '조각과 자연' 전시회에 출품되었다. 페어번 하우스 투어는 2022년 초 대중에게 공개될 예정이다.

---

* 갖가지 물건을 모아서 작품을 구성하는 기법.

14

"〈선데이 타임스〉 기사 어땠어?" 서배스천이 주방 조리대 앞에서 셰프처럼 우아하게 파슬리를 다지며 묻는다. 마른행주를 어깨에 척 걸쳤고 끄지 않은 담배를 옆쪽에 놓인 재떨이에 아슬아슬하게 얹어놓았다. 누가 보면 이 집 주인인 줄 알겠다. 이 집이 그의 것이긴 하지만.

"괜찮았어." 베커는 뚱하게 대답한다. 사실 하고 싶은 말은 이거다. 좋았어, 그러니까 네가 검은 그림 어쩌고저쩌고하면서 거의 알지도 못하는 작가의 작품에 서사와 의미를 부여한 부분만 빼면. 하지만 그는 혀를 깨문다. 테스코 파이니스트 말고 다른 와인이 있는 가장 가까운 와인숍까지 왕복 30마일을 운전해서 다녀온 참이다. 그런데 집에 들어와보니 집안은 후끈하고 음식냄새가 코를 찌르고 임신한 아내는 헤어진 약혼자이자 그의 집주인, 그의 고용주와 와인을 마시고 있다. 그러니 뚱할 수밖에.

"내가 보기엔 훌륭하던데." 헬레나가 말한다. 그녀는 레인지 앞에서 한 손으로는 프라이팬을 기울이고 다른 손으로는 녹인 버터를 떠서 뼈를 발라낸 도버 가자미에 끼얹고 있다.

"소갈비 먹는다고 하지 않았어?" 베커가 심드렁하게 묻는다. 그녀는 입가에 미소를 머금은 채 고개를 돌려 그를 쳐다본다. 그는 바르바레스코 와인 두 병을 들어 보인다.

"아." 그녀는 고개를 갸우뚱하며 콧등을 찡그린다. "미안, 자기야. 생각이 바뀌었어. 그래도 괜찮아, 서브가 샤블리 가져왔거든."

베커는 쓸데없이 격하게 냉장고 문을 연다. 서배스천도 헬레나도 전혀 알아채지 못한 눈치다. 그는 화이트와인을 넉넉하게 한 잔 따라서 한 모금 마신다. 맛이 아주 좋다. 그가 냉장고 문을 세게 닫자 이번에는 헬레나가 알은체한다. 그를 노려보다 경고하는 뜻에서 고개를 아주 살짝 젓는다.

그들 셋 사이에는 암묵적이지만 구속력 있는 합의가 있다. 어른답게, 교양인답게 행동할 것. 그래야 계속 같이 살면서 일하고 친구로 남을 수 있다. 상처와 피해는 표면으로 드러나지 않게 잘 숨겨야 한다. 그래야 어느 정도 시간이 지나면 썩어서 사라질 수 있다. 아무튼 이론상으로는 그렇다. 이상한 건, 셋 중에서 이 삼각관계를 불편해하고 비현실적이라고 생각하는 사람이 베커라는 점이다. 헬레나는 그녀의 환심을 사려고 경쟁하는 남자들에게 평생 단련이 되어서인지 아무런 동요가 없고 서배스천—패자라고 볼 수 있는—은 묵묵히 감수한다. 베커는 승자인데 받아넘기지 못하는 이유가 뭘까?

"좋은 기사였다고 생각해." 헬레나가 다시 말한다. "독자층을 감안했을 때. 검은 그림에 대한 평가가 훌륭했는데—뭐라고 했더라? 놀랍고 기묘하다고…… 아주 영업적이었어. 그리고 그 대목에서 줄리언에게 스포트라이트를 비춘 것도 잘했어, 서브. 사람들은 그런 데서 호기심을 느끼니까, 안 그래?"

내가 아상블라주 어쩌고 하며 장황하게 늘어놓은 것과는 대조적이라 이거지, 베커는 속으로 생각하며 씁쓸해하지만 물론 맞는 말이다. 영업은 그의 강점이 아니다. 그는 영업을 위해 여기서 근무하는 게 아니다.

그들은 저녁을 먹으며 런던에서 열리는 전시회, 다음달에 있는 헬레나가 보고 싶어하는 밴드의 글래스고 공연, 예전 친구들, 헬레나와 서배스천이 전에 알고 지낸 사람들 이야기를 한다. 둘은 가족끼리 옛날 옛적부터 알고 지낸 사이다. 헬레나의 어머니가 에멀라인과 학교 동창이다. 서배스천은 유쾌한 면모를 뽐내고 베커는 조용히 예의를 갖춘다. 이를 갈지 않으려고 애쓴다. 헬레나는 그 둘 사이에 앉아 때로는 중재자, 때로는 수류탄 역할을 한다. 그녀는 손짓 하나로 팽팽한 긴장감을 해소했다가 말 한마디, 눈길 한 번으로 그런 분위기를 다시 조장할 수 있다.

화제가 에멀라인 쪽으로 옮겨가자 헬레나는 서배스천의 손에 자기 손을 얹는다. "너희 어머니는 당연히 아무 말씀도 하실 수가 없었겠지, 서브. 그건…… 상상조차 할 수 없는 일이었잖아. 어쨌거나 그분 세대, 그분 계층에서는 침묵이 원칙이니까, 안 그래? 그분들은 절대 약점을 드러내지 않지. 하지만 너는 달라."
서배스천은 헬레나를 보며 애정어린 미소를 짓고 그녀의 손 아래에서 자기 손을 빼낸다. 그녀가 덧붙인다. "너는 누군가에게 속을 털어놔야 해."

"어머니가 허락하실지 잘 모르겠어." 그는 말하고 남은 와인을 마저 마시더니 뭔가를 떨쳐버리려는 듯 고개를 젓는다. 그러고는 베커를 돌아본다. "에리스 얘기 좀 해줘." 그는 말한다. "그 사악한 마녀에 대해 너한테 아무 얘기도 듣질 못했네."

베커는 천장으로 눈을 치켜든다. 헬레나가 식탁 아래에서 그를 발로 찬다. "얘기 좀 해봐, 베크. 그 여자 어땠어?"

"친절했어." 그는 말한다. "조금 겁에 질려 있었고. 그리고 아주 외로워하는 것 같았어. 집은 조금 낡았고. 마치…… 발가벗겨진 느낌이었어. 안쓰럽더라." 그는 청바지 주머니에 손을 넣어 그 집에서 들고 온 흰색 조약돌을 손끝 사이에 끼우고 굴린다. "우리가 그 여자에게서 빼앗은 게 이미 많아서."

"없어진 작품에 대해 추궁해봤어?" 서배스천은 눈 하나 꿈쩍 않고 묻는다. 역시 냉혈한이다.

베커는 한숨을 쉬고 잔을 비운다. "사실 없어진 작품이 있다는 증거도 없잖아. 너희 아버지가 기억하기로는 버네사가 전시회에 출품하겠다고 약속한 이런저런 작품들이 있었다지만 그 전시회는 열리지 않았으니까—"

"아버지가 직접 보셨다고 했어!" 서배스천이 말허리를 자른다. "전시회 예정일 몇 달 전에 에리스에 갔을 때 작업실에서 그 그림들을 보셨다고. 나한테 그렇게 말씀하셨어. 그 그림들뿐 아니라 단독 전시회에 출품할 도자기도 수십 점이나 보셨다고. 거기 있었다고 하셨어." 서배스천은 집게손가락으로 식탁을 쿡쿡

친다. "출품 준비를 마친 상태로 작업실에 놓여 있었다고. 버네사가 갑자기 전시회를 취소했을 때 아버지가 엄청난 충격을 받은 이유 중에 그것도 있었어." 헬레나가 중재하려 하지만 서배스천은 손을 들어 보인다. "아니, 그녀가 개인적으로 그 그림들을 처분했다 하더라도 흔적 하나 찾을 수 없다는 게 이상하잖아."

베커는 고개를 젓는다. "그래, 맞아. 네 말이 전적으로 맞아, 이상하지. 그래도 증거가 없는 건 마찬가지야. 뭐가 됐든 입증할 만한 게 전혀 없고 우리에게 있는 거라곤—"

"우리 아버지의 말씀뿐이지."

냉랭한 정적이 이어지고 헬레나가 의자를 뒤로 민다. 서배스천이 자리에서 몸을 반쯤 일으키지만 헬레나는 그를 보며 고개를 젓는다. 베커는 의자에 몸을 기댄 채 사과하는 뜻에서 그녀의 손끝을 꼭 잡는다. "설거지는 내가 할게." 그가 말한다.

"알아." 그녀는 그를 향해 턱을 내밀며 말한다. "나는 차를 끓이려던 참이었어. 차 마실 사람? 아니면 커피나 뭐 다른 거라도……?"

"위스키." 서배스천이 말한다. 머리 위로 팔을 뻗으며 시원하게 하품을 한다. "나는 위스키 마실게."

베커가 진열장에 둔 스프링뱅크를 가져오려고 자리에서 일어난다. "〈분할 II〉는 어떻게 됐어?" 그는 묻는다. "언제 돌려받을 수 있는 거야?" 그는 술병을 찾아 들고 돌아선다.

서배스천은 듣는 둥 마는 둥 하며 식탁을 치우는 헬레나를 쳐다보고 있다.

"서배스천?"

"어…… 음…… 런던에 있는 사설 연구소로 보냈어. 시설이 더 좋다고 해서—"

"이런 젠장!" 베커는 식탁에 술병을 쿵 내려놓는다. 헬레나는 움찔하며 그를 흘끗 쳐다본다. 들고 있던 찻잔을 조리대에 내려놓고 주방을 나간다. 계단을 올라가는 발소리에 이어 방문이 세게 닫히는 소리가 들리지만 베커도 서배스천도 아무 말 하지 않는다.

서배스천은 두 손을 들어 보인다. "네가 제안한 대로 다른 법의학자에게 문의해달라고 테이트 담당자에게 요청했고 그쪽에선 그렇게 했어. 그런데 그 이메일을 보낸 작자의 의견에 동의한다잖아. 인골 같다고. 인간의 갈비뼈 같다고. 그래서 우리측에 조사할 의무가 생겼어, 적어도 얼마나 오래된 유골인지 그것만이라도 파악해야지. 선택의 여지가 없다고."

그들은 합의를 도출한다. 검사는 진행하되 케이스를 열 때 베커가 동석하기로. 서배스천이 예상하기로 그때까지 최소 몇 주는 걸릴 것이다. 시급한 사안은 아니다.

"보험사에 알려야 해." 서배스천이 그에게 말한다.

"그리고 그레이스 해스웰에게도." 베커가 대꾸한다.

서배스천은 생각에 잠긴 표정으로 고개를 젓는다. "그건 그녀와 상관없는 일이야, 베크."

그들은 남은 위스키를 마저 마시고 서배스천은 작별인사를 한다. 그가 가자 베커는 설거지를 하고 주방을 깨끗하게 치운 뒤 위스키병과 잔 하나만 남겨둔다. 위스키를 한 잔 더 따르고 불을 모두 끄고는 꺼져가는 장작불을 앞에 두고 어둠 속에 앉아 있는다.

좀전에는 그레이스 해스웰을 두고 왈가왈부하지 않았지만 지금 타다 남은 불씨를 물끄러미 들여다보며 하고 싶은 말을 정리해본다. 그건 그녀와 상관있는 일이다. 그녀와 대화를 나눠본 사람이라면, 그레이스가 버네사의 지문, DNA, 숨결을 두고 하는 말을 들어본 사람이라면 누구라도 그렇게 생각할 것이다.

왈가왈부하지 않았던 이유는 그레이스를 배척하고 싶지 않은 것과 마찬가지로 서배스천과도 언쟁을 벌이고 싶지 않기 때문이다. 그는 모두를 만족시키고 싶다. 그는 냉혈한이 아니다.

핵심은 이거다. 이미 죄책감을 느끼는 마당에 그걸 더 심화하고 싶지는 않다는 것. 그는 과거에 나쁜 짓을 저질렀고 어떻게 해서든 그걸 만회하고 싶다. 하지만 불가능하다는 건 익히 알고 있다. 시간을 되돌릴 수는 없으니까. 서배스천을 좋아해서가 아니라—그 당시에 그는 서배스천을 옥스퍼드대학에 넘쳐나는 사립학교 출신의 그렇고 그런 특권층으로 간주했다—더글러스 레녹스의 아들이어서 그리고 더글러스가 버네사를 대리하는 갤러리 주인이어서 친하게 지냈던 대학 시절로 돌아갈 수는 없으니까. 더글러스가 사망하고 딱 3일 뒤에 헬레나를 이 집으로 데려와 오후 내내 침대에서 같이 뒹굴었던 그때로 돌아갈 수도 없으니까.

돌아가고 싶은 마음도 없다.

하지만 과거의 잘못을 바로잡을 수는 있다. 서배스천이 맡긴 일을 최대한 잘해낼 수는 있다. 미술관을 성공적으로 운영하고, 소장품의 가치를 최대한 잘 조명하고, 버네사의 작품과 어머니에 얽힌 추억을 예우할 수는 있다.

그는 서배스천과 그레이스 그리고 버네사를 위해 그렇게 할 것이다.

버네사 채프먼의 일기

이 집에는 쥐가 있다.

쥐가 있고, 천장에서는 비가 새고, 마룻장은 썩어가고, 습하다. 가전제품은 위험하고 정화조에서는 썩은 내가 난다.

이렇게 행복한 것도 오랜만이다.

아가 레인지는 별문제 없이 작동해서 주로 주방에서 생활하고, 여건이 허락하면 야외에서 작업을 한다. 하루종일 그림을 그린다. 어제는 별이 좋아서 거의 10시까지 그렸다. 에리스 암벽—이 섬에서 제일 높은 곳이다—에 올라갔다. 석양이 유난히 은은하고 하늘은 눅진했다. 처음에는 옅은 회색과 은은한 흰색이었다가 회분홍색과 점점 짙어져가는 호박색, 먹음직한 주황색, 반 고흐의 해바라기와 거의 비슷한 노란색으로 바뀌었다. 물감을 제때 캔버스에 칠할 수 없을 지경이었다. 하늘이 그렇다면 바다는 또다른 짐승이다. 하늘은 도전적이라면 바다는 당황스럽다. 한순간도 가만있을 줄 모르고, 끊임없이 달라진다. 그 깊고 둥그런 너울과 그 거친 포효!

그림으로 담고 싶지만 불가능하다.

※

바다를 연구해보려고 해변으로 출근하지만 성과가 영 신통치 않다. 파도, 물살의 인력, 점점 커지는 너울은 알겠는데, 결정적인 순간은 계속 모르겠다. 안에 담겨 있던 모든 힘이 풀려나는 그 분출의 순간, 그 끔찍한 혼돈의 순간은.

불가능하다.

~

어제 무시무시한 폭풍이 몰아쳐 주방과 거실 천장 틈새로 물이 쏟아졌다. 모든 가전제품이 누전됐다. 이제 촛불뿐이다. 육지로 나갈 수도 없는데 이런 날씨가 2, 3일 동안 계속될 것 같다. 무섭고 짜릿하다. 스케치 작업을 계속한다. 스케치에 뭔가가 있는데, 그게 뭔지 잘 모르겠다. 내가 정체를 파악하려 할 때마다 사라져버린다.

비스킷과 위스키 한 병이 있고 담배도 이틀 치는 있다. 잘만 하면 사흘도 버틸 수 있다.

집 보수 공사가 시작됐다. 먼저 지붕을 고치고 햇빛이 좀더 잘 들어오도록 주방에 창문을 낸다. 방의 마룻장을 교체해 눅눅함을 해결한다. 주방을 개조한다. 집안의 모든 배선을 교체한다.

다음엔 헛간. 남쪽으로 큼지막한 전망창을 내고 동쪽 면의 입구를 넓힌다. 그 문을 옆으로 밀어 열면 헛간 한쪽 벽을 튼 것처럼 그쪽이 거의 개방되고 남쪽과 동쪽으로 햇빛이 들어와 환기도 잘될 거다.

그렇게 개조하고 나면 J에게 받은 돈이 바닥날 것이다. 하지만 집이 예상보다 훨씬 비싸게 팔려서 그가 내게 줄 돈이 1만 5천 파운드 남아 있다. 그리고 더글러스에게 넘길 그림도 두 점 완성해놓았고—〈남쪽〉과 〈썰물〉—뒤편으로 숲이 보이는 창고 그림은 마무리 단계다. 그에게 그림을 잘 처분해달라고 당부할 것이다.

∼

돌풍이 지붕을 날릴 기세로 불다 말다 해서 야외에서 그림을 그릴 수가 없다. 나는 계속 바쁘게 지낸다. 숲은 주울 것 천지다. 솔방울과 씨앗, 이빨과 오래된 뼈. 해변도 소출이 많다. 회분홍색과 흙색과 순백색의 더할 나위 없이 동글동글한 자갈. 해파리! 너무 당연하지만 온갖 조개껍데기, 적갈색과 이보다 더 쨍할 수 없는 초록색 해초, 새파란 유릿조각. 썰물 때면 갯벌을 반 마일 이상 걸어나갈 수 있다. 다시 바닷가로 돌아올 때는 주머니가 불룩하다.

이런저런 아이디어가 나를 압도하는 느낌이다.

풍경—바다와 하늘—의 광활함만으로도 기운이 난다. 공기는 정말이지 청량하다! 그게 전혀 다른 미학적 접근에 도움이 된다. 나는 칙칙한 플라타너스와 집과 산울타리에 에워싸인 느낌에서 해방됐다. 잉글랜드의 따분한 하얀 하늘이 나를 내리누르는 것 같은 느낌에서 해방됐다. 이곳의 하늘은 경이로운 파란색 아니면 금방이라도 비를 뿌릴 듯한 청회색 아니면 눈부시게 아름다운 주황색, 복숭아색, 연노란색이다.

∾

해야 할 일들을 해치운다. 카라칸으로 건너가 치과 치료를 받는다. 크라운을 씌운다. 오늘 오후에는 사륜 오토바이를 구하기 위해 어떤 남자를 만날 예정이다. 그게 있으면 캔버스를 언덕 위로 좀더 쉽게 운반할 수 있을 것이다. 마을의 어느 가게 주인은(이름이 샌디였나?) 내게 보트를 팔려고 한다. 나는 밀물과 썰물에 나를 맡기는 편이 더 좋다—어쩌됐건 보트를 탈 수 있을 만큼 용감해질 날이 과연 올까 싶다. 이 바다의 물살은 공포 그 자체다. 내가 바닷가에서 좀처럼 그림을 그리지 않는 이유 중 하나다—물살에 휘말릴까봐 무서워서.

더글러스가 목요일에 와서 주말까지 있다 갔다. 그와 보내는 시간은 즐겁지만 그는—심신 양쪽 모두—요구사항이 많다. 그는 내가 단독 전시회에 대한 구상을 시작하길 바란다—내가 여기 나와 있으면 잊히지 않을까 걱정된다지만…… 나는 아직 준비가 되지 않았다. 이곳에서 자리를 잡고 이 활력과 창의력을 만끽하고 싶다. 개념적으로 생각할 필요 없이, <u>계획</u>을 세울 필요 없이.

어제 〈선데이 텔레그래프〉 기자가 찾아왔다. 더글러스가 주선한 인터뷰다. '예술가는 어떻게 사는가'라는 제목의 특집 기사를 위해서다. 나로서는 알맞은 시점이 아닌 것이, 작업실 공사가 아직 덜 끝났고 보여주고 싶은 작품도 없다—적어도 기자에게는.

D는 내가 작품에 너무 집착한다고 투덜댄다. 확신이 없어서 그런다고 생각한다. 그건 아니다. 내게 그건 선택의 문제다. 나는 준비가 됐다 싶을 때만 세상에 내 작품을 내놓을 것이다. 어느 누구도 나를 재촉하거나 설득하거나 협박하지 못한다. 그런 시절은 끝났다.

마크가 프랜시스가 쓰던 발물레를 밴에 싣고 다음주에 찾아오겠다고 한다.

카라칸에서 지점토 20킬로그램을 사왔다. 천장에서 계속 비가 새서 어제 사람을 불렀는데, 수리비로 2천 파운드를 달라고 한다!

J에게 편지를 보냈는데 답이 없다. 내가 직접 남쪽으로 가서 그 인간에게 돈을 받아내야겠다. 왜 이렇게 짠돌이처럼 구는지 모를 일이다. 실리아가 더럽게 부자인데—그게 그가 그녀를 좋아하는 가장 큰 이유인데.

∾

드디어 작업실 공사가 끝났다. 어제 처음으로 가마에 불을 땠다!

∾

새벽부터 아무리 못해도 저녁까지, 종종 밤늦게까지 작업을 한다. 시간 가는 줄도 모르고 거의 먹지도 않고 일기를 쓰지도 않는다. 작업에 푹 빠져서 그것 말고는 필요한 게 아무것도 없는 느낌이다. 도예는 기쁨이다. 그림을 그릴 때와 다르게 전혀 불안하지 않다—점토를 만지노라면 이보다 더 자유로울 수가 없다. 정해진 것도 없고, 결정된 것도 없고, 구워지기 전까지는 완성된 것도 없다. 나는 물레 앞에 거의 붙박여 우뚝하고 우아하며, 목이 길고 고운 작품들을 빚는다. 지금은 색을 실험하는 중이다. 이곳으로 이사하면서 새로운 팔레트가 펼쳐졌다. 나는 차갑고 쨍하고 맑은 공기를 마신다. 이 느낌은 하얀색 그리고 때로는 파란색 아니면 보라색이다. 마치 내 폐에 꽂히는 바늘 같다(폭력적으로 들릴지 몰라도 천만의 말씀). 마음이 한결 가볍고 전에는 없었던 부드러움이 느껴지기 시작한다.

∾

D가 〈선데이 텔레그래프〉에 실린 기사를 보내주었다. 에리스 암벽 꼭대기에서 찍은 사진은 아름다운데, 작업실에서 찍은 사진 속 나는 도끼눈을 뜨고 있다. 나를 매력적이고 쉽게 발끈하며 무뚝뚝하고 말

이 없는 사람이라고 소개했다. 작업에 대한 언급은 거의 없다. (D의 말로는 내가 인색하게 굴었기 때문이란다.) 내가 작업에 사로잡혀서 다른 건(예를 들면 결혼생활) 할 시간이 없고, 외곬이며 강박적이라는 '친구들'(어느 친구들일까??)의 코멘트가 실렸다. 죄다 가정, 그러니까 재미없는 가사노동에 심신을 바치지 않는 여자들이 노상 듣는 헛소리다. 마지막 부분에 내가 "마크 브라이스의 결혼이 파경을 맞는 데 중요한 역할을 했다"는 문장이 있다. 부당하고 사실과도 거리가 멀다. 앙심을 품은 이소벨이 한 말일 것이다.

여기 온 이래 이렇게 열받기는 처음이다. D에게 전화해 빌어먹을 기자를 만나는 건 이번이 빌어먹을 마지막이라고 했다. 이후에 언덕의 암벽 위로 올라가 바다와 섬들을 내다보다가 고개를 돌려보니 밀물이었다. 세상과 단절돼 갈 곳이 아무데도 없고 나를 괴롭힐 사람도 아무도 없게 된 것이다. 작업실로 달려내려가 모든 걸 떨쳐버리고 다시 평정심을 찾았다.

이제 어둠이 깔린 주방에 있자니 바깥세상으로부터 떨어져나온 느낌을 전달하는 뭔가를 만들고 싶은 마음이 간절하다. 그걸 무슨 수로 포착할 수 있을까? 절단되는 느낌—그 깨끗하고 고통스럽고 후련한 느낌을.

∽

J가 편지를 보내 우리의 치부를 신문에 공개했어야 하느냐며 화를 낸다. 여기로 찾아오겠다고 협박한다. 그의 편지를 쓰레기통에 버리고 다시 작업실로 돌아가 하루종일 작업을 했다. 그의 생각은 단 한

번도 하지 않았다.

∽

이곳의 어둠은 갑작스럽고 완전하며 비인간적이다. 차가운 바다 안개가 깔리면 십스헤드의 등대가 23초마다 한 번씩 깜빡이는 것 말고는 아무 불빛도 보이지 않는다.

∽

가끔은 해가 떴나 싶은 날도 있다.

∽

빛도 없고 그림자도 없는데 그림을 그리고 싶어서 애가 탄다.

∽

얼마 전(이틀인가 사흘 전) 십스헤드 그림을 완성하려고 남쪽의 그 지점으로 갔다. 날씨가 요상했다. 집을 나설 때는 화창했는데 화구를 세팅할 때는 하늘이 묘한 노란색이었고—마치 대기 중의 가스처럼—바다는 고요했다—시커멓고 무서웠다. 세상의 종말이 온 것처럼! 새 캔버스를 꺼내 그림을 그리기 시작했다. 왜 그리 다급함을 느꼈는지 모르겠다. 그저 어둠과 공포가 나를 끌어당기고 사로잡는 것만 같았다.
 지금 그 캔버스—몇 시간 만에 완성했다—는 빈방에 있는데 쳐다보고 싶지가 않다. 그 존재가 자꾸 머릿속을 어지럽히고 불안하게 한다. 검은 그림이다.

15

 베커는 담배를 가볍게 물고 두 손을 마주 비벼 열을 낸다. 인도교 난간에 기대 몸을 숙이고 있는데, 아래로 흐르는 시냇물에 살얼음이 덮였다. 그는 어질어질하다. 검은 그림! 그건 암이나 줄리언 채프먼이나 서배스천이 내놓은 어떠한 짐작과도 상관이 없었다. 바다 그림이었다. 그 불가능한 바다! 그걸 그림에 담을 방법을 찾은 것이었다.
 그는 밤늦게까지 첫번째 공책을 살펴보고 천천히 음미하고 따로 메모를 적었다. 버네사가 뼈를 언급한 부분은 딱 한 군데뿐이다. 숲은 주울 것 천지다…… 이빨과 오래된 뼈…… 왜 오래된 뼈라고 했을까? 오래됐다는 걸 알고서 한 말일까? 아니면 비유적인 표현이었을까? 뼈는 항상 오래됐을 수밖에 없지 않나? 그녀가 20년도 더 전에, 그 섬에 처음 갔을 때 숲을 뒤지고 다니다 그 흉곽을 주웠을 수도 있다. 한참 동안 작업실에 걸어놓았다가 용도를 찾았을 수도 있다.

(그는 잠깐 이빨에 대해 생각해본다. 어떤 이빨이었을까? 인간의 이는 아니었겠지? 인간의 이는 법의인류학자가 아니더라도 알아볼 수 있을 테니.)

어쨌거나 그 뼈에 대해서는 이제 고민할 필요가 없다. 전문가들이 인간의 뼈라고 했으니 그들이 검사를 진행할 것이다. 더는 그의 소관이 아니다.

그는 담배를 다 피우고 본관으로 걸어가 평소처럼 뒷문으로 들어간다. 복도로 들어서자마자 그의 사무실 문이 열려 있는 것이 눈에 들어온다. 주먹을 불끈 쥐고 성큼성큼 걸어가는데 분노가 점점 끓어오른다. 그렇다, 이 건물은 서배스천의 것이다. 하지만 업무 공간에서는 프라이버시를 보장받을 권리가 있지 않나? 그는 일부러 도발하려고 문을 세게 밀어젖힌다.

책상 저편에서 에멀라인 여사가 냉랭하게 그를 올려다본다. 책상 위에 가는 연필과 파란색 잉크로 글씨가 잔뜩 적힌 종이들이 펼쳐져 있다. 그가 에리스에서 들고 온 서류 파일에 들어 있었던 거다.

"이걸 전시할 생각인가?" 그녀가 묻는다.

"아…… 네, 일부는요." 베커는 대답한다. "시간이 없어서 전부 읽어보지는 못했어요. 살펴야 할 게 많은데 제가—"

그녀는 짜증난 표정을 지으며 조용히 하라는 뜻으로 손을 들어 보인다. 잠깐 눈을 질끈 감는다. "자네가 뭣 때문에 그렇게 집착하는지 모르겠네." 그녀는 자기 얼굴이 보이지 않게 반대편으로 몸을 살짝 돌리며 말한다. "채프먼 부인에게 말이지. 서배스천

말로는 그 여자를 보면 자네 어머니가 생각나기 때문이라는데, 맞나?" 그녀는 아주 천천히 그를 향해 다시 몸을 돌리며 입술을 뒤로 당겨 이를 드러낸다. "자네 어머니도 암으로 돌아가셨지?"

"아…… 네, 맞아요." 베커는 살짝 말을 더듬는다. "제가 어렸을 때—"

"그리고 자네 어머니도 창녀였고?"

베커는 놀라서 말문이 막힌다. 에멀라인은 문을 향해 책상을 돌아 나오면서도 시선을 그의 눈에서 떼지 않는다. "여기서 큐레이터로 근무하는 동안 내 자존심을 건드리는 일을 도모하면 내가 반드시 대가를 치르게 할 거야, 베커. 알아들어? 그리고 나 같은 늙은 여자는 자네를 해칠 능력이 없다고 생각한다면 착각을 바로잡아줄 거고."

그녀는 레르뒤탕 향수 냄새를 풍기고 하이힐로 대리석 타일을 또각또각 밟으면서 그의 옆을 지나간다. 잠깐 동안 그는 옴짝달싹도 하지 못한다.

뺨을 한 대 얻어맞은 기분이다. 눈물이 날 것 같아서 창피하다. 그는 문을 닫고 책상 쪽으로 급히 건너가 책상을 짚고 힘겹게 격한 숨을 몰아쉰다. 손을 뻗어 그가 들어왔을 때 에멀라인이 들여다보고 있던 편지를 집는다. 그의 쪽으로 방향을 돌려 읽는다.

1999년 11월
버네사,
지난번에 당신이 다녀간 뒤로 당신 생각밖에 나지 않아서 애를 먹고 있어. 당신을 다시 가질 수만 있다면, 당신과 하룻밤 아니 한 시간만이라도 같이 보낼 수 있다면 지금 당장 불이 난 건물에 아내와 아들을 죽게 내버려두고 갈 수도 있어. 당신의 감미로운 입술, 당신의 맛있는 보지 말고는 아무것도 생각나지 않아.
　당신을 만나야겠어.

더글러스

베커는 얼굴이 점점 뜨거워진다. 에멀라인과 더러운 비밀을 공유하기라도 한 것처럼 당황스러워 옷깃을 잡아당긴다. 책상을 돌아가 의자에 앉아서 그녀가 펼쳐놓은 종이를 일단의 체계에 따라 정리한다. 그것들을 다시 서류 파일에 넣는데 버네사가 친구 프랜시스 레비에게 보낸 편지, 어느 잠재 고객에게 받은 편지, 작업실의 대략적인 스케치, 상단에 '더글러스 레녹스 글래스고모던갤러리'라고 찍힌 종이에 더글러스가 삐죽삐죽한 필체로 적은 메모가 눈에 들어온다.

　나한테 이런 짓을 저지르다니 네 그 빌어먹을 숨통을 잘라버렸어야 했어.

16

 침대로 올라간 그는 헬레나 옆에 누워 오른손을 그녀의 골반에 얹고 입술을 그녀의 뒷덜미에 갖다댄다. 그녀에게서 농익은 냄새가 풍긴다. 너무 익기 직전이라고 볼 수 있지. 그는 생각하며 어둠 속에서 미소를 짓는다. 그녀는 손을 들어 그의 다리에 걸치고 손톱으로 그의 허벅지를 살짝 긁는다.
 "오늘 아침에 출근하니까 에멀라인이 내 사무실에 있더라고." 그는 말한다.
 "그래?"
 "우리 어머니더러 창녀래."
 "뭐라고?" 헬레나는 꿈틀거리며 그에게서 벗어나 몸을 돌려 한쪽 팔꿈치를 딛고 상체를 일으킨다.
 그는 얼굴을 찡그린다. "사실 정확히 그렇게 말한 건 아니야. 버네사더러 창녀라고 하더니 우리 어머니도 창녀였냐고 물었거든."

 헬레나는 믿기지 않는다는 듯 고개를 젓는다. "베크, 너무 끔찍하다. 내가 보기에는…… 솔직히 에멀라인이 점점 이상해지고 있는 것 같아."

 베커는 몸을 돌려 반듯이 눕는다. "글쎄." 그는 말한다. "내가 사무실에 도착했을 때 에멀라인이 그레이스 해스웰이 준 자료를 훑어보고 있었거든. 그 안에 더글러스가 버네사에게 보낸 편지가 있었더라고. 그런데 내용이…… 노골적이었어."

 "정말?" 헬레나는 한쪽 다리를 그의 다리 위에 스르르 올려놓는다. "얼마나 노골적이었는데?" 그의 귀에 대고 속삭인다. 베커가 웃음을 터뜨리자 그녀는 다시 누워서 머리칼을 걸리적거리지 않게 치우고 그의 어깨에 머리를 누인다. "그걸 읽으면서 유쾌할 수야 없었겠지만 몰랐던 것도 아니잖아. 내가 듣기로 더글러스가 쉬쉬하지도 않았다던데. 그리고 버네사가 유일한 상대도 아니었어―바람둥이로 얼마나 악명이 높았다고."

 "우리가 진심으로 에멀라인을 딱하게 여겨야겠네." 베커는 말한다. "그 모든 일이 얼마나 수치스럽겠어."

 "뭐, 그럴지도." 헬레나는 중얼거린다. "하지만 그게 당신 잘못은 아니잖아, 안 그래? 당신 어머니 잘못도 아니고."

 "응, 그렇지." 베커는 저쪽 구석에서 시작해 그가 3년 전에 이 관사로 이사한 이래 방의 중앙을 향해 거미처럼 조금씩 이동중인 천장의 금을 올려다본다. 뭔가 조치를 취해야겠다고, 사람을 불러서 봐달라고 해야겠다고 생각한다. 너무 오래 방치했다가는 천장이 통째로 그들 위로 무너질지도 모른다. "에멀라인이 전에도 그랬어?" 그는 묻지만 헬레나는 대답하지 않는다. 그의 품속에서 꼼지락거리더니 숨을 천천히, 깊게 쉬며 잠이 든다. 그는 헬레나의 나지막한 숨소리를 들으며 한참 동안 뜬눈으로 누워 천장의 금을 올려다보면서 지붕이 무너지지 않길 기도한다.

17

그레이스는 편지 뭉치를 앞에 두고 식탁에 앉아 있다. 거의 새벽 2시다. 한 시간 전에 끓인 차가 주전자 안에서 진하게 우려진 채 차갑게 식었다. 한 시간 안으로 밀물이 들고 그녀는 잠을 청해야 할 테지만, 지금은 읽고 고민하고 모든 걸 분류해 깔끔하게 정리하는 작업을 계속한다.

창문이 덜커덩거리자 그녀는 고개를 든다. 칠흑같이 어둡지만 폭풍우가 다가오고 있다는 걸 알 수 있다. 그녀는 남쪽의 덧창을 닫고—바람의 공격을 직통으로 맞는 곳이다—작업실 문이 제대로 닫혔는지 확인해야 한다고 머릿속에 새긴다.

담요를 들어 어깨를 덮고 다시 앞에 놓인 편지에 집중한다. 버네사가 화가인 친구 프랜시스 레비에게 보낸 것으로, 프랜시스가 작년에 코로나로 세상을 떠났을 때 그의 딸 리아가 그레이스에게 돌려준 편지 뭉치에 들어 있었다. 그레이스는 그들이 주고받은 내용을 이해하기 쉽게 편지를 순서대로 정리하는 중이다. 프랜시스는 저 아래 콘월에서, 버네사는 옥스퍼드셔와 여기 이 에리스에서 25년 동안 나눈 그들의 대화는 거의 어떤 작업을 하고 있는지에 국한되어 있다.

버네사: 물감이 핵심이에요! 손목이 부러진 뒤로 물감의 물성에 훨씬 예민해진 느낌이에요. 캔버스 위에서 좀더 조소적인 공간으로 이동하는 이 느낌이 정말 좋아요. 가끔 이 모든 변화, 이 끊임없는 변형 때문에 작품이 일관성 없어 보이는 건 아닐까 싶을 때도 있어요.

프랜시스: 작가가 하나의 목소리를 구축하듯 미학적인 언어를 개발하는 것—그것이 우리의 목표 아니겠어요? 당신이 구상화에서 추상화로 갔다가 다시 돌아온 것, 그것도 당신 언어의 일부이고 그건 마땅히 가끔 달라지고 발전해야 하죠. 어쨌거나 우리가 타당성을 유지하려면 달라져야 하니까요.

버네사: 타당성은 상관없어요. 정리하지 않은 침대나 반으로 가른 상어에도 관심 없고요! 그래도 나는 계속 달라져요, 모래처럼. 작품은 그걸 어디에서 만들었고, 어떤 식으로 뭘 가지고 만들었는지에 따라 결정되어야 한다고 생각해요. 나는 날마다 눈을 뜨면 여기서—바다가 육지로부터 분리된 곳에서—정치나 인간 사회의 언어가 아니라 자연과 밀물과 썰물의 언어로 말을 한다는 데 짜릿함을 느껴요.

그레이스는 이를 악문다. 편지는 그녀가 버네사의 '화가 말투'라고 생각하는 어조로 적혀 있다. 버네사가 자기보다 사회적 지위가 높다고 생각하는 사람에게 깊은 인상을 심어주고 싶을 때 쓰는 말투, 그레이스에게는 한 번도 쓴 적이 없는 말투다. 프랜시스와 주고받은 편지는 대부분 이해가 되지 않거나 진부하다. 어떻게 그 둘은 자신들을 이렇게 대단하다고 생각할 수 있었을까? 아니, 암을 치료한 것도 아니고 그림을 그리고 있었으면서 말이다. 그래도 베커는 이걸 보면 열광할 테니 그녀는 예술을 논한 편지를 페어번에 보낼 자료 더미에 둔다. 사생활─연애, 친구, 원한─이 틈입한 다른 편지는 '비공개'용으로 따로 모아둔다.

프랜시스: 도라가 나를 만나러 왔어요. 마크와 다시 헤어졌다면서. 심란해하며 나더러 중재해달라고 통사정을 하더군요. 마크와의 관계를 정리해달라는 말을 당신에게 전해달래요. 나는 당신을 좌지우지할 입장이 못 된다고 얘기했어요! 하지만 이 말 한마디만 할게요. 마크가 당신에게 중요한 존재가 아니라면(그러니까 연인으로서요. 친구로서는 중요한 존재라는 거 알아요) 정리해요. 그 관계에 집착하지 말고 그가 돌아오더라도 받아주지 마요. 도라가 얼마나 망가졌는지 몰라요. 보기 싫고 슬펐어요. 아이가 이제 겨우 8개월이잖아요─도라가 감당하지 못할까봐 걱정돼요.

버네사: 프랜시스, 마크와의 이런 상황은 내 탓이 아니라는 거 알잖아요. 내가 끝내고 또 끝내도(얼마 전에 또 끝냈어요) 그가 계

속 찾아오는걸요. 도라에 대해서는 안타깝게 생각해요. 상처를 받은 것도 안타깝게 생각하고요. 하지만 내가 아니라 마크와 해결해야 할 문제라고 봐요. 그녀가 아이 때문에 고생할 걸 생각하면 끔찍하네요. 어떤 심정일지 상상도 못하겠고, 줄리언이 원했을 때 내가 임신이 안 됐던 게 항상 너무나 다행스러워요. 가족은 자유의 반대말로 느껴지거든요.

리아에게 이 편지를 처음 건네받았을 때 그레이스는 놀랐다. 자기 어머니의 편지를 보관하지 않겠다고? 그레이스는 사람들이 상을 당했을 때 종종 그러듯이 리아도 섣불리 판단한 것일지 모른다고, 그래서 나중에 생각을 바꿔 돌려달라고 할지 모른다고 생각했기에 이 편지들을 따로 보관했지만 그녀의 예상은 빗나갔다. 이제 찬찬히 읽어보니 이유를 알겠다. 리아에 대한 언급은 거의 없고 언급했다 한들 사족이다. 아니 그보다 못하다.

프랜시스: 가족에 대한 생각은 틀렸어요! 아이를 낳아도 전적으로 자유로울 수 있어요. 그리고 일도 할 수 있고요! 헵워스를 봐요. (솔직히 고백하자면, 내가 왜 아이를 계속 낳았는지 가끔 궁금해질 때도 있긴 해요. 하나면 충분한데! 사랑을 이리저리 분산할 필요가 없잖아요?)

리아는 셋 중 막내다.
그레이스는 그 편지를 '비공개' 쪽으로 분류하려다 끝부분에 자기 이름이 언급된 걸 본다. 편지를 다시 집는다.

프랜시스: G는 계속 거기서 지내나요? 조심해요, V. 당신이 빈대를 끌어들이는 경향이 있다는 거 알죠? 그녀는 당신을 보면서 너무 멋지다고 생각할 거예요. 그녀의 삶은 분명 지긋지긋하겠죠. 끝없이 항생제를 나눠주고, 담배를 피운다고 술을 너무 많이 마신다고 환자들을 나무라는 삶. 얼마나 따분할까! 그녀를 안쓰럽게 여겨야 한다고 봐요.

그레이스는 주먹을 쥐어 편지를 구긴다. 짜증 섞인 콧김을 뿜으며 편지를 다시 잘 펴서 식탁에 대고 손바닥으로 누른다. 이런 식으로 발끈하다니 한심하지만⋯⋯ 항생제를 나눠준다고? 어이가 없다. 물론 기침이나 감기 환자도 있었지만 그레이스의 실력과 빠른 판단 덕분에 오른손을 계속 쓸 수 있게 된 어부도 있었다. MMR 예방접종을 하러 그녀가 일하는 보건소를 찾아온 세 살짜리를 신장 전문의에게 보낸 적도 있었다. 그레이스가 아니었다면 그 아이는 희귀 암을 몇 달 동안 방치해 치료 시기를 놓쳤을 수도 있다. 그 여자아이가 작년에 결혼해 이제 출산을 앞두고 있다. 그 아이가 그레이스의 유산인데—프랜시스는 뭘 남겼을까? 옹기?

그레이스는 순서에 따라 다음 편지로 넘어가서 읽다가 가슴이 벅차오르고 반짝 눈물이 맺히는 것을 느낀다.

버네사: G를 안쓰럽게 여길 필요는 없어요. 진정한 삶, 진정한 직업이 있거든요! 그녀는 이 공동체에 뿌리를 두고 깊은 관계를 맺고 있어요. 나는 죽었다 깨도 맺을 수 없는 관계라 부러워요. 사

람들은 그녀에게 의지해요. 나도 그녀에게 의지하고요! 그녀는 빈대가 아니에요. 좋은 친구지요. 나는 그녀가 예술에 관심이 없어서 좋아요. 예술을 전부 허세로 똘똘 뭉친 쓰레기라고 생각하는데 (대부분의 경우) 맞는 말이잖아요. 우리는 아주 행복하게 같이 지내고, 나는 혼자 있는 시간이 필요하면 그녀에게 말해요. 그게 문제된 적은 한 번도 없어요.

그레이스는 자부심으로 얼굴을 빛내며 이 편지를 베커에게 보낼 더미의 맨 위에 얹는다. 그는 버네사가 그녀를 얼마나 사랑했는지 알게 될 것이다. 그녀가 버네사의 이야기에서 핵심적인 부분임을 알게 될 것이다. 그녀는 잠깐 망설이다 프랜시스가 자기 아이들을 언급한 편지를 비공개 더미에서 베커에게 보낼 더미로 옮긴다.

분류해야 하는 편지가 아직 남았다. 그녀가 칼라일 편지라고 생각하는 무더기인데, 그건 아직 대면할 엄두가 나지 않기에 대신 사진 쪽으로 관심을 돌린다. 사진은 거의 다 기쁘게 내줄 수 있다. 대부분 버네사가 찍은 섬 사진이다. 그녀는 사진을 보며 그림 그리는 건 싫어했지만, 참고 자료로 혹은 특정한 날 특정한 시간대에 빛이 어떤 식으로 비쳤는지 기억을 떠올리는 용도로는 유용하게 여겼다.

그녀가 옥스퍼드셔에 살던 시절에 찍은 사진도 몇 장 있고—대부분 파티에 참석해 잘 차려입은 사람들과 마당에서 술잔을 들고 있는 사진이다—여기 에리스에서 사람들을 찍은 스냅사진도 몇 장 있다. 프랜시스와 마크와 다른 '미술계' 친구들 사진, 모래사장이 내려다보이는 벤치에 뻣뻣하게 앉아 있는 그레이스가 못나게 찍힌 사진, 1999년 날짜가 찍혀 있는 더글러스와 에멀라인 레녹스의 사진.

사진 속에서 레녹스 부부는 까무잡잡하게 태운 피부로 부티를 풍기며 둘 다 선글라스를 쓴 채 더글러스의 애스턴 마틴 보닛에 기대어 담배를 피우고 있다. 둘 사이에 엽총이 놓여 있다. 같이 어딘가로 사냥을 간다고 했던 기억이 나는 것도 같다. 에멀라인은 사격을 좋아했다. 어느 오후엔가는 이 섬에서 토끼 두 마리를 잡아와 카차토레*를 해 먹은 적도 있었다. 그녀가 직접 가죽을 벗겼다.

버네사가 더글러스에게 작업중인 작품을 보여주는 동안 그레이스가 에멀라인의 스튜 요리를 거들었다. 양파와 셀러리와 당근을 썰며, 직원과 그들의 사유지 전역을 쑤시고 다니는 떠돌이들에 대해 투덜대는 그녀의 하소연을 들어주었다. 그녀가 말하길 지난주에는 소를 괴롭히던 개를 쏴서 죽였다고 했다.

"끔찍했겠어요." 그레이스가 말했다.

에멀라인의 입꼬리가 처졌다. "개를 산책시키러 나온 사람들이 문제였어요." 그녀는 어깨를 으쓱하며 말했다. "목줄을 풀어놓다니." 풀어-놓다니, 그레이스는 그 특유의 말투를 기억한다. 목줄을 풀어-놓다니. "아이도 같이 있었거든요. 어찌나 울어대던지. 끔찍한 추태를 부리더라고요. 내가 자기 엄마를 쏘기라도 한 것처럼."

---

* 토마토, 양파, 허브, 와인 등을 넣어서 졸이는 이탈리아 요리.

그레이스는 에멀라인이 무척 싫었다. 그녀는 손마디가 시뻘겋게 쓸리도록 감자를 북북 씻었던 것과 버네사가 바로 그 순간 더글러스에게 작품을 보여주는 게 아니라 다른 짓을 하고 있을지 모른다고 생각하며 고소해했던 기억을 떠올린다.

그녀는 사진을 들어서 실눈을 뜨고 에멀라인의 표정, 굳게 다문 입술, 살짝 치켜든 턱을 다시 한번 살펴본다. 더글러스와 버네사가 헝클어진 옷매무새로 섹스 냄새를 풍기며 저녁 늦게 작업실에서 내려왔을 때 에멀라인이 경악하는 표정을 지었던 기억이 난다. 자신이 느꼈던 쾌감이 연기처럼 사라졌던 것도 기억난다.

그녀는 9시가 되기 직전에 일어나 햇빛이 들어오게 커튼을 젖힌다. 창문에 빗방울이 튀었고 구름이 흐린 하늘을 수놓았다. 창문을 열고 몸을 밖으로 내밀어 혀로 소금기를 맛본다. 언덕 비탈은 비 맞은 구릿빛 고사리로 반질반질하다. 짙고 어두운 초록색 숲이 그녀를 유혹한다.

그녀는 얼른 옷을 갈아입고 마음이 바뀌기 전에 집을 나선다. 지난 1년 동안 살이 찌고 체력이 떨어졌다. 더 나빠지는 건 막아야 한다. 여기 이 섬에서 혼자 살려면 어느 정도 체력이 받쳐줘야 한다.

썰물 때라 자갈 섞인 시멘트처럼 만의 수면에 점이 찍혔다. 방죽길 저쪽 끝에서 걸어오는 사람이 보인다. 거리가 멀어서 누군지는 모르겠지만 뭔가를 들고 있는 것 같다. 양동이인가? 홍합을 캐러 왔나보다.

그녀는 바다를 등지고 언덕을 올라가다가 너무 금세 숨이 차서 놀란다. 평생 날씬했던 적은 없지만 항상 힘은 좋았다. 전에 어떤 남자가 말하기로는 손은 도축업자의 손 같고 다리는 발로 점보 제트기 시동도 걸 수 있겠다고 했다. 숲으로 가는 비탈길이 가파르긴 해도 전에는 버네사—그녀보다 키가 키고 날씬하며 다리는 훨씬 긴—와 보조를 맞춰 같이 걸을 수 있었다. 이제는 스무 걸음쯤 걸으면 숨을 헐떡이며 쉬어야 한다. 땀 때문에 가슴골과 뒷덜미 오목한 곳이 따끔거린다.

언덕 꼭대기에 작업실이 있고 그 옆에 나무가 몇 그루 옹기종기 서 있는데 그 너머로 이어지는 조금 완만한 비탈길을 걸어가면 숲이 나온다. 숲은 방치된 탓에 동굴처럼 볕이 들지 않고 썰렁한데다 낙엽 썩은 내가 코를 찌른다. 그 품안에 들어가면 바닷소리가 사라진다. 오래된 소나무가 불길하게 삐걱거리는 소리, 갈매기 울음소리만 들린다.

그레이스는 속도를 일정하게 유지하며, 북쪽으로 구불구불 이어지다 숲 중심부에서 남서쪽으로 홱 꺾였다가 다시 오르막으로 바뀌는 오솔길을 따라 걸어간다. 그 급커브 구간을 막 돌았을 때 언뜻 지나가는 새빨간색이 곁눈으로 보인다. 숨이 턱 막히고 심장이 요동친다. 아무것도 아니다. 아무도 아니다. 콜라 캔이다. 이런! 그녀는 이를 악물고 다가가 캔을 줍는다. 등산객들이 대부분 뒷정리를 잘하지만 항상 그런 건 아니다. 가끔 애들이 여기서 본드나 가스 같은 걸 할 때도 있다. 겨울에는 거의 없지만.

그녀는 캔을 들고 숲 서쪽 끝으로 간다. 전에는 거의 30년 전에 폭풍으로 쓰러진 거대한 나무 두 그루가 길을 막아서 급격하게 방향을 틀어서 지나야 했다. 그 나무들은 결국 썩어 없어졌지만 이 일대는 여전히 분위기가 다르다. 하늘을 가린 나뭇가지 틈으로 햇빛이 들어 느릅나무, 호랑가시나무, 까칠한 산사나무처럼 키가 더 작은 나무들이 자라고, 그 열매들이 핏방울처럼 반짝인다. 발아래 땅은 단단하고 인적이 없다. 그레이스는 발로 나뭇잎을 헤집은 뒤 쭈그려앉아 차가운 흙에 손을 대고 손끝으로 땅을 더듬는다. 덤불의 눅눅한 냄새가 그녀 안에서 뭔가를 불러일으킨다. 캠핑의 추억, 별빛 아래에서 잠을 청하던 추억. 다른 삶이다.

그녀는 조금 어렵사리 허리를 펴고 일어나 집을 향해 방향을 돌려 씩씩하게 언덕을 내려간다. 작업실을 지난 다음에야 누군가가 모래사장이 내려다보이는 벤치에 앉아 있다는 걸 알아차린다. 홍합을 캐러 온 사람이다. 야광 점퍼를 입은 어린애가 발치에 파란색 양동이를 놓고 앉아 있다.

"저기요." 그레이스는 조심스럽게 외친다. 길 잃은 아이를 상대할 생각은 전혀 없다. 하지만 상대가 고개를 돌리자 아이가 아니라는 걸 알아차리고 안도한다. 마거리트가 쭈글쭈글한 얼굴로 환하게 미소를 짓는다. 그러고는 벤치에서 일어나 양동이를 집어 든다.

"안녕하세요!" 마거리트는 긴 앞치마에 장화 차림이고 야광 점퍼에 왜소한 체구가 파묻혔다. 그녀가 양동이를 내밀어 그 안에 담긴 몇 개 안 되는 홍합과 해초를 보여준다. "좀 줄까요?" 기대하는 눈빛으로 눈을 동그랗게 뜨고 묻는다.

"어머, 아니에요." 그레이스는 고개를 저으며 말한다. "저는 됐어요."

"안 좋아해요?"

그레이스는 고개를 끄덕인다. 홍합을 좋아하긴 하지만 바닷가에서 주운 걸 먹을 때는 신중히 고민한다. 생수 회사가 바다로 하수를 내보낸다는 기사가 하루가 멀다 하고 실리지 않는가 말이다.

"점퍼 멋있네요." 그레이스가 말하자 마거리트는 킥킥 웃는다. "하지만 따뜻해 보이지는 않아요." 마거리트는 고개를 끄덕이고, 하지 말아야 할 짓을 저지르다가 들킨 사람처럼 고개를 숙인 채 눈을 치켜뜬다. "들어가서 커피 한잔하실래요?" 그레이스가 묻자 노파는 고개를 끄덕이며 다시 미소를 짓고는 그레이스와 나란히 집을 향해 종종걸음친다.

마거리트는 칠십대지만 그레이스와 다르게 여전히 강단 있고 날렵하며, 까무잡잡한 팔뚝도 군살 없는 근육질이다. 그녀는 양동이를 문 앞에 내려놓고 장화를 벗은 뒤 젖은 양말 바람으로 집 안에 들어온다. 자료가 수북이 쌓인 식탁을 보고 눈을 반짝인다. 그레이스는 자료를 집었다가 엉뚱한 데 내려놓는 그녀를 몇 번 말리려다가 포기한다. 그레이스가 커피를 끓이는 동안 마거리트는 스케치와 묵은 사진을 보며 감탄하고, 자기가 아는 뭔가 또는 누군가가 보일 때마다 이를 드러내며 그레이스를 향해 미소를 짓는다.

그러다 갑자기 멈춘다. 심각한 표정으로 그레이스를 쳐다본다. "부두에 어떤 남자가 있어요." 그녀가 엄숙하게 말한다. "선생님을 지켜보고 있어요."

부두에? 그레이스는 창문 앞으로 걸어가 창턱에 놓인 쌍안경을 집는다. "지금요?" 방파제에 주차된 차도 없고 아무도 보이지 않는다.

"농, 농, 일 이 아 되 주르."

"영어로 말씀해주세요, 마거리트." 그레이스는 말하며 쌍안경을 다시 내려놓는다. "안 그러면 못 알아들어요."

"오늘 말고." 마거리트는 고개를 젓는다. "이틀 전, 아니면 사흘이나 나흘이나 닷새 전에. 남자였어요. 지켜보면서 기다렸어요."

그레이스는 고개를 끄덕인다. "괜찮아요. 그냥 저랑 얘기 나누고 싶어서 찾아온 사람이에요." 마거리트는 아마 베커를 보고서 한 말이겠지만 아닐 수도 있다. 그녀는 치매에 걸린 지 몇 년 되었는데, 처음에는 진행이 더뎠지만 점점 빨라지는 중이다. 코로나 사태로 거의 2년 동안 고립돼 지낸 것이 분명 부정적인 영향을 미쳤을 것이다. 그녀는 낯선 사람을 무서워하고 기억이 뒤죽박죽이라 이 시절에 만났던 사람이 저 시절에 튀어나온다. "걱정하실 것 없어요." 그레이스는 말한다. "저를 만나러 왔던 남자인데, 지금은 갔어요."

"다시 와요?"

"네, 아마……"

"아." 마거리트의 눈에 눈물이 고이고 손가락은 머리카락 끝을 만지작거린다.

그레이스는 그녀 옆에 앉는다. "괜찮아요, 마거리트. 나쁜 사람 아니에요. 무서워할 필요 없어요. 전혀 무서워할 필요 없어요."

"네." 마거리트는 고개를 끄덕이며 말한다. "네, 네."

"그 남자는…… 스튜어트가 아니에요. 스튜어트는 다시 오지 않아요."

"그렇죠." 마거리트가 말한다. 눈물이 뺨을 타고 흘러내린다. 그녀는 손끝으로 눈물을 닦는다. "하지만 다시 올 수도 있잖아요? 옹 느 세 자메. 결코 알 수 없는 일이에요."

그레이스는 마거리트의 손을 잡고 꼭 쥔다. "하지만 알잖아요. 제가 말씀드렸죠. 스튜어트는 돌아오지 않아요." 스튜어트는 마거리트의 남편이다. 세상을 떠난 지 20년이 지났는데 그녀는 여전히 그를 무서워한다. "자, 이제 이 사진들 좀 보세요. 여기요." 그레이스는 분류하지 않은 사진이 가득 담긴 신발 상자를 그녀 쪽으로 민다. "그거 보고 계시면 제가 커피 가져올게요." 마거리트는 혼잣말을 중얼거리며—아마도 프랑스어겠지만 그레이스는 알아들을 수가 없다—그레이스가 시킨 대로 사진을 본다. 그레이스는 커피를 진하게 끓여서—마거리트가 어떤 커피를 좋아하는지 안다—머그잔과 설탕 그릇을 식탁에 가져다놓고 마거리트가 설탕을 떠서 넣는 것을 흥미롭게 지켜본다. 한 스푼, 두 스푼, 세 스푼……

"그만하면 충분해요." 그레이스가 웃으며 노파의 손을 잡는다. 마거리트가 키득거린다.

마거리트는 후후 불어서 커피를 한 모금 마시고 미소를 짓는다. "좋네요." 그녀는 말한다. "아주 좋아요." 그녀는 의자 아래로 다리를 흔들며 다시 한 모금 마시고, 사냥감의 소리를 찾는 여우처럼 고개를 갸우뚱하고 주위를 두리번거린다. "그 남자 어디 갔어요? 선생님 친구 말이에요."

"제 친구요? 버네사 말씀이에요?"

"네." 마거리트는 고개를 끄덕인다. "그 남자 어디 갔어요?"

"남자가 아니라 여자고 저세상으로 떠났어요, 마거리트. 좀 됐는데, 기억 안 나세요? 장례식에 참석하셨잖아요." 마거리트의 얼굴에서 미소가 사라진다. "한참 앓다가 죽었죠."

"아, 농." 버네사는 마거리트에게 항상 시간을 내어주었고 그녀의 프라이버시를 침범하는 일 없이 따뜻하게 대해주었다. 다른 사람들에게 필요한 걸 주는 것이 버네사가 가진 재능 중 하나였다.

마거리트는 다시 눈물을 글썽이고, 사진과 스케치로 주의를 돌리려는 그레이스의 시도가 이번에는 무위로 돌아간다. "하지만 그 남자 어디 갔어요? 선생님 친구 말이에요." 마거리트는 미간을 찌푸리며 다시 묻는다.

매번 이런 식이다. 계속 다른 질문, 다른 친구, 다른 남자, 다른 무서운 어떤 것 아니면 어떤 사람 얘기를 꺼낸다. 그러고는 순식간에 잊어버린다.

그레이스가 방죽길 건너로 태워다주겠다고 하자 마거리트는 거절한다. "몸에 좋아요." 그녀는 걷는 시늉을 하며 씩 웃는다. "계속 젊게 살 수 있어요!" 오래전에 빠져서 인공치아를 끼운 앞니 하나가 니코틴과 커피로 누레졌다. 그래서 제대로 돌봄을 받지 못하는 사람 같은 분위기를 풍긴다. "고마워요, 고마워요." 그녀는 그레이스의 양쪽 뺨에 입을 맞추며 노래하듯 말한다. "고마워요, 고마워요, 고마워요." 그러고는 밖으로 나가서 양동이를 흔들고 바람을 향해 고마워요, 고마워요, 하고 재잘대며 바다를 향해 길을 따라 걸어간다.

그레이스는 다시 주방으로 돌아와 편지와 사진을 정리한다. 신발 상자에 담긴 사진들을 후딱 훑어보니 대부분 아무도 관심을 보이지 않을 것 같다. 베커에게 기꺼이 넘겨줄 수 있겠다.

마침내 그녀는 칼라일 편지로 주의를 돌린다. 줄리언 채프먼이 실종되고 이듬해에 그레이스가 섬을 떠나 영국 북부에서 18개월 동안 대체 의사로 근무했을 때 버네사와 주고받은 편지다.

2003년 1월
버네사에게

네 심정을 이해한다고는 하지 않을게, 당연히 나야 모르지. 어떻게 알 수 있겠어? 내 앞에서 몇 시간씩 그의 잘못, 바람기, 세뇌, 기만에 대해 성토해놓고 어떻게 그런 식으로 그를 우리집 안에 반갑게 맞아들여서 침대로 데려가고, 모로코인지 베네치아인지로 같이 떠날 생각을 할 수 있었는지 이해하는 척하지도 않을게. 하지만 이제는 상관없는 일이잖아, 안 그래?

이제는 그 어떤 것도 상관없고, 내 관심사는 오로지 너와 너의 행복뿐이야. 내가 너를 끔찍이 사랑한다는 걸, 너를 위해서라면 뭐든 할 수 있다는 걸 알잖아. 지금도 너를 그냥 내버려두길 원한다면 내가 그러리라는 것도. 하지만 계속 혼자인 네가 끔찍하게 걱정돼, 네가 얼마나 무서워할지 아니까. 내가 필요하면 언제든 말만 해. 그럼 에리스로, 네 곁으로 돌아갈 테니까.

언제나 널 사랑하는
그레이스

이 편지를 다시 읽으며 그레이스는 이 정도로 이성적이고 마음을 정리한 척할 수 있었다는 데 놀란다. 버네사의 답장을 읽을 때는 가슴속에서 상처가 벌어져 그 구멍으로 바람이 고통스러운 휘파람소리를 내며 들이치는 듯한 심정이 된다.

네 편지에 뭐라고 답하면 좋을지 모르겠지만 네가 에리스로 돌아오길 바라지 않는다는 것만은 분명해. 너는 알면 안 되는 것을 알고 있잖아. 너를 다시 만나면 어떤 식으로 대해야 할지 모르겠거든. 그게 무슨 뜻인지 이해해주면 좋겠다.

뒤로 내용이 더 이어지지만 그레이스는 도저히 계속 읽을 수가 없다. 그녀는 이 편지는 건너뛰고, 몇 마디밖에 안 적혀 있는 다른 편지를 집는다.

네가 필요해. 돌아와줘.

그후에 작성된 메모들도 있다. 버네사가 빠트린 간단한 장보기 목록—파라세타몰, 위스키, 오렌지, 담배를 좀더 사다달라는 내용이다. 주방 창문에서 내다본 풍경, 구름, 구상한 꽃병 스케치, 바닷가에서 크루아상처럼 몸을 구부리고 경쾌하게 거수경례하듯 지느러미발을 들고 일광욕하는 바다표범을 재밌게 그린 낙서도 있다.

이런 메모들을 보고 있자니 그레이스는 아무것도 버릴 줄 몰라서 모든 쪼가리를 보관하고 버네사가 적은 모든 글자를 애지중지 했던 예전의 자신에게 고마워진다. 말년에 버네사는 더이상 그림을 그리지 않았고 이따금 적은 메모는 뭐라고 썼는지 알아볼 수 없는 경우가 많았다. 간신히 알아볼 수 있을까 말까 한 필체로 빽빽하게 휘갈겨쓴 메모를 냉장고에 붙여놓거나 바닥에 그냥 던져서 그레이스가 주워야 했다.

제발 도와줘 제발 나 좀 도와줘 그레이스 제발 나 좀 도와줘

버네사 채프먼의 일기

 프랜시스가 오래전에 추상과 구상의 경계를 흐릿하게 만드는 것에 대해 한 말—너무 빤하고 심지어 진부하다고 생각했지만 어느 정도는 맞는 말이다—을 요즘 계속 생각하는 중이다. 그것이 내가 찾는 길이다. 묶이지 않는 것. 어쩌면 경계를 흐릿하게 만드는 것이 아니라 없애는 것일지도 모른다. 추상과 형상, 유기와 무기, 정상과 이상의 경계를.
 그래서. 사금파리로 새로운 작품—그릇—을 만들고 있다. 사금파리의 출처가 제각각이라 새롭고 울퉁불퉁하며 이상한 것을 창조하고 있는 셈이다. 주발이지만 주발이 아니고 꽃병이지만 꽃병이 아닌. 그릇과 직접적으로 연관은 있지만 제한은 받지 않도록 그 위에 주워온 물건들을 매달까 생각중이다. 일종의 조형물 비슷한 게 되지 않을까 싶다. 말로 설명하기 어렵지만 내 눈에는 보이기 시작한다. 스케치를 엄청 많이 하고 있다.

∞

 다양한 각도에서 보고 감상하고 해석함으로써 전체적인 작품의 형상이 달라질 수 있도록 위에 매단 형상들은 고정시킬 것이다.
 그림자가 빛만큼이나 중요하듯 오브제 간의 간격도 오브제 자체만큼 중요하다.
 이 모든 걸 유리 안에 담으면 어떨까??? 하지만 고민된다. 이로써 생기는 거리감은 마음에 들지만, 직접성이 사라지지는 않을지 걱정

된다. 연결성이 사라지지는 않을지.

하지만 내가 누구와 연결되어 있을까? 나는 아무것도 보여줄 생각이 없다. 누가 나를 대신해서 그걸 보여줄까?

모든 다리가 불타 무너졌고 밀물이 들었다.

∽

'분할'이 완성됐다.

금요일에 주문한 유리를 찾아와서 어제 모든 조립을 끝냈다. 모든 구성품을 정확하게 배치하기가 까다롭고 어려워서 시간이 많이 걸렸다. 하지만 이번에는 과정이 상당히 재미있었다. 단순한 보수가 아니라 창작처럼 느껴졌다.

각 오브제를 손에 얹어 무게를 가늠하고, 오브제가 필라멘트를 잡아당기는 것을 느끼고, 이 오브제와 저 오브제의 질량을 비교하는 작업이 꽤나 즐거웠다.

작업을 끝냈을 무렵은 아주 늦은 시간이었고, 모든 것이 완성되고 유리도 설치되자 나는 뒤로 물러나 어때? 어때 보여?라고 묻듯 나도 모르게 한쪽으로 몸을 돌렸다. 그런데 내 옆에는 아무도 없었다. 줄리언도 더글러스도 프랜시스도 그레이스도 없었다. 심지어 달조차 없었다! 그냥 온 섬이 어둠에 잠겨 있었다. 너무 슬펐다.

집으로 내려와 위로 겸 축하 차원에서 와인 한 병을 혼자 다 마셨다.

그나마 작품은 마음에 든다—최근에 작업한 다른 것들은 전부 실패작 같았는데. 그러니까, 발전한 거다! 그래도 다음번에는 규모를 좀더 키워볼까? 좀더 복잡하게 만들어볼까? 고민해봐야겠다. 탐험할 새로운 방향이 생겼다! 창작은 절망에 대항하는 훌륭한 안전장치다. 지금 당장은 내가 내린 평가에, 이런 회복의 조짐에 만족해야겠다. 이게 영원할 리 없다는 건 안다.

영원히 밀물일 수는 없다는 건.

아닌가?

여름이라 다행이다. 지금이 어두컴컴한 겨울이라면 나는 죽었을지도 모른다.

줄리언이 시도 때도 없이 꿈에 나온다. 그의 잘생긴 얼굴과 잔인한 행동이.

이소벨이 또 편지를 보냈다. 나한테 노발대발한다. 그녀의 분노에 어떤 식으로 대처하면 좋을지 모르겠다. 내가 편지로 한 말에 아무 응답이 없던데, 읽어보기는 한 건가?

줄리언이 너무 자주 꿈에 나와서 그를 그려보기로 했다. 그러면 귀신을 쫓을 수 있을까 싶어서. 그런데 그려보려 해도 그의 얼굴이 떠오르질 않는다.

어쩌면 나는 그를 그릴 자격이 없는지도 모른다.

∽

비가, 그리고 바다 안개가 밤사이 슬그머니 잠입해 우리를 에워쌌다. 안개가 어쩌나 짙은지 침실 창문에서 바다가 보이지 않을 정도였다. 안개가 걷히길 기다리고 또 기다려도 소용없기에 집안에 틀어박혀 있다간 미쳐버릴 것 같아서 숲으로 산책을 나갔다. 섬뜩하고 무서웠고 옅은 안개가 나무 사이에 유령처럼 떠 있었다. 몇 걸음도 못 가서 누군가가 있는 게 분명하다는 생각에 뒤를 돌아보게 됐다.

나는 가끔 이보다 끔찍할 수 없는 것들을 상상한다.

～

완벽하게 보존된 새의 두개골을 발견했다. 크기가 작은 걸로 보아 박새 아니면 참새인 것 같았다.

왔던 길을 되짚어가서 상자를 챙겨와 두개골을 거기에 담아서 작업실로 가져갔다. 그걸로 뭘 하면 좋을지 전혀 모르겠지만 설렌다. 요즘 들어 죽음을 생각하면 자꾸 흥분된다.

～

왠지 모르겠지만 손목이 부러졌을 때가 계속 생각난다. 그 소리! 눈앞이 하애지는 느낌, 머릿속이 비워지는 느낌. 고통으로 인한 명징함.

고통은 명료하고 상심은 안개와 같다.

고독 역시 투명하게 하고 드러나게 한다.

사랑은 슬픔처럼 시야를 흐리게 한다.

파괴에서 비롯된 창조에는 용기가 필요하다. 그건 의지가 담긴 행위이고, 희망처럼 격렬하다.

～

오른쪽 유방에서 작고 단단한 멍울이 느껴졌다. 피부 아래에 조그만 연골 토막이 있기라도 한 것처럼 딱딱했다. 진찰을 받아봐야겠는데, 그레이스 후임으로 온 의사가 마음에 들지 않는다. 젊고 음흉하고, 지난번에 진찰을 받으러 갔을 때 환자를 대하는 의사가 아니라 여자를 대하는 남자의 눈빛으로 내 몸을 쳐다봤다.

18

 베커는 한 대 얻어맞은 것처럼 움찔한다. 이건가? 버네사의 병이 시작된 게? 그는 그녀의 공책을 읽기 시작한 뒤 처음으로 불법 침입자가 된 듯한 기분을 느낀다. 그냥 사적인 일기를 훔쳐보고 아주 개인적인 이야기를 일별하는 느낌이 아니라 그보다 더 끔찍하다. 그는 저자가 모르는 사실을 알고 있다. 그녀는 상상조차 하지 못한 끔찍한 결말을 이미 보았다.
 그는 일기장을 내려놓는다. 자정이 지난 늦은 시간이고 피곤해서 머릿속이 윙윙거리지만 잠이 오지 않을 거다. 그는 지금 혼자고 마음이 불편하다. 헬레나는 런던에 갔다. 갑작스럽지만 전혀 예상 못한 일정은 아니었다. 여동생이 또다시 남자친구와 문제가 생겼다. 주기적으로 그럴 때마다 대개 헬레나가 불려가 조언하고 위로한다. 같이 음모를 꾸민다. 그 둘은 떼려야 뗄 수 없는 사이다.

그가 오늘 저녁 퇴근해서 돌아와보니 헬레나는 이미 떠나고 없었다. 그는 서배스천이 관심 있어하는 조각품 두 점을 살펴보기 위해 차를 몰고 펜리스까지 다녀와야 했는데—상당히 훌륭했지만 판매자가 원하는 금액이 너무 높았다—돌아오는 길에 M6 고속도로에서 대형 트레일러의 밧줄이 풀려 뒤에 실려 있던 채굴기가 떨어지는 사고가 났다. 기적적으로 아무도 다치지 않았지만 덕분에 그의 퇴근이 두 시간이나 더 늦어졌다.

집에 돌아오니 이런 메모가 있었다.

  첼시에서 위기 상황 발생! 서브가 역까지 태워다준대. 토요일에 봐. ♡♡♡

이제 그는 걱정이 되고 화가 난다. 꼭 그렇게 자기 언니를 불러야 하나? 다음달이면 다른 남자친구를 사귈 테고 그로부터 한두 달 뒤에 또 헤어질 거면서.

그는 와인잔을 들어 입으로 가져간다. 뜨뜻하고 맛이 시큼하다. 일어나 와인을 개수대에 버리고 잔을 헹군 다음 수돗물을 받는다. 물을 길게 한 모금 마시며 창문에 비친 자신의 모습을 바라본다. 안색이 창백하고 두 눈은 움푹 꺼졌다. 몸을 돌려 다시 식탁으로 돌아가니 공책 페이지가 저절로 넘어가 있다. 그의 눈에 새로운 페이지가 들어온다.

  춥고, 옅은 안개가 섬을 덮었고, 바다는 잠잠해질 줄 모른다.
  오늘 아침 숲을 걷다가 깨끗하게 발린 뼈를 발견했다.

만약 그가 징조를 믿는다면, 유령을 믿는다면 그녀가 여기 이 주방에 같이 있다가 자기 병에 대해 적은 페이지를 직접 넘겨서 그가 찾던 페이지로 안내해준 거라고 생각했을 것이다.

오늘 아침 숲을 걷다가 깨끗하게 발린 뼈를 발견했다.
거의 빛이 날 정도로 새하얗고 바짝 말랐고 반질반질했다. 주워 보니 깨져서 거의 이쪽에서 저쪽까지 금이 가 있었다. 그걸로 뭘 하고 싶은지 단번에 알 수 있었다. 새로운 작품이 완성된 상태로 머릿속에 떠올랐다.
뼈를 작업실로 가져왔다. 우아하고 가느다랗고 감촉이 좋고 가볍지만 왠지 모르게 견고하다. 양의 뼈일까? 아니면 사슴? G라면 알 텐데.
내가 이 뼈를 들었을 때 느낀 감정, 그건 통제감인 것 같다.

그는 이 마지막 몇 줄을 읽고 또 읽는다. 이거다. 바로 이거다. 버네사는 뼈를 주웠고 양 아니면 사슴의 뼈일 거라고 생각했다. 이상하거나 불길한 구석은 전혀 없다. 그는 의자에 몸을 묻으며 천천히 숨을 내쉰다. 이제 마음이 놓인 것을, 정말로 마음이 놓인 것을 깨닫는다. 그 말은 곧, 어느 정도는 그녀를 의심했다는 뜻이다. 이런 바보 같으니! 그레이스는 바보 같은 발상이라고 했는데, 그 말이 맞았다.
그는 계속 일기를 읽는다.

오늘 아침 마거리트가 나를 만나러 왔다. 그레이스에 대해 물었고 그녀가 보이지 않아 당황한 눈치였다. 내가 그레이스는 칼라일에 있다고, 거기 간 지 1년도 넘었다고 하자 그녀는 극도로 흥분해서 계속 고개를 저으며 아니야, 아니야, 아니야, 라고 했다.

내가 브랜디를 가져다주자 그녀는 정신을 조금 차렸다. 그러더니 프랑스어로 말을 하기 시작했는데, 내가 알아듣는 수준이 세 단어당 하나 꼴이기는 해도 주로 나쁜 남자들 얘기라는 건 알 수 있었다. 시간과 공간 개념을 잃었는지, 몇 분 전에 그레이스는 칼라일에 있다고 말해줬는데도 그녀를 봤다고 했다. 나는 물었다. 언제요? 오늘? 지난주? 그녀는 계속 "해 뜨기 전에"라고 했다.

겁이 났다. 그레이스가 돌아와 여기 이 섬 어딘가에서, 숲속에서 나를 지켜보고 있다는 생각이 들기 시작했다. 이제 와 되짚어보면 정말 어처구니없는 생각이지만, M이 간 뒤에 나는 실제로 칼라일의 보건소에 전화해 그녀를 바꿔달라고 했다. 보건소에서는 그녀가 환자를 보는 중이라 전화를 받을 수 없다고 했다. 정말이지 창피했다. 그레이스를 두려워하다니. 내가 어쩌다 이렇게 됐을까? 우리가 어쩌다 이렇게 됐을까?

베커는 공책을 덮는다. 혼란스럽지만—마거리트가 누군지, 그레이스가 왜 섬을 떠났는지 전혀 알 수 없으니—그를 압도하는 감정은 그저 안도다. 버네사는 그 뼈를 숲속에서 주웠다. 숲속에서 발견하고 그냥 바닷가에서 조약돌 줍듯 주웠고 그게 전부다. 버네사 채프먼이란 인물을 근본적으로 재평가할 일도 없고 망신당할 일도 없을 것이다. 그녀도, 그녀의 응원단장인 제임스 베커도.

버네사 채프먼의 일기

내 달걀을 책임지는 농부 매캔드루 씨에게 엽총을 빌렸다.
총을 이렇게 막 빌려도 되나?
아무튼 사륜 오토바이가 고장났는데, 고치러 온 남자가 무례하고 이상했다. 돈을 받으러 작업실에 왔을 때 문 앞을 가로막고 서더니 내가 그 옆으로 지나가려 하자 내 쪽으로 움직이며 그보다 더 끔찍할 수 없는 미소를 지었다. 내가 돈을 주자 그는 갔다. 자기 밴을 세워놓은 곳으로 걸어가며 웃는 소리가 들렸다. 나를 겁주고 싶었던 것이다.
여기 온 이후로 내가 이렇게 연약한 존재로 느껴진 건 처음이다.
매캔드루 씨에게 그 얘기를 했더니 총을 빌려주었다.

19

 오전 8시에 베커는 페어번 하우스의 메인 홀에 서 있다. 햇빛은 거의 들어오지 않는다. 그림 한 점을 비추려고 스포트라이트를 켜놓은 상태다. 4×3피트 크기의 대형 캔버스고 검은색과 회색 물감으로 그렸다. 이 어둠의 너울 속 어딘가에 아치 모양 구조물, 아마도 출입문이 있고 그 안에 사람이 있다. 입가를 보일락 말락 움직여 빨갛고 하얀 미소를 지을 때 말고는 무표정한, 가면 같은 얼굴을 한 사람.
 베커는 허리춤에 댄 오른손에 버네사의 공책을 쥐고 있다. 공책을 들어 그날 새벽에 표시해놓은 페이지를 펼친다.

 나는 그를 그렸다. 문 앞을 가로막고 섰던 남자, 그의 미소를 그렸다.

〈블랙 II〉를 언급한 내용은 없지만, 베커는 버네사가 말한 그림이 이거라고 확신한다. 문 앞에 서서 미소를 짓는 남자. 특별히 거슬릴 게 없는 설명이지만 작품은 전혀 딴판이다. 버네사는 물감을 능수능란하게 활용하고 색을 최대한 적게 사용하고 추상과 구상의 그 좁은 경계를 걷는 방식으로, 자신의 두려움을 공포의 냄새가 느껴질 만큼 생생하게 화폭에 담았다.

이건 줄리언도 아니고 더글러스도 아니다. 그냥 뭔가를 고치러 왔던 남자, 그녀를 위협했던 남자다. 이런 설명을 들으면 실망하거나 김샌다고 생각할 사람도 있겠지만 베커는 매료된다. 일기장을 읽을수록 그녀를 좀더 알게 되고, 그녀의 원동력이 무엇이었는지 파악하게 된다. 이제 그는 안다. 버네사는 그녀가 사랑하는 것을 그리고, 자유를 그리고, 바다를 그렸다는 것을. 그녀가 두려워하는 것을 그렸다는 것을.

그의 짐작이 맞다는 전제하에 하는 말이지만. 하지만 그 짐작이 틀릴 만한 이유를 전혀 모르겠다. 분명 〈블랙 II〉를 두고 한 얘기가 아니겠는가? 거기에 확답을 줄 수 있는 사람은 그레이스뿐이다.

한 시간 정도 후에 그는 팔꿈치 근처에 커피 주전자를 놓고 부엌방의 아침식사용 식탁에 앉아서 라즈베리잼을 뚝뚝 흘려가며 뭔가를 읽고 있는 서배스천을 맞닥뜨린다. 베커가 다가오는 소리를 들었는지 그가 고개를 들고 씩 웃는다. 베커는 마주 미소를 짓지만, 냅킨으로 잼을 닦는 서배스천을 지켜보다가 그가 읽고 있는 것이 버네사의 공책이라는 사실을 깨달은 순간 얼굴에서 서서히 미소가 가신다.

서배스천은 그의 표정을 감지한다. "잼을 아주 조금 떨어뜨린 거야, 베크. 진정해."

뻔뻔한 놈. 베커는 귀중한 걸 아무렇지 않게 무시하는 그의 태도에 발끈한다. 진정하라고? 저 재수없는 상판을 한 대 쳐도 직성이 풀리지 않으리라. "그거 어디서 났어?"

서배스천은 그를 보며 미소―매력적이고 사람 부아를 돋우는―를 짓는다. "어제 헬스 태우러 갔을 때 슬쩍했지. 그런 눈빛으로 보지 마. 내 거잖아."

"뭐가?" 베커는 으르렁거린다. "공책이 아니면 헬레나가?"

서배스천은 무릎에 떨어진 부스러기를 떨며 의자를 뒤로 민다. "너답지 않게 왜 그래?" 그는 부드럽게 말하며 자리에서 일어나는데, 맞는 말이다. 베커는 본심을 드러낸 자신이, 또다시 못난 모습을 보인 자신이 밉다.

"그 공책은 네 것이 아니야." 베커는 턱을 앞으로 내밀고 가슴 위로 팔짱을 끼며 말한다. "재단 소유지."

"우와, 너 진짜 집착하는구나, 베커?" 서배스천이 한 발 앞으로 다가와, 베커의 키가 1인치만 더 컸다면 서로 코가 맞닿았을 정도로 가까이 선다. "그러니까 버네사한테 말이야, 네 아내가 아니라." 베커가 뒤로 한 걸음 물러나자 서배스천이 그를 향해 공책을 내민다. "너 이거 읽어봤어?" 베커는 공책을 흘끗 쳐다보며 고개를 젓는다. "그럼 마지막 페이지를 봐. 얼른, 네 눈으로 보라고. 거기 우리 아버지의 갤러리에서 열기로 한 전시회에 어떤 작품을 출품할 예정이었는지 목록이 적혀 있어."

베커는 공책을 받아서 페이지를 넘기며 훼손된 부분이 더 없는지 살핀다. 서배스천은 요란하게 한숨을 쉰다. 베커는 그가 시킨 대로 마지막 장으로 페이지를 넘긴다.

글래스고모던 2002년 9월
도예품:
바다 연작 1-9, 에리스 연작 1-12, 번영 1-3, 호흡 4, 7, 8, 9 & 12
소품을 몇 개 더 추가할까? 주둥이가 꽃잎처럼 벌어진 꽃병?
그림:
내게 그녀는 늑대
어둠은 우리에게 불편을 초래하지 않는다(블랙 I), 블랙 II, 나를 따라와
토템
북쪽
밀물과 썰물은 멈추지 않는다: 여름 & 겨울
에리스 암벽: 도착, 봄, 겨울 & 겨울 II
공허
바다 연작: 해질 무렵, 폭풍 I & II, 폐허, 부활.

이제는 서배스천이 팔짱을 끼고 시비조로 서 있다. "내 계산으로는 도예품이 최소 스물아홉 점, 그림이 열여덟 점이야." 이렇게 말하는 그의 목소리에서 의기양양한 투가 느껴진다.

베커는 목록을 훑으며 암산한다. 서배스천의 계산이 맞다. 그런데 작품이 페어번으로 배송됐을 때 도예품은 다 합해서 열다섯

점이었고, 여기 적힌 그림 중에서 몇 개가 빠졌다는 것도 한눈에 알 수 있다.

"우리 아버지 말씀이 맞았어!" 서배스천이 말한다. "증거를 보고 싶다고 했지? 자, 이게 증거야, 안 그래? 개인적으로 팔았다고 볼 수도 없는 것이, 우리가 모든 경매 전문 회사에 문의하고 소장가들에게 연락했지만 그 작품들의 흔적조차 찾지 못했잖아."

베커는 식탁에 털썩 주저앉아 미간을 찌푸리고 자기 앞에 놓인 목록을 본다. "말이 안 돼." 그는 중얼거린다. "우리한테…… 블랙 연작 네 점은 있지만 〈토템〉이나 〈북쪽〉은 없고, 〈폐허〉는 있지만 〈부활〉은 없는데…… 행방을 알 수 없는 작품이 최소…… 맙소사, 여섯 점이야."

"그렇지? 해스웰이 우리한테 거짓말을 하고 있어, 베커. 처음부터 거짓말을 했고 나는 솔직히 이유를 모르겠는 게—"

"그게 아니라," 베커는 말허리를 자른다. "버네사가 일부 작품명을 바꿨을 수도 있어. 그러는 작가도 있으니까. 물론—"

"제발 좀!" 서배스천은 발끈하며 두 손을 위로 휙 쳐든다. "너는 지금 지푸라기를 잡으려 하고 있어."

맞는 말이고 그도 안다. 베커는 이마를 손가락으로 세게 문지르며 고개를 끄덕이고 눈을 질끈 감는다. "그럼…… 이게 무슨 뜻이지? 해스웰이 그림들을 어딘가에 숨겼다는 건가?" 베커가 서배스천을 올려다보자 서배스천이 열심히 고개를 끄덕인다. "하지만 뭐하러? 합법적으로 팔지도 못하는데. 누가 출처도 모르는 작품을 돈 주고 사겠어?"

서배스천은 다시 자리에 앉으며 과장되게 어깨를 으쓱한다.

"누가 알겠어! 돈이 아니라 앙심 때문일 수도 있지. 아니면 화풀이든가. 버네사가 전 재산을 자기한테 남길 줄 알았는데 유언장이 공개됐을 때—"

"그녀는 아무것도 받지 못했지."

"아무것도? 집을 받았잖아! 빌어먹을 섬을 받았잖아!" 서배스천은 에리스 쪽이라고 짐작하는 방향을 가리킨다. "해스웰이 그 작품들을 내놓지 않는 이유는 아무도 몰라. 나도 모르고. 내가 아는 거라고는 그녀가 우리 자산을 가지고 있다는 것, 그리고 이제 네가 그 문제를 처리할 때가 됐다는 것뿐이야. 그녀를 처리할 때가 됐다는 것. 네가 못할 것 같으면—"

마당으로 나가는 주방문이 쾅 닫히자 두 사람 다 움찔한다. 마녀처럼 시커멓고 등이 굽은 에멀라인이 견공들을 데리고 산책을 나갔다가 돌아온 모양이다.

"다녀오셨어요." 서배스천의 말투가 바뀐다. 명랑하고 깍듯하다. 그는 자리에서 일어나 인사를 건네려고 다가가지만, 에멀라인은 휘청거리지 않으려 조리대를 잡고 등을 돌린다. 그러는 사이 개들은 흥분해서 낑낑대며 그녀의 다리를 에워싸고 빙글빙글 돈다. 에멀라인은 한쪽 장화를 벗다가 발굽을 핥는 말처럼 무릎을 구부리고 양말 신은 발을 허공에 둔 채 멈춘다. "어머니?" 서배스천이 묻는다. "괜찮으세요?"

"응…… 괜찮다." 그녀는 짜증 섞인 투로 말하지만 누가 봐도 거짓말이다. 서배스천은 당장 옆으로 달려가 그녀의 팔꿈치를 잡는다. 그녀는 그의 손을 뿌리친다. "호들갑 떨 것 없어, 서배스천. 괜찮대도."

블루 아워 175

"피가 나는데—"

"빌어먹을 년이 계속 거치적거리네." 에멀라인이 내뱉는다. "골치 아프게." 그녀는 서배스천의 부축을 받으며 다른 쪽 장화를 벗는다. 양손에 피가 묻었고 10피트나 떨어져 있는 베커의 눈에도 부들부들 떠는 게 보인다. 그는 자리에서 일어나 서배스천이 읽고 있던 공책을 주머니에 넣고 아무 말 없이 밖으로 조용히 빠져나간다.

버네사 채프먼의 일기

끔찍한 소식과 함께 새해가 시작됐다. 실리아 그레이가 죽었다—남프랑스에서 교통사고로. 연루된 사람은 아무도 없다. 그녀가 도로에서 벗어나 나무를 들이받은 것이다. 줄리언은 다행히 옆에 없었다.

딱하고 딱한 줄리언. 그이를 생각하니 가슴이 아프다. 그는 이걸 간절히 원했는데. 그녀뿐 아니라 그녀가 제공한 삶까지. 그 많은 돈은 어떻고! 바로 코앞에 있었는데 이제 모두 사라져버렸다.

그가 무슨 짓을 저지를지 아무도 모른다.

20

그날 오후 베커는 그레이스에게 이메일을 보낸다. 놀랍게도 주말에 에리스로 와도 좋다는 답장이 거의 곧바로 날아온다. 토요일이 좋겠단다. 내일 말씀인가요? 그는 답을 보낸다. 네, 내일요.
그는 헬레나가 런던에서 돌아올 무렵 자기가 집을 비우게 됐다는 사실을 알리려고 그녀에게 전화하지만 곧장 음성사서함으로 넘어간다. 그는 그녀의 인스타그램을 들여다보고 싶은 유혹을 느낀다. 거기에 인기 있는 식당에서 점심을 먹고 바에서 술을 마시고 어쩌면 극장에도 다녀온 증거, 다른 삶, 그는 배제된 것처럼 느껴지는 그 삶의 증거가 있을 것이다. 하지만 그는 보지 않는다. 너무 위험하다.
이런 감정—그녀를 향한 이런 갈망—때문에 그녀가 남의 여자였던 시절, 그녀와 함께하는 삶을 상상만 할 수 있었던 시절이 이상하게 그리워진다. 그녀를 아내가 아니라 금지된 욕망의 대상으로 상상하면 묘하게 짜릿하다.

그가 페어번에서 근무하기 시작한 초기에 헬레나는 항상 불쑥 찾아와 문틈으로 고개를 내밀고 숨을 헐떡이며 급하게 뭔가를 묻곤 했다. 다른 사람—예를 들면 남편이 될 사람?—도 쉽게 대답할 수 있을 만한 질문이었다. 그러다 누가 우연히 등장하면 얼굴을 붉히며 어쩔 줄 몰라했다.

베커는 이게 다 자신의 상상일 거라고 생각했다. 상상일 수밖에 없지 않은가! 하지만 눈이 부시도록 아름다웠던 어느 봄날 저녁, 칼새들이 잔디밭을 나지막이 가로지르고 황금빛 햇살이 그의 사무실 창밖의 크림색 목련꽃을 비추던 그때, 그가 컴퓨터를 끄는데 그녀가 들이닥쳤다. 노을빛 실크 슬립 원피스에 하이힐을 신고 빨간색 립스틱을 바른 출근 복장이었다. 그녀는 그의 사무실로 얼른 들어와 등뒤로 문을 닫았다. 그의 책상을 돌아 걸어오더니 그에게 말할 틈을 주지 않고 허리를 숙여 입을 맞췄다. 그러고는 똑바로 서서 뒤로 물러났다. 그가 무슨 말이든 하길 잠깐 기다렸다가 아무 말도 없자 서글픈 미소를 지었다. "다음주에 청첩장을 돌릴 거예요." 그녀는 이렇게 말하고 그가 뭐라고 대답할 겨를도 없이 사라졌다.

그는 그때 기억을 떠올리며 민망함을 달랜다. 천하의 겁쟁이 같으니라고. 그는 아무것도, 아무 말도 하지 않았다. 아니, 그 정도가 아니라 그녀를 아예 피해 다녔다. 페어번 하우스 복도에서 그녀가 보일 때마다 몸을 돌려 도망쳤다. 청첩장이 뿌려졌다.

그것으로 끝이었다.

그런데 운명의 여신이—에멀라인 레녹스 여사라는 뜻밖의 형태로— 개입했다. 그녀가 히스 덤불에 발이 걸려 총기 오발 사고가 났고 더글러스가 죽었다. 결혼을 연기하는 수밖에 없었다. 그리고 서배스천이 충격에 빠진 어머니를 위로하고 아버지를 애도하는 동안 베커가 끼어들었다.

늦여름의 어느 날, 히스와 협죽도가 목초지를 보라색으로 덮었을 때 베커가 기차역으로 헬레나를 데리러 나갔다. 서배스천이 장례식 절차를 논의하기 위해 어머니를 모시고 시내에 다녀와야 한다며 그에게 부탁한 일이었다. 베커는 기차에서 내린 헬레나를 태우고 페어번까지 왔지만, 본관이 아니라 사냥터 관리인 관사로 데려갔다.

지금도 그날을 떠올리면 어안이 벙벙하다. 한낮의 열기, 열어젖힌 창문, 긴 오후가 저물어가면서 점점 길어지는 그림자, 서배스천은 저녁에나 돌아올 거라는, 따라서 몇 시간 동안 그녀를 차지할 수 있다는 사실.

푸르스름한 땅거미가 드리웠을 무렵 그는 일어나 마실 물을 가지러 주방에 갔다. 잔을 들고 돌아왔을 때 용기를 내 단도직입적으로 물었다. "왜 이래요, 헬레나? 무서워졌어요?"

그녀는 얼굴이 벌게지고 머리칼은 땀에 축축해진 채 두 다리를 끌어올려 가슴에 대고 침대에 앉아 있었다. "내가 아무 생각 없이 이런 일을 저지른 줄 알아요?" 그녀는 상처받은 투로 물었다. "내가 충동적으로 그를 배신한 줄 알아요?"

베커는 고개를 저으며 침대 위로 기어올라가 그녀에게 물잔을 건넸다. "아뇨." 그는 말했다. "하지만 솔직히 이해가 안 돼요. 당신이 왜 이러는지, 원하는 게 뭔지." 그는 몸이 후들거리고 물잔을 입으로 가져가는 동안 손이 떨렸던 기억이 난다.

그녀는 영원처럼 느껴지는 시간이 지난 다음에야 말문을 열었다. "처음 당신을 만났을 때," 그녀는 조심스럽게 말을 골랐다. "다 같이 술을 마셨던 그날 저녁 말이에요―기억나요? 나하고 서브, 에멀라인하고 더글러스하고 당신이 페어번 하우스에서. 당신이 워낙 조용하고 말투가 나긋나긋해서…… 나는 뭐 이런 소심한 인간이 다 있어, 하고 생각했어요. 잘생겼지만 서브하고는 분위기가 다르게 잘생겼고……" 베커는 움찔했다. "사실이에요." 그녀는 어깨를 으쓱하며 말했다. "당신도 그렇다는 거 알잖아요." 그녀는 다리를 꼬고 무릎 위로 베개를 끌어당겼다. "그런데 더글러스가 업무와 채프먼에 대해 묻기 시작하니까 당신이 더는 조용히 있지 않더라고요…… 큐레이션과 관련된 사안, 컬렉션을 전시하는 최선의 방안을 두고 그에게 반론을 제기하기도 했고요. 더글러스는 상스럽게 소리를 지르며 철저하게 연대순으로 전시해야 한다고 고집을 부렸지만, 당신은 얼마 전에 알게 된 조형물이 옥스퍼드셔에서 그린 초창기 풍경화와 얼마나 직접적인 연관이 있는지 설명하면서, 그녀가 그 당시 풀과 씨앗과 기타 등등을 그림에 박아넣었다고, 이것 역시 파운드 오브젝트와 자연을 활용하는 또다른 방법이었다고……"

"그랬더니 그가 나더러 정신 차리라고 했죠." 베커는 인상을 쓰며 대답했다. "대학원생 같은 발상은 집어치우고 상업 공간의 큐레이터답게 생각하라면서."

헬레나는 웃음을 터뜨렸다. "맞아요. 그리고 조금 이따가 서브가 끼어들었는데―당연히 자기 아버지 편을 들었죠―뭐라고 했는지 기억이 안 나요. 아마 아는 게 없어서 번드르르하고 듣기 좋은 말만 늘어놓았기 때문일 거예요. 그리고 당신은…… 절제의 극치를 보여주었고요." 그녀는 얼굴을 붉히며 미소를 지었다. "그게 너무 매력적이었어요. 당신의 그 단단했던 모습이 나중에 계속 생각나더라고요." 그녀의 얼굴이 더 빨개진다. "바로 그때, 처음 만난 바로 그날 깨달았어요. 당신에게는 알맹이가 있고, 서브는 착하긴 해도 아무것도 없다는 것을."

베커는 그날을 되새김한다. 폄하당하는 서배스천을 두고 느낀 달콤하고 짜릿하면서도 부끄러운 희열을.

"그게 그의 잘못은 아니에요." 헬레나는 덧붙였다. "필요한 건 뭐든 거저 주어졌으니 일을 할 필요도, 아등바등 노력할 필요도 없었으니까…… 그런데 나도 그렇다는 거 알아요? 나도 마찬가지라는 거. 바람이 조금만 세게 불어도 나는 날아가버릴 거예요. 그래서 나를 붙잡아줄 사람이 필요해요. 그 사람이 당신이면 좋겠어요."

나중에 그녀는 샤워를 하러 들어가고 베커는 주방에서 와인을 한 잔 따라놓고 그녀를 배웅하기 전에 무슨 말을 하면 좋을지 고민하고 있을 때, 일을 그만둬야 한다는 깨달음이 그를 강타했다. 헬레나를 차지하려면 버네사를 포기해야 했다. 그는 입술 바로 앞에 잔을 든 채 그대로 얼어붙었다. 그는 버네사를 연구하고 그녀가 남긴 글을 읽고 그녀에 대해 쓰고 그녀에게 몰두할 기회를 간절히 원했다. 평생 이 지점을 향해 걸어왔는데, 이제 그걸 포기해야 하는 상황이 된 것이었다.

그럴 만한 가치가 없어, 그는 생각했다. 그럴 만한 가치가 없는 여자야. 찰나에 불과했지만—아마 100분의 1초쯤 됐을 것이다—그런 생각이 든 건 사실이었다.

헬레나는 긴 머리를 틀어올려 하나로 묶고, 화장을 다 지우고, 샴푸 때문인지 눈물 때문인지 조금 빨개진 눈을 하고 1층으로 내려왔다. 숨이 막히도록 아름다웠다. 누가 뭐래도 그럴 만한 가치가 있는 여자였다. "내가 사표를 낼게요." 그가 말했다. "우리 떠나요, 다른 어딘가로 가요."

그녀는 얼굴을 찌푸렸다. "왜요?"

"왜라뇨." 그는 흥분해서 지껄였다. "당신은…… 서배스천과 약혼한 사이에요, 헬레나. 그런데 이렇게—"

"베커!" 그녀는 입을 떡 벌리고 있던 그에게 키스했다. "세련되지 못하게 왜 그래요? 맞아요, 골치 아플 거예요. 서배스천은 화를 내고 처음에는 괴로워하겠지만 결국에는 극복할 거예요. 한두 달 안에 다른 여자가 생길 테고 또 한두 달이 지나면 또다른 여자로 바뀔 거예요. 서배스천 걱정은 하지 마요."

그래서 그는 자리를 지켰다. 그들 모두 자리를 지켰다. 그리고 서배스천—착하고 의연한 서배스천—은 정말로 극복했다. 몇 달 동안 사라져 몰디브에서 다이빙을 하고 스페인에서 하이킹을 하며 여자들을 만났다가 헤어지기를 반복하더니, 코로나가 닥치자 혼자 돌아왔다. 감정 상한 거 없다고 그는 맹세했다. 사랑과 전쟁에서는 모든 것이 정당하다고 하던가. 가장 훌륭한 남자가 이기는 거였다.

베커는 남은 오후 시간 동안 책상을 정리하고, 이메일을 보내고, 두어 군데 경매 전문 회사에 전화를 걸어 경매 일정을 묻고, 개인 컬렉터에게 연락해 이듬해 여름에 열 계획인 전시회에 작품을 대여해줄 수 있는지 타진한다.

서배스천이 퇴근 직전 문밖에서 고개를 내민다. 턱시도를 입었는데 넥타이는 아직 매지 않았고 애프터셰이브 광고 모델처럼 정교하게 턱수염을 길렀다. "내가 보던 그 공책 혹시 가져갔어?" 그가 묻는다. "그 목록이 적힌 거."

베커는 짜증 섞인 한숨을 내쉰다. "내일 에리스에 갈 건데, 그 공책을 가져가서 보여주려고. 작품이 사라졌다는 증거 비슷한 게 그것밖에 없잖아."

서배스천은 고개를 끄덕인다. "그럼 됐어." 그는 가려고 몸을 반쯤 돌렸다가 생각을 바꾼다. "상황 계속 알려줄 거지? 명백한 증거를 들이대면 그쪽에서 어떤 반응을 보일지 궁금하거든." 베커는 고개만 끄덕일 뿐 대꾸는 하지 않는다. "진심이야, 베커. 이번에는 결과를 원해. 이제 강경하게 나갈 때도 됐어."

"알겠어." 베커는 대답한다. "하지만 적어도 그녀를 우리 편으로 만들려는 노력이라도 해봐야 한다는 내 생각에는 변함이 없어." 서배스천은 눈을 부라리지만 베커는 뜻을 굽히지 않는다. "이게 보기보다 복잡한 사건으로 밝혀질 것 같은 예감이 들거든. 어쨌거나 그레이스가 목록이 적힌 공책을 우리에게 줬잖아. 숨기려는 게 있었다면 왜 그랬겠어?"

서배스천은 손목시계를 흘끗 쳐다보며 어깨를 으쓱하더니 고개를 젓는다. 집중력이 벌레 수준이라니까, 베커는 생각한다. 이미 퇴근하고 저녁 먹으러 갈 생각에 정신이 팔렸네. "아무튼 진행 상황 계속 알려줘." 그는 말한다. 이제 휴대폰을 손에 들고 뭔가를 읽으며 걸음을 옮긴다. 그러다 시야 밖으로 사라지기 직전에 걸음을 멈춘다. 몸을 돌린다. "혹시 생각해본 적 있어, 베크? 우리가 모든 작품을 받게 된 이유가 뭔지?"

"뭐라고?"

"이상하지 않아?" 서배스천은 묻는다. "이 해스웰이라는 여자는 20년 동안 버네사의 친구이자 간병인이자 동반자로 지냈는데 버네사한테 유산으로 받은 게—너의 표현을 빌리자면—아무것도 없잖아. 그 이유가 뭐라고 생각해?"

버네사 채프먼의 일기

이 사건을 어떤 식으로 기록하면 좋을지 정말 모르겠다. 기억나는 대로 모두 적겠지만 과연 백 퍼센트 정확할지 의문이다.

4시쯤에 나는 작업실에서 일을 하고 있었다. 아직 밤이 내리지는 않았지만 하루종일 해가 나지 않아서 어두컴컴했다.

춥고 바람이 많이 불었다.

차 소리가 들린 것 같아 밖으로 나가보았지만 아무것도 보이지 않고 방죽길이나 도로에도 불빛이 없어 다시 안으로 들어와 작업을 계속했다. 작품 몇 개를 재벌구이하려고 가마에 넣었을 때 창밖으로 뭔가가 지나가는 걸 본 것 같았다.

1, 2초쯤 지났을 때 어떤 남자가 문 앞에 나타났다. 나를 해치러 온 사람이라는 걸 단박에 알 수 있었다. 지난겨울에 사륜 오토바이를 고치러 왔던 남자였다.

나는 벽에 기대 세워놓은 엽총을 쥐었다. 그가 나를 향해 다가오기 시작했다. 아무 말도 하지 않고 아무 소리도 내지 않고 그냥 나를 향해 다가오기만 했다. 나는 총을 들었다. 그가 계속 다가오자 총을 쏘려고 했지만 작동이 되지 않았다. 그래서 총으로 남자를 치려고 했는데 내 동작이 너무 느렸다.

그가 나를 잡아서 땅바닥으로 밀어뜨렸다.

내가 비명을 계속 지르자 그는 한 손으로 내 목을 조르고 다른 손으로는 내 청바지를 벗기려고 했다.

나도 모르게 눈을 감았는지 문득 정신을 차리고 보니 꾸르륵대는 끔찍한 소리와 함께 그가 내 위에서 사라졌다. 제3의 인물이 등장한 것이었다.

 그레이스가 점토 커터의 와이어를 남자의 목에 감고 그를 뒤로 잡아당기고 있었다. 그는 발을 차며 벗어나려고 아등바등했다. 자기 목이 잘리지 않게 와이어 아래로 손가락을 넣으려고 했다.

 그는 발길질을 하고 목이 졸리는 끔찍한 소리를 내며 얼마 동안 버둥거렸다.

 나는 그때 마냥 손을 놓고 있었던 것 같다. 무릎을 꿇고 앉아 있기만 했던 것 같다. 잠시 후 남자가 버둥거림을 멈췄다. 그레이스는 그를 앞으로 밀어 엎어뜨렸다. 그의 목에 와이어를 계속 감은 채 내게 경찰에 연락하라고 소리를 질렀다.

 나는 그래도 계속 앉아 있기만 했다. 온몸이 사시나무처럼 떨려서 내 뜻대로 움직일 수 없는 느낌이었다.

 그녀가 다시 소리를 질렀다. 제발 가서 경찰에 연락하라고, 총 들고 가서 경찰에 연락하라고 했다.

 나는 그제야 일어나 집으로 달려갔다. 경찰에 연락했다. 수화기에 대고 울면서 어떤 남자가 우리를 공격했다고, 내 친구가 남자를 죽였다고 말했다. 그들이 묻는 말에는 대답을 할 수 없었다. 그냥 계속 울기만 했다.

 남자는 죽지 않았다.

 다시 작업실로 올라가는데 그가 고함과 비명을 지르는 소리가 들렸다. 그레이스가 그의 발목을 노끈으로 결박하고 손목은 자기 허리띠로 묶어놓았다. 와이어는 그의 목에 계속 감겨 있었다.

 우리는 경찰이 올 때까지 거기서 기다렸다. 그레이스는 와이어를 잡은 채 무릎으로 그의 허리를 누르고 있었고, 나는 총을 들고 옆에서 그를 감시했다.

    기다리는 동안 그는 계속 나불거렸다. 나를 어떤 식으로 괴롭히고 내게 무슨 짓을 하고 어떤 도구를 쓸 작정이었는지 계속 떠들어댔다.

    경찰은 한 시간 반이나 지나서 왔다.

    그레이스는 그날 밤 내 곁을 지켰다.

    나는 그녀 덕분에 목숨을 건졌다.

    그녀 덕분에 모든 걸 건졌다.

21

그레이스는 작업실에서 둘이 같이 대화를 나누었던 어느 저녁을 떠올린다. 어쩌다 한 번 있는 일이었다. 와인도 마셨나? 해는 여전히 중천이고 여름이었다. 버네사는 물레 앞에서―그레이스에게는 거의 쓴 적이 없는 말투로―작업 얘기를 했다.
 "점토의 특징이 뭐냐면," 그녀는 말했다. "뭐든 비슷하게 만들 수 있다는 거야." 그녀는 머리를 목덜미 부근에서 하나로 묶고 고개를 숙이고 있었다. 머리칼 한줌이 자꾸 눈 위로 흘러내려 가끔 한 번씩 어깨를 들썩여 뒤로 넘기고 어깨에 광대뼈를 닦았다. "그래서 까다롭지."
 그녀는 손끝을 물에 담갔다가 물레 위에서 돌아가는 작품 위에 다시 얹었다. "작업하기가 까다롭다는 건 아니야. 사기그릇은 상당히 간단하고 도자기는 당연히 그보다 어렵지만 그런 식의 까다로움을 얘기하는 건 아니야. 뭐든 만들 수 있다면―뭐든!―뭐를 만들어야 하느냐는 거지. 선택지가 너무 많거든."

다시 한번 손끝을 담갔다가 다시 한번 물을 똑똑 떨어뜨리고 다시 한번 어깨를 으쓱한다. "이사무 노구치라는 조각가가 있어―천재적인, 정말 천재적인 남자인데 80년대에 죽었지―아무튼 그 사람이 예전에 이런 말을 했거든. 점토는 너무 유동적이고 너무 다루기 쉬워서 너무 많은 자유가 부여된다…… 으악!" 그녀는 몸을 뒤로 젖히며 웃음을 터뜨렸다. 작품이 중심을 잃고 아래로 일그러져 문 닫을 시간에 술집을 나선 취객처럼 반으로 접혔다. "나한테는 너무 많은 자유가 부여될 것 같질 않네……"

버네사는 그레이스를 보고 미소를 지으며 손을 닦고 와인을 한 모금 마셨다. 로제와인이었지, 그레이스는 생각한다. 아니면 스파클링이었을지도. "너도 해보고 싶지 않아?" 버네사가 물으며 손을 내밀어 가까이 오라고 손짓하자 그레이스는 웃으며 고개를 저었다.

"그럼 아까 하던 얘기로 돌아가서," 버네사는 말하며 손을 닦고 점토를 단단히 뭉쳐 다시 중심을 잡았다. "어쩌면 그의 말이 맞을지 몰라. 나 같은 의심병 환자는 선택지가 많으면 난처해지거든……" 그녀는 손가락을 물에 담그고 발을 차 물레를 돌리며 처음부터 다시 시작했다.

"나는 어떤 점에서 점토 작업이 좋은가 하면," 그녀가 말했다. "잘못돼도 상관없다는 거야. 처음으로 돌아가서 다시 시작하면 되니까. 새로운 형태를 만들면 되고 다시 시작할 때마다 뭔가 새로운 게 탄생되지…… 그림은 전혀 달라서 잘못한 흔적과 실수가 고스란히 남아. 물감을 긁어내고 처음부터 다시 그려도 지워버린 이미지가 유령처럼 남아 있어. 점토는 새로운 형체를 만들면 예전 것은 사라지고 지워져! 되찾고 싶어도 그럴 수가 없지. 되찾을 필요도 없고. 그러니까," 그녀는 집중하느라 아랫입술을 깨물고 미간을 찌푸린 채 몸을 앞으로 숙였다. "이미 지나간 걸 놓을 줄 알아야 해. 과거를 놓을 줄 알아야 하지."

그레이스는 뒷방이자 남는 방이라고도 불렸던 자신의 방에 있다. 사실 그녀는 자기가 쓰고 있음에도 여전히 그 방을 남는 방으로 여긴다. 이 집을 여전히 자신의 집이 아니라 버네사의 집으로 생각하는 것과 같은 맥락이다. 언제까지나 버네사의 집일 테고 남쪽 방, 바다가 내다보이는 그 방도 언제까지나 버네사의 방일 것이다. 하지만 베커가 와서 하룻밤 자고 가겠다고 하면 그레이스가 버네사의 방을 쓰고 남는 방을 그에게 내줄 것이다.

그레이스가 정신 건강을 위해 떠올리지 않는 순간들이 있는데, 버네사의 방에서 마지막으로 의미 있는 시간을 보낸 순간이 그중 하나다. 이후로 그 방은 빈방이 되었다. 아예 방치하는 건 아니다. 가끔 청소하고 여름에는 바닷바람이 들어오도록 창문도 열어놓는다. 방에서 퀴퀴하고 눅눅한 냄새가 아니라 소금과 해초 냄새가 나도록. 하지만 기본적으로 구급차가 방죽길을 건너와 버네사의 시신을 싣고 갔던 날의 모습과 크게 다르지 않다. 벽에 붙여놓은 침대와 책상과 서랍장, 그레이스가 종종 앉았던 침대 옆 의자까지 가구는 그때 그 자리를 지키고 있다.

그레이스가 꼭 이 방을 써야 하는 건 아니다. 소파에서 자도 되고 아니면 베커에게 소파를 내주어도 된다. 하지만 그러면 의심을 살 것이다. 어색하고 이상해 보일 것이다. 게다가 이러니저러니 해도 방은 그냥 방이다. 신전도 아니고 성소도 아니다. 귀신이 출몰하는 곳도 아니다.

제일 중요한 것부터 먼저 처리하자. 남는 방을 정리해야 한다. 침대 시트를 벗겨서 빨고, 안락의자 등받이에 걸쳐놓은 셔츠나 화장대 위에 놓인 빗과 로션 같은 그녀의 소지품도 치워야 한다. 그가 그녀의 옷장을 들여다볼 리는 없겠지만, 그래도 외투 뒤에 포개어놓은 캔버스 두 개를 거실로 옮긴다. 오래된 리넨 파티션을 옆으로 옮기고 그 뒤편에 숨겨져 있던 문을 열자 창문 없는 조그만 방이 나온다. 그 방의 원래 용도는 두 사람 다 끝까지 알아내지 못했다. 신부님을 숨겨주던 비밀의 방이야!* 버네사는 이렇게 주장하곤 했지만 이 마을 사람들은 그런 공간을 마련해놓지 않았다. 버네사는 이 방을 암실로 썼다. 그레이스는 창고로 쓰고 있다.

그녀는 파티션을 치우며 거기에 상응하는 양심의 가책을 느낀다. 이 그림들은 법적으로 그녀의 것이 아니다. 지금까지는 모르고 빠트린 척, 캔버스 두 개를 옷장에 넣어놓고 잊어버린 척할 수 있었다. 이제 의도적으로 버네사의 유언을 위반하자니 마음이 불편하다. 하지만 솔직히 고백하자면 이번이 처음은 아닐 것이다.

그뿐만 아니라 베커 씨에게 줄 것이 상당히 많다. 거실 상자에는 스케치가 가득 담겨 있고 액자에 넣지 않은 미완의 캔버스 두개, 그리고 공책과 편지 더미도 더 있다. 더글러스 레녹스가 보낸 편지를 일부러 맨 위에 놓았다. 그가 얼마나 애걸복걸하며 매달

---

* 과거 영국에서 가톨릭이 불법이었을 때 사제를 숨겨주던 공간.

렸는지, 그녀에게 거절당하고 거의 미치광이 수준으로 길길이 날뛰며 얼마나 속상해했는지 보여주는 편지들 말이다. 어떻게 그걸 아무것도 아니라고 할 수 있지? 내 아내 핑계를 댈 셈인가? 다른 애인들의 아내한테는 별로 신경도 쓰지 않는 눈치더니. 이건 옹졸한 짓이라는 걸 그레이스도 알지만 이유가 있다. 자신의 민낯을 대중에게 공개하는 건 쉬운 일이 아니다. 사랑했던 사람의 민낯을 공개하는 것도 쉬운 일은 아니다.

그녀는 둘 중 더 작은 캔버스를 낡은 수건으로 싸서 조그만 창고로 들고 들어간다. 비어 있는 구닥다리 캐리어 두 개와 그녀가 마을의 코티지를 떠나며 챙겨온 개인 서류가 담긴 상자 몇 개 말고는 아무것도 없다. 그녀는 작은 캔버스를 구닥다리 캐리어에 기대놓고 큰 캔버스를 가지러 간다. 캔버스 전면이 벽을 향하도록 돌리자 그걸 감쌌던 시트가 살짝 흘러내려 나무 액자 위쪽에 버네사가 찍은 낙관이 보인다. 〈토템〉.

과거와 결별하는 데에는 필연적으로 선택이 수반된다. 무엇을 붙들고 무엇을 놓을 것인가. 간직하기로 한 초상화와 편지로 미루어봤을 때 그레이스는 자신과 버네사가 서로에게 어떤 존재였는지에 집착하고 있다. 이건 설명이나 해석이나 추측의 영역이 아니다. 그건 그들만의 것이었다. 그리고 이제는 그녀만의 것이다.

그 오랜 세월 동안 그녀는 남는 방을 썼고 버네사를 다룬 글에서 동반자 아니면 간병인, 친구, 때로는 파트너로 소개됐다. 그 모든 단어에 근본적인 오류가 있었지만 두 사람 다 어떤 오류인지 설명한 적은 없었다. 버네사는 설명을 거부하는 게 천성이었고, 그레이스는 아무도 그녀에게 물어본 적이 없었기 때문이다.

누가 물어봤다면 그녀는 뭐라고 말할 수 있었을까? 다른 모든 사랑은 낭만적인 사랑에 비해 덜 중요하게 간주되는데, 어떤 식의 설명이 가능했을까? 그녀와 버네사의 관계는 낭만적이지 않았지만 덜 중요하지도 않았다. 그냥 친구야. 사람들은 그렇게 말한다. 아, 그 여자는 그냥 친구야. 친구는 흔한 존재인 것처럼, 친구는 중요한 존재일 수 없는 것처럼.

애인이었어요. 누가 물으면 그레이스는 이렇게 말했을 것이다. 버네사는 내 애인이었어요.

그녀는 주방에서 식탁에 앉아 베커가 오기 전에 사야 하는 것들을 하나씩 적는다. 아침에 먹을 우유, 빵, 달걀, 베이컨, 저녁에 구워 먹을 닭, 채소, 와인. 누군가를 위해 제대로 식탁을 차린 지, 이 집에 손님이 온 지 한참 됐다. 아주 옛날, 그레이스가 남는 방으로 들어오기 전에는 버네사의 예술계 친구들이 자주 놀러왔고, 마을 주민들도 가끔 와서 점심을 먹거나 술을 마셨지만 그들은 물때를 놓치지 않는 한 자고 가지는 않았다. 마지막으로 자고 간 사람이 줄리언이었을 것이다. 그리고 그는 사실 어느 날 느닷없이 찾아왔으니 손님이 아니었다.

22

에리스, 2002년 여름

 버네사의 주방에 어떤 남자가 있었다. 금발은 살짝 벗어지고 상반신은 햇볕에 타서 까무잡잡했다. 좀더 젊은 사람들이 좋아할 법한 헐렁한 스타일의 반바지 한 장만 달랑 걸치고 있었다. 그가 고개를 돌려 그녀를 마주보았을 때 반바지 허리춤이 너무 내려가 우묵한 장골의 윗부분과 한 움큼의 음모가 드러난 것이 그레이스의 눈에 들어왔다.
 "당신이 그레이스군요." 남자가 손을 내밀어 악수를 청하며 말했다. "나는 줄리언이에요. 오늘 저녁으로 뭘 만들어줄 건가요?"
 그레이스는 그의 손을 못 본 체하고 장바구니를 들어올려 식탁에 내려놓았다. "아무것도 만들지 않아요. 버네사한테 필요한 걸 몇 가지 가져왔을 뿐이에요." 그녀는 말했다. "혼자 내버려두면 굶어죽을 위인이라."

"고맙네요." 줄리언은 말했다. 장바구니 중 하나를 들여다보다가 정육점에서 산 다진 쇠고기를 꺼내들며 한쪽 눈썹을 추켜들더니 다시 넣었다. "담배도 샀어요?" 그가 웃는 얼굴로 그녀를 올려다보며 물었다.

그레이스는 그에게 등을 돌렸다. "버네사가 굶어죽을지언정 그걸 깜빡할 리는 없죠." 그녀는 말하고 주방에서 나왔다. 현관 홀을 지나 문밖으로 나갔다. 마당을 가로질러 곧장 언덕을 올라갔다.

버네사는 한 발을 플라이휠에 얹은 채 빚고 있는 도자기에 온 신경을 집중하고 있었지만 그레이스가 말문을 열기도 전에 말했다. "나 일하는 중이야." 경고하는 투였다.

"먹을 것 좀 가져왔어." 그레이스는 말했다.

"고마워." 버네사는 고개를 들지 않았다. 대신 어깨를 살짝 돌려 문을 등졌다. 그레이스를 등졌다.

그레이스는 꼼짝하지 않았다. 완벽한 정적 속에 1, 2분 동안 문 앞에 서서 버네사가 자신을 쳐다봐주길, 설명해주길—그녀의 입장과 그가 왜 여기 있는지 설명해주길—무슨 말이라도 해주길 기다렸다.

하지만 버네사는 항복하지 않았다. 좌절한 그레이스가 몸을 돌리자 집에서 여기까지 따라온 남자가 보였다. 담배를 들고 언덕 중간의 오솔길에 서서 쳐다보고 있었다. 바보 같은 미소를 머금은 얼굴로.

그녀는 그 옆을 지나가야만 했다. 차를 세워놓은 곳까지 가는 동안 그의 시선을 견뎌야 하고, 그녀의 희멀겋고 살찐 팔다리, 겨드랑이에 진 땀자국, 계절성 알레르기 때문에 통통 부은 얼굴을 훑는 그의 눈길을 느껴야 했다. 그녀가 오솔길을 내려가는 동안 그는 꿈쩍 않고 그 자리에 서서 담배만 피웠고 그녀가 옆을 지나가자 조용히 "아비앙토*"라고 말했다.

그 당시에는 그레이스가 마을 코티지를 처분하지 않았기에 줄리언을 다시 만나지 않고 피할 수 있었다. 다만 떨어져 지내는 것을 견딜 수가 없었다. 그 섬에 있는 그의 존재가 바늘처럼 그녀의 신경을 건드렸고 온 이유가 뭔지, 얼마나 있을 예정인지 알아야 했다.

처음 그와 마주친 다음날, 그녀는 차를 몰고 다시 찾아갔다. 그가 떠났길 바라는 부질없는 희망을 품었지만 빨간색 소형 스포츠카는 마당에 계속 세워져 있었다.

그레이스는 그 옆에 차를 대고 다시 한번 언덕을 올라갔다. 작업실 문이 열려 있었다.

"비**?" 그레이스는 큰 소리로 불렀다. 작업실에 아무도 없었다.

아무도 없다니! 버네사는 몇 주 동안 여기서 나간 적이 없었고 글래스고 전시회를 준비하느라 강박적으로 작업만 했다. 그레이스가 줄리언에게 자기가 먹을 걸 갖다주지 않으면 버네사가 그냥

---

* '또 보자'라는 뜻의 프랑스어 작별인사.
** 버네사의 애칭.

굶을 거라고 한 말은 과장이 아니었다. 가끔 그녀는 버네사를 붙잡고 좀 쉬라고, 잠깐이라도 걷다 오라고, 예전처럼 수영을 하라고 애걸복걸해야 했다. 건강에 좋지 않아. 그녀는 말했다. 그런 식으로 노상 틀어박혀서 이 많은 먼지와 페인트 냄새를 마시고 있으면. 쉬어가면서 해야지. 그러면 버네사는 고개를 치켜들며 거부하고 더 열심히 일에 매달렸다.

그런데 지금 그가 등장하자마자 돌아가던 물레를 멈추고 작업실을 비웠다고?

버네사는 지금까지 그를 두고 했던 말—바람둥이에 방탕하고 천박하고 이기적이며 다혈질이라고—을 그냥 깡그리 잊은 걸까? 그가 까무잡잡하게 태운 얼굴로 미소를 지으며 번드르르한 차를 몰고 찾아오자 그게 다 머릿속에서 지워져버린 걸까? 그레이스의 내면에서 폭풍 전선처럼 분노가 점점 커지기 시작하고 눈동자 뒤로 분노의 구름이 모여들었다.

그녀는 씩씩대며 집을 향해 다시 언덕을 내려갔다. 현관문이 닫혀 있었다. 그녀는 머뭇거리며 귀를 쫑긋 세웠고 심지어 노크를 할까 고민까지 했다. 하지만 여긴 그녀의 집이기도 하지 않은가. 몇 주, 몇 달에 걸쳐 둘이 함께 지내는 동안 그녀의 집이 되지 않았던가. 그녀는 버네사의 이름을 부르며 문을 밀어서 열었다.

집안은 따뜻하고 고요했다. 거실을 지나 버네사의 방으로 가보니 침대는 어지럽고 담배 연기와 섹스 냄새가 자욱했다. 주방은 엉망진창이었다. 개수대에 접시가 쌓였고 커피 가루가 조리대와 바닥에 쏟아져 있었다. 식탁 위에는 따놓은 코냑이 있고 넘친 재떨이가 그 옆을 지켰다. 전날 그레이스가 버네사의 필요와 취향을 감안해 슈퍼마켓에서 엄선해 사온 식료품은 봉지째 아가 레인지 옆에 방치돼 물기가 흥건했다.

그레이스가 막 집에서 나오려는 찰나 비명소리가 들렸다. 그녀는 열려 있는 창문 앞으로 얼른 달려가 밖을 내다보았다. 버네사가 그와 함께 바닷가에 있었다. 그가 쫓아다니다 붙잡자 그녀가 비명을 지른 거였다. 그들은 어린애처럼 놀고 있었다.

그레이스는 자리를 떠야 한다는 걸 알았지만 그럴 수가 없었다. 버네사를 똑바로 쳐다보며 대화를 나누기 전에는 이대로 떠날 수가 없었다. 그녀는 주전자를 올려 차를 끓였다. 차를 마셔보려고 했지만 목구멍이 아프도록 오그라든 느낌이었다. 그녀는 포기하고 창문 앞에 서서 계단 꼭대기를 쳐다보며 기다렸다. 마침내 나타난 그들은 계단 꼭대기에서 숨을 헐떡이며 멈춰 서서 입을 맞췄고, 줄리언은 한 손을 버네사의 다리 사이로 거칠게 밀어 넣었다. 그레이스는 민망함에 화끈거리는 얼굴과 뱃속을 뒤집는 분노를 달래며 식탁 앞으로 돌아갔다. 구경하다가 들키는 건 견딜 수 없는 일이었다.

"그레이셔스!" 줄리언은 그녀가 있는 걸 보고 웃음을 터뜨렸다. "왔군요. 오늘은 뭘 가져왔나요? 샴페인? 굴? 다진 고기?" 그는 다시 웃음을 터뜨렸다. "바닷가에서 모닥불을 피울까 하는데 어떻게 생각해요? 거기서 구워 먹을 만한 걸 가져왔어요?"

"눅눅해질 텐데요." 그레이스는 뚱하게 대답했다. "밀물이 들 거라."

"아, 그레이스, 마 프티트 불.* 이렇게 찬물을 끼얹다니. 그레이스는 참 재미가 없어, 그렇지, 네사?"

버네사는 식탁에 앉아 그레이스의 손을 잡더니 손끝을 꼭 쥐었다. 얼굴이 시뻘건 이유는 흥분해서일까, 격하게 움직여서일까? 아니면 민망해서일지도 모를 일이었다.

"돌아가." 버네사가 그레이스를 향해 미소를 지으면서도 눈은 맞추지 않은 채로 말했다. "얼른. 내가 조만간 찾아갈게."

그레이스는 그 집에서 나왔다. 열어놓은 주방 창문 아래를 지나 차를 세워놓은 곳으로 가는데, 리드미컬한 버네사의 웃음소리 위로 줄리언의 음성이 들렸다. "저 여자는 왜 노상 여기 와 있는 거야? 라 프티트 불 드 스위프**가 원하는 게 뭐야? 네스, 당신의 일부? 그걸 원하는 거야?"

그해 초에 그레이스는 에리스에 신설된 보건소 소장으로 승진해 카라칸에서 여기로 부임했다. 그녀는 점심때 날이 좋으면 대개 방파제 앞 벤치에서 샌드위치를 먹었고 다음날 버네사가 그녀를 찾은 곳도 거기였다.

"속상하구나." 버네사가 그레이스 옆에 앉으며 말했다.

그랬다. 점심시간이 시작되기 30분 전에, 이 마을에서 북쪽으로 몇 마일 떨어진 채석장 물구덩이에 빠진 아이의 엄마를 상대하느라 끔찍한 오전 시간을 보냈다. 아이는 거기서 목숨을 잃었다. 아이 엄마는 슬픔으로 반쯤 정신이 나가 잠도 이루지 못하고 절박했다. 제발 선생님, 뭐라도 주세요. 하지만 먹어도 되는 약은

---

* 직역하면 '내 작은 공'이라는 뜻의 프랑스어.
** 직역하면 '저 작은 비곗덩어리'라는 뜻이다.

모두 처방한 뒤였기에 그녀를 그대로 보내는 수밖에 없었다. 버네사에게 그 얘기는 하지 않을 작정이었다. 버네사는 관심도 없을 테니까. 버네사는 너무 이기적이라 이해하지 못할 테니까.

그레이스는 버네사를 쳐다보지 않고 참치 스위트콘 샌드위치만 악착같이 씹었다. "그 사람은 내가 가사도우미라도 되는 것처럼 말하더라?"

버네사는 웃음을 터뜨렸다. "줄리언은 말투가 원래 그래. 그냥 그런가보다 해."

"너한테도 그런 식이야?"

"음, 아니, 나한테는 안 그러지." 버네사가 말했다. "나는 그 사람 아내니까."

그레이스는 그제야 버네사를 쳐다보았다. "그래? 네가 생각하는 너의 정체성이 그거야? 그 사람 아내?" 그레이스가 쏘아붙이자 버네사는 움찔했다.

"뭐…… 그게 내 직업이라는 말은 아니야." 버네사가 말하며 뺨을 붉혔다. "그냥 사실을 말한 거지. 우리가 이혼하지는 않았으니까." 그녀는 벤치에서 일어났다. "아직은 이혼하지 않았으니까." 그러고는 그레이스에게서 시선을 돌려 바다를 내다보았다. "저기 있잖아…… 하루이틀쯤 집에 오지 말아줘. 그이가 네 부아만 돋울 테니까. 알겠지? 나는 전시회 건으로 목요일에 글래스고에 가서 더글러스를 만나고 토요일이나 아무리 늦어도 일요일에는 돌아올 거야. 그때쯤이면 그이는 가고 없을 테고."

그레이스는 손을 들어 바다에 반사된 햇빛을 가렸다. "그 사람이 우리 삶에서 퇴장하는 거야?"

버네사는 조금 재미있어하는 듯한 표정으로 그녀를 마주보았다. "그이가 네 삶 속에 있는 건 아니잖아, 그레이스." 그녀가 말했다. "내 삶 속에 있지."

그레이스는 멀어져가는 버네사의 등에 대고 외쳤다. "너랑 그 사람이랑 내 얘기 하는 거 들었어. 그 사람이 나를 뭐라고 부르는지 듣고 찾아봤어. 비곗덩어리라는 뜻이더라고. 그 사람이 나를 비곗덩어리라고 불렀는데 너는 웃더라?"

버네사는 잠깐 걸음을 늦췄지만 돌아보지는 않았다.

그날 오후 그레이스가 일을 마치고 퇴근해보니 버네사가 거의 다 마신 와인병을 옆에 두고 햇볕이 내리쬐는 그녀의 집 앞 계단에 앉아 있었다. 버네사가 휘청거리며 자리에서 일어났다.

"여기까지 차를 몰고 왔어?" 그레이스는 따져 물으며 그녀에게로 달려갔다. "완전 취했잖아, 버네사. 그런데 차를 몰고 마을을 가로지르다니. 학교까지 지나서! 안 되겠다, 지금 당장……" 그녀는 버네사의 셔츠 칼라를 부여잡고 주먹을 쥐었다. "경찰을 불러야겠어!"

"그레이스!" 버네사는 그레이스의 팔뚝을 양손으로 움켜쥐었다. "제발 이러지 마……"

그레이스는 잡았던 손을 놓았다. 버네사의 손에서 자동차 열쇠를 낚아채고 성큼성큼 집안으로 들어가 등뒤로 현관문을 세게 닫았다.

버네사가 안으로 들어왔을 때 그레이스는 주방에서 수도꼭지에 입을 대고 물을 마시고 있었다.

"버터볼*이었어." 버네사가 말했다. "그 단어의 뜻은. 그리고…… 너한테 함부로 하려고 그렇게 부른 거 아니야."

그레이스는 허리를 펴고 수도꼭지를 잠갔다. "아니, 그런 의도에서 그렇게 부른 거 맞아." 그레이스는 버네사의 흐리멍덩한 눈과 부루퉁한 표정을 쳐다보았다. 그녀의 뺨을 한 대 치고 싶었다. "그런 남자들은…… 나 같은 여자를 특별히 경멸하거든—못생긴 여자 말이야. 평생 느껴온 바야. 네 남편 같은 부류의 남자에게 못생긴 여자는 인간도 아니지. 구역질나지만 뭐 그리 충격적이지는 않아. 더 끔찍한 건 뭐냐면, 정말이지 비참한 건 뭐냐면 너 같은 여자들—예뻐서 선택받은 여자들—이 그런 경멸에 가세한다는 거야. 어린애처럼 히죽히죽 웃으면서. 왜냐하면 그 남자가 너한테 관심을 기울여주었거든. 그래서 그의 잔인한 짓거리를 보며 비겁하게 웃지. 한심하게도."

"그렇지 않아." 버네사가 말하고는 입술을 깨물며 울음을 터뜨렸다. 그레이스는 역겨운 마음에 고개를 돌렸다. 버네사는 그녀의 손목을 잡았다. "나는 그렇지 않아."

그레이스는 다른 손을 버네사의 손 위에 얹어 손가락을 떼어내려 했지만 버네사가 잡고 놓지 않았다. 두 팔로 그레이스의 허리를 감싸더니 그녀의 셔츠에 대고 눈물을 흘렸다. 그레이스는 두 손을 옆으로 늘어뜨린 채 뻣뻣하게 서서 길게 심호흡을 했다.

"내가 왜 그 사람이 그러도록 내버려뒀는지 모르겠어." 버네사는 말했다. "내가 왜 그 사람을 다시 받아줬는지 모르겠어."

---

* 귀엽게 통통한 사람을 부를 때 쓰는 애칭.

"네 비위를 맞춰주니까." 그레이스는 말했다. "네 허영심을 이용하는 거지."

"맞아." 그녀는 그레이스의 목덜미에 대고 말했다. "네 말이 맞아. 그의 손이 내 몸에 닿으면 뼈가 녹아내릴 것 같아. 몇 분 동안, 몇 시간 동안 그가 간절히 원하는 여자가 된 기분이야. 욕망의 대상이 된 기분이 들면 얼마나 짜릿한지 몰라." 그레이스는 다시 버네사의 품에서 벗어나보려 했지만 버네사는 꿈쩍도 하지 않았다. "그가 내 비위를 맞추고 황홀하게 하고 나를 유혹하면 기분이 너무 좋아." 그녀는 고개를 들어 그레이스의 눈을 들여다보았다. "섹스도 너무 좋아. 침대에서 그런 기분을 느끼면 내가 뭐라도 된 것 같잖아, 그렇지 않아?"

그레이스는 몸을 비틀어 숨막히는 버네사의 품에서 벗어났다. 버네사의 목소리가 들리지 않게 두 손으로 귀를 막고 어린애처럼 노래라도 부르고 싶었지만 버네사가 주방을 가로지르는 그녀의 뒤를 졸졸 따라오며 계속 종알거렸다. "그러다 온 지 얼마 되지도 않아서 아니나다를까, 돈 얘기를 시작하지. 뭐가 필요하고 빚이 얼마며 어디를 가고 싶은지…… 그러면서 나더러 이기적이래!" 그녀는 고개를 젓는다. "필요한 걸 다 가졌으면서―집, 작업실 그리고 섬―왜 같이 누리면 안 되느냐고."

그레이스는 어이없어하며 콧방귀를 뀌었다. "너한테 뭐가 있다고 자기한테 콩고물이 떨어지길 바라는 거야? 아니, 너는 지금 생활비도 간신히 충당하고 있는데!"

버네사는 코를 훌쩍이며 눈물을 닦는다. 개수대로 가서 수도꼭지를 틀고 찬장에서 유리컵을 꺼낸다. "지금 발등에 불이 떨어졌거든." 그녀는 물을 벌컥벌컥 마시며 말한다. "대놓고 말은 하지 않지만 보아하니 돈을 빌리면 안 되는 사람들에게 돈을 빌린 모양이야."

"그런데 네가 구제해주길 바라는 거야? 자기가 바보짓을 했으면 자기가 책임을 져야지……"

버네사는 몸을 돌려 슬픔이 가득한 눈빛으로 그녀를 마주본다. "실리아 그레이가 그렇게 되어버려서 그래. 그이는 자기가 복권에 당첨된 줄 알았거든. 이제 더는 아무것도 걱정할 필요가 없을 줄 알았지. 그런데 실리아가 죽어버렸고, 우리가 아직 혼인관계를 유지하고 있었으니 그 둘은 정식 부부가 아니었고, 그래서 그는 아무것도 받지 못했고—"

"그래서 너를 비난하는구나!" 그레이스는 경악했다. "그래서 너를 비난하고, 더 어이없게도 너는 그 남자를 안쓰럽게 여기고!"

버네사는 남은 물을 버리고 컵을 조리대에 내려놓았다. "맞아." 그녀는 말했다. "바보 같지? 그가 안쓰러워서 내 눈을 가리고 살살 구슬리는 대로 그를 내버려두며 현실을 잊었어…… 내가 어떤 상태고 어떤 사람인지를. 내게 정말로 중요한 것을 소홀히 했어, 내 일……" 그녀는 이로 아랫입술을 꽉 깨물었다. "그리고 너를." 그레이스는 고개를 숙였다. "아아, 그 인간이 문지방을 넘지 못하게 막았어야 했는데, 빌어먹을 흡혈귀 같으니라고." 버네사는 그레이스에게 다시 한번 다가오더니 손을 내밀어 구부린 집게손가락으로 그레이스의 턱을 살며시 받쳤다. 그레이스는 눈을 감았다. "그는 너를 함부로 대했어, 그레이시. 그랬던 게 맞고, 내가 왜 웃었는지 모르겠어. 재미있지도 않았는데. 그때도 그랬고 지금도 그래. 내가 용서받지 못할 짓을 저질렀어."

그레이스는 한숨을 쉬었다. "그래도 용서할게." 그녀는 조용히 말했다. 눈을 뜨지는 않은 채로.

그날 밤 버네사는 그레이스의 집에서 잤다. 그녀는 해가 뜨기도 전에 물때에 맞춰서 일어나 차를 몰고 에리스섬으로 돌아갔다. 다음날인 목요일에도 일찌감치 차를 몰고 집을 나서 이번에는 더글러스와 전시회 계획을 마무리지으려고 글래스고로 갔다.

그날 점심시간에 그레이스는 부두가 내려다보이는 벤치에서 샌드위치를 먹다가 줄리언의 빨간색 소형 스포츠카가 방죽길을 건너와 규정보다 두 배는 빠른 속도로 언덕을 내달려 마을로 들어가는 것을 보았다.

일요일에는 마을 가게들이 문을 닫았기에 그레이스는 집으로 돌아오는 버네사를 맞이할 음식과 꽃을 카라칸의 시장에 가서 사왔다. 그런데 그날 오후 섬으로 건너가보니 버네사의 차가 이미 마당에 주차돼 있었다. 현관문이 열려 있었지만 그레이스가 버네사의 이름을 불러도 응답이 없었다. 그레이스는 작업실에서 버네사를 찾았다. 그녀는 작업실 바닥에 무릎을 꿇고 있었다.

머리칼과 옷과 손에 피가 묻어 있었다.

23

 맨 처음 베커의 눈에 띈 것은 총이다. 총이 바로 거기 현관홀 벤치에 기대어 세워져 있다. 그레이스가 그의 시선이 향한 곳을 알아차린다. "걱정하지 마요." 그녀는 삐딱한 미소를 지으며 말한다. "그냥 전시용이니까. 저녁거리를 잡아오라고 하지는 않을 게요."
 베커는 긴장한 듯 웃으며 묻는다. "그때 그 총인가요?"
 그레이스는 미간을 찌푸린다. "그때 그 총……?"
 "그…… 버네사가 농부에게 빌린……"
 "아." 그레이스는 무슨 말인지 알아차린 눈빛으로 얼굴을 붉히며 고개를 끄덕인다. "그 부분을 읽었나보네요."
 "네…… 끔찍했겠어요."
 그레이스는 다시 고개를 끄덕인다. "네, 맞아요. 저 총도 도움이 전혀 안 됐죠." 그녀는 생각에 잠긴 표정이다. "저걸로 그 인간을 쳐서 죽일 수는 있었겠지만." 그녀는 몸을 돌려 베커를 거실로 안내한다. 들어가보니 커피테이블에 자료가 담긴 상자가 세 개 놓여 있다. "당신 주려고 챙겨놓은 거예요." 그녀가 상자를 향해 손짓하며 말한다. "이걸 보면 당신 상사도 기뻐하겠죠?"

기뻐하다니, 절대 그럴 리 없지만 베커는 이 자리에서 곧바로 그 이야기를 꺼내지는 않기로 이미 마음을 먹고 온 참이다. 지금 당장은 열띤 반응을 보이고 고마워하며 그레이스를 따라 주방으로 들어가 그녀가 주전자에 물을 채우는 동안 아가 레인지 앞에 서서 창밖으로 뭍을 내다본다.

"그자는 어떤 인간이었나요?" 그는 묻는다.

"그자라니…… 아, 총 얘기로 다시 돌아간 건가요? 그냥 어떤 남자였어요. 이름은 스튜어트 커민스. 화물차 운전사 겸 차량 정비공이었고요. 아내 마거리트가 우리 보건소에 상당히 자주 왔어요. 손가락이 부러지고 입술이 찢어지고 머리를 살짝 다쳐서. 가끔 다른 이유로, 여성만의 문제로 찾아오기도 했고요." 그녀는 그에게 찻잔을 건넨다. 얼굴은 무표정하고 눈은 내리깔았다. "그래도 경찰에 신고한 적은 없었어요. 그들 부부는 부둣가의 코티지에서 살았어요, 여기서도 보여요." 그녀가 손가락으로 가리킨다. "왼쪽 맨 끝 집요."

"맨 끝 집요?" 그는 창가에 나타났다 사라졌던, 그 고뇌에 찬 얼굴을 떠올린다. "하지만 지금은 거기 살지 않죠?"

"마거리트는 계속 거기 살아요. 스튜어트는 오래전에 죽었고요, 다행히."

그렇다면 그녀가 맞았다. "마거리트라……" 그는 소리 내 중얼거린다. "그분이 버네사를 공격한 남자의 아내였다고요? 공책을 보면 그분이 버네사를 찾아와서 뭔가에 대해 혼란스러워했다는 내용이 적혀 있었는데……"

그레이스는 서글픈 미소를 짓는다. "마거리트는 아픈 지 오래 됐어요. 지금은 치매지만 그전부터 심리 상태가 아주 불안했죠. 남편이 잔인한 짓을 많이 저지르기도 했지만, 내가 보기에 가장 잔인했던 건 뭔지 알아요? 남편이 언제 들이닥칠지 모른다는 거였어요." 두 사람은 이제 나란히 서서 바다 너머로 늘어선 코티지들을 본다. "남편이 일을 하러 나가면 언제 돌아올지 알 수가 없었어요. 두어 시간 뒤일지, 2, 3일 뒤일지. 그러니 마음의 평화가 있었겠어요? 항상 창가에 서서 그가 오는지 지켜본 세월이 수십 년이었죠."

구름 사이로 틈이 생기자 따뜻한 햇볕이 갑자기 주방을 가득 채운다. 그레이스가 그를 보며 환히 웃는다. "저것 좀 보세요!" 모래사장은 황금색으로, 구름은 연노란색과 분홍색으로 바뀌었다. 그들은 잠시 아무 말 없이, 바람이 초록색 바다를 후려쳐 흰색 말로 둔갑시키는 요술을 구경한다. 잠시 후 구름이 태양을 가리자 햇빛이 사라진다. 그레이스는 몸을 돌린다. 찻잔을 들고 식탁에 앉으며 그에게도 자리를 권한다.

"그 남자는 어떻게 됐나요?" 베커는 묻는다. "그 남편, 정비공요."

그레이스는 어깨를 으쓱한다. "모르겠어요. 지은 죄에 비해 짧은 형을 선고받았죠. 그 인간이 마거리트에게 어떤 짓을 저질렀는지 법정에서 공개됐다면……" 그녀는 손깍지를 껴서 다리처럼 만들고 그 위에 턱을 얹는다. "버네사가 공격당한 뒤에 내가

블루 아워 209

여기로 들어왔어요. 마을 코티지는 그냥 두고요. 돌아가며 보건소 당직을 서야 하고, 그게 아니더라도 물때와 내 근무 스케줄을 감안하면 여기서 계속 지낼 수는 없었으니까요. 하지만 최대한 자주 여기서 잠을 잤어요. 버네사가 충격을 많이 받았고 아주 불안해했거든요. 혼자서는 숲속을 잠깐도 걸어다니지 않았고 여기저기에 무기를 비치해두기 시작했죠." 그레이스가 묘하게 살짝 웃음을 터뜨린다. "작업실에는 칼을, 현관문 옆에는 망치를……"

그녀는 고개를 저으며 입을 굳게 다문다. "그래서 나는 너무 화가 났어요." 흐릿한 빛을 받은 그녀의 짙은 눈이 검게 보인다. "지금도 생각하면 화가 나고요. 삶의 공간이 그런 식으로 더럽혀지다니…… 원래 저지른 폭력에 추가되는 또다른 폭력이잖아요. 늘 그런 식이에요. 어딘가를 걷거나 수영을 하거나 달리기를 하거나—뭐가 됐든 내가 좋아하는 일을 하고—어떤 아름답고 오염되지 않은 곳에 가서 사랑하는 그 일을 하는데 누군가가—항상 그런 건 아니지만 대개 남자일 때가 많죠—나타나 거길 끔찍한 곳으로 만들어버려요. 그러면 다시는 그곳에서 안정감을 느낄 수 없어요. 나도 예전의 나로 돌아갈 수 없고. 그 공간도 달라지고 나도 달라지죠, 둘 다 더 안 좋은 쪽으로."

베커가 느끼기에 이건 그에게 하는 말인 동시에 혼잣말이다. 그녀는 화가 난 씁쓸한 말투고 그는 바보가 된 기분인데다 어색하다. 그녀에게 사과하고 싶어지지만, 뭐에 대해서 사과해야 한단 말인가? 경솔하게 충격적인 사건을 들추어낸 것에 대해? 남자들의 행동에 대해? 모든 남자에 대해? 그들 중 일부에 대해? 그가 할말을 찾는 사이 그녀의 분위기가, 그녀의 심기가 달라진다. 구름이 바람에 흩어지고 얼굴이 환해진다. "작업실 구경할래요?" 그녀가 묻는다.

작업실은 언덕의 바람을 맞지 않는 쪽에 있고, 태양이 에리스 암벽 뒤편으로 저문 지금, 언덕 비탈은 어두운 초록색이다. 발자국으로 다져진 오솔길을 따라 가파른 비탈길을 200야드쯤 올라가자 평평한 대지가 나오고 거기에 작업실이 있다.

그레이스가 맹꽁이자물쇠를 만지작거리는 동안 베커는 엄지손톱을 물어뜯으며 기대감에 몸을 비튼다. 그녀가 거대한 철문을 옛날이야기에 나오는 돌덩이처럼 밀어서 열자 그는 숨을 참는다. 드디어 펼쳐진다. 오른쪽 벽을 따라 선반이 이어지고 왼쪽에는 구닥다리 발물레가, 저 안쪽 끝에는 가마가 설치된 동굴 같은 공간이.

베커는 안으로 들어간다. 안쪽은 공기가 더 서늘하며 건조하고, 먼지와 유황 냄새가 난다. 버네사가 벽에 낸 길쭉한 전망창으로 남쪽 풍경이, 바다로 이어지는 풀로 덮인 언덕 비탈과 십스헤드섬이 보인다.

작업실 한복판에 가대식 탁자가 놓였고, 그 위에 상자가 또 쌓여 있다. "이건 아직 정리하지 못한 유품이에요." 그레이스가 말한다. "보시다시피 상당히 많아요." 그녀는 가장 가까이 있는 상자를 향해 손짓한다. "사진을 엄청 많이 찾았는데, 그것도 필요할지 모르겠네요?"

두말하면 잔소리다! 버네사가 에리스에서 보낸 시간을 담은 환상적인 기록이지 않은가. 집, 지붕 공사, 헛간 개조 과정을 찍은 사진이 수십 장이다. 그리고 섬의 바뀌어가는 풍경, 적갈색 고사리와 보라색 히스, 샛노란 가시금작화를 찍은 사진도 수십 장이다. "버네사가 이걸 보고 그림을 그렸나요?" 베커는 모든 날씨와 모든 시간대의 바다, 숲속에 쓰러진 나무, 모래사장에 시신처럼 늘어져 있는 해초 더미를 찍은 사진을 샅샅이 살펴보며 묻는다.

"자주 그러지는 않았어요. 음, 적어도 초창기에는." 그레이스는 대답한다. 그녀는 작업실 맨 안쪽에 있는 찬장 문을 열었다 닫았다 하며 뭔가를 찾는다. "나중에는 그걸 보고 그렸지만요. 아파서 밖에서 작업하기 힘들어졌을 때. 하지만 만일의 경우에 대비해 사진을 찍어두는 걸 좋아했어요. 빛을 기억하기 위해서랬는데 그러고는 사진상으로는 빛이 항상 다르게 보인다며 투덜거렸죠."

"맞는 말이에요." 그는 또다른 사진을 고르며 말한다. "항상 다르게 보이죠." 그가 들고 있는 사진에는 두 사람이 포효하는 바다를 배경으로 팔꿈치를 난간에 얹어놓고 나란히 서 있다. 둘 중 한 명은 그레이스다. 지금보다 훨씬 젊지만 바가지머리, 부드럽고 동그란 얼굴, 수줍은 미소를 지으면 무턱이 되어버리는 하관이 기본적으로 동일하다. 다른 사람은 키가 크고, 조끼와 반바지를 입어 장난꾸러기에 다리가 길어 보이고, 칙칙한 금발이 앙상한 어깨를 덮었다. 버네사인가 싶지만 확실치 않은데, 얼굴이 잘 보이지 않는 탓이다. 아니, 잘 보이지 않는 게 아니라 지워졌다. 안 보이게 누가 긁어놓았다.

"이런." 그레이스가 그의 옆으로 다가온다. "정말 오래된 사진인데. 내 거예요." 베커는 사진을 뒤집어본다. 그레이스와 닉, 생말로, 1981.

"저는 버네사인 줄 알았어요." 그가 말하자 그레이스는 고개를 저으며 사진을 그의 손에서 거두어간다. 그리고 잠깐 들여다본다. "아뇨, 아니에요. 닉이에요. 버네사가 왜 이랬는지 모르겠네……"

"버네사가 그런 거예요?" 그가 묻는다. 딱히 놀랍지는 않다. 일기장을 보면 그녀는 다혈질이었고 가끔 독기를 뿜었다.

"가끔 아주 웃길 때가 있었어요. 소유욕도 강했고." 그레이스는 조용히 말한다. "그래서 항상 불공평하다는 생각이 들었죠. 자기는 완벽한 자유를 요구했거든요. 닉 라일리는 내 대학 동창이에요. 한동안 한집에서 같이 살았던. 오드리라는 다른 여자 친구와 휴일에 캠핑을 같이 간 적이 있는데, 그 친구가 찍어준 사진일 거예요." 그녀는 불편하고 살짝 당황한 기미를 보인다. "닉하고 나는 한동안 아주 가깝게 지냈어요. 사귀거나 그런 건 아니었지만…… 내게는 특별한 친구였어요. 외모도 아주 훌륭했고요. 그런데 버네사는 늘 미모는 자신의 영역이라고 생각했죠."

그레이스는 사진을 카디건 주머니에 넣는다. 창문 아래에 놓인 조그만 나무 수납장 앞으로 걸음을 옮겨 서랍을 연다. "그런 말을 들으면 버네사가 끔찍한 인간처럼 느껴질 수도 있겠지만 전혀 아니에요." 그녀는 말을 잇는다. "가끔 성질을 부릴 때가 있었을 뿐이지. 아, 여기 있네요."

그녀가 서랍에서 뭔가를 꺼낸다. 나무 상자다. "자." 그녀는 상자를 탁자에 올려놓으며 말한다. "와서 이거 한번 보세요." 자개를 박은 자단나무 상자다. 그레이스가 뚜껑을 연다. 안에 뼈가 담겨 있다. 죄다 부서지고 변색된 뼈와 뼛조각으로 〈분할 II〉에 쓰인 것처럼 깨끗한 건 없다. 베커가 보기에는 전부 너무 작아서 설치류 같은 조그만 동물의 유해인 것 같지만 그가 뭘 알겠는가.

"제가 이걸 가져가도 될까요?" 그는 묻는다. "도움이 될 수도 있을 것 같아서요. 그리고 어쨌거나 이건…… 버네사가 작품에 쓰려고 모아둔 거니까요, 그렇죠?"

"음." 그레이스는 고개를 끄덕인다. "그래요." 그녀는 수납장 쪽으로 다시 몸을 돌린다. "어딘가에 조약돌하고 조개껍데기가 가득 든 상자, 깃털이 가득 든 상자도 있을 텐데. 아, 여기 이건……" 그녀가 좀더 소박하게 생긴 조그만 상자를 꺼내 뚜껑을 열자 조그만 새의 두개골이 나온다. 베커는 엄지와 검지로 두개골을 조심스럽게 집는다. 이리저리 돌리며 눈구멍과 조그맣고 말쑥한 부리를 살핀다. "아마 참새겠죠?" 그레이스가 묻는다.

베커는 어깨를 으쓱한다. 그로서는 전혀 알 길이 없지만 공책에서 읽은 어떤 대목이 생각난다. "버네사가 새의 두개골인가…… 뼈를 찾았다고 쓴 부분이 있었어요. 사실 〈분할〉을 완성했다고 쓴 그 무렵이었어요. 선생님은 그때 여기 없었죠. 맞나요?"

그레이스는 그의 질문을 못 들은 체하고 뼛조각을 이리저리 살핀다. "이건 확실히 인간의 뼈가 아니에요." 그녀는 말한다. "얼마나 가벼운지 들어봐요." 그녀는 그에게 큰 편에 속하는 뼛조각을 건넨다. "인간의 뼈는 동물의 뼈보다 훨씬 밀도가 높아요. 그건 아마 새끼 양의 뼈일 거예요. 여기 어딘가에 좀더 큰 뼈가 있었던 것 같은데." 그녀는 손가락을 입술에 갖다대고 고개를 뒤로 살짝 젖힌 채 곰곰이 생각한다. "버네사는 본을 떴어요. 그러니까 석고로 틀을 만들고 그 안에 흙물을 붓는 식으로요. 〈분할 II〉를 그런 식으로 제작했어요. 뼈나 뼛조각을 주워서 세라믹으로 접합했는데, 비교적 깔끔한 방식이에요. 요즘은 병원에서도 뼈를 복원하거나 대체할 때 그걸 쓰거든요—"

"선생님." 베커는 기회가 보이자 놓치지 않고 그녀의 말허리를 자른다. "세라믹 얘기가 나왔으니 말인데—버네사가 글래스고모던 전시회에 출품하려고 만들었던 작품에 대해 여쭤보고 싶어서요." 그레이스는 눈썹을 쫑긋 세우고 기대하는 표정으로 그에게 주의를 돌린다. "제게 주신 어느 공책의 마지막 페이지에 목록이 있더라고요. 버네사와 더글러스가 전시회에 출품하기로 동의한 작품 목록이요. 기억하세요? 거기 적힌 도예품이 서른 점 정도인데, 페어번으로 넘어온 작품이 거의 없어요. 그 작품들의 행방을 아세요? 버네사가 팔았나요? 판매 기록이 있을까요?"

그레이스는 자단나무 상자를 닫는다. "버네사의 손목뼈가 부러졌을 때 내가 치료한 건 알죠?" 그녀는 묻는다. "내가 얘기했잖아요? 우리는 그때 처음 만났어요. 버네사가 저기 있는 콘크리트 슬래브, 오솔길 오른편에 있는 정화조 뚜껑에 발이 걸려 넘어졌을 때." 그녀는 상자를 선반의 원래 있던 자리에 다시 놓는다. "우리는 부러진 뼈를 계기로 만났죠." 그녀는 고개를 돌려 그를 마주보며 환하게 웃는다. "이후에 그녀는 부러진 뼈를 작품에 쓰기 시작했어요. 나는 그게 의미 있다고 생각해요." 그녀는 잠깐 말을 멈추더니 심각한 표정으로 낯빛을 바꾼다. "당신을 믿어도 될까요, 베커 씨?"

"물론이죠." 베커는 대답한다. 마침내 질문에 대한 답을 들을 수 있길 바라며.

하지만 그녀는 대답하지 않고 그저 다시 웃으며 말한다. "좋아요. 그럼 당신 혼자 여기 구경하도록 두고 나는 저녁 준비하러 갈게요. 30분쯤 걸릴 거예요. 다 보고 나서 문 잠그고 내려와요. 저기 오른편에 손전등이 있으니까 그걸로 길을 비추면 돼요. 내려올 때 조심해요, 길이 상당히 울퉁불퉁하거든요."

그는 언덕 비탈을 조심스럽게 내려가 어둠 속으로 사라지는 그레이스를 지켜본다. 현관문이 닫히는 소리가 들린다.

그 혼자 남는다.

구름 장막 뒤편으로 손톱 같은 달이 걸려 있고, 등대 불빛이 바다를 훑고 지나간다. 물살이 느릿느릿 움직이고 조수가 바뀌고 있다. 고통에 겨운 날카로운 울부짖음이 들리자 그는 움찔한다. 재갈매기가 머리 위에서 급강하하자 그는 작업실 안으로 후퇴한다.

드디어 버네사를 독점할 수 있게 됐다.

그는 가장 가까운 상자를 뒤적이며 러프 스케치들을 살펴본다. 대부분 종이에 선을 몇 개 그은 수준이다. 섬과 숲을 그린 드로잉 사이에 인물 스케치도 끼여 있다. 하나는 무릎을 꿇고 있는 인물을, 다른 하나는 누워 있는 인물을 여러 각도에서 그렸다. 습작일까? 하지만 그가 본 적 있는 작품의 습작은 아니다.

이 종이들을, 이 상자들을 보고 있자니 그가 아무리 많이 살펴본다 한들 다른 자료가 나오고 나오고 또 나올 것 같은 예감이 든다. 그레이스는 허공에서 편지, 스케치, 뼈를 끄집어내는 마술사 같다. 아니면 보물을 그의 발치에 물어다 놓는 고양이거나. 하지만 그건 그녀의 보물이 아니다. 그리고 고양이가 물어오는 건 보물이 아니라 사냥감이다.

그레이스는 그에게 숨기는 게 있다. 없어진 도예품에 대해 물었을 때 그런 식으로 못 들은 척한 걸 보면 분명하다. 말 그대로 뭔가를 숨기고 있을지 모른다. 저 집이 크지는 않지만 창고가 있을 것이다—지하실 아니면 다락. 그녀가 대화를 하다 창고 운운한 적이 있지 않았나? 그녀에게 그런 적 없다고 잡아뗄 기회를 한번 줘봐야겠다.

작업실 안쪽으로 걸어가 가마를 열고 묵은 먼지와 재 냄새를 마시자 작품이 열기를 잘 견뎠는지 확인하려고 두근거리는 마음으로 이 문을 여는 그의 버네사가 그려지면서 온몸에 소름이 돋는다. 그럴 수만 있다면 춥거나 말거나 여기 이곳에서, 그녀의 물건들에 둘러싸여 기꺼이 밤을 새울 수도 있겠다. 하지만 예의를 갖춰야 한다. 게다가 처리해야 할 일도, 물어봐야 할 것도 있다.

그는 손전등을 입에 문 채 철문을 밀어 닫고 맹꽁이자물쇠를 채운다. 그러고 몸을 돌리자마자 손전등이 한 번, 두 번 깜빡이더니 아예 나가서 눈앞이 캄캄해진다. 그는 주머니에서 휴대폰을 꺼내 잠깐 더듬은 끝에 간신히 휴대폰 손전등을 켠다. 됐다. 환한 불빛이 바로 앞 풀밭을 좁게 비춘다. 그 너머에는 어둠이 깔려 있다. 베커는 휴대폰을 앞으로 내밀고 비탈길을 내려가다가 이곳에서는 전파가 전혀 잡히지 않는다는 사실을 알아차린다.

집은 따뜻하고 환하며, 주방은 냄새로 자욱하다. 구운 닭고기와 장작 연기 냄새다. 그레이스가 레드와인을 따고 있는데, 창백한 얼굴이 발그스레해지고 겨드랑이가 축축하게 젖었다. "와인 마셔요?" 그녀는 묻더니 그의 대답을 듣지도 않고 잔을 건넨다. "앉아요, 앉아." 그녀는 호들갑을 떨며 혼잣말을 중얼거린다. 내가 그걸 어디 뒀더라, 그게 어디 있더라…… 그녀는 성냥을 찾아서 촛불을 켠다. 와인과 은은한 조명, 차려진 식탁에 타는 촛불이 더해지자 묘하게 낭만적인 분위기가 조성되고 베커는 갑작스럽게 엄습하는 공포를 느낀다. 로알드 달의 작품에 나오는 여주인이 생각난다. 독살해 박제하려고 젊은 남자들을 자기 집으로 유혹하는 여자. 그는 주머니에 손을 넣어 휴대폰을 찾는다.

"여긴 전파가 안 잡히네요." 그는 처량한 목소리로 말한다.

"암벽 꼭대기에 올라가야 잡혀요." 그레이스는 말한다. "해가 진 뒤에는 추천하지 않겠어요. 어디 전화할 데 있어요? 와이파이 설치돼 있으니까 왓츠 어쩌고 쓰면 되는데."

그는 미소를 짓는다. "왓츠앱요."

"그런데," 그녀는 미간을 찌푸린다. "비밀번호가 뭔지 모르겠네요."

"대개는 공유기에 적혀 있는데……"

"아 맞다—버네사 방에 공유기가 있어요. 가서 보고 올게요."

그녀는 사라졌다가 잠시 후 비밀번호가 적힌 쪽지를 들고 온다.

"고맙습니다." 그는 식탁에서 일어난다. "헬레나가 잘 있는지 확인하려고요. 전화를……" 그는 거실로 가서 통화하겠다는 뜻을 내비친다.

"그러세요."

헬레나가 전화를 받지 않아서 그는 전파가 잡히지 않으니 통화할 일이 생기면 왓츠앱으로 연락하라는 메시지를 남긴다. 혹시 그녀가 답을 할까 싶어 잠깐 기다려보지만 조그만 체크 표시가 회색에서 바뀔 기미가 없자 주방으로 돌아와 다시 식탁에 앉아서 와인을 길게 한 모금 마신다. 서배스천이 그녀의 안부를 확인하러 집에 들르는 상상은 하지 않기로 한다.

"무슨 일 생긴 건 아니죠?" 그레이스는 뒤를 돌아보지 않고 말한다.

"네, 아무 일 없어요." 베커는 말한다. 와인을 한 모금 더 마신다. 서배스천을 떠올리자 그냥 얼른 시작하기나 하라고 다그치는 그의 음성이 들리는 것 같다. "그레이스, 아까 말씀드렸던 그 목록에 있는 그림과 도예품에 대해 물어보고 싶은데요."

그레이스는 허리를 숙여 오븐을 열고 구이 팬을 꺼내 레인지에 덜거덕 내려놓는다.

"나는 여기서 항상 버네사 곁을 지켰어요." 그녀는 말한다.

"네." 베커는 짜증을 누르며 말한다. "그건 저도 압니다. 그런데—"

"아니, 당신은 몰라요." 그녀는 몸을 돌려 그를 마주보면서 오븐 장갑을 벗고 손등으로 이마를 닦는다. 표정이 엄숙하다. "나는 처음 만난 날부터, 버네사의 손목이 부러졌던 그때부터 항상 여기서 그녀의 곁을 지켰어요. 그녀가 의지한 사람은 나였어요. 작업에 빠지면 먹는 것도 잊어버렸기에 내가 먹을 걸 들고 왔죠. 음식도 만들었고요. 뭐가 고장나면 내가 고쳤고, 내 능력으로 안 되면 맡길 사람을 찾았어요. 그녀를 대신해 사람을 부르고 물건을 날랐어요. 그녀가 좀더 편하게 살 수 있도록. 그녀가 하는 말의 절반이 내 귀에는 외국어처럼 들렸지만 그래도 귀를 기울여주었어요. 그 남자가 그녀를 공격했을 때도 나는 여기 있었어요. 내가 그녀를 보호했어요. 모든 게 산산조각난 뒤에도 내가 여기서 파편을 수습했어요. 줄리언이 그렇게 된 뒤에 말이에요." 그녀가 서랍을 열고 고기 칼과 포크를 꺼내 그에게 내민다. "이것 좀 맡아주겠어요?" 그녀는 닭을 턱으로 가리키며 묻는다. "당신에게 보여줄 게 있어서요."

베커는 서툰 솜씨로 닭을 해체하며 끔찍한 정면충돌에 대비해 마음의 준비를 한다. 그는 그녀가 무슨 말을 할지 안다. 그동안 해온 게 있으니 자기도 어느 정도 보상을 받을 자격이 있다는 건데, 그도 일정 부분 동의하는 바다. 그녀가 버네사를 위해 한 모든 일을 감안하면 보상받아 마땅해 보이지만, 그도 알다시피―그리고 서배스천과 그녀 자신도 알다시피―여기에서 쟁점은 뭐가 마땅한가가 아니라 버네사 채프먼의 유언장에 뭐라고 적혀 있는가다.

주방으로 돌아온 그레이스는 그가 난도질해놓은 닭고기를 보고 눈살을 찌푸리며 키친타월을 건넨다. 그의 앞 식탁에 종이를 한 장 내려놓고 고기 칼과 포크를 집어든다. "그거 읽어봐요." 그녀는 그가 시작한 해체 작업을 마무리하며 말한다.

베커가 살펴보니 짙은 갈색 얼룩이 진 종이에 이제는 낯익은 버네사의 필체가 적혀 있다.

J, 우리 이렇게 같은 자리에서 계속, 계속, 계속 맴돌면 안 돼!

나는 주말에 돌아올 예정이야. 그전에 반드시 떠나줘. 더는 남은 돈도 없어.

우리는 서로 사랑했고 서로 미워했고 이제는 서로에게서 자유로워질 수 있어.

멋지지 않아?

당신이 갈 길은 당신 스스로 찾아야지.

사랑을 담아서

네사

"둘은 그 주 내내 함께 지냈어요." 그레이스가 그에게 접시를 건네며 말한다. "같이 시간을 보내고 한 침대에서 잤어요. 싸우기도 했죠. 늘 그러듯 그가 돈을 노렸거든요. 나는 자리를 피해 마을에 있는 내 집으로 돌아갔어요. 그런 두 사람 옆에 있고 싶지 않아서요. 그리고 솔직히 그가 못마땅하기도 했고요." 그녀는 자기 몫을 덜어서 자리에 앉는다. "아무튼 그가 온 게 토요일이었어요. 둘은 며칠 동안 함께 지냈고, 그러고 나서 버네사가 목요일에 차를 몰고 글래스고로 떠났죠. 더글러스 레녹스를 만나 전시회 최종 점검을 하려고요. 전시회가 한 달 정도밖에 남지 않은 시점이었거든요. 버네사는 그림 몇 점을 차에 싣고 갔어요. 당신들이 가지고 있는 그거요. 나머지―도예품 전부와 부피가 큰 캔버스―는 나중에 밴으로 옮길 예정이었고요. 대부분의 작품들이 포장만 하면 되는 상태로 작업실에 놓여 있었어요.

그러니까, 내가 앞서 얘기한 것처럼 버네사는 그 주 목요일에 물때 때문에 일찌감치 집을 나섰어요. 줄리언이 아직 자고 있었기 때문에 그 메모를 남겼죠." 그레이스는 고기를 한입 먹는다. 씹으며 고개를 젓는다. "이건 공개되면 안 돼요. 아시겠어요, 베커 씨? 버네사는 그 어떤 사실도 밖으로 새어나가는 걸 원치 않았어요."

"네, 알겠습니다." 베커는 조바심을 내며 대답한다. "하지만 이거라뇨? 어떤 걸 말씀하시는 건가요?"

"버네사는 그 메모를 침대 옆에 두고 갔는데, 일요일에 돌아와 보니 메모가 난장판이 된 작업실에 떨어져 있었어요. 도예품은 전부 박살나고 캔버스는 하나같이 칼에 찢겨 모든 게 엉망이 된 그곳에요."

24

에리스, 2002년 여름

그 주 일요일에 건너가보니 버네사의 차가 마당에 주차돼 있었다. 그런데 집안에는 아무도 없기에 그레이스는 작업실을 향해 비탈길을 올라갔다. 작업실이 가까워지자 이상한 소리가 들렸다. 터닝 툴*이 물레를 긁는 듯한 소리인데 그보다 훨씬 컸다.

문 앞에 다다른 그레이스는 소리의 출처가 버네사라는 걸 알아차렸다. 눈물을 흘리며 울부짖는 그녀의 목구멍에서 나는 소리였다. 그녀는 바닥에 앉아 있었는데 온통 피가 묻어 있었다. 머리칼과 옷과 손에. 바닥에도 피가 묻어 있었다.

"버네사!" 그레이스는 달려가 그 옆에 무릎을 꿇었다. "무슨

---

* 빚은 도자기를 물레 위에 올려놓고 모양을 다듬을 때 쓰는 도구.

일이야? 버네사, 너 다쳤어? 무슨 일이야?" 버네사는 아무 대꾸 없이 계속 그 끔찍한 소리를 내며 손가락 사이로 피가 뚝뚝 떨어지도록 주먹을 꼭 쥐고만 있었다.

"버네사! 그만해, 그만." 그레이스는 버네사의 손가락을 떼어 내려고, 주먹을 펴려고 애썼다. 덩달아 울며 고함을 질렀다. "어디 다쳤어? 대답해! 제발 무슨 일인지 얘기해봐."

"모두 다," 버네사가 조그맣게 속삭였다. 한 손을 옆으로 홱 뻗어 주먹을 펴자 피 묻은 도자기 조각이 바닥으로 떨어졌다. "모두 다 사라졌어."

그레이스는 차마 보고 있을 수가 없었다. 온 사방에 잔해가 흩어져 있었다. 벽에 기대 세워놓은 그림들은 섬뜩한 칼자국에 상처가 난 것처럼 쩍 갈라져 있었다.

"네 손." 그레이스가 말했다. 버네사가 오른 주먹을 펼치자 그레이스는 꾸깃꾸깃해진 쪽지를 집어들었다. 줄리언에게 남긴 쪽지였다. "버네사, 이 사람은 어디 있어?" 그레이스는 물었다. "줄리언은 지금 어디 있어?"

버네사는 고개를 저으며 눈을 감았다.

버네사가 마침내 눈을 다시 떴을 때 그레이스는 그녀를 부축해 일으켜세운 뒤 한쪽 팔로는 어깨를 감싸고 다른 팔로는 왼쪽 손목을 단단히 잡고 세면대 앞으로 데려갔다. 그레이스가 물을 틀고 그 아래에 손을 끌어다 대는데도 버네사는 저항하지 않았다. 그녀의 손가락과 손바닥에 박힌 사기 조각을 열심히 빼내는 동안 꼼짝 않고 조용히 서 있기만 했다.

두 사람 다 한 마디도 하지 않았다.

잠시 후 그레이스는 버네사를 데리고 다시 집으로 갔다. 그녀를 욕조 가장자리에 앉혀놓고 몸에 묻은 피를 씻기고 손을 소독하고 붕대를 감았다. 수면제를 먹이고 침대에 눕혔다. 그런 다음 언덕을 올라 다시 작업실로 갔다. 사금파리 중에 큰 것들을 주워 어느 조각이 어떤 작품에서 나왔는지 열심히 추측하며 조심스럽게 테이블에 작품별로 모아놓았다. 그런 다음 바닥을 쓸고 물로 닦아서 남은 핏자국과 부스러기를 흙에 스며들도록 밖으로 흘려보냈다.

화창하고 포근한 저녁이었다. 바다에서 불어오는 부드러운 산들바람이 가시금작화 덤불을 스치며 해초와 코코넛 냄새를 실어왔지만, 그레이스는 숨을 쉴 때마다 피와 소독약 맛을 느꼈다. 뒷수습이 끝나자 그녀는 식탁에 앉아 입안에 남은 쇠맛을 없애려고 위스키를 마셨다.

그레이스는 아직 자고 있는 버네사를 살핀 뒤 보건소 비상 연락 번호로 전화해 다음날 출근을 하지 못하게 됐다고 전했다. 결근을 하다니, 10년 만에 처음 있는 일이었다.

그녀는 뚜껑을 닫지 않은 위스키병을 앞에 두고 식탁에서 깜빡 잠이 들었다.

자정이 조금 지났을 때 그녀는 화들짝 깼다. 자세를 바로 하고, 흘린 침을 닦고, 결리는 어깨를 돌리고, 고개를 좌우로 기울여 목 근육을 풀었다. 그러고는 일어나려고 하다가 혼자가 아님을 깨달았다. 데스마스크처럼 얼굴이 하얗게 질린 버네사가 어두컴컴한 식탁 맞은편에 앉아 있었다.

"헉!" 그레이스는 숨을 토했다. "식겁했잖아." 그녀는 불을 켜려고 움직였다.

"켜지 마!" 버네사가 으르렁거렸다. 그러고는 좀더 다정하게 말했다. "부탁이야."

그레이스는 자리에 앉았다. "기분은 좀 어때? 손은?" 버네사가 대답하지 않자 그레이스는 말을 이었다. "내일 휴가 냈어. 날이 밝자마자 경찰에 신고할게."

"안 돼."

"이건 범죄 행위야, 버네사."

"안 돼."

그레이스는 천천히 숨을 내쉬었다. "그럼…… 최소한 갤러리에라도 연락해서—"

"안 돼, 그레이스. 아무한테도 연락할 필요 없어. 아무한테도 전화하지 마. 아무한테도 얘기 하지 마. 아무것도 하지 마."

"그 사람들에게 알려야지. 그래야—"

"나한테 이래라저래라 하지 마!" 버네사는 쏘아붙였다. "모두 다 사라졌어. 알겠어? 모두 다."

"알아, 나도……"

"제발 나 좀 그냥 내버려둬. 부탁인데 들어가서 자고 나 좀 혼자 내버려둬."

그레이스가 아침에 일어나니 전화벨이 울리고 있었다. 버네사는 주방에 앉아 커피를 마시며 손에 감은 붕대를 풀고 있었다. "받지 마." 전화기 쪽으로 움직이는 그레이스를 보고 버네사가 말했다. "마을에 가서 담배 좀 사다줄 수 있어?" 그녀는 눈가가 푸르뎅뎅했고 얼굴이 부었지만 눈빛은 또렷하고 목소리도 차분했다.

"물론이지." 그레이스는 조심스럽게 말했다. "또 필요한 거 있어? 먹을 것 좀 만들어줄까?" 버네사는 고개를 저었다. 그레이스가 다가와 손을 살피려 하자 버네사는 고개를 돌렸지만 저항하지는 않았다. "깨끗하게 관리해." 그레이스는 말했다. "그리고 물에 닿지 않게 하고. 일도 너무 많이 하지 말고."

"무슨 일을?" 버네사는 반문하더니 높고 묘한 소리를 내며 웃음을 터뜨렸다.

전화벨이 계속 울렸다. 버네사는 받지 않았다. 그녀는 아무것도 하지 않았다. 주방에서 거의 나오지도 않고 그냥 그 자리에 앉아서 담배를 피우고 커피를 마시고, 손님을 기다리기라도 하는 것처럼 바다와 방죽길을 응시했다.

그렇게 엿새가 지나고 토요일이 되자 늦은 오후에 손님이 찾아왔다.

처음에 그레이스는 다행으로 여겼다. 방죽길을 따라 천천히 달려오는 경찰차가 보였을 때 그녀는 바닷가를 걷고 있었다. 드디어, 그녀는 생각했다. 버네사가 정신을 차렸구나. 그녀는 걸음을 재촉해 계단 쪽으로 서둘러 갔다. 버네사가 경찰을 상대할 때 곁을 지키고 싶었다.

그들은 모두 주방에 있었다. 제복을 입은 남자 둘이 문 근처에 어정쩡하게 서 있고 버네사는 여전히 식탁에 앉아 담배를 피우고 있었다. 그레이스는 경관 하나를 밀쳐가며 부산하게 안으로 들어갔다.

"나는 버네사의 친구예요." 그레이스가 말했다. "나도 여기 살아요."

"음, 정확히 말하면 그렇지는 않아요." 버네사는 실눈을 뜨고 타들어가는 담배 끄트머리를 쳐다보며 말했다.

두 경관은 얼른 서로 눈빛을 교환했다.

"채프먼 씨에 대해 물어보고 있었어요." 둘 중 나이 많은 쪽이 말했다. "그분을 마지막으로 본 게 언제였는지요."

"그이가 실종됐대." 버네사는 냉큼 말하고 그레이스가 주방으로 들어온 이래 처음으로 그녀를 쳐다보았다.

"실종됐다고?" 그레이스는 반문했다.

"이소벨이 그러더라고. 그녀 생일 때 오지 않았나봐."

그레이스는 짧게 헛웃음을 내뱉었다. "아니…… 그래서 그가 실종됐다는 거야? 자기 생일 파티에 오지 않았다고?"

버네사는 어깨를 으쓱했다. "이상하긴 해. 전화도 하지 않고 아무 연락도 하지 않았대. 그답지 않아. 아주 가깝게 지내는 남매인데."

"여기 왔었다고 들었는데요." 첫번째 경관이 말했다.

그레이스는 어느 정도 시간이 지난 다음에야 그가 자신에게 한 말임을 알아차렸다. "맞아요." 그녀는 말했다. "지난주에 왔었어요…… 아니, 지지난주네요. 왔다가 목요일에 갔어요. 나는 여기가 아니라 마을에 있는 내 집에서 지냈는데 그를 봤어요…… 아니, 그의 차를 봤어요. 목요일 점심시간 즈음에 그의 차가 마을을 가로지르는 걸 봤어요."

"그의 차를 보셨다고요?"

"네, 새빨간 스포츠카예요. 그런 차가 여기는 별로 없거든요. 게다가 미친놈처럼 달려서 눈에 띄어요."

둘 중 나이가 어린 두번째 경관이 실실 웃었다. "미친놈처럼요? 빨리 달렸다는 말씀인가요?"

그레이스는 고개를 끄덕였다.

나이 많은 경관이 버네사를 돌아보았다. "그럼 남편분이 찾아왔을 때…… 이상한 점은 없었나요? 싸우거나 한 적은요?"

버네사는 미간을 찌푸렸다. "어…… 우리가 별거중인 건 아시죠? 이혼 수속을 밟고 있어요. 하지만 상당히 원만한 관계예요. 그가 나를 찾아온 이유는 돈 얘기와 또―"

"그것 때문에 여기까지 찾아왔다고요?" 이번엔 나이 어린 경관이었다. "옥스퍼드에서? 그냥 전화로 해도 됐을 텐데요."

"우리는 계속 친구처럼 지내고 있어요." 나지막하고 걸걸한 버네사의 목소리가 유리처럼 딱딱하게 바뀌었다. "이미 얘기했잖아요. 원만하다는 뜻이 뭔지 몰라요?" 경관은 귀 끝까지 벌게졌다. 버네사는 다른 경관에게로 주의를 돌렸다. "말했다시피 그이가 여동생 생일을 안 챙기다니 이상하긴 하지만, 연락 두절이 전혀 줄리언답지 않은 일은 아니에요. 그이는…… 친구도 많고 여자친구도 몇 있고 빚쟁이는 끊일 날이 없고 술도 많이 마시거든요. 보시다시피 여기에는 없어요." 그녀는 가볍게 손을 내저었다. "원하면 마음대로 둘러봐요. 내가 알기로 그이는 목요일에 돌아갔어요, 방금 전에 그레이스가 얘기한 것처럼. 내가 글래스고로 출발하고 얼마 안 있어서. 일요일 정오쯤 돌아와보니 차가 없길래 남쪽으로 다시 돌아갔나보다 했죠."

그들은 집안을 둘러보지 않았다. 버네사의 말을 곧이곧대로 믿고 그녀에게 명함을 건네며 뭐든 기억나시는 게 있으면 어쩌고 하는 의례적인 말을 늘어놓은 뒤에 갔다.

경관들이 차에 올라타 육지로 출발하자마자 버네사는 자리에서 일어나 주방을 나갔다. 밖으로 걸어나가 언덕을 오르는 그녀를 그레이스가 따라갔다. "왜 저 사람들한테 얘기 안 했어?" 그레이스는 큰 소리로 물었다.

버네사는 그녀의 말을 못 들은 체했고 그레이스가 다시 묻자 성난 표정으로 몸을 홱 돌렸다. "무슨 얘기, 그레이스? 그이가 내 작품을 전부 망가뜨린 거? 그이한테 무슨 일이 생겼으면 어떡해? 그이가 무슨 짓을 저질렀는지 저 사람들한테 말하면 내가 그이한테 무슨 짓을 했다고 생각할 거 아냐. 언론에서 알게 되면 바닷가에 진을 치고 내 섬을 샅샅이 헤집고 다닐 테고. 나를 절대 가만두지 않을 거라고."

"하지만…… 저들이 어떻게 네가 연관이 있다고 생각하겠어?" 그레이스는 반박했다. "너는 글래스고에 있었잖아, 버네사, 갤러리에 있었잖아. 그런데 그와 무슨 연관이 있을 수 있겠어?"

버네사는 아무 말도 하지 않았다. 시선을 한쪽으로 돌린 채 입술을 깨물며 그 자리에 가만히 서 있었다. 미친듯이 눈을 깜빡이다 머리칼을 어깨 너머로 홱 넘기고는 몸을 돌려 작업실 쪽으로 성큼성큼 걸어갔다.

전화벨이 울리고 또 울렸다. 버네사는 전화를 받지 못하게 했다.

며칠 뒤 또 경관이 찾아왔다. 사복을 입은 다른 경관으로, 남쪽에서 왔다며 버네사와 단둘이 대화를 나누겠다고 했다. 그레이스는 복도에서 서성이며, 그가 전에 왔던 경관들과 똑같은 질문을 하고 거기에 몇 가지 더 추가로 묻는 소리를 들었다.

해스웰 부인과는 정확히 어떤 관계입니까? 그는 버네사에게 물었다. 저분은 어디서 주무시나요? 해스웰 부인과 채프먼 씨는 사이가 좋았나요? 두 사람이 싸운 적은 전혀 없었나요? 면담 말미에 형사는 빨간색 스포츠카가 그날 목요일 점심시간에 마을을 가로지르는 걸 봤다는 사람이 여럿이지만, 나중에 저녁때 방죽길을 가로질러 다시 섬으로 들어가는 걸 봤다는 사람도 한 명 있다고 말했다.

"나는 여기 없었다니까요!" 버네사는 쏘아붙였다. "젠장, 몇 번을 말해요?"

그레이스는 주방으로 다시 들어가 버네사가 난처한 상황에 몰리기 전에 얼른 중재하러 나섰다. "목요일 저녁이라고요?" 그녀는 물었다. "목요일 저녁 몇시요?"

형사는 실눈을 뜨고 그녀를 빤히 쳐다보았다. "선생님은 목요일 저녁에 어디 계셨습니까?"

"어, 저는…… 저는 목요일에 근무했어요." 그레이스는 말했다. "6시 아니면 그보다 조금 늦게까지 보건소에 있었어요. 심사가 얼마 남지 않아서 작업할 서류가 산더미였거든요. 그런 다음 마거리트에게 디오반을 가져다줬어요. 그녀가 받으러 오는 걸 또 깜빡해서—"

"마거리트요?"

"보건소 환자예요."

"그런 식으로 왕진을 자주 가십니까?"

"아뇨, 그렇지는 않아요. 하지만 마거리트는 보건소에서 모퉁이만 돌면 나오는 부둣가 코티지에 살고 또…… 좀 외로워하는 편이라 가끔 들르려고 노력해요. 말씀드렸다시피 혈압약을 받으러 오지 않아서 그걸 가져다줬더니 저녁을 먹고 가라더라고요. 내가 바빠서 장을 볼 틈이 없었기 때문에 듣던 중 반가운 얘기였죠. 그래서 같이 저녁을 먹었고—"

"뭘 드셨습니까?"

그레이스는 어깨를 으쓱했다. "음…… 프렌치 양파 수프. 샐러드. 각자 레드와인 한 잔씩 마신 다음 커피를 마셨어요."

"그 집에서 몇시에 나오셨습니까?"

"좀더 있다가 나왔어요. 말씀드렸다시피 마거리트가 외로워해서요. 하지만 완전히 어두워지지는 않았어요. 완전히 어둡지는 않았지만 물이 방죽길을 덮고 있었으니……" 그레이스는 주방 벽에 걸린 물때표를 보았다. "8시 30분에서 9시 30분 사이였겠네요."

"밀물 때였습니까?"

"밀물이 들고 있었어요." 그레이스는 전혀 귀담아듣지 않는 표정으로 창밖을 내다보고 있는 버네사를 흘끗 쳐다보았다. "방죽길을 건너기에는 거의 늦은 때였죠."

"거의요?" 형사는 반문했다.

"아." 그레이스는 말했다. "사륜구동 자동차를 타고 자기가 뭘 하려는지 아는 사람이라면 건널 수 있었을지 모르지만……"

"섬은 사유지가 아니에요." 버네사가 갑자기 대화에 다시 끼어들었다. "누구든지 건너올 수 있어요. 특히 여름에 사람들이 암벽까지 올라가려고 자주 건너와요."

"밤에요?" 형사는 물었다.

"저녁에요." 버네사는 날카롭게 대답했다. "날씨가 받쳐주면 노을이 숨막히게 아름답거든요."

그레이스는 미간을 찌푸리며 아랫입술을 깨물었다. "버네사." 그녀는 조용히 말했다. "설마 그가…… 다시 건너오려 했다고 생각하는 건 아니지? 밀물이 들 때?"

버네사는 손을 들어 입을 막았고 갑자기 고인 눈물로 두 눈이 반짝였다. 하지만 형사는 고개를 저었다. "설마요. 그랬다면 아까 얘기한 목격자가 봤겠죠. 그리고 지금쯤 차가 발견됐을 테고요."

버네사는 이로 아랫입술을 꽉 깨물었다. "전에 사고가 난 적이 있어요. 6년 전이었나, 7년 전이었나?" 버네사는 확인차 그레이스를 쳐다보았다. 그레이스는 고개를 끄덕였다. "내가 여기에서 살기 전이었는데, 누가 방죽길을 건너려다 화를 당했어요. 차가 파도에 쓸려가서 몇 주 뒤에 발견됐죠."

"하지만 그때는 폭풍이 불었어요." 그레이스가 말했다. "엄청난 폭풍이."

형사는 한참 동안 그녀를 쳐다보았다. "그럼 우리가 지금 얘기

중인 문제의 그날은요?"

"잠잠했어요." 그레이스는 대답했다. "여름이잖아요. 여름에 이쪽 만은 대개 아주 평온해요."

형사는 천천히 고개를 끄덕이며 자기 수첩을 다시 들여다보았다. 그러고는 버네사를 다시 한번 돌아보았다. "글래스고에 갔을 때 어느 호텔에 묵었는지 알려주실 수 있을까요?" 그가 물었다.

버네사는 고개를 뒤로 젖히고 한숨을 쉬었다. "호텔에 묵지 않았어요." 그녀는 그의 눈을 똑바로 쳐다보며 말했다. "블라이스우드스퀘어에 있는 더글러스 레녹스의 피에타테르*에서 묵었지. 그에게 물어보면 아마 아니라고 할 거예요. 자기 아내를 무서워해서. 아내랑 헤어지면 알거지 신세가 될 거라고 생각하거든요."

형사는 버네사에게서 그레이스에게로, 다시 버네사에게로 시선을 돌렸다. "레녹스 씨와 내연관계입니까?"

버네사는 웃음이 나오려는 걸 참는 사람처럼 입술을 꾹 다물었다. "그는 내 작품을 전시하는 갤러리의 관장이에요. 가끔 같이 자기도 하고요."

형사는 의자를 뒤로 밀고 자리에서 일어났다. "제가 집을 한번 둘러봐도 될까요, 채프먼 부인?"

이틀 뒤에 경찰이 열 명도 넘게 다시 찾아와 버네사가 걱정했던 대로 온 섬을 헤집고 다녔다. 집안을 수색하고, 암벽까지 올라가 절벽을 내려다보고, 숲속을 샅샅이 뒤졌다. 그들이 찾은 것이

---

* 보통 도심지에 있는 임시 숙소용 작은 아파트.

라고는 작업실에 남은 핏자국이 전부였다. "내 거예요." 버네사는 형사에게 말했다. "꽃병을 떨어뜨려서 깨진 조각을 줍다가 베었거든요." 그녀는 아직까지 붕대를 감고 있는 손을 들어 보였다.

집안에서는 전화벨이 계속 울렸고, 경찰이 주변에서 어슬렁거리는 상황이라 버네사는 더이상 무시할 수 없었다. 그녀는 화가 난 더글러스와 히스테리를 부리는 이소벨을 상대해야 했다.

그녀는 무표정으로 냉랭하게 거리를 유지하며 이 모든 과정을 매끄럽게 통과했다. 그들의 모든 질문에 대답했다. 그가 우울해했나요(가끔, 조금요. 여자친구가 6개월 전에 교통사고로 죽어서 슬퍼했거든요), 그에게 돈 문제가 있었나요(네, 네, 네, 이미 말씀드렸잖아요, 있었어요), 그가 스스로 목숨을 끊었을 가능성도 있다고 보시나요(一).

핏자국은 버네사가 얘기한 대로 그녀의 것으로 밝혀졌다.

경찰이 다녀가고 한 달쯤 지났을 때 한 어부가 십스헤드섬에서 남서쪽으로 2, 3마일쯤 떨어진 곳에서 그물에 걸린 검은색 지갑을 발견했다. 그 안에 줄리언 채프먼의 신용카드가 들어 있었다.

그와 그의 차는 아무런 흔적도 찾지 못했다.

그는 그렇게 사라졌다.

25

"그가 그렇게…… 모든 작품을 박살냈다고요?" 베커는 이해가 되지 않아 같은 말을 여러 번 반복한다. 줄리언의 실종 사건은 자세한 내용—사라진 차, 지갑—이 모두 보도됐지만, 이건? 이런 기물 파손 행위는 금시초문이었다. "버네사가 완성한 작품, 작업중이던 작품을 그가 모조리 박살냈다고요? 그녀가 전시회를 취소한 이유가 그 때문이었다고요?" 그레이스가 고개를 끄덕인다. 그녀는 두 손을 무릎 위에 올려놓고 고개를 거의 가슴까지 숙인 채 그의 맞은편에 앉아 있다. 손등으로 뺨을 살짝 문지른다. "하지만…… 최소한 더글러스에게는 설명했어야 하지 않나요? 그랬다면 그 엄청난 고생과 비용을 감당하지 않아도 되었을 텐데—아니, 법정 공방만 몇 년이었는데……"

그레이스는 고개를 들고 좌우로 가만히 움직인다. "그랬다면 더글러스가 경찰에 신고하라고 했을 테니까요. 보험금이나 형사

보상금을 청구하라고 했을 텐데, 버네사는 그냥…… 그럴 수가 없었어요. 빈말이 아니라 나도 설득하려고 했어요. 하지만 버네사는 불안한 마음에……" 그녀는 말끝을 흐리고 다시 고개를 숙인다.

"불안한 마음이요? 그러니까 경찰에서 그녀를 의심할까봐 걱정했다는 건가요?"

다시 고개를 든 그레이스는 신중한 표정을 짓고 있다. "네-에." 그녀는 조심스럽게 대답한다. "경찰이 의심할까봐 걱정했고, 사람들이 줄리언이 여기 어디에 있다고 생각하면 그녀의 안식처인 에리스가 어떻게 될지 걱정했어요. 하지만 그보다는…… 그냥 상심이 너무 컸던 것 같아요. 그리고 충격도. 그런 일이 벌어졌다는 걸, 그 끔찍함을 외면하고 싶었던 거죠."

그녀는 자기 잔에 와인을 좀더 따른다. 그의 잔도 다시 채워주는데, 그녀의 손이 떨리는 것이 그의 눈에 보인다.

"죄송해요." 그는 말한다. "이런 대화가 불편하실 텐데."

그레이스는 고개를 살짝 숙이고 서글픈 미소를 지어 보인다. "그 일로 버네사는 달라졌어요." 그녀는 가만히 말한다. "그해 여름에 그 일이 있고 나서 세상을 보는 관점이 달라졌죠……" 그녀는 얼굴을 다시 문지르며 창밖을 내다본다. 자동차 한 대가 상향등을 켜고 바다 건너편 언덕을 달리고 있다. "다시 예전으로 돌아가지 못했던 것 같아요."

그들은 1, 2분 동안 말없이 와인을 마신다. 베커는 묻고 싶은 게 너무 많아서 머릿속이 복잡하다. 특히 이 얘기를 비밀에 부칠 수 있을까 싶은데, 그가 맹세한 것도 아니지 않은가? 그는 버네사가 이 사실을 세간에 공개하길 원치 않았다는 걸 이해한다고 했을 뿐 아무런 약속도 하지 않았다. 그리고 현실적으로 따졌을 때 서배스천에게 알리지 않을 도리가 없다.

"그레이스," 결국 그는 말문을 연다. "이 사실이 세간에 공개되면 벌어질 상황에 대해 버네사가 왜 걱정했는지 이해는 하지만, 저에게는 그 작품들이 어떻게 됐는지 서배스천 레녹스에게 알릴 의무가 있다고 생각해요."

"아니, 그렇지 않아요!" 그녀는 고개를 격하게 젓는다. "우리는 지금 20년 전에, 페어번이 버네사의 자산을 물려받기 훨씬 전에 박살난 작품 얘기를 하고 있잖아요. 그건 레녹스와 아무 상관도 없는 일이에요. 부탁이에요, 이 사실이 파헤쳐지고 여기저기서 또다시 그녀가 뭘 했고 뭘 하지 않았는지 추측을 남발하면 버네사가 질색할 거예요. 그녀에 얽힌 추억을 존중하는 마음이 조금이라도 있다면 이건 그냥 덮고 넘어가줘요."

그는 이 사실이 알려지면 버네사가 정말 질색할 거라는 생각과 이 사실은 그녀에 얽힌 이야기의 일부분, 그것도 핵심적인 일부분이라는 생각 사이에서 갈팡질팡한다. 이로써 이후에 벌어진 모든 상황이 설명될 텐데. 그는 유리 케이스가 섬세한 구성품을 세상으로부터 보호하고 있는 〈분할 II〉를 떠올린다.

아직까지는 보호하고 있는.

"혹시," 베커는 묻는다. "박살난 작품들에 대해 세부적으로 기억하시는 게 있나요? 그러니까 어떤 모양이었는지, 어떤 종류의 형태였는지요. 꽃병이었는지, 주발이었는지 아니면 좀더 조소에 가까웠는지……"

그레이스는 고개를 젓는다. "미안해요. 도예품은 별로 기억나지 않아요…… 그림은 좀더 생생하게 기억하지만 도자기는 뭐랄까…… 다 거기서 거기 같아요." 그녀는 죄를 지은 사람 같은 표정으로 어깨를 으쓱한다.

베커는 순간적으로 섬광 같은 분노를 느낀다. 천재와 같이 살아놓고 관심조차 기울이지 않았다니, 그는 생각한다.

"제목도 도움이 안 됐어요." 그녀는 말을 잇는다. "항상 너무 애매했거든요. 번영 아니면 호흡, 이런 식이었으니…… 왜 보이는 그대로 제목을 짓지 않았는지 이해를 못하겠어요. 무식하게 들린다는 거 알지만 왜 〈희망은 격렬한 것〉이라고 하는 거예요? 십스헤드의 등대라고 하면 왜 안 되나요? 왜 그냥 새를 들고 있는 그레이스라고 하지 않고 〈토템〉이라고 해야 하나요?"

"〈토템〉이요?" 베커는 되묻는다. "〈토템〉이 초상화였나요? 당신을 그린?"

"내가 나무 조각상을 들고 있는 그림이었어요." 그녀는 잠긴 목소리로 말한다. "조그만 새 조각상을."

와인을 너무 많이 마셔서인지 주방의 불빛이 너무 어두침침해서인지 모르겠지만 그는 어느 정도 시간이 지나서야 그레이스가 울고 있다는 사실을 알아차린다.

"그레이스," 그는 말한다. "정말 미안해요……" 그는 식탁 너머로 손을 내밀어 그녀의 손목을 어색하게 토닥인다. 그녀는 손을 뒤집어 그의 손을 잡고 손끝을 잠깐 꾹 누른다. 고개를 숙이고 뺨을 타고 흐른 눈물을 셔츠 소매로 닦는다. 그들은 잠시 그대로 앉아 있지만 고맙게도 휴대폰에서 알림음이 울려 베커는 손을 거

둘 뒬계가 생긴다.

"죄송해요." 베커는 얼른 메시지를 본다. 헬레나가 보낸 것인데, 피곤해서 일찍 잘 생각이라고 한다. 그는 미간을 찌푸리며 손목시계를 흘끗 확인한다. 이제 겨우 9시 30분이다.

그레이스는 코를 훌쩍인다. "별일 없는 거죠?" 그녀는 묻는다.

그는 고개를 끄덕인다. "네. 아무 일 없어요. 아내가 보낸 메시지예요."

"무슨 일 생겼나요? 걱정하는 얼굴인데."

"아." 그는 미소를 짓는다. "아무 일 없어요. 아무 일 없어요."

그레이스는 손끝으로 뺨을 토닥인다. "전혀 아무 일 없어 보이지 않는데요."

베커는 고개를 젓는다. "그냥 제 문제예요. 걱정이 돼서요. 임신중인데, 페어번이 스트레스가 많은 상황이다보니……"

그레이스는 눈썹을 쫑긋 세운다. "상황이요? 우리 상황을 말하는 거예요?"

"아, 아뇨." 베커는 다시 고개를 저으며 말한다. "그 상황이 아니에요."

그는 말이 너무 많아진 걸로 보아 자신이 취한 게 분명하다는 생각이 든다. 자기도 모르는 새 조잘조잘 흉금을 털어놓고 있다. "저희 둘이 처음 만났을 때 헬레나가 다른 남자의 약혼녀였거든요." 그는 말한다. "서배스천 레녹스의 약혼녀요." 그레이스의 눈썹이 이마 선에 가깝게 점점 올라가고 베커는 식탁보에 달린 술을 만지작거리며 얼굴을 붉힌다. "그런데…… 음…… 그녀가 변심을 했죠." 그는 고개를 든다. "제가 꼬드긴 거 아니에요." 그가 말하자 그레이스는 미소를 짓는다. "아니, 아니, 진짜예요. 제가 그녀를 빼앗으려고 한 게 아니었어요. 그녀가 서배스천을 버리고 저를 선택할 거라고는 단 한 순간도 상상한 적이 없어요. 그가 훨씬 훌륭한 신랑감이니까요."

그레이스는 고개를 한쪽으로 갸웃하며 그와 시선을 맞춘다. "헬레나라는 분은 사람을 볼 줄 아는 것 같네요." 그녀는 말한다. "누구나 번드르르하거나 빤하거나 어마어마하게 돈이 많은 사람을 좋아하는 건 아니에요. 내면을 꿰뚫어보는 사람들도 있지요, 그렇지 않나요? 그리고 우리 같은 사람들이 가끔 잔잔한 매력을 풍길 때도 있고요."

베커는 그녀의 말뜻을 알아듣지 못한 채로 바보처럼 웃으며 고개를 끄덕인다. 우리 같은 사람들? 그녀와 그를 말하는 걸까? 그녀는 그들에게 어떤 공통점이 있다고 생각하나?

"그러니까 그 서배스천은," 그레이스가 몸을 앞으로 내밀어 남은 레드와인을 베커의 잔에 따르며 말한다. "당신을 제거하고 싶어하나요?"

"사실," 베커의 얼굴이 아까보다 더 빨개진다. "서배스천은 아주 너그럽게 대해주고 있어요. 저라면 그렇게까지 하지는 못할 것 같은데 말이죠." 그는 어색하게 웃음을 터뜨린다. "문제는 서브의 어머니예요. 처음부터 저를 못마땅하게 여겼는데—저를 평민으로 간주하거든요—이제는 질색하고 상당히…… 불쾌하게 구는 지경에 이르렀어요."

"아, 에멀라인이야 전부터 불쾌하게 굴었죠." 그레이스는 대꾸하며 자리에서 일어선다.

"맞다." 베커는 식탁을 치우는 걸 도우려고 의자를 뒤로 밀며 따라 일어난다. "선생님도 에멀라인을 안다는 사실을 깜빡했네요."

그레이스가 됐다는 뜻으로 손사래를 치자 그는 다시 의자에 털썩 앉는다. "잘 몰라요." 그녀는 말한다. "더글러스와 함께 두어 번 여기 왔지만 나 같은 부류에게 시간을 할애할 리가 있었겠어요?"

베커도 상상이 된다. 에멀라인이 보기에 그레이스는 시녀나 다름없었을 것이다. "그런 일을 겪었으니 그분께 좀더 연민을 가져야 한다는 건 알지만……"

그레이스는 코웃음을 친다. "수십 년 동안 남편의 불륜을 견뎠으니 색골 영감이 고꾸라진 걸 보고 쾌재를 부르지 않았을까요?"

"상황 자체가 워낙 충격적이었으니까요." 베커는 중얼거린다. "게다가 상심에 죄책감이 더해졌으니……"

"죄책감?" 그레이스는 반문하며 그를 돌아본다. "죄책감은 왜요?"

베커는 와인에 취해 너무 많은 말을 했다는 사실을 뒤늦게 깨닫지만 이미 엎질러진 물이다. 그레이스의 표정을 보면 이미 눈치챘다는 것을 알 수 있다. "그를 쏜 사람이 에멀라인이었어요?" 그녀는 묻는다. "맙소사. 별 희한한 일도 다 있네."

"가족들이 언론에 새어나가지 않게 막았어요." 베커는 속으로 자책하며 말한다. "다들 그분을 보호하고 싶어했어요…… 충분히 힘들었으니까요."

"그렇군요." 그레이스는 말한다. 그녀는 조리대에 기대서서 손에 쥔 행주를 접었다 폈다 한다. "희한하네요." 그녀는 다시 말한다. "그 여자는 공기총으로 토끼의 눈도 맞힐 수 있는데."

베커는 허리를 세우고 바로 앉는다. "네?"

그레이스는 고개를 끄덕인다. "그렇다니까요. 에멀라인은 사격의 귀재예요. 그 시절에 여자도 참가할 수 있었다면 사격선수로 올림픽에 출전했을 거라고 자랑하곤 했어요."

베커는 와인잔을 옆으로 치우고 휘청거리며 자리에서 일어난다. 애써 정신을 가다듬는다. 방금 그녀가 에멀라인이 고의로 더글러스를 쏘았을 수도 있다고 넌지시 알려준 건가?

"저는…… 저는 이만 자러 들어가봐야 할 것 같습니다." 그는 말한다.

"아." 그레이스는 누가 봐도 실망한 표정을 짓는다. "다른 것도 좀 보여줄 게 있는데. 공책들을 페어번으로 가져가기 전에 의논할 것도 있고요. 하지만 베커 씨, 당신을 믿어도 될지 그것부터 확실히 하고 넘어가야겠어요." 그녀는 커다랗게 뜬 눈으로 애원하듯 그를 쳐다본다. "당신을 믿어도 되죠, 그렇죠?"

그레이스는 주방을 가로질러가서 제일 큰 전등을 켠다. 다시 자리에 앉은 베커는 환한 불빛 때문에 실눈을 뜨고, 아까 버네사가 줄리언에게 남긴 쪽지를 꺼낸 상자에서 그레이스가 공책을 끄집어내는 것을 지켜본다. "당신도 짐작했겠지만 가능하다면 이건 내가 간직하고 싶었어요. 공책을 가져가도 좋지만 외부에 공개하지는 말아줘요. 부탁할게요. 버네사를 위해서." 그녀는 공책을 건네며 말한다. "그리고 나를 위해서요."

역시나 라이프 버밀리언 제품인 그 공책은 그가 페어번에서 읽었던 일기장과 똑같이 생겼지만, 버네사의 필체는 우아하게 여유롭고 둥글둥글하지 않고 가늘고 비뚤배뚤하다. 공책에 그어진 선을 무시하고 모서리에 끼적이거나 비스듬한 각도로 여기저기 글을 써놓았다. 희미하고 서로 연관성이 없어 보이는 연필의 흔적이나 도통 읽기 힘든 단어 몇 개 말고는 아무것도 없는 페이지도 많다.

"암이 재발했을 때," 그레이스가 설명한다. "전이가 됐어요. 뇌로." 그녀는 아랫입술을 깨물며 공책을 넘기는 베커를 쳐다본다. "끔찍한 두통에 시달렸고 오른쪽 눈이 점점 안 보이기 시작했어요. 도예 작업은 진작에 접었지만—점토를 치댈 기운이 없어서요—이즈음에는 그림도 더는 그릴 수 없었고 심지어 스케치도 힘들어했죠. 일관성이—작품에서도 실생활에서도—점점 떨어졌고요. 당신도 보면 알겠지만, 예전 공책과는 달리 일기가 아니라 누군가에게 보여주려고 쓴 글처럼 느껴지는 대목이 더러 있어요. 가끔은 프랜시스에게, 또는 나에게."

베커는 버네사가 휘갈겨쓴 글씨를 해석하려고 애쓰며 공책을 훑어본다. 아주 버네사답게 느껴지는 부분도 있다.

> 나는 재료를 찾는다. 문자 그대로 물리적인 재료를. 다시 나무? 아니면 돌?

덜 버네사다운 부분도 있다.

그는 어디 갔을까 당신은 어디 갔을까 나는 어디 갔을까?

감당이 안 되는 부분도 있다.

빛이 희미해지고 있는 걸까 아니면 내가 희미해지고 있는 걸까?

그리고 절박한 부분도.

너는 날 도와줘야 해. 나한테 빚진 게 있잖아.

마지막 문장에 종이가 찢어질 정도로 세게 밑줄을 그어놓았다. "나더러 자길 도와달라고 했어요." 그레이스가 말한다. "어느 시점 이후로는 그게 전부가 됐어요. 모든 대화의 주제가. 나한테 말을 걸 때마다 다른 얘기는 하지 않고 계속 조르고 또 졸라서 결국에는 내가 넘어갔어요. 버네사가 부탁한 대로 해줬어요."
베커는 한참 동안 할말을 잃는다. "그분을 도와줬다고요?" 그는 마침내 반문하는데, 실내가 따뜻한데도 몸에 소름이 돋는다. 복숭아씨처럼 단단한 것이 목구멍을 누른다.
"일기장에는 결정적인 증거가 전혀 없을 거예요." 그레이스는 조용히 말한다. "어딘가에 모르핀에 대해 적긴 했지만, 나를 처벌할 근거가 될 만한 건 없어요. 나를 기소할 증거가 될 만한 건 전혀 없어요. 이 일기장이 공개되더라도 별일 있을까 싶긴 해요. 뭐든 입증하기에는 너무 늦었으니까. 우리는 만전을 기했어요. 나는 폭풍이 치던 날 밤에 그녀에게 약을 투여했고 3일이 지나서야 구급차가 와서 그녀를 싣고 갔죠." 그녀는 그의 눈을 똑바로 쳐다본다. "내가 두려운 건 법이 아니에요. 내 직업적인 입지도 상관없어요, 이번에는 완전히 은퇴했으니까." 그녀가 진저리를 치며 한숨을 내쉰다. "하지만 이 일기장이 공개되면 추측이 난무하고 논란이 일고 언론에서 또다시 득달같이 달려들 거예요. 버네사는 그들을 끔찍하게 싫어했어요, 예전부터. 그들이 자기 유골을 헤집으면 질색할 거예요." 그녀는 자리를 뜨며 그의 어깨에 가만히 손을 얹는다. "모두 그녀를 보호하기 위한 조치예요. 내가 한 모든 일, 내가 하는 모든 일이."

베커는 잠시 주방에 혼자 앉아 방금 전에 들은 모든 말을 이해해보려고 애쓴다. 줄리언과 에멀라인에 관한 말과 그레이스가 버네사를 위해 한 일을. 버네사에게 한 일을. 머리가 무겁고 뒤엉킨 생각의 실타래를 풀 도리가 없을 것 같다. 실을 한 가닥 당길 때마다 더 심하게 뒤엉키는 것만 같다.

결국 그는 가구에 부딪치지 않도록 조심하며 어두컴컴한 거실을 지나 방으로 들어온다. 두 손에 머리를 묻고 침대에 앉아서 파도 소리를 들으며 빙글빙글 도는 방이 멈추길 바란다. 이제 어쩐다? 내일은 어쩐다? 〈분할 II〉가 해체될 예정이라고 그녀에게 사실대로 알려줘야 할까? 잘 모르겠지만 이미 해체됐을 수도 있는데, 버네사의 마지막 숨결이 사라졌을지 모른다고 알려줘야 할까?

그는 휴대폰이 요란하게 삑삑거리는 소리에 눈을 뜬다. 깜빡하고 알람을 해제하지 않은 것이다. 그는 지끈거리는 머리를 달래며 어둠 속에서 일어나 앉아 끙끙대는 소리가 나오려는 것을 참으면서 휴대폰을 찾느라 협탁을 더듬는다. 그 와중에 뭔가를 쳐서 쓰러뜨린다.

젠장.

알람이 아니라 왓츠앱이고 발신자는 헬레나다.

"베크? 내 말 들려?" 그녀가 울먹이며 묻는데, 빈방에 있는 듯 목소리가 울린다.

"응, 들려, 무슨 일이야?"

"아!" 그녀가 울음을 터뜨리자 그의 심장이 멎는다.

"헬레나, 왜 그래? 거기 어디야? 헬레나?"

"피가 보여. 나 지금 피가 나."

"헉, 지금 어디야? 런던이야?"

"아니, 집이야, 화장실. 나 지금—"

"알았어, 알았어." 그는 애써 공포를 감춘다. "어…… 피가 얼마나 나? 똑똑 떨어지는 수준이야?"

"그건 아닌 것 같아." 그녀가 조그맣게 말한다.

"구급차 불러. 아니다, 내가 부를게. 아니다, 망할, 부를 수가 없네. 전파가 안 잡혀서. 당신이 구급차 불러야겠다. 나는 서배스천한테 연락해서 구급차가 올 때까지 당신하고 같이 있어달라고 할게. 헬스, 화장실에 있지 말고 1층으로 내려가서 현관문 열어놔. 지금 당장. 나는 서브한테 연락할게."

"알았어." 그녀는 웃음소리인지 울음소리인지 모를 이상한 소리를 낸다. "나 무서워, 베크."

그는 손을 덜덜 떨며 서배스천에게 연락한다. 벨이 울리고 또

블루 아워 247

울린다. 그는 전화를 끊고 다시, 또다시 건다. 세 번 만에 서배스천이 전화를 받는다.

"헬레나가 피가 난대. 네가 좀 도와줘야겠어." 그는 두려움을 꾹꾹 누르며 언성을 높이지 않으려고 애를 쓴다. "우리집으로 가줘, 지금 당장! 아무것도 묻지 말고 제발, 제발 곧바로 출발해!"

"내가 가볼게." 서배스천은 말한다. "지금 바로 갈게!" 베커는 전화를 끊자마자 물때를 떠올린다. 옷을 꿰어 입고 거실을 가로질러 현관문으로 질주해 밖으로 뛰쳐나간다. 물이 방죽길을 찰랑찰랑 덮기 시작했다. 그는 집안으로 다시 달려들어가 남은 소지품을 챙긴다. 그레이스에게 메모를 남겨야 하는데 종이가 보이지 않는다. 그레이스가 그대로 둔 상자에서 편지와 카드를 한 움큼 집지만 거기에다 쓸 수는 없다. 재킷 안주머니에 영수증이 있어서 거기에다 휘갈겨쓴다. 메모를 쓰는 동안 무더기 맨 위에 놓인 편지에 적힌 단어가 그의 눈에 들어온다. 분할. 그는 그 편지를 집어서 재킷 주머니에 쑤셔넣고 문을 박차고 나간다.

26

그레이스가 눈을 뜨자 침대 옆에 칙칙하게 바랜 주황색 커버가 씌워진 의자와 그 뒤편의 휑뎅그렁한 벽이 그녀를 맞이한다. 그녀는 잠깐 혼란스러워하다가 여기가 버네사의 방이라는 사실을 기억해낸다. 벽을 물끄러미 바라보며 거기에 뭐가 걸려 있었는지, 버네사가 여기 누워 곁에 앉은 그레이스의 머리 위로 어떤 그림을 보았는지 기억을 더듬어본다.

뭐였더라? 〈겨울의 동틀녘〉. 흐르는 물, 육지에서 서서히 물러나는 에메랄드색 바다, 시선을 물으로, 언덕에 쌓인 눈으로 안내하는 방죽길을 그린 작품이었다. 버네사가 초기에 그린 에리스의 풍경, 오래도록 그녀의 사랑을 받은 작품이었다. 초기 작품 중에는 아침을 그린 게 많았다. 그녀는 날이 밝고 희망이 샘솟는 때에 모래사장이나 언덕 위로 나가 자유를 만끽하는 것을 좋아했다. 〈겨울의 동틀녘〉은 페어번으로 넘어갔다. 그레이스는 그 작품이 어디 걸려 있을지 궁금해한다. 그 작품이 어느 으리으리한 갤러리의 아치형 천장 아래에 스포트라이트를 받으며 걸려 있는 광경을 상상하기란 쉽지 않다. 소박하고 일상적인 분위기의 그림이었다.

베커에게 물어보면 되겠다! 그러자 이 집에 손님이 있다는 사실, 대화할 상대가 있다는 사실이 떠오른다.

침대 옆 시계를 흘끗 확인하니 그녀가 자는 동안 썰물이 들어왔다. 몸을 돌리자 커튼 틈새로 파란 하늘이 보인다. 솟구치는 환희가 느껴진다. 간밤에 마신 와인의 취기가 남아서이기도 하지만 그녀보다 베커가 훨씬 많이 마셨다. 길게 단잠을 자서 피로가 풀린 것도 그 덕분이다. 그가 여기 있다는 안도감 덕분이다.

간밤에 그녀는 근사한 시간을 보냈다. 또다시 누군가를 위해 음식을 만들고 같이 식사를 하고 와인을 마시고 밤이 깊도록 대화를 나눴다. 하룻밤 더 있다 가라고 그를 설득할 수 있을지 궁금해진다. 파스타도 있고 정육점에서 사온 소시지도 있고 또―

폐부를 쿡쿡 찌르는 통증이 느껴진다. 그녀는 그에게 모르핀에 대해 실토했다. 신중하지 못한 처사였다. 하지만 그도 비밀을 털어놓지 않았던가. 그가 결혼하게 된 경위와 페어번에서 겪고 있는 난처한 상황에 대해. 그들은 비밀을 공유했으니 이제 친구다. 그를 믿어도 된다. 서로 믿어도 된다.

그녀는 시간을 확인한다. 9시가 다 됐다. 그를 깨워야겠다. 샤워를 하며 그날의 계획을 세운다. 커피, 간단한 아침식사, 숲을 지나 암벽까지 산책. 돌아오는 길에 버네사가 그림 그리기를 좋아했던 섬 남쪽의 몇 군데를 들러도 좋겠다. 그런 다음 작업실에 다시 갈까? 바닷가를 걸을까? 그러고는 좀더 있다 가라고 하는 거다. 그레이스는 음식을 한입 먹고서야 얼마나 배가 고팠는지 깨달은 사람처럼 베커의 방문으로 자기가 얼마나 외로웠는지 깨달았다.

그녀는 마음껏 몽상을 펼친다. 베커가 때로는 아내와 아이와 함께, 때로는 혼자 섬을 찾아와 며칠, 심지어 몇 주씩 머물다 가는 미래의 어느 시간을 상상한다. 그들은 바닷가로 산책을 나서고 그레이스는 식사를 준비하고 함께 밤늦게까지 와인을 마시며 버네사 얘기를 한다. 그녀도 페어번에 초대를 받고 서배스천 레녹스는 이제 그녀를 다르게 본다. 가치 있는 사람, 귀한 자산, 기여도가 있는 사람으로 본다. 그녀는 버네사의 메모와 편지 정리를 도우면서 역할을, 새로운 삶의 목적을 얻는다.

이건 몽상이다. 그녀는 바보가 아니다. 하지만 그녀와 베커 사이에 유대감이 생긴 것만은 분명하다. 그들은 버네사를 통해, 이제는 에리스섬을 통해 연결돼 있지만 그들의 접점은 그보다 더 심오하다. 그녀는 그에 대해 검색하고 정보를 읽어보았다. 그는 페어번 사람들과 다르다. 부잣집 도련님이 아니다. 그녀처럼 물려받은 것 하나 없이 스스로 쟁취한 사람이다. 부유한 그의 아내나 상사와 다르게 그녀만 이해하는 제임스 베커의 어떤 측면이 있지 않을까 싶다.

그녀는 방으로 다시 들어와 커튼을 연다. 눈이 부시다. 바다가 햇빛이 비치는 곳은 열대지방 같은 옥색으로, 구름 때문에 그늘진 곳은 대서양 같은 짙은 파란색으로 살아 숨쉰다. 십스헤드 절벽에 앉은 부비새들이 보인다. 녀석들은 바위 꼭대기에서 영원히 볼 수 있을 것이다.

그녀는 등산용 바지와 따뜻한 옷으로 갈아입고—해가 나든 안 나든 쌀쌀할 것이다—조용히 복도로 나선다. 거실을 가로지르는데, 그녀의 방—남는 방—문이 이미 열려 있다. 그가 일어났구나! 하지만 주방에는 없다. 산책하러 나간 모양이다. 그녀는 커피를 끓이다 식탁 위에 후추 그라인더로 눌러놓은 종이 쪽지를 발견한다.

정말 죄송해요—급한 일이 생겨서—떠납니다. 나중에 이메일로 설명드릴게요. 여러 가지로 감사했습니다. B

누군가가 그녀의 심장을 손에 쥐고 피가 한 방울도 남지 않을 때까지 쥐어짠다. 그녀는 실망한 어린애처럼 울음을 터뜨리는데, 잠시 후 포악한 분노가 손등으로 얼굴을 후려치듯 그녀를 덮친다. 그가 가증스럽다. 찻주전자가 벽에 부딪쳐 깨지면서 총성 같은 소리가 난다.

27

런던, 1981년

그레이스가 대학교 구내식당에서 줄을 서 있는데 식당 저편에서 누가 들어도 사립학교 졸업생인 사람의 듣기 싫은 말투가 들렸다. "아우, 걔가 얼마나 끔찍한지 아냐? 그냥 가만히 누워 있기만 해. 다리미판이랑 하는 기분이라니까."

야유, 폭소.

그레이스는 턱이 가슴에 닿도록 고개를 숙였지만 그의 밀짚색 더벅머리와 땅딸막한 체구가 곁눈으로 보였다. 폴, 지난 3주 동안 같이 잔 남자, 그녀의 순결을 앗아간 남자.

"정말이지 실망이야. 못생긴 애들은 좀더 열심히 노력할 줄 알았더니."

다시 터지는 요란한 웃음소리. 사람들이 고개를 돌리고 쳐다보며 귀를 쫑긋 세웠다.

"아니, 걔들은 고마워해야 하는 거 아니냐고."

그레이스는 공포로 그 자리에서 옴짝달싹할 수 없었다. 지금 움직였다가는 주의를 끌 수 있었다. 누군가의 눈에 띌 수 있었다. 그들의 눈에 띄면 그녀가 듣고 있었다는 것이, 평가를 내리고 망신을 주는 자리에 그녀가 있었다는 것이 드러날 터였다. 그러면 그들이 얼마나 재미있어할까?

"너는 쓰레기야, 너도 알지?" 다른 누군가의 목소리가 또렷하게 소음을 갈랐다. "응, 너 말이야, 폴 코널리, 이 재수없는 뚱보야. 네가 자기 위에서 땀을 뻘뻘 흘리는데 고마워할 사람이 있을 거라고 생각하는 거야, 진심으로?"

구세주다! 호리호리하고 얼굴은 새하얗고 콧잔등에 주근깨가 잔뜩 박힌 니컬러스 라일리라는 뜻밖의 형태의 구세주. 얌전하게 잘생겼고, 똑똑하고 재미있는데 못된 구석이 살짝 있어서 매력적인 아이. 니컬러스는 폴과 그 친구들의 옆 테이블에 혼자 앉아 있었는데, 그가 큰 소리로 말하자 그들은 으르렁거렸고 그중 몇 명은 심지어 자리에서 일어나 욕을 하며 그를 향해 거들먹거리며 다가갔다. 그레이스는 조용히 줄에서 빠져나와 쟁반을 도로 내려놓고 도망쳤다. 배는 고팠지만 한시름 덜었다.

그날 이후로 그레이스는 니컬러스를 피해 다녔다. 그 사건을 알은체해야 한다면, 자신이 공개적으로 망신당하는 현장에 있었음을 시인해야 한다면 얼마나 민망할지 생각만 해도 끔찍했다. 그런데 어딜 가든 그가 보였다. 마치 그녀를 따라다니기라도 하는 것처럼 강의 시간에는 그녀의 앞줄에 앉아 있었고, 점심시간에는 러셀스퀘어의 잔디밭에 있었고, 브런즈윅센터 영화관에서 표를 사려고 줄을 섰을 때는 그녀 바로 뒤에 있었다.

"하늘이 맺어준 인연인가봐." 그가 그녀의 어깨를 두드리며 말했다. "우리는 천생연분이야." 그러고는 윙크를 했다. 바로 그 순간 그녀는 깨달았다. 그와 친구가 될 거라는 사실을.

그는 그녀를 웃게 했다. "너는 다른 여자애들이랑 달라." 그는 습관처럼 이렇게 말했고, 이 말에 그녀는 가장 많이 웃었다. 한심한 멜로영화 대사처럼 상투적인 표현이지만 실은 맞는 말이었다. 그레이스는 다른 여자애들과 달랐다. 어떻게 다른지 콕 집어서 말하기는 어려웠지만 닉은 상관하지 않았다. 그는 그녀에게 설명이나 사과를 요구한 적이 없었다.

닉에게는 오드리라는 또다른 친구가 있었고 그녀도 다른 여자애들과 달랐지만 좀더 상투적으로 달랐다. 이상한 건 아니지만 조금 특이했다. 오드리는 한 학년 위였고 전공이 정신과였다. 키가 크고 뼈만 앙상했고 어마어마하게 똑똑했다. "오드리는 인간을 좋아하지 않아." 닉은 말했다. "그래서 정신과의사가 되고 싶어하지. 모든 인간이 왜 그렇게 지랄맞도록 끔찍한지 알아내기 위해서랄까." 하지만 오드리는 닉을 좋아했다. 그리고 그레이스도 좋아했다. 그레이스도 오드리를 좋아했지만 가끔 오드리가 없으면 좋겠다는 생각이 들 때도 있었다. 오드리가 같이 있으면 닉이 그레이스 반대편으로 살짝 몸을 돌리기 때문이었.

그들 셋은 구지 스트리트에 있는 신문판매소 2층의 지저분하고 쥐가 들끓는 아파트를 같이 빌렸고 한동안 한몸처럼 붙어 지냈다. 다른 학생들과 가족들까지 점점 멀리하며 셋에서 똘똘 뭉처 그악스럽게 공부했다. 마침내 그레이스는 같은 종족을 찾았다. 외톨이의 수치심을 헌옷처럼 버렸다.

여름에 그들은 닉의 복스홀 아스트라를 타고 프랑스에 갔다. 생말로의 절벽 꼭대기에 텐트를 치고서 일주일 동안 카드를 치고 싸구려 레드와인을 토할 때까지 마셨다. 크리스마스에도 세 사람 모두 고향집에 내려가지 않았다. 대신 끔찍한 그 아파트에서 피자나 포장 주문한 카레를 먹으며 비디오로 영화를 보았다.

1월 초에 그레이스가 병에 걸렸다. 복통이 점점 심해지고 열이 나고 정신이 오락가락했다. 닉이 택시를 불러 아파서 우는 그녀를 유니버시티 칼리지 병원에 데려갔다. 병원에서 내린 진단은 낭종 파열과 감염이었다. 그녀는 당장 입원해 8일 동안 수액과 항생제를 맞았다.

4일이 지난 다음에야 정신을 차린 그레이스는 닉도 오드리도 문병을 오지 않다니 이상하다고 생각했다. 친구들이 왔었는데 그녀가 섬망 때문에 기억을 못하는 건가 싶었지만, 누구한테라도 연락을 해야 하지 않겠느냐고 계속 묻던 간호사들 말로는 문병 온 사람이 없었다고 했다.

아파트에는 전화가 없어서 연락할 방법이 없었으니 퇴원할 때가 되어도 그녀를 데리러 오는 사람이 없었다. 그래서 그녀는 간호사들의 동정하는 눈빛을 애써 무시하며 혼자 사나운 바람 속으로 나섰다.

집 앞에 도착하자 그녀는 밖에서 잠깐 감정을 추스르고 아무렇지도 않은 척하는 연습을 했다. 그런 다음 계단을 올라가 문을 열었다.

집은 며칠 동안 난방을 틀지 않은 것처럼 썰렁했고 아무도 없음을 시사하듯 고요했다. 오드리와 닉의 짐이 없었다. 그들은 메모도, 이사하는 집 주소도 남기지 않았다. 그레이스는 그들의 부모님이 어디 사는지도, 고향집 연락처도 몰랐다. 두 사람은 학교의 어느 누구에게도 중퇴할 계획을 알리지 않았고 월세도 내지 않았다.

그레이스는 이해할 수도, 어느 누구에게 설명을 들을 수도 없었다. 자신을 삼총사 중 한 명으로 간주했는데, 그게 아니고 뭐였을까? 그녀가 느끼는 감정이 잘못됐다는 건 뼈저리게 인식했다. 그들은 애인이 아니라 친구였으니 실연의 아픔은 이치에 맞지 않았다. 누가 죽은 것도 아니었으니 상실의 슬픔을 느낄 이유도 없었다.

그럼에도 불구하고 강의실로 복귀하는 것은 괴로움 그 자체였다. 다들 무슨 일이 벌어졌는지 수군댈 테고 다들 분명히 알고 있을 것이었다. 그레이스는 닉과 오드리를 사랑했지만 그들은 그녀를 사랑하지 않았다는 것을.

그레이스는 공부에 매진하려 했지만 기운이 없었다. 우울해서인지 아파서인지 몰라도 아침에 침대에서 일어날 수가 없었다. 불안한 생각이 집요하게 그녀의 머릿속을 파고들기 시작했다. 수시로 자해하는 상상을 했다. 스스로 목숨을 끊는 상상을 하며 그러면 닉이 어떤 심정이 될지 생각했다. 그가 내막을 모를까봐, 심지어 소식 자체를 듣지 못할까봐 불안했다. 아무 보람 없이 목숨만 날리게 될까봐 불안했다.

어느 날 그가 돌아와 변해버린 그녀를 보게 될까봐 불안했다.

두려워서 견딜 수가 없었다.

그녀는 모범 답안대로 했다. 병원을 찾아가 도움을 청하자 병원에서 도움을 주었다. 그녀는 심리상담사를 소개받았는데, 친절하고 끈기 있는 상담사에게 항상 뭔가를 숨겼다. 그래도 상담사가 시키는 대로 했다. 잘 쉬고 스스로에게 회복할 시간을 주었다. 그녀는 1년 휴학하고, 단칸 셋방으로 집을 옮기고, 비서로 취직하고, 요양원에서 자원봉사를 하고, 일주일에 한 번씩 심리상담을 받았다. 잘 챙겨 먹고, 운동하고, 잠을 잤다.

그녀는 학교로 돌아갔고 열심히 공부해 학위를 땄다.

모든 걸 제대로 해냈다.

이후에 끝까지 남은 건 버림받은 충격이나 상처나 거부당한 기억이 아니라 지독한 수치심이었다. 그녀가 이해하지 못하는 규칙이 있고, 아무리 애를 써도 올바른 감정을 올바른 방식으로 느낄 수 없다는 깨달음에 수반된 치욕이었다.

그녀는 여건이 갖춰지자마자 런던을 떠나 북쪽의 에든버러로 갔고, 거기서 다시 서쪽으로 갔다. 작은 도시, 시골 마을은 좀더 너그러울 테니까. 거기서 제대로 처신하며 착하게 살아보려고 다시금 노력을 기울이면 그녀의 잘못됨에서 벗어날 수 있으리라.

하지만 그건 그녀를 계속 따라왔다. 심지어 에리스까지 따라왔다.

28

 방죽길을 따라 내려가 섬과 육지의 중간 지대를 걷다보면 다른 세상에 와 있는 듯한 착각에 젖는다. 미지의 땅처럼 느껴지는 갯벌은 똑같은 적이 한 번도 없다. 그레이스는 방죽길을 걸어서 건너는 경우가 거의 없다. 오늘처럼 썰물이 지고 따스한 햇살이 얼굴에 내리쬐고 검은머리물떼새가 소리 높여 지저귀고 갈매기가 울고 하늘은 걱정 말라는 듯이 푸른 날에도 조금 무섭기 때문이다.
 방죽길 끝의 경사로에 다다랐을 무렵 그녀는 숨을 살짝 헐떡인다. 언덕을 힘겹게 올라가 부둣가 주차장에 다다르니 마거리트가 자기 집 앞에 무릎을 꿇고 앉아 시든 장미를 잘라내고 있다. 혼자 나지막이 노래를 부르는데, 음이 완벽하게 맞는다. 그레이스가 다가가자 그녀는 움찔한다. 벌떡 일어나 손으로 햇빛을 가리고 나서야 미소를 짓는다. "아! 마담 르 메드생! 약 가져오셨어요?"

마거리트는 현실감각이 떨어질수록 사람들을 처음 만났을 때의 관계로 인식한다. 그래서 그레이스는 그녀의 의사이자 약을 주는 사람이다.

"오늘은 약 없어요." 그레이스는 말한다. "그냥 안부 인사하러 들렀어요."

마거리트는 고개를 끄덕인다. "들어오세요, 들어오세요." 그녀는 그레이스의 손을 잡는다. 손가락이 얼음장처럼 차갑다. "차 드실래요?"

그레이스는 그녀를 따라 현관문을 지나 집 안쪽에 있는 주방으로 간다. 마거리트가 주전자에 물을 받는 동안 그레이스는 찬장에서 컵을 꺼낸다. 씻지 않고 넣어두어서 무성한 초록 곰팡이의 서식지가 되었다. "이거 물로 좀 헹굴게요, 그래도 되죠?" 그레이스는 묻는다. 마거리트는 부끄러운 듯이 미소를 지으며 고개를 끄덕인다. 마거리트가 선반에서 차통을 꺼내려고 팔을 뻗는데 팔뚝 아래쪽에 멍이 들어서 한가운데는 짙은 자주색이고 가장자리로 갈수록 푸르뎅뎅하다.

"아야." 그레이스는 팔을 가리키며 몸을 움츠린다. "아파 보여요."

"아야, 위." 마거리트의 표정이 사뭇 진지하다. "넘어졌어요. 거짓말 아냐. 진짜, 진짜로. 세 브레."

이것도 과거에서 비롯된 반응이다. 다친 마거리트가 둘러댈 변명—빙판에서 미끄러졌다, 찬장 문에 머리를 부딪쳤다—을 준비해 그레이스를 찾아오던 시절에서 비롯된 반응. 그레이스가 조심스럽게 진실을 캐물으면 마거리트는 끝까지 고집스럽게 버티며 우겼다. 거짓말 아니에요, 세 브레. 하지만 지금은 진실일 가능성이 거의 백 퍼센트다. 그레이스는 그녀를 믿기에 알았다고 대답한다. 마거리트는 칭찬을 들은 어린애처럼 환하게 웃는다.

하지만 마거리트는 주방에서 거실로 자리를 옮긴 뒤에는 안절부절못하며 2, 3분마다 창문 앞으로 달려가 주차장 너머로 도로를 내다본다. "그이가 조만간 돌아올 것 같아요." 그녀는 말하며, 나이와 반복된 골절 때문에 기형이 된 앙상한 손으로 깍지를 꼈다 풀었다 한다.

"아니에요, 마거리트, 걱정할 필요 없어요." 그레이스는 단호하게 말한다. "그는 돌아오지 않아요."

"그래요?" 마거리트는 경계하면서도 희망어린 미소를 짓는다. 그레이스의 말을 믿고 싶은 것이다.

"와서 앉아요." 그레이스는 지시를 내린다. "앉아서 차 마셔요. 팔은 어쩌다 다친 거예요? 여기에서 넘어졌어요? 집안에서? 아니면 밖에서?"

마거리트는 잠깐 곰곰이 생각하더니 천천히 고개를 젓는다. 굽은 집게손가락을 입술에 갖다댄다. "선생님이 나 뭐 하나 해주면 나도 선생님한테 뭐 하나 해줄게요." 그녀가 말한다.

"좋아요." 그레이스는 대답하지만 대화의 방향을 도통 가늠할 수가 없다. "내가 뭘 해주면 좋겠어요?" 마거리트가 손깍지를 끼고 키득거리자 그레이스는 활달하고 애교가 넘쳤을 그녀의 소녀 시절 모습을 언뜻 엿본 기분이 든다. 그녀는 릴의 허름한 호텔에서 객실 청소부로 일하다 손이 어마어마하게 크고 거부할 수 없는 미소를 짓는 대형 트럭 운전사 스튜어트를 만났다. 그는 여기

블루 아워 261

일을 그만두고 영국 해협을 건너가 자기와 함께 새로운 인생을 시작하자고 그녀를 설득했다. 그녀 인생 최악의 선택이었다.

그녀는 1992년에 에리스로 건너왔다. 그레이스는 이듬해, 사나운 폭풍이 여러 차례 들이쳤던 그해에 마거리트를 처음 만났다. 닉 라일리가 직장으로 찾아와 그레이스를 놀라게 한 것도 그해였다. 아니, 놀란 게 아니었다. 놀랐다는 단어는 닉이 예고도 없이 불쑥 찾아왔을 때 그레이스가 느낀 감정을 설명하기에 턱없이 부족하다. 충격을 받았다거나 넋이 나갔다라면 모를까. 어안이 벙벙했다라면 모를까.

그렇긴 해도 그레이스는 마거리트가 보건소에 처음 왔을 때 딴 데 정신이 팔렸던 것을 두고 늘 자책한다. 그녀는 진통제를 처방받고 싶다고 했다. 자전거를 타다가 넘어졌다면서. 이제 와 생각해보면 그레이스는 그녀를 위해 좀더 노력을 기울였어야 했다. 좀더 많은 질문을 하고, 좀더 열심히 캐묻고, 아무 문제도 없고 다른 사람을 끌어들일 필요도 없다는 마거리트의 설득에 넘어가지 말았어야 했다. 그냥 넘어졌을 뿐인데 그럴 필요가 있나요? 세 브레, 거짓말 아니에요.

그레이스는 딴 데 정신이 팔려 있었다. 마거리트의 이야기에 동조했지만, 스스로도 인정했다시피 갈비뼈에 금이 가고 광대뼈가 골절되고 이가 빠진 건 넘어진 탓일 수 있어도 목과 팔과 허벅지에 생생하게 남아 있는 손가락 모양의 멍은 설명이 되지 않았다.

이제 마거리트는 다시 일어나 창밖으로 바다 너머를 내다본다. "릴 느 스 수비앙 파." 그녀가 이렇게 중얼거리며 돌아보자 그레이스는 고개를 저으며 어깨를 으쓱한다. 무슨 말인지 모르겠어요. "섬은 기억하지 못해요." 그레이스는 입을 꾹 다물어 한숨을 삼킨다. 이런 식의 두서없고 알쏭달쏭한 대화를 참는 데에도 한계가 있다. 마거리트는 기대하는 눈빛으로 그녀를 쳐다보다가 그레이스가 다시 고개를 젓자 시선을 돌린다. "그가 조만간 다시 올 것 같아요." 그녀는 나지막이 혼잣말을 한다.

그레이스가 생각하기에 슬픈 사실은, 잔인한 사실은 마거리트가 스튜어트는 기억하는 반면, 남편이 형을 사는 동안 사랑했던 다른 남자는 잊어버린 것 같다는 점이다. 그는 이제 저세상 사람이 되었지만 그들은 몇 년 동안 함께 행복한 시간을 보냈다. 그런데 그녀는 온화하고 신사적이었던 그 농부를 다정하게 추억하는 대신 창가에 서서 괴로워하고 두려워하며 영원히 짐승을 기다린다.

그레이스가 자리에서 일어나자 마거리트는 문 앞까지 따라와 밖으로 나서려는 그녀의 손을 잡는다. "선생님 친구는 어디 갔어요?" 그녀가 그레이스의 안색을 살피며 묻는다. "어떻게 된 거예요?"

"아무 일 없었어요, 마거리트." 그레이스는 대답하며 가만히 손을 뺀다. "걱정할 거 전혀 없어요. 다 괜찮아요."

환하고 창백한 태양이 낮게 걸려 있다. 그레이스는 한쪽 팔을 들어 눈부신 햇빛을 가리고 걷는다. 뒤통수에서 두통이 시작되려는지 누가 머리칼을 잡아당기는 것처럼 그 주변이 팽팽한 느낌이다. 발걸음이 무겁고 간밤에 마신 와인의 여파로 피곤해 죽을 것 같다.

그녀는 마거리트에게 다 괜찮다고 했지만 누가 봐도 사실이 아니다. 그 노파는 혼자 살 수 없을 정도로 상태가 나빠지고 있는데 제대로 대처도 못하고 있다. 심하게 넘어질 수도, 가스불을 끄지 않아 집을 홀랑 태워먹을 수도, 더러운 접시를 쓰다 식중독에 걸릴 수도 있다. 그레이스가 월요일에 보건소에 연락해 사회복지사 파견을 요청해야 할 것이다. 하지만 그게 과연 옳은 선택일까? 다정한 선택은 아닐 것이다. 그들은 마거리트를 코티지에서 끌어내 끔찍한 시설로 데려갈 것이다. 그건 안 되지. 그레이스는 자신이 지켜볼 수 있는 여기 이 부둣가에 그녀를 계속 두고 싶다.

섬에서 바람을 맞지 않는 편에 자리잡은 방죽길로 돌아가니 공기가 차갑고 습하다. 오른쪽으로 모래사장에서 뭔가가 움직이자 그레이스는 화들짝 놀라 심박수가 급증하지만, 다시 자세히 들여다보니 아무것도 없다. 고르게 퍼진 빛이 만든 그림자 괴물뿐이다. 그녀는 발걸음을 재촉하며 집을 올려다본다. 이 각도에서는 주방이 있는 좁은 면만 보인다. 만조가 들거나 사나운 폭풍이 몰아치면 날아갈 것처럼 작고 무방비해 보인다.

그레이스가 마거리트를 만난 해에 엄청난 폭풍이 두 차례 불었다. 집은 두 번 다 무사했지만 헛간 지붕이 날아갔다. 첫번째 폭풍으로 숲에서 가장 오래된 소나무가 쓰러지자 뿌리가 들리며 땅에 거대한 구멍이 뚫렸다. 두번째 폭풍에 나무가 세 그루 더 쓰러졌고 방죽길 일부가 유실됐다. 몇 달 뒤에 방죽길은 복구됐지만 숲속의 쓰러진 거인들은 몇 년 동안 방치돼 아주 천천히 흙으로 돌아갔다.

버네사는 폭풍 이전의 섬을 몰랐지만 그레이스는 알았다. 그레이스는 나무들이 쓰러지기 전과 후를, 방죽길이 유실되기 전과 복구된 후를 기억한다. 다른 이들은 몰라도 그녀의 눈에는 흉터가 보인다.

사람들에게도 그런 게 있지 않나? 표면에 또는 그 아래에 항상 잔재가 있기 마련이다. 길이 나뉠 때, 삶이 달라질 때 남는 자국이. 마거리트에게는 그것이 고향을 떠나 여기로 온 것, 그리고 그 이후에 스튜어트가 수감되고 그녀가 해방된 것이었다. 버네사에게는 에리스로 온 것, 줄리언이 실종된 것, 그리고 그에 수반되는 모든 것이었다.

버네사 채프먼의 일기

집에 참담하게 느껴지는 공허함이 맴돈다. 나는 어둠을 가르며 작업실로 올라갔다가 어둠을 가르며 돌아오고, 같은 생각을 하고 하고 또 하며 스케치하고 듣고 보고 기다린다. 아무것도 오지 않는다. 아무도 오지 않는다.

밀물과 썰물이 온다.

29

 그레이스는 계단 꼭대기에 다다르자 잠깐 걸음을 멈추고 숨을 돌린 뒤 집안으로 들어가는 대신 계속 언덕을 올라가 작업실을 지나서 숲이 끝나는 지점을 향해 걸어간다.
 빛이 기울고, 그림자들이 모이며 짙어진다. 마거리트가 이 시간대를 표현하는 단어가 있다. 뢰르 앙트르 시앵 에 루, 개와 늑대의 시간. 이것이 저것처럼 보일 수도 있고, 유순한 것이 위협적으로 보일 수도 있으며, 적이 친구의 가면을 쓰고 찾아올 수도 있는 시간.
 아주 어렸을 때, 세 살인가 네 살 때 그레이스는 세게 닫히는 문에 손이 끼여(누가 그 문을 세게 닫았을까? 바람? 어머니?) 오른손 세번째 손가락 끝이 아예 절단된 적이 있었다. 그녀는 절단된 손끝과 함께 병원으로 옮겨졌고 의사가 어찌어찌 다시 붙여주었다.

그레이스는 그때 기억이 거의 없다. 어느 시점엔가, 아마도 그녀가 오른손 세번째 손가락이 살짝 기형이고 왼손 세번째 손가락보다 아주 조금 짧은 이유를 물었을 때 설명을 들었을 뿐이다.

그녀가 기억하는 부분은 하룻밤 입원했던 일이다. 어른이자 의사가 된 지금 돌이켜보면 그런 사소한 문제로 왜 입원했는지 모르겠지만, 아무튼 입원했다. 그리고 이것도 기억난다. 다음날 아침에 부모님이 데리러 왔을 때 어마어마한 공포가 그녀를 덮쳤다는 것. 그녀는 그들과 같이 퇴원하기 싫어서 병동 간호사에게 매달리며 울부짖었다. 그들은 그녀의 친부모가 아니고, 친부모는 그녀를 버리고 더이상 키우고 싶지 않아해서 그들이 부모를 사칭하며 데리러 온 거라 확신했다. 친구의 가면을 쓴 적, 양의 탈을 쓴 늑대.

그날의 공포는 금세 사라졌지만 악몽 속에서 가끔 재현됐다. 그러면 그레이스는 차가운 시트를 식은땀으로 적시며 깨어나 어떤 우주적 차원의 실수가 벌어진 게 분명하다고, 자신은 있어야 할 곳을 이탈한 게 분명하다고 확신하곤 했다. 그런 느낌이 어디에서 비롯되는지는 알 수 없었다. 그녀가 기억하는 한 어린 시절은 행복하지도 불행하지도 않았고, 부모님이 애정을 과시하지는 않았지만 분명 학대하지도 않았다. 방치되지도 않았다. 아마 사랑받았을 것이다. 같은 유전자를 공유한다고 느껴지지 않았을 뿐이다. 그녀가 사춘기에 접어들자 그녀와 부모님은 서로에게 낯선 타인이 되었다.

그들은 한 번도 그 일을 언급한 적이 없었지만 그레이스는 부모님이 병원에서 벌어진 그 사건을 용서하지 않았다는 것을 확실히 느낄 수 있었다. 어린애가 왜 그런 생각을 했을까? 그들은 분명 궁금했을 것이다. 그럴 만도 했다. 어린애가 왜 그런 생각을 했을까? 왜 부모가 자기를 버렸을 거라고 생각했을까? 뭐가 잘못됐길래.

어른이—그리고 의사가—된 뒤로 그레이스는 이 문제를 계속 고민했다. 문헌을 읽었기에, 애착 유형은 생후 몇 년 사이에 형성되고 아이는 어르고 먹이고 적절한 관심을 기울여주는 존재를 통해 욕구가 충족되어야 한다는 건 안다. 그녀는 그게 부족했을까? 그녀가 가끔 기본적인 친절을 애정으로 착각하고, 스킨십을 애무 아니면 성추행, 이 양극단 중 하나로 받아들이는 이유가 그 때문일까?

그녀는 숲속으로 계속 걸음을 옮긴다. 여기서는 어스름 속에서 동물로, 다시 사람으로, 괴물로 변신하는 형체가 나무 사이로 보인다고 착각하기 십상이다. 숲속 깊숙한 곳에서 원숭이올빼미가 꽥꽥대며 운다. 그레이스의 몸에 소름이 돋고 맥박이 빨라지며 두근대는 심장이 머리와 가슴으로 느껴진다. 그녀는 어둠 속으로, 숲을 가로질러 나무들이 쓰러진 곳으로 계속 걸음을 옮긴다.

그레이스의 인생에서 갈림길은 대개 버림받는 데서 시작됐다. 아마도 어린 시절에 버림받았다고 상상했던 그 첫번째 사건이 시발점이었을 것이다. 그 이후에 닉과 오드리가 있었고 그후 버네사도 어떤 면에서는 마찬가지였다. 버네사가 그레이스의 삶에 어느 누구보다 많은 영향을 미쳤고 버네사를 만남으로써 그녀의 인생 행로는 돌이킬 수 없을 만큼 달라졌다. 버네사가 그녀의 입장에서는 찾는 줄도 몰랐던 질문의 해답이었다.

버네사가 세상을 떠난 뒤에 그레이스는 마지막 몇 주 동안 그녀를 돌볼 때 썼던 장비와 약품을 반납해야 했지만, 약품 장부를 작성할 때 창의력을 발휘해 버네사의 화장대 서랍 안쪽에 모르핀을 한 병 남겨두었다.

사람들이 버네사의 시신을 운구하러 왔을 때 그레이스는 주방 창문 앞에 서서 뭍으로 향하는 구급차를 지켜보았다. 집안을 울리는 정적에 귀를 쫑긋 세우고 어둠을 두려워하며, 어떤 불청객도 없이 안전하다고 확신할 수 있게 밀물이 들길 바랐다.

그러다 산책하러 나갔다. 이 숲을 지나 암벽까지 갔다가 돌아왔다. 그날 저녁에도 올빼미 울음소리가 들렸다.

다음날 그녀는 버네사의 방으로 갔지만 닫힌 문 앞에서 망설였다. 죽기 전에 한번 더 바다 수영을 즐기고 싶다는 사실을 깨달았다. 차가운 바닷물이 주는 충격과 고통, 이후에 몸이 반응하면서 찾아오는 안도감을 느끼고 싶었다. 입술에 닿는 짠맛을 느끼고 모래에 발가락을 묻고 바닷속으로 잠수하고 해안에 부딪치는 큰 파도의 포효를 듣고 싶었다.

마지막으로 딱 한 번만. 그래서 그녀는 몸을 돌려 욕실로 들어가 문 안쪽 고리에 걸어놓은 수영복을 챙겨들고 바다로 나갔다.

다음날 그녀는 방문 앞에 다시 섰다. 이번에도 들어가지 않았다. 그날은 바닷가를 걷고 다음날은 암벽에 다녀오고 그런 식으로 계속 할일을 찾고 다른 데 집중하며 서랍에 든 약병의 부름에 날마다 저항할 방법을 찾았다.

몇 주 뒤에 카라칸 보건소에서 전화가 왔다. 둘뿐인 의사 중 한 명이 갑자기 그만두는 바람에 난감한 상황이라며, 그녀에게 파트

타임으로라도 복직할 생각이 없느냐고 했다.

이렇게 해서 인생의 새로운 장이 시작됐다. 버네사는 떠났지만, 여전히 그레이스를 필요로 하는 사람들이 있었다. 모르핀 병은 서랍 안에 그대로 남았다.

숲에서 빠져나오니 날이 어둑하다. 그녀는 오솔길에서 벗어나거나 발을 헛디디지 않도록 신경써가며 천천히, 조심스럽게 작업실 앞을 지난다. 집안이 어두컴컴하지만 그녀는 혼자가 아니라고, 안에서 누군가가 기다리고 있다고, 현관문을 열고 불을 켜기만 하면 집안에 활기가 돌 거라고 상상한다. 주방에 들어가면 버터에 볶은 양파 냄새가 나고 라디오에서 음악이 흘러나오고 따놓은 와인병이 식탁에 놓여 있을 거라고.

그녀는 현관문을 연다. 불을 켠다. 정적이 종소리처럼 울려퍼진다. 그녀는 등뒤로 문을 잠그고 주방으로 들어간다. 편지가 가득 담긴 신발 상자가 보이고 맨 위에 놓인 편지가 눈에 들어온다. 이 편지는 그에게 보여주지 않았다고 장담할 수 있다. 그 위에 다른 편지가 놓여 있었다.

이건 그녀가 아는 편지다. 질색하는 편지다. 버네사의 가장 가식적이고 가장 못된 모습이 담겨 있다. 이 편지는 보고 싶지도 않고 사실 볼 필요도 없다. 하도 읽어서 가장 잔인한 구절이 수술용 메스로 그녀의 심장 벽에 새긴 것처럼 남아 있다.

사랑하는 프랜에게

테드 창의 단편집을 보내줘서 정말 고마워요. 그 묘하게 우울한 분위기가 지금의 나와 너무나 격하게 맞아떨어져서 아껴가며 읽고 있어요.

나는 여전히 작업을 하지 못하고 방황하는 중이에요. 아무 목적도 방향도 없이 헤매고 있어요.

머릿속을 비우고 손이 인도하는 대로, 물감이나 점토가 인도하는 대로 나를 맡기려고 하지만 생각을 놓아버릴 수가 없고, 이내 나는 얼어붙어서 어찌할 바를 모르는 동시에 덫에 갇히고 말아요.

그레이스는 내 곁에서 떠날 줄 몰라요. 그녀는 엄청 꼼꼼하고 세심해요. 한방에 있으면 숨이 막혀요. 이러다 질식하겠다 싶을 정도로 관심을 기울이고, 그 때문에 내가 얼마나 괴로워하는지 전혀 몰라요. 그녀는 어느 깊이 이상의 감정은 느끼지 못해요. 나와 줄리언이 경험한 육체적 사랑이 어떤 건지도 모르고요. 그녀의 잘못이 아니라는 것도, 그녀가 그냥 그렇게 태어났을 뿐이라는 것도 알지만, 그래도 이해를 못해주니 화가 나요.

나는 그녀를 사랑하고 또 동정해요. 그리고 그녀가 내게 매달리지 않으면 좋겠어요. 그녀가 사라지면 어떨까 상상해요. 그녀가 내 삶에서 사라지면 얼마나 자유롭고도 무서울지 상상해요.

브리스틀 전시회를 보러 가지 않아서 당신이 내게 화났다는 것도, 내가 지난 몇 년 동안 당신에게 좋은 친구가 되어주지 못했다는 것도 알아요. 내가 평소보다 더 나에게만 몰두하고 지냈어요.

제발 나를 용서해줘요. 당신이 사무치게 그리워요.

당신을 만나러 가도 될까요? 잠깐이나마 여길 떠날 수만 있다면 좀더 나다워질 수 있을 것 같아요.

사랑을 담아서
버네사

프랜시스는 답장을 보내지 않았다. 버네사는 깊은 상처를 받았고—1년인가 후에—대화를 나누면서 프랜시스는 편지를 받지 못했다고 했지만 둘의 우정은 예전으로 완전히 돌아가지 못했다.

그레이스는 눈앞이 흐려지자 눈물이 흐르지 않게 눈을 깜빡인다. 그 많은 세월이 지난 지금까지도 버네사의 말이 폐부를 찌른다. 그녀는 어느 깊이 이상의 감정은 느끼지 못한다니! 오히려 너무 많이, 지나치게 많이 느끼는 것이 문제건만.

그리고 가끔은 지나치게 많이 행동하는 것이.

프랜시스가 버네사에게 답장하지 않은 이유는 그 편지를 받지 못했기 때문이다. 줄리언이 실종되고 몇 주, 몇 달 동안 버네사의 정신상태를 주기적으로 확인하던 그레이스는 마을 우체국에 가서 편지를 부쳐주겠다고 약속하고는 열어서 읽어보았다. 버네사가 쓴 글에서 상처를 받은 그녀는 나름의 잔인한 수법으로 대응했다. 편지를 부치지 않고, 가장 오래된 친구에게 버림받았다고 버네사가 착각하도록 내버려두었다.

사랑과 전쟁에서는 모든 것이 정당하다는데, 우정도 사랑이지 않은가? 그리고 가끔은 일종의 전쟁이기도 하다.

30

베커는 병실로 들어가 그들을 본 순간—헬레나는 침대에 누워 있고 서배스천은 그녀의 손을 잡고 옆에 앉아 있다—다른 차원으로 이동한 듯한 기분을 느낀다. 이 새로운 현실에서는 모든 게 제자리를 찾았다. 미모를 자랑하는 명문가 출신의 헬레나 피츠제럴드는 부유하고 잘생긴 상류층 자제 서배스천 레녹스와 결혼했다. 그녀는 사냥터 관리인의 관사라는 비좁은 공간에서 직원과 같이 사는 것이 아니라 으리으리한 페어번 하우스에서 낮과 밤을 보낸다. 이 새로운 현실에서 제임스 베커는 자기 것이 아닌 세상에 발을 들이지 않았다. 헬레나에게서 마땅히 누려야 할 삶을 빼앗지도, 서배스천의 가슴을 찢어놓지도 않았다. 그는 사랑해주는 사람 없는 외톨이로 밖에서 유리창에 코를 박고 구경하고 있다.

제자리를 찾은 것이다.

베커는 뼛골이 서늘해지고 뱃속이 뒤틀린다. 발밑이 쩍 갈라져 아래로 추락하는 느낌이다. 그리고 그건 그의 잘못이다. 필요한 순간에 그녀 곁에 없었으니까. 헬레나가 아니라 버네사를 선택할까 찰나의 순간이나마 고민했으니까. 안 좋은 일이 생길 거라고 머릿속에서 계속 말없이, 소리 없이 속삭이던 그 음성을 귀담아 듣지 않은 그의 잘못이다.

그가 이런 생각에 빠져 있는데 헬레나가 그를 향해 고개를 돌려 눈이 마주친다. "베크!" 그녀는 갈라진 목소리로 외치며 서배스천에게 붙들려 있던 손을 거두어 베커를 향해 내민다. 그는 눈 깜빡할 새에 그녀의 옆으로 달려가 입을 맞춘다. "다행히 왔네?" 그녀가 말한다. "당신을 못 보는 줄 알았는데." 그는 가슴속에서 북받쳐오르는 울음을 느끼며 그녀를 으스러져라 끌어안는다. "울지 마, 덩치 큰 계집애처럼." 헬레나가 그의 머리칼에 대고 속삭인다. "난 괜찮아. 우린 괜찮아. 아무 문제 없어."

마침내 베커가 포옹을 풀고 보니 병실 안에 그들 둘만 있다. 서배스천은 이미 사라졌다. 그리고 모든 게 아무 문제 없다. 헬레나도 괜찮고 아이도 괜찮다. 그냥 정상적인 출혈이다. 아니, 아주 정상적인 건 아니지만, 그래도 전혀 문제 없다. 병원에서도 아무 문제점을 찾지 못했다고 한다.

"아무 문제점을 찾지 못했다니요?" 베커는 의사에게 으르렁거린다. "아무 문제도 없는 겁니까 아니면 찾지 못한 겁니까?"

"그러지 마, 베크." 헬레나가 말한다. "난 괜찮아." 그녀는 괜찮아 보인다. 하지만 안색이 약간 창백하고, 뺨이 군데군데 벌게서 조금 화가 난 것처럼 보이고, 두 눈은 짙고 촉촉하며, 입술은 잘근잘근 씹어놓았다. 그녀가 베커의 손을 어찌나 세게 잡는지

손가락이 욱신거릴 지경이다.

베커가 에리스에 다녀온 지 5일이 지났고 헬레나가 퇴원한 지 3일이 지났다. 베커는 일주일 휴가를 내고 헬레나와 둘이서 자체 격리에 들어갔다. 잠깐 느긋하게 산책을 할 때 말고는 외출하지 않았다. 벽난로에 불을 지펴놓고 책을 읽거나 텔레비전을 보고 조심스럽게 사랑을 나누었다. 잘 챙겨 먹고 술은 자제했다. 베커는 72시간 동안 담배를 한 대도 피우지 않았다.

그리고 지금 그는 불안해서 미치기 일보 직전이다.

오늘 아침 런던의 사설 연구소에서 〈분할 II〉의 유리 케이스를 열고 금색 필라멘트로 매달아놓은 뼈를 분리했다. 베커는 참관하지 않았다. 아내와 함께 페어번에 남는 쪽을 선택했기에 응접실과 주방 사이 좁은 복도를 왔다갔다하며 마냥 기다려야 했다. 연구소측에서 연락해 그렇다고, 육안 검사 결과 인간의 뼈인 것으로 확인됐으니 소량의 샘플을 추출해 외부에 검사를 의뢰하겠다고 알릴 때까지. 그러면 뼈의 연식뿐 아니라 주인의 성별과 연령도 대략적으로 파악할 수 있을 거라고 그들은 말한다. 1주, 아무리 늦어도 2주 안으로 답을 들을 수 있을 거라고.

베커가 연구소, 서배스천, 테이트모던의 큐레이터와 통화를 마치고 오후 중반쯤 됐을 때 헬레나—거의 하루종일 소파에서 책을 읽어보려고 했던—가 폭발한다.

"베커, 제발 부탁인데 그냥 가서 사람들 불장난하는 거 구경해. 계속 보고 있다가는 내가 돌아버리겠으니까." 그날은 11월 5일, 본파이어 나이트*고 페어번 본관에 동네 주민들과 관내에서 근무하는 직원들과 그 아이들이 모여 있다.

"그래도 괜찮겠어?"

헬레나는 얼굴을 찡그린다. "괜찮아. 하지만 계속 그렇게 꼼지락거리고 왔다갔다하고 내 옆에서 얼쩡거리면 당신의 안녕을 보장하지 못하겠어. 얼른 다녀와!"

그는 나간다.

인도교에 이르자 본관 서쪽에 모닥불을 피우고 모여 있는 사람들이 보인다. 잔디밭을 정신없이 뛰어다니는 아이들의 웃음소리와 비명소리도 들린다. 그는 문득 담배를 피워도 되겠다고 생각한다. 지금 여기서 피우면 모닥불 연기가 담배 냄새를 가려줄 테니까.

그는 난간에 몸을 기대고 그 너머를 내다본다. 날이 반쯤 저물었지만 물이 꽁꽁 언 것이 보인다. 그는 숨을 크게 들이마시며 폐가 긁히고 가슴 근육이 실룩이는 것을 느낀다. 운명에 유혹당하는 느낌이다. 주머니에 손을 넣어 더듬더듬 담배 마는 종이를 찾지만 다른 것이 손에 닿는다. 그레이스의 주방에서 들고 나온 편지다. 그걸 새까맣게 잊고 있었다.

날이 반쯤 저물긴 했지만 편지를 읽지 못할 정도는 아니다.

2003년 2월

그레이스에게

---

* 1605년에 영국 의회의사당을 폭파하려 했던 가이 포크스의 음모를 알아내 처형한 것을 기념하기 위해 모닥불을 피우고 불꽃놀이를 하는 날.

블루 아워

네가 최근에 보낸 편지에 계속 답장 못해서 미안해. 법적으로 처리할 문제도 있고 지붕에서 물도 새다보니 시간이 없었어. 변호사들이 드디어 더글러스와 합의에 도달한 모양이야. 그 문제가 해결되면 한시름 덜겠지. 얼마나 스트레스가 심하고 정신을 쏙 뺐는지 몰라. 금전적으로 지금보다 더 쪼들리겠지만 요즘은 어디 가지도 않고 돈을 쓸 데도 없으니 괜찮겠지.

이소벨이 전갈을 보냈는데 여전히 나한테 화가 많이 났더라. 내가 편지를 보냈는데도 위로의 말을 한 마디도 하지 않았다는 착각을 고수하고 있어. 지금 프랑스에 있대—인상착의가 줄리언과 부합하는 남자가 리비에라에서 목격됐다나봐. 그런 남자가 리야드나 릴에서 목격됐다고 해도 거기까지 찾아갔을까? 누가 봐도 시간 낭비지.

작업에 몰두할 방법을 찾았어. 혼자 있는 게 도움이 됐어. 나는 혼자 알아서 할 때 더 창의력이 발산돼, 예전부터 그랬어. 내 스케줄에 맞춰 지내면서 다른 어떤 것도, 어떤 사람도 신경쓰지 않을 때. 그림을 많이 그리지는 못하지만 주운 재료와 도자기로 새로운 조형물 연작—내가 붙인 제목은 '분할'이야—작업을 시작했어. 새로운 방향이고 장래성이 있다고 봐.

네 편지에 뭐라고 답하면 좋을지 모르겠지만 네가 에리스로 돌아오길 바라지 않는다는 것만은 분명해. 너는 알면 안 되는 것을 알고 있잖아. 너를 다시 만나면 어떤 식으로 대해야 할지 모르겠거든. 그게 무슨 뜻인지 이해해주면 좋겠다.

우리는 이제 서로에게서 자유로워질 필요가 있어.

사랑을 담아서

버네사

갑자기 세찬 바람이 불어와 하마터면 베커가 손에 들고 있던 편지가 날아갈 뻔한다. 그의 심장이 뛰는 속도가 급격하게 빨라진다. 뒤편에서 환호성이 터지고, 불길이 거세지자 나무 수액이 탁탁거리며 펑 하고 터지는 소리가 들리고, 아이들의 목소리가 극도의 흥분 상태에 도달한다.

우리는 이제 서로에게서 자유로워질 필요가 있어—버네사가 줄리언 채프먼에게 남긴 쪽지에 썼던 문구와 거의 똑같다. 그녀는 일기에서도 계속 자유를 운운한다. 인터뷰에도 그 단어가 등장한다. 그녀가 무엇보다도, 심지어 사랑이나 우정이나 동료애보다도 더 소중하게 여긴 것이 자유였던 모양이다. 베커는 그녀가 자유로워지기 위해 어떤 것까지 시도했을지 궁금해진다. 그레이스가 알면 안 되는 것을 알고 있다는 건 무슨 뜻일까? 그레이스는 뭘 알고 있을까? 베커가 병원에서 떨쳐냈다고 생각했던 두려움이 되살아나 망토처럼 그의 어깨를 감싼다.

모닥불 저편에서 아이들이 서배스천을 에워싸고 신나게 떠들고 있다. 그가 간식을 나누어주는 모양이다. 선물을 뿌리는 대저택의 영주. 베커는 생각한다. 서배스천이 그를 발견하고 손을 흔들며 따뜻하게 미소를 짓자 베커는 자신의 옹졸함에 움찔한다.
"이게 누구야! 좀 어때? 우리 아가씨는 괜찮고?"
베커는 자신의 미소가 순간 흔들리는 것을 느낀다. "좋아." 그는 말한다. "많이 괜찮아졌어. 사실 나, 집에서 쫓겨났어. 내가 정신 사납게 얼쩡대고 있었나봐."

"오, 그 문제라면 내가 해결해줄 수 있을 것 같은데. 네가 하루 이틀 출장 갈 일이 생겼거든. 다음주에 에리스에 다시 다녀와줄 수 있겠어?"

베커는 얼굴을 찡그린다. "지금은 솔직히 안 가고 싶은데. 내가 다시 다녀오길 바라는 이유가 뭐야?"

서배스천이 대답하려는 찰나, 나이 지긋한 남자가 어린애를 데리고 다가온다. 사냥터 관리인 그레이엄 브라이언트다. 베커는 그를 어수룩한 봉으로 여긴다. 브라이언트는 서배스천에게 인사를 건네고 자기 손자를 소개하고는 에멀라인의 안부를 묻는다. "어머니도 금방 나오실 거예요." 서배스천은 그를 보고 환하게 웃으며 아이의 머리칼을 헝클어뜨린다. "어디 다른 데 가지 마세요, 어머니가 인사하고 싶어하실 테니."

서배스천은 미소가 가신 얼굴로 베커를 돌아본다. "그 뼈와 줄리언 채프먼의 DNA가 일치하는 걸로 밝혀지면 무슨 일이 벌어질지 걱정이 돼서." 그가 말한다. "그러면 채프먼의 여동생이 제일 먼저 연락을 받을 테니 우리가 이야기의 흐름을 통제할 수 없을 거야. 그녀가 언론에 터뜨리지는 않을지 몰라도—"

"하지만 내가 이소벨과 관련해서 수집한 정보에 따르면," 베커는 말허리를 자른다. "그럴 가능성도 다분해."

서배스천은 고개를 끄덕인다. "그러면 언론에서 광분하며 에리스로 몰려들겠지. 그 섬, 그 집, 뼈가 발견된 곳……"

베커는 그의 심중을 알아차린다. "그러면 그레이스가 패닉 상태에 빠지겠고." 그는 말한다. 그녀가 무슨 짓을 저지를지 어느 누가 장담할 수 있을까? 심지어 사적이거나 민감하다고 여기는 것들을 처분하기 시작할 수도 있다.

서배스천은 그의 어깨를 다정하게 한 팔로 감싸안는다. "헬스 곁을 떠나고 싶지 않은 네 심정은 알아. 이해해. 하지만 괜찮아졌다며. 네 입으로 그렇게 말했잖아. 그리고 내가 계속 지켜볼게."

베커는 서배스천을 모닥불 앞에 두고 자리를 뜬다. 어두컴컴해진 그의 사무실 책상에 앉아 그레이스에게 보낼 간단한 이메일을 작성하기 시작한다. 에리스를 급히 떠나야 했던 이유를 설명하고 이번주에 다시 찾아가 남은 자료를 가져와도 되겠느냐고 묻는다. 그러다 생각을 바꾼다. 전화를 하는 편이 낫지 않을까? 더 친근하게. 그는 전화하기로 마음먹는다. 메시지를 지우고 컴퓨터를 끈 뒤 사무실을 나서는데, 메인 홀의 열린 문에서 복도로 새어나온 빛 한줄기가 그의 시선에 걸린다.

그림을 비추는 스포트라이트만 켜져 있을 뿐 갤러리 안은 어두컴컴하다. 베커는 어둠 속으로 천천히 들어가 〈블랙 I - 어둠은 우리에게 불편을 초래하지 않는다〉 앞에서 걸음을 멈춘다. 버네사의 바다 연작 중 첫번째 작품이다. 해초 같은 초록색과 번들번들하게 흩뿌려진 진홍색이 스포트라이트 불빛을 흡수해 캔버스 위의 이미지가 요동치고 꿈틀거리는 것처럼 보인다.

"섬뜩하지?"

베커는 화들짝 놀란다. 무슨 이유에선지 에멀라인이 살금살금 그의 뒤를 밟은 모양인데, 어둑한 불빛에 비친 모습이 작고 창백하고 유령처럼 실체가 없어 보인다.

"만약 내가 결정할 수 있다면," 그녀가 그림을 올려다보며 말한다. "밖으로 들고 나가서 저 인형과 함께 태워버리겠어."

"정말 섬뜩하단 말이지." 에멀라인은 했던 말을 반복하며 캔버스를 등지고 그를 등진다. 그리고는 시계 반대 방향으로, 바다 풍경이 몇 점 더 걸려 있는 북쪽 벽을 향해 천천히 갤러리를 따라 걷기 시작한다. "나를 괴롭히려고 이 작품들을 그이한테 남긴 거 알지?" 그녀가 말한다.

베커가 웃음을 터뜨리자 그녀는 몸을 홱 돌린다. 이제 보니 플랫슈즈를 신고 있다. 그거로구나! 그녀가 이렇게 작고 조용한 이유가 그 때문이다. 평소와 다르게 하이힐을 벗어던졌다. 그때 넘어진 충격에서 벗어나지 못한 건가? 그가 연민을 느끼려는 찰나, 그녀가 어찌나 격한 혐오의 표정으로 그를 노려보는지 몸이 움츠러드는 게 거의 느껴질 정도다.

"정말 그렇게 생각하세요?" 그는 간신히 더듬더듬 묻는다. "버네사가 죽음을 앞둔 순간에 여사님을 생각했을 거라고요?"

그는 그녀를 따라 달빛이 비치는 모래사장을 그린 〈모노톤〉과 〈난파〉〈도착〉〈내게 그녀는 늑대〉를 지나 갤러리를 한 바퀴 돈다. 그녀는 마침내 〈희망은 격렬한 것〉 앞에서 걸음을 멈춘다.

"이 작품은 마음에 들어." 에멀라인이 말한다. "붓놀림이 다른 게, 왠지 모르게 부자연스러워. 그녀의 고통이 거의 느껴질 정도야. 그리고 하늘, 저 수평선 위의 검은 선, 핏빛. 그녀가 끝을 바라보고 있다는 걸 알 수 있지." 그녀는 그를 보며 냉랭하게 미소를 짓는다. "그녀의 유산에 대해 질문을 받았을 때 더글러스가 뭐라고 횡설수설했는지 기억하지? 친밀감, 그들의 유대감 어쩌고 하며 헛소리 늘어놓았던 거……" 그녀는 쓴웃음을 짓는다. "그렇게 바보 같을 줄이야."

에멀라인은 다시 걸음을 옮긴다. 밖에서 환호성이 터진다. 인형을 태우고 있는 것이다. 모닥불 불빛이 창유리에 일렁이자 그들―그와 에멀라인―의 그림자가 벽에서 요란하게 춤을 춘다.

그들이 갤러리를 거의 다 돌았을 때 에멀라인이 다시 〈블랙 V-나무를 위한 숲〉 앞에서 걸음을 멈춘다. 못마땅한 듯 혀를 쯧쯧 찬다.

"가끔 뒤로 한 걸음 물러나야 할 때도 있죠." 베커가 말한다. "내가 무엇을 보고 있는지 제대로 파악하려면요. 여기 서서 보면 분명―"

"내가 미술 감상법을 배워야 한다고 생각하나, 베커?" 에멀라인이 말허리를 자른다. "그것도 자네한테?" 그녀의 입술이 일그러진다. "뭐가 됐건 자네가 나한테 가르쳐줄 건 딱히 없을 것 같은데. 그중에서도 특히 내 눈앞에서 벌어지는 일을 알아차리는 것에 대해서라면."

이번에 베커는 걸음을 옮기는 그녀를 따라가지 않고 그냥 앞서 가게 내버려둔다. 홀 한가운데에 그대로 서서 그의 앞에 있는 그 왜소하고 구부정한 위인이 그냥 갤러리를 구경하러 온 인자한 노부인이라고, 정물화를 찾으려다 길을 잘못 든 거라고 상상하는 시간을 잠깐 허락한다.

에멀라인이 홀의 끝에 다다르기까지 한세월이 걸린다. 거기에 다다르자 그녀는 뒤를 돌아본다. "자네가 나를 위해 해줘야 할 일이 있어." 그녀가 외친다.

이제 불빛이 한쪽에서만 비추자 그녀의 얼굴이 데스마스크 같다. 베커는 공포가 엄습하지만 약한 모습을 보이지 말자고 다짐하며 씩씩하게 걸어가 최대한 깍듯하게 묻는다. "어떤 일입니까, 에멀라인 여사님?"

"에리스섬에 사는 그 간병인과의 문제를 해결하고, 그 일이 끝나면 사직서를 제출하고 아내와 함께 떠나게."

베커는 고개를 젓는다. "그럴 생각 없습니다. 제가 그러지 않으리라는 거 아시잖습니까."

그녀는 피곤한 듯 한숨을 쉬고 눈을 들어 천장을 바라보며 울퉁불퉁한 집게손가락으로 핏기 없는 입술을 문지른다. "베커, 이건 나뿐 아니라 자네를 위해서도 하는 말이야. 채프먼 전문가인 자네가 없으면 서배스천이 이 모든 것에 흥미를 잃고," 그녀는 허공에 대고 애매하게 손짓을 한다. "다른 데로 관심을 돌릴 테니까. 그 아이는 그저 살짝 등을 떠밀어주기만 하면 돼. 워낙 미련을 못 버리는 성격이니까, 그렇잖아?"

"아뇨, 저는 잘 모르겠습니다." 베커는 뻣뻣하게 대답한다.

"흠." 에멀라인은 미소를 짓지만 정색하는 눈빛이다. "우리가 무엇을 보고 있는지 제대로 파악하려면 가끔 뒤로 한 걸음 물러나야 할 때도 있다는 얘기를 하지 않았나? 자네가 그렇게 한다면, 뒤로 한 걸음 물러난다면 분명 볼 수 있을 텐데—"

"여사님." 베커가 말허리를 자르자 그녀의 입이 떡 벌어진다. 그의 뻔뻔함에 어찌나 놀라워하는지 베커는 웃음이 터질 지경이다. "저도 이해합니다." 그는 웃는 대신 이렇게 말한다. "여사님이 버네사 채프먼을 좋아하지 않는 이유를요. 하지만 여사님이 부탁하신다고 해서 제가 사직서를 쓸 일은—"

"그럼 쓰지 말게." 그녀는 쏘아붙인다. "사직서를 쓰라는 건 다 자네를 위해서야. 자네가 자리를 비울 때마다 내 아들이 자네 아내를 만나러 달려가거든. 그래도 상관없는 모양이지? 자네 차가 정문을 빠져나가자마자 내 아들이 그 집에 가서 자네 아내를 살피는데도 말이야. 온갖 요구를 들어주면서." 에멀라인은 귀에 거슬리는 소리로 나지막이 웃는다. "내 말을 들으니 망설여지지 않나, 베커? 어쨌거나 그 아이가 어떤 여자인지 알 거 아냐. 얼마나 쉽게—"

"헬레나가 어떤 여자인지 저도 압니다." 베커는 다시 말허리를 자른다. "그리고 여사님이 놓치신 게 있다면 서배스천도 그걸 안다는 거죠. 여사님의 아들은 여전히 그녀를 사랑할지 모르지만, 그래도 그녀의 선택을 인정합니다. 그녀를 존중하니까요. 그리고 저도 존중하고요. 그러니까 그가 헬스와 재밌는 시간을 보낸다 한들—어렸을 때부터 알고 지낸 사이고, 사귀기 한참 전부터 친구로 지낸 사이니까요—제가 걱정할 일은 아니라고 생각합니다. 왜냐하면 여사님도 말씀하셨다시피 저는 그녀를 알거든요."

에멀라인은 또다시 가차없는 웃음을 터뜨린다. "자네는 바보야." 그녀가 말한다. "더글러스하고 똑같아. 눈이 멀었어."

베커의 인내심이 한계에 다다른다. 그는 문 쪽으로 걸음을 옮기다 〈블랙 II〉를 흘끗 올려다본다. 작품 중앙의 웃는 얼굴에 불빛이 반사돼 뾰족하고 하얀 이가 번뜩이자 그의 등골을 타고 소름이 돋는다.

"걔 지금 8개월이지?" 에멀라인이 그의 등뒤에 대고 외친다. "그럼 애가 언제 들어선 건가……? 2월 말? 3월 초? 1차 봉쇄가 끝나고 자네가 호크니 작품을 보러 함부르크에 갔을 때네. 오랫 동안 갇혀 지내다 풀려나니 다들 잔뜩 흥분해서 너 나 할 것 없이 해방구 비슷한 걸 찾았고……"

베커는 몸을 빙그르 돌린다. 순간 그녀를 때릴까 하는 생각이 들면서 이 왜소하고 늙은 여자가 그의 주먹 아래에서 몸을 웅크리는 광경이 머릿속에 그려진다. 그는 심호흡을 한다. "저는 여사님을 안쓰럽게 여겨야겠죠." 그는 말한다. "정말로요. 여사님은 늙었고 심사가 꼬였고 아마도 아주 외로울 테고 어쩌면 아직 슬픔을 극복하지 못했을지도 모르니까요. 그러니 여사님을 안쓰럽게 여겨야겠지만 그럴 수가 없습니다. 왜냐하면 자업자득이라는 생각을 떨쳐버릴 수가 없거든요. 원하시면 계속 그렇게 독설을 내뱉고 치졸한 암시를 흘리셔도 상관없습니다만, 진실을 알려드릴까요? 제가 여사님보다 오래 살 겁니다. 여사님이 세상을 떠난 뒤에도 저는 계속 여기 있을 테고, 헬레나도 마찬가지고 우리 아이도 마찬가지일 겁니다."

그는 걸음을 옮기다 다시 한번 〈희망은 격렬한 것〉을 흘끗 쳐다보며 어머니를 떠올린다. 너무나 자그만 체구로 호스피스 침상에 누워 벽에 걸린 그 조그만 풍경화를 바라보던 어머니를 떠올리자 도저히 참을 수가 없어서 고개를 돌려 에멀라인을 본다. 그녀는 구부정하니 비참한 자세로 꼼짝 않고 그 자리에 서서 양옆으로 내린 두 손을 꼭 주먹쥐고 있다. "제 어머니는 당신을 사랑한 아들을 남기고 떠나셨어요." 그는 조용히 말한다. "여사님은 어떤 유산을 남기실까요?" 그녀는 아무 말도 하지 않고 반대편으로 몸을 돌리지만, 그는 어쩌면 상상일지 몰라도 그녀의 손이 떨리기 시작한 것을 봤다고 생각한다.

31

 누군가 숨이 막혀 죽어가는데 그녀는 그들을 구할 수가 없다. 대개는 남자로 젊은 청년이거나 십대 소년이고, 숨이 막혀 죽어가는데 그레이스는 힘이 부족하거나 굼떠서 그들 곁에 제때 도착하지 못하고, 제때 도착하더라도 살리려는 노력은 수포로 돌아간다. 이건 꿈이 아니라 그녀의 머릿속에 계속 떠오르는 생각이자, 그녀의 뜻과 상관없이 그려지는 시나리오다.
 며칠 전 베커가 다녀간 뒤에 시작된 현상으로, 이 생각이 떠오르고 또 떠오른다. 맨 처음 떠오른 건 잠에서 깼을 때였다. 하지만 분명 꿈이 아니었고 쉽사리 떨쳐지지가 않았다. 잠에서 깰 때 떠올랐던 것이 이제는 점점 더 횟수가 잦아진다. 산책을 하거나 커피를 끓일 때, 책을 읽거나 라디오를 들을 때. 떠올리고 싶지 않은데 자꾸 이 남자, 그의 절박함을 상상하게 된다.
 전에도 겪었던 일이다. 그레이스는 이게 뭔지 안다. 침투적 사고,* 그 이상도 이하도 아니다. 기억도 예감도 아니고, 그저 삼킨 털을 게워내는 고양이처럼 무의식이 의식에 헌납하는 불쾌한 생각일 뿐이다. 떨쳐내되 무심하게, 애쓰는 티를 내지 않고 묵살해야 한다. 그녀 자신을 좀더 잘 챙겨야 한다. 산책하고 잘 챙겨 먹고 카페인을 너무 많이 섭취하지 말고 잘 자야 한다.

몸에 밴 나쁜 습관에서, 밀물과 썰물의 영향에서, 미친 짓에서 벗어나야 한다. 그녀는 카라칸의 보건소에 가서 수면제를 처방받고 취침 시간을 철저하게 지킨다. 6시에 알람을 맞추고 어떻게든 일어나 산책을 다녀오고 아침으로 포리지를 먹고 하루에 딱 한 잔으로 정한 커피를 마신다. 그러자 기분이 조금 나아지기 시작한다.

하지만 병원에서 처방해준 약이 열흘 치밖에 안 된다. 이제 그 약이 다 떨어져서 그녀는 몇 시간씩 뜬눈으로 누워 있는다. 어젯밤에는 3시까지 잠을 이루지 못했기에 6시에 알람이 울리자 손으로 쳐서 바닥으로 떨어뜨린다.

다시 눈을 떴을 때 그가 보인다. 이번에는 어린애가 아니라 성인이다. 그리고 침투적 사고가 아니라 실제 침입자다. 오므린 손을 얼굴 양옆에 대고 창문 앞에 서서 그녀를 들여다보고 있다. 그레이스는 비명을 지른다. 그녀가 벌떡 일어나 앉자 이불이 흘러내려 아무것도 걸치지 않은 그녀의 상반신이 드러난다. 밖에 서 있던 남자가 펄쩍 뛰며 겁먹은 말처럼 뒤로 물러난다. 그가 외치는 소리가 들린다. 죄송합니다, 죄송합니다.

---

* 머릿속에서 제멋대로 떠오르는 강박적인 생각을 지칭하는 심리학 용어.

그녀는 가운을 집어 대충 걸치고 현관으로 달려나간다. 엽총을 들고 문을 연 뒤 눈부신 햇빛에 실눈을 뜨며 밖으로 쏜살같이 튀어나간다.

남자는 두 손을 들고 뒷걸음질치고 있다. 등산복을 입고 배낭을 짊어진 등산객이다. 일행—남자 둘이고 이십대로 보인다—이 그의 뒤편에 약간 떨어져 서 있다.

"지금 뭐하는 거예요?" 그레이스는 으르렁거린다.

"죄송해요." 남자는 손을 내리며 다시 말한다. "저는 그냥……빈집인 줄 알고 구경하려고—"

"빈집? 밖에 차가 있잖아요. 여긴 사유지예요."

남자는 눈썹을 추어올리고 두 팔을 양옆으로 벌린다. "아니, 저쪽에 오솔길이 있는데," 그는 자기 어깨 너머를 가리킨다. "여기로 곧장 이어지길래—"

"내 방 창문 앞까지 이어지진 않겠죠. 지금 제정신이에요?" 남자는 다시 사과하며 몸을 돌리지만 친구들은 실실 웃고 있다. "여기서 나가요!" 그레이스는 쏘아붙이고 가운을 추스르며 집 쪽으로 돌아선다. 그들이 암벽을 향해 언덕을 올라가며 웃는 소리가 들린다.

그녀는 바보가 된 기분이다. 소리를 지를 필요도, 밖으로 달려나갈 필요도 전혀 없었다. 그들이 그녀를 어떤 식으로 조롱할지 상상이 된다. 그녀의 알몸에 대해 뭐라고 할지, 그녀의 혐오스러운 육체, 탄력을 잃은 피부와 늘어진 젖가슴, 지독한 외로움을 두고 뭐라고 우스갯소리를 늘어놓을지 상상이 된다.

그녀는 총을 현관의 제자리에 내려놓고 문을 잠근다. 해가 거의 중천에 뜨도록 늦잠을 잤으니 오늘밤엔 잠이 오지 않을 게 분명하고 그럼 출발점으로 되돌아가게 될 것이다. 아니나다를까, 이런 생각을 하자마자 그가 등장한다. 한 손으로 자기 목을 죽어라고 움켜쥔 남자아이다.

그녀는 억지로 유용한 일을 한다. 주방 바닥을 쓸고 샤워 부스를 청소하고 음식물 쓰레기를 퇴비 더미에 버린다. 내야 하는 공과금이 있는데 인터넷이 안 된다. 4일 전부터 먹통이었고 휴대폰 신호도 잡히지 않아 방죽길을 건너 마을로 가서 전화로 도움을 청해야 했다. 그녀는 묵묵히 그렇게 했고 콜센터 직원은 걱정 말라고 했지만 여전히 먹통이다. 이유도 모르겠고 언제까지 이럴지도 모르겠다. 그녀가 할 수 있는 건 다시 마을로 건너가 다시 전화하고 다시 기다리는 것뿐이다. 생각만으로도 피곤해지지만 선택의 여지가 없다. 베커가 연락을 시도하고 있을지도 모른다. 어쨌거나 갑작스럽게 떠난 이유를 이메일로 설명하겠다고 하지 않았던가.

그녀는 샤워하고 옷을 갈아입은 다음 현관문을 잠그고 나와 차를 몰고 길을 내려가 짙푸른 하늘 아래 터덜터덜 방죽길을 건넌다. 뚱뚱하고 허여멀겋고 연약한 새끼 바다표범 두 마리가 집 아래쪽 모래사장에서 일광욕을 하고 있다. 녀석들이 개처럼 그 조그만 머리를 들고 지나가는 그녀를 구경한다. 저것 좀 봐, 비. 그녀는 이렇게 말하고 싶어진다. 저것 좀 봐.

오늘 같은 날에는 버네사의 부재가 옆구리에 꽂힌 칼 같다.

마을이 유난히 고요한 듯하다. 그녀는 가게 앞에 차를 대고 문이 닫힌 걸 본 다음에야 오늘이 일요일인 걸 알아차린다. 그럼 커피도 갓 구운 빵도 살 수 없다. 실망이 폐부를 찔러서 눈물이 날 것 같다.

인터넷 회사는 일요일에도 근무할까? 알고 보니 그렇다. 그레이스는 30분 동안 전화기를 붙들고 기다린 끝에 겨우 연결이 된다. 네, 상대방이 말한다. 문제가 있네요. 나도 알아요. 그레이스는 대답한다. 나도 문제가 있다는 건 안다고요. 오늘도 인터넷이 안 되고 지난 4일 동안 안 됐으니까 알 수밖에요. 인터넷 회사 직원은 정말 미안하다고 한다. 뭐가 문제인지 조사해서 두어 시간 내로 다시 연락을 주겠다고 한다. 몇시가 편하겠느냐고 묻는다.

전화가 올 때까지 여기서 기다리면 물때를 놓칠 것이기에 어느 시간도 편하지 않다. 하지만 게이츠헤드나 어쩌면 인도의 벵갈루루에 있을지도 모르는 콜센터 직원에게 그걸 설명할 방법이 없어 난감한 웃음을 터뜨리며 그냥 이렇게 말한다. 최대한 빨리요. 최대한 빨리 전화해주세요.

그녀가 부두를 향해 언덕을 내려가는데, 주차장 끝에서 노란색이 언뜻 곁눈으로 보인다. 그녀는 옆으로 빠져서 방파제 옆에 차를 댄다.

마거리트가 자기 코티지 바로 앞 벤치에 앉아 있다. 야광 점퍼 차림으로 담배를 피우는 중이다. 그레이스는 다가가 인사를 건네고 안부를 묻는 대신 손을 들어 보인다.

"선생님 보여요." 마거리트는 냉큼 말한다. "아 뢰르 블뢰, 해 뜨기 전에."

그레이스는 고개를 젓는다. "그럴 리 없어요, 마거리트. 저 어젯밤에 엄청 늦게 잤거든요."

마거리트는 그녀의 반박에 발끈하며 입을 내민다. 그레이스는 그녀를 보며 미소를 짓는다. "몸은 좀 어때요? 팔은요?" 마거리트가 오밀조밀한 이목구비를 한데 모으며 얼굴을 찡그린다. "팔이요, 마거리트. 다쳤잖아요."

"아, 사 바." 마거리트는 담배를 흔들며 그레이스의 걱정을 일축한다. 그레이스는 담배를 가리키며 고개를 젓는다. 마거리트는 대답 대신 인상을 쓴다. 천천히, 신중하게 담배를 입으로 가져가 길게 한 모금 빤다. 표정을 바꾸며 사악하게 씩 웃더니 웃음을 터뜨린다. 그러다 뭔가가 생각났는지 표정이 바뀐다. "선생님 친구 다시 와요?"

그레이스의 미소가 점점 굳는다. "아마도요." 그녀는 말하며 가려고 돌아선다. 오늘은 이럴 기운이 없다. "건강 잘 살피세요, 마거리트." 그녀는 어깨 너머로 외친다. "그거 너무 많이 피우지 말고요, 알았죠?"

그레이스는 걸음을 옮기며 마거리트가 그녀의 말을 듣지도 않을 텐데 뭐하러 신경쓰나, 하는 생각을 한다. 그리고 마거리트가 그녀의 말을 들어야 할 이유도 없지 않은가. 남은 시간이 많지도 않은데 남은 즐거움을 누리면 안 될 이유가 없지 않은가.

그레이스가 집에 돌아와보니 인터넷이 기적적으로 복구돼 있다. 기뻐한 것도 잠시, 새로 온 왓츠앱 메시지도 없고 스팸과 오래전에 버네사의 이름으로 설정한 구글 알림 말고는 새로 온 이메일도 없다는 사실을 확인하자 금세 김이 빠진다.

알림에 딸린 링크를 누르자 어느 주말 신문에 실린 서배스천 레녹스의 인터뷰가 뜬다. 예술 자산, 이라고 헤드라인에 크게 쓰여 있다. 그 아래에 레녹스의 사진이 실렸는데, 골격이 가늘고 우아한 외모가 어머니를 닮았다. 그의 아버지는 글래스고 깡패처럼 생겼다. 자기 집 잔디밭에 있는 바버러 헵워스의 작품 옆에 서서 찍은 사진이다. 이 기사는 다른 작품들도 소개한다. 프랜시스 카델의 아이오나섬, 새뮤얼 페플로의 아름다운 정물화 그리고 버네사의 〈희망은 격렬한 것〉.

기사 자체는 다소 밋밋하고 토요판 특집답게 상투적인 문구로 가득하다. 서배스천 레녹스의 '고택'은 '애정어린 손길로 리모델링'되었다. 그의 아버지 더글러스는 '무서운 가부장'이었고 '끔찍한 총기 오발 사고'로 갑작스럽게 생을 마감했다. '사교계를 대표하는 미녀'인 그의 어머니는 몸이 '쇠약'하다. 그리고 필연적인 수순에 따라 버네사와 더글러스 사이의 분쟁과 놀라운 내용이 담긴 버네사의 유언장이 소개된다.

"당연히 우리는 엄청 놀랐죠." 레녹스는 채프먼의 유산에 대해 이렇게 말한다. "제 아버지와 버네사가 전에는 가까운 사이였지만 워낙 요란하고 상당히 씁쓸하게 사이가 틀어졌으니까요."

레녹스는 채프먼이 더글러스 레녹스에 대한 악감정에도 불구하고 페어번이 그녀의 작품에 어울리는 집이 될 것임을 알았다고 믿는다. "저는 우리가 그녀의 작품을 얼마나 소중히 여기고 그녀의 유산을 얼마나 존중할지 버네사가 알았을 거라고 생각하고 싶습니다." 그는 말한다. 물론 그녀의 유언을 재미없게 해석할 수도 있다. 채프먼이 자식도 가까운 가족도 없이 세상을 떠났으니 작품을 맡길 다른 사람이 없었다고 말이다.

그레이스는 눈을 깜빡인다. 마지막 부분을 다시 한번 읽은 다음 스크롤을 내리고 내리고 또 내려 버네사 채프먼의 작품에 대해 해박한 지식을 갖추었기에 레녹스가 페어번에 특별히 스카우트한 큐레이터, 제임스 베커가 언급된 부분을 찾는다. "이 컬렉션을 담당하게 된 것이 저로서는 꿈만 같습니다." 베커는 말한다.

베커를 소년 같고 진지하며 "옥스퍼드에서 뛰어난 성적을 거둔 공립학교 출신"이라고 소개한 부분을 읽으며 그레이스는 자기도 모르게 미소를 짓는다. 그녀는 어머니의 긍지와 비슷한 감정으로 벅차오르는 가슴에 손을 얹고서 기사를 계속 읽는다.

베커는 60여 점에 달하며 대부분 한 번도 공개된 적 없는 채프먼의 회화, 드로잉, 조소, 도예품을 처음으로 한데 모아 내년에 전시회를 개최하려고 계획중이라면서 이렇게 얘기했다고 쓰여 있다.

"저는 이 컬렉션이 채프먼의 영향력을 재평가하고 영국 추상표현주의의 거장으로서 그녀의 입지를 다지는 데 도움이 될 거라고 봅니다." 베커는 말한다. "지금까지는 그녀의 성과가 상당히 간과되었는데, 여성이기 때문이기도 하고, 화가로 활동하던 초기에 당시 좀더 인기가 많았던 YBAYoung British Artists 운동의 개념예술가들과 다른 길을 걸었기 때문이기도 하죠."

그레이스가 이름을 들어본 적이 없는 또다른 전문가는 버네사의 작품이 무시당했다면 그건 버네사의 잘못이라고 한다. 예술계에서 발을 빼고 작품을 세상에 공개하지 않은 장본인이 그녀였다는 것이다. 이 발언을 기점으로—아니나다를까—익히 아는 사생활 폭로, '문제 많은 미녀', 그녀의 '수많은 연인', '폭풍 같았던 결혼생활' 그리고 무엇보다 에리스섬에서 실종된 줄리언의 미스터리에 관한 추측이 시작된다.

"저는 에리스에 다녀온 적이 있어요." 베커는 이렇게 말한다. 그레이스는 콩닥거리는 심장을 달래며 열심히 기사를 읽는다. "버네사의 집과 작업실, 즉 그녀가 생활하고 작업했던 곳, 그녀가 사랑했던 섬, 그녀에게 영감을 주었던 풍경을 보고 왔죠. 그녀의 일기와 편지도 일부 읽어보는 기쁨을 누렸고, 그녀가 남긴 글을 세상과 공유하고 그녀의 작품을 전혀 새로운 관객에게 소개하고 싶어서 좀이 쑤실 지경이에요."

그레이스는 페이지를 넘기고 싶다. 베커가 자신과 둘이 어떤 식으로 식탁을 사이에 두고 같이 앉아서 버네사가 남긴 글을 읽고 버네사의 생애에 대해 이야기를 나누었는지 언급하는 부분으로 얼른 스크롤을 내리고 싶다. 그레이스가 버네사에게 얼마나 중요한 존재였고 그녀에게 얼마나 헌신했는지 이야기하는 부분을 얼른 읽고 싶다. 하지만 넘길 페이지도, 내릴 스크롤도 없다. 그레이스에 대한 언급은 어디에도 없다.

칼날이 더욱 깊숙이 옆구리를 파고든다.

마거리트에게는 담배가 있다지만 그레이스에게 남은 즐거움은 무엇일까? 차가운 바다에서 수영하고 섬을 산책할 수 있겠지만, 이제는 바닷가에 나가면 외롭고 숲은 무섭다. 오늘 아침에 맞닥뜨린 남자들이 그녀를 어떤 식으로 비웃었는지 생각한다. 이제 그들의 얼굴을 떠올리자 그중 한 명의 표정이 조롱에서 공포로 바뀌고, 그가 숨막혀 죽어가는 남자아이가 된다. 그녀는 눈을 감는다. 그 남자들은 갔을까? 아니면 아직 이 섬에 있을까? 지금은 밀물 때고 그녀는 그들이 떠나는 걸 보지 못했다. 그들은 어두워지길 기다리고 있을까? 어둠이 찾아오면 그녀에게 무슨 짓을 저지를까?

복도를 지나 다시 현관문 앞으로 걸어가는데, 그녀의 손이 살짝 떨린다. 그녀는 잠금장치에 손을 얹지만 잠금을 풀기 전에 망설인다. 지금 문을 열면, 밖으로 나가면 언덕 비탈이, 작업실과 숲으로 가는 오솔길이 보일 테지만 그래 봐야 별 도움이 되지 않을 것이다. 그 남자들이 아직 섬에 있는지 알 방법이 없을 것이다. 추운 데 서서 기다려야 할 텐데, 그들이 언덕을 내려와 방죽길을 다시 건너갈 때까지 기다려야 할 텐데, 그들이 돌아가지 않으면 어째야 하나? 그럼 밤새 문 앞에 서서 기다려야 하나?

문을 그냥 잠가놓고 돌아서는 편이, 그들은 떠났을 거라고 되뇌며 그렇게 끝내는 편이 훨씬 낫다. 정신 나간 발상에 넘어가면 안 된다. 이성을 유지하며 계속 바쁘게 지내야 한다. 끼니를 준비하고 식사를 하고 책을 읽고 잠자리에 들어야 한다.

하지만 그녀는 움직일 수가 없다. 내일도 처음부터 반복해야 하고 그다음날도 마찬가지라는 걸 알기에, 앞으로 계속 그러리라는 걸 알기에 의욕이 나지 않는다.

이건 뜻밖의 깨달음이랄 수도 없지만 그럼에도 잠금장치에 손을 없은 채 문 앞에 서 있는 지금은 뜻밖의 깨달음처럼 느껴진다. 그녀에게는 일이 있었고, 버네사가 있었고, 그러다 코로나가 창궐하자 일—살인적이고 잔혹한 일—이 더 많아졌고, 힘들고 때로는 감당하기 버거웠지만, 그레이스는 그걸 축복처럼 여기게 되었다. 그녀는 단순히 필요한 수준을 넘어 없어서는 안 될 존재가 되었다. 이제 그녀에게 어떤 존재 이유가 남았을까? 그녀의 몽상은 이루어지지 않을 것이다. 베커는 자기 가족과 놀러오지 않을 테고, 그녀를 페어번 프로젝트의 일원으로 넣어주지도 않을 테고, 그녀는 잊힐 것이다. 이미 잊히고 있다.

결국 그녀는 몇 시간처럼 느껴지는 시간이 지난 뒤에 차가운 손을 잠금장치에서 떼고 현관문에서 몸을 돌린다. 파티션으로 가려둔 거실의 창고에서 세 점의 그림을 하나씩 꺼낸다. 제일 먼저 작은 초상화부터, 그다음으로 〈토템〉, 마지막으로 셋 중 제일 크고 버네사가 죽기 전부터 창고에 있었던 블랙 연작의 마지막 작품.

그녀는 캔버스 세 개를 모두 버네사의 방으로 들고 가 그녀와 마주보도록 침대 맞은편 벽에 일렬로 배치한다. 같이 있을 사람은 그녀 자신뿐이다.

주방으로 돌아와 따로 챙겨놓은 자료 상자를 뒤진다. 버네사는 허영심이 강한 여자치고 이상하게 카메라를 싫어했다. 그래서 사진이 몇 장 없고 그레이스와 함께 찍은 사진은 아예 없다. 그레이스는 상자 맨 아래에서 버네사가 프랜시스와 콘월의 포스미어 바닷가에서 찍은 사진, 그리고 자신이 닉 라일리와 함께 찍은 사진을 꺼낸다. 닉은 딱하게도 그 잘생긴 얼굴이 긁혀서 없어졌다. 그녀는 그 사진들을 방으로 들고 와 침대 옆 의자에 놓은 뒤 프랜시스와 닉은 보이지 않고 버네사와 그레이스만 남도록 서로 겹친다.

훨씬 낫다.

창문을 연다. 엄청 춥지만 바람은 없다. 바다는 잔잔하고, 밤은 빠르게 내리고, 푸르스름한 대기는 고요하고, 해변을 유령처럼 날아다니는 갈매기들은 조용해졌다.

그녀는 몸을 살짝 떨며 버네사의 화장대로 가서 서랍을 연다. 안에서 주사기와 300밀리미터 용량의 모르핀 병을 꺼내 협탁에 놓는다. 농도가 5밀리미터당 10그램이다. 그러다 뒤늦게 생각난 것처럼 주방으로 가서 유리잔과 라가불린 위스키를 챙겨들고 버네사의 방으로 다시 돌아온다.

문을 잠근다.

폭풍이 불면 얼마나 좋을까. 버네사가 죽던 날 밤에는 파도가 벼락처럼 바위를 때리고 빗방울과 물보라가 유리창을 두드렸지만, 그들은 그 모든 것으로부터, 돌풍과 굶주린 바다로부터 안전했고, 그것들이 닿지 않는 보송보송한 피난처에 함께 있었다. 그레이스도 그런 밤에 스러지고 싶다.

그녀는 위스키를 1인치 따르고 유리창에 비친 자신을 향해 잔을 든다. 이불로 몸을 감싸고 침대 헤드보드에 몸을 기댄 채 스스로에게 항복을 허락한다. 위스키의 온기에, 숨막혀 죽어가는 청년의 이미지에, 그녀의 눈 뒤에서 폭풍 전선처럼 점점 쌓여가는 눈물에.

32

 온전한 정신상태를 유지하는 것은 일종의 묘기다.
 일종의 테크닉이다. 온전한 정신은 꼭 붙들고 있어야 하는 것이다. 너무 오랫동안 느슨하게 쥔 탓에 정신이 두려워하는 곳이나 갈망하는 곳으로 흘러가버리면 아예 사라져버릴 위험도 있다. 살다보면 정신 건강을 위해 떠올리지 말아야 하는 것들이 있기 마련이다.
 그레이스는 그날 오후의 작업실, 그 공포와 전율을 기억한다. 점토 커터를 그 남자의 목에 걸고 잡아당겼을 때 느꼈던 짜릿함. 그가 낸 소리는 또 얼마나 자극적이었던가. 처음에는 놀라서 외친 비명, 그뒤에는 분노의 고함, 그리고 그녀가 손을 한데 모아 와이어를 단단히 조이자 캑캑대던 소리. 그의 무릎이 꺾이자 파도처럼 그녀를 덮쳤던 흥분과 와이어를 점점 더 세게 당기자 줄이 목을 파고들어 피가 그의 작업복 칼라 위로 뚝뚝 떨어졌을 때 느낀 통제의 황홀감도 기억한다. 버네사가 그레이스 혼자 거기 두고 경찰을 부르러 집으로 달려갔을 때 올가미를 더욱 세게 당기고 싶었던 충동도—아, 거의 참을 수 없을 정도였다. 그레이스는 그에게 응당한 벌을 내리고 싶었지만 참았다. 자비를 베풀었다기보다 두려움 때문이었다. 버네사가 그녀를 어떻게 생각할지 모른다는, 버네사가 그녀의 정체를 간파할지 모른다는 두려움 때문이었다.

그레이스는 줄리언이 실종되고 며칠, 몇 주, 몇 달 동안 버네사를 상대하기가 얼마나 힘들었는지 떠올린다. 무논리로 일관하고, 속을 알 수 없고, 이상했다. 입을 닫았다. 경찰에 거짓말을 하고, 전시회를 취소한 이유를 더글러스나 언론에 설명하지 않고, 일도 하지 않고 산책도 하지 않고 바다에서 수영도 하지 않았다. 재떨이를 앞에 두고 주방에 웅크리고 앉아 담배를 피우고 울려대는 전화벨소리를 듣기만 하다가 결국 어느 날 벽에서 전화기를 뜯어내 창밖으로 던져버렸다.

그레이스는 식료품을 날랐다. 고스란히 남을 음식을 만들고 청소하고 정리하고 우편물을 분리했다. 경찰과 질문을 하는 누구에게든 어쩔 수 없이 거짓말을 했다. 버네사의 증언을 고수했다.

새해 첫 주, 줄리언이 다녀가고 6주가 지난 그때 그레이스는 카라칸에 가서 전화기를 새로 샀다. 그걸 주방에 설치하는데 창밖을 응시하던 버네사가 고개를 돌려 그녀를 쳐다보았다. 몇 달 만에 처음으로 제대로 쳐다보았다. "너 왜 계속 여기 있어?" 버네사가 물었다. "내가 고개를 돌릴 때마다 네가 수프를 들고 진부한 말을 늘어놓으면서 그 자리에 있더라. 나는 네가 여기 없으면 좋겠어." 그레이스는 몸속이 오그라드는 것을, 뼛속 깊이 스미는 한기를 느꼈다. "나는 네가 여기 있는 게 처음부터 싫었어."

"거짓말." 그레이스는 말했다. 흔들림 없는 목소리와 시선을 유지하며 자리에서 똑바로 일어났다. "버네사, 그게 거짓말이라는 거 너도 알잖아."

버네사는 담배를 끄고 곧바로 새 담배에 불을 붙였다. "그래, 네 말이 맞아." 그녀는 한숨을 쉬며 피부가 거칠거칠하게 일어난 손바닥을 잡아뜯었다. "거짓말이야. 나는 네가 여기 있는 게 좋았어." 그녀는 천천히 눈을 깜빡였다. 그레이스와 눈을 맞췄을 때 그녀의 눈은 1월의 바다처럼 차가웠다. "그런데 지금은 싫어."

그레이스는 버네사의 침대 옆에 놓인 빛바랜 주황색 의자에 앉아 있었던 때를 떠올린다. 한낮이었지만 햇빛이 들지 않게 커튼을 쳐놓아서 방안이 어두침침했다. 버네사는 바닷소리를 욕하고 있었다. "못 견디겠어, 못 견디겠어." 그녀는 계속 말했다. "저 소리 때문에 미치겠는데, 안 들리게 막을 방법이 없어."

이틀 동안 잠을 설쳐서 기운이 하나도 없던 그레이스는 한계에 다다랐다. "나도 물살을 막을 방법은 없어, 버네사. 내가 준 귀마개를 껴, 여기―"

"건드리지 마!" 버네사는 쏘아붙이며 그레이스의 손을 쳐냈다. 버네사는 못되고 표독스럽게 굴었고 아파서 반쯤 제정신이 아닌 채로 독설을 뿜어냈다. "나 좀 놓아줘, 못생긴 할망구야. 왜 나를 놓아주지 않는 거야? 불 드 스위프, 불 드 스위프, 그이 말이 맞았어! 그가 너를 두고 한 말이 맞았어! 너는 나를 끌어내리고 내 뜻과는 상관없이 여기 붙잡아놓고 있어, 여기 가두어놓고 있다고. 나를 놓아주려고 하질 않아! 왜 나를 놓아주지 않는 거야?"

온전한 정신상태를 유지하는 것은 일종의 묘기다.
어쩌다 그쪽으로 생각이 흐를 때면 그레이스는 마지막에 버네사에게 모르핀을 과다 투여한 것이 그녀의 고통을 덜어주기 위해서였는지 그냥 입을 다물게 하기 위해서였는지 의문이 든다.

33

그녀가 추워서 떨며 잠에서 깨어보니 창문이 열려 있고 반밖에 남지 않은 위스키병이 협탁 위에 놓여 있지만 모르핀 뚜껑은 그대로다.

베커 씨가 휴대폰에 음성메시지를 남겼다. "말씀드릴 게 있는데, 전화보다 직접 만나서 하는 게 좋을 것 같아서요. 이번주에 찾아뵈어도 괜찮을까요?"

그레이스는 인터넷에 접속해 일기예보를 확인하고 물때표를 살핀다.

돌아오는 주말이 좋겠어요. 그녀는 답장을 보낸다. 다음주에 태풍 예보가 있거든요. 토요일—오전 10시 30분 이후요. 간조 시간은 1시 30분이에요.

그녀는 일어나 창문을 닫고 다시 버네사의 침대로 들어간다. 베커와 닉 라일리와 버네사와 그녀—그들 모두가 여기 이 집에 모여 있고. 그사이 바깥 하늘은 바다로 잠기는 광경을 상상하며 금세 잠이 든다. 난로에서는 장작불이 이글거리고 식탁에는 음식이 차려져 있고 그들은 모두 폭풍으로부터 안전하게 피신해 한자리에 모여 있을 것이다.

버네사 채프먼의 일기

여자들은 쳐다보면 안 된다, 그렇지 않나? 여자들은 시선을 받는 쪽이라야 한다.

그리고 폭력적이거나 추하거나 무서운 걸 보면 눈을 가리며 기절해야 하고 움찔해야 한다. 눈을 돌려야 한다.

가까이 다가가거나 실눈을 뜨고 빤히 쳐다보거나 살피고 관찰하고 평가하면 안 된다.

자기 손으로 무시무시한 뭔가를 만들면 안 된다.

34

눈앞의 하늘은 청회색이고 길가에 늘어선 소나무는 바람에 솔잎을 곤두세운다. 폭풍의 징조다. 그레이스에 따르면 일요일 밤에 폭풍이 서해안에 상륙할 예정이니 베커에게 주어진 시간은 48시간이지만, 섬에 들어갔다가 오늘 중으로, 아무리 늦어도 내일 아침에는 나오는 것이 그의 희망사항이다.

라디오에서는 〈지금 쳐다보지 마〉를 주제로 토론을 벌이고 있다. 또다시 듀 모리에다! 몇 년 뒤면 소설을 원작으로 제작된 영화의 개봉 50주년인데 재개봉 얘기가 오간다. 남자 패널이 최면에 걸린 듯한 공포, 고통에 시달리는 정신이 만들어내는 속임수, 그리고 관객에게 벗어날 수 없는 상심과 피할 수 없는 운명을 상기시키는 패턴과 모티프의 반복된 등장에 대해 이야기한다.

베커는 라디오를 꺼버린다.

해안도로로 진입하기 직전 주유소에 들른다. 기름을 가득 넣고 작은 가게에 들어가 카드 리더기에 휴대폰을 대자 결제를 알리는 진동이 손에 느껴진다. 차로 돌아오는데 다시 진동이 울린다. 휴대폰을 들여다보니 헬레나가 메시지를 보냈다.

저기, 집에 잠깐 들러줄래? 얘기 좀 하자.

그는 주유소 앞마당 한복판에서 걸음을 멈추고 화면을 빤히 쳐다본다. 잠깐 들러달라고?
주유소에서 나가려던 볼보 스테이션왜건 운전자가 클랙슨을 울리자 베커는 얼른 옆으로 비켜선다. 그는 휴대폰을 다시 들여다본다.

삭제된 메시지입니다.

베커는 주머니에서 더듬더듬 열쇠를 찾아 차문을 열고 운전석에 올라탄다. 자네가 자리를 비울 때마다 내 아들이 자네 아내를 만나러 달려가거든. 살짝 떨리는 손으로 시동 버튼을 누르고 D로 기어를 옮긴다. 헬스 걱정은 하지 마, 내가 계속 지켜볼게. 그는 주유기 앞에서 출발한다. 당신이 그레이스 해스웰을 찾아가서 물어봐도 되고. 다녀와, 당신이 거길 얼마나 가고 싶어했는지 나도 알아.
애초에 그에게 에리스에 다녀오라고 제안한 사람이 헬레나였다. 그 뼈에 대해 알게 된 날, 그들 셋이 그의 사무실에 모였던 날, 그에게 다녀오라고 한 사람이 헬레나였다. 그의 심장이 터질 듯이 쿵쾅거리고 살짝 현기증이 난다. 그는 백미러를 확인한다.

뒤에 아무도 없다. 그는 휴대폰을 다시 집어든다. 그녀에게 전화를 걸어보면 된다. 하지만 전화해서 뭐라고 하지? 저 앞에서 좌회전해 페어번으로 돌아가 예고 없이 집에 들이닥칠까? 관사 현관문을 열고 들어가 살금살금 계단을 올라가는 자신의 모습을 그려본다.

그는 휴대폰 전원을 끄고 에리스 방향으로 우회전한다.

그레이스가 오솔길 끝의 쇠사슬 앞에서 팔짱을 끼고 그를 기다리고 있다.

"차로 집 앞까지 갈까요?" 그가 차에서 내리며 묻자 그녀는 고개를 젓는다.

"아뇨, 그럴 필요 없어요." 그녀는 웃음기 없는 얼굴로 그를 쳐다본다. "나한테 하고 싶은 얘기가 있다고요?"

그는 요란하게 숨을 토한다. 맙소사. "네, 맞아요. 말씀드려야 할 게 있어요. 버네사의 유산 문제로 제가 여기까지 왔다갔다했는데, 이제는 정말 마무리를 지어야 할 때가 되었어요. 더는—"

"아, 알겠어요." 그녀가 말허리를 자른다. "사과하러 오는 줄 알았더니. 아니면 훔쳐간 편지를 돌려주거나."

허를 찔린 그는 더듬더듬 사과를 늘어놓기 시작하지만 그녀는 이미 그를 등지고 집이 아니라 바닷가 쪽으로 걸음을 옮기고 있다.

베커는 두 손을 재킷 주머니 깊숙이 넣은 채 이글대는 태양과 날리는 모래에 맞서 실눈을 뜨고 그녀의 뒤를 따라 모래사장을 걷는다. 두어 걸음 뒤에서 걷다보니 기를 쓰고 귀기울여야 바람이 낚아채오는 그녀의 말소리를 들을 수 있다.

"그건 배신행위였어요!" 그녀가 소리를 지른다. "우리 둘이 함께 잘해보자고 해놓고는 그 편지를 들고 한마디 말도 없이 떠나다니—"

"맞습니다." 그는 이렇게 대답하지만, 도덕적으로 열등한 위치에 몰린 자신의 상황에 짜증이 치민다. "제가 해서는 안 될 짓을 저질렀어요. 분할이라는 단어가 보이길래 유혹에 넘어가서…… 워낙 경황이 없다보니 미처 생각을 못—"

"뭘 생각하지 못했는데요? 나를? 내 부탁을? 공개하고 싶지 않다고 한 편지를 당신이 들고 갔을 때 내 기분이 어떨지? 그래요, 아무 생각도 하지 않았더군요. 신문에 실린 그 기사 봤어요. 그 기사에 따르면 나는 아예 존재하지도 않는 인간이던데요. 당신에게 나는 그저 장애물일 따름이죠? 귀찮은 존재."

"아니에요." 베커는 말하고, 황당함과 참담함을 동시에 느끼며 그녀와 보조를 맞추기 위해 가볍게 달려간다. "그렇게 생각하지 마세요. 선생님께 그런 기분을 느끼게 할 생각은 없었습니다. 안 그래도 버네사의 작품을 빼앗기면 상심이 크실 텐데 더 큰 상심을 안겨드릴 생각은 없었어요."

"그건 빼앗기는 게 아니에요." 그레이스는 반박하며 몸을 홱 돌려 그를 마주본다. 얼굴이 얼룩덜룩하고 뺨이 눈물로 젖었다. "나는 아무것도 빼앗기지 않았어요. 버네사가 다 넘긴 거지. 당신이 신문기사에서 말했던 것처럼 버네사에게는 유산을 남길 다른 사람이 없었잖아요, 안 그래요? 옆에 아무도 없었잖아요."

베커는 격하게 고개를 젓는다. "그건 제가 아니라 기자가 한 말이고 그 말은 틀렸어요. 기자가 제 앞에서 그렇게 말했다면 제가 오류를 바로잡았을 거예요." 하지만 이렇게 말하면서도 그는 서배스천이 한 말을 떠올린다. 버네사와 그렇게 가까운 사이였다면서 그레이스가 유산으로 받은 게 거의 아무것도 없는 이유가 뭘까? 그 이유가 뭐라고 생각해?

이렇게 멀리까지 나오니 바다가 거칠고 채찍 같은 바람이 일으킨 파도가 몸에 해로워 보이는 노란색 거품을 머리에 이고 있는 모습이 보인다. "선생님은 에리스를 떠났었죠?" 그는 묻는다. "그 편지가 작성된 시점에 선생님은 다른 곳에 살고 계셨죠? 잉글랜드의 어느 도시에서—"

"칼라일."

"맞아요. 그리고 버네사는 선생님께 보낸 편지에서—" 귀에 거슬리는 불협화음이 말허리를 자른다. 머리 위에서 갈매기가 바람을 비스듬히 타며 공중전을 벌이는 전투기처럼 급강하해서는 빙글빙글 돈다.

그레이스는 팔짱을 끼고 이번에는 좀더 천천히, 바다를 향해 다시 걸음을 옮기기 시작한다. "버네사는 나를 더이상 자기 곁에 두고 싶지 않다고 했어요." 그녀는 말한다. "줄리언이 그렇게 된 뒤로…… 달라졌어요." 베커는 그녀가 앞장서게 둔다. 그녀 옆에 바짝 붙지는 않되 단 한 마디도 놓치지 않으려고 귀를 쫑긋 세우고 그녀와 나란히 걷는다. "대하기 힘들어졌어요. 속을 감추고 경계하고…… 꼭 외상 후 스트레스 환자 같았어요." 그녀는 그를 흘끗 쳐다본다. "그게 뭔지는 알죠? 버네사는 과하게 긴장하고 불안에 떨고 툭하면 화를 냈어요. 도움을—전문가에게 제대로 된 도움을—받는 게 어떻겠느냐고 했더니 길길이 날뛰더군요."

베커는 에멀라인의 현재 상태와 비슷하다는 데 놀란다. 그녀도 PTSD가 의심되는데 전문가에게 도움을 받으라고 하면 버럭 화를 낸다. 버네사와 에멀라인이 비슷한 양상을 보인다는 생각에 마음이 불편해지자 그는 그 생각을 얼른 떨쳐버린다. "버네사를 도와준 사람이 있었나요?" 그는 묻는다. "선생님을 도와서 그분을 챙긴 사람이 있었나요? 나중에 쓴 일기에는 사람들 얘기가 별로 없더라고요. 프랜시스도 거의 언급되지 않고 또—"

"버네사는 모두와 절연했어요." 그레이스는 말한다. "아무도 만나려 하지 않았어요. 나는 몇 달 동안 살얼음판을 걷는 기분이었어요. 그러다 크리스마스 직후에, 그 사건이 있고 6개월쯤 지났을 때 버네사가 나더러 떠나달라고 했죠. 그것도"—그레이스는 뺨을 크게 부풀려 힘차게 숨을 내뱉는다—"조금 잔인하게요."

그녀는 그를 돌아보며 억지 미소를 짓는다. "나는 너무너무 속이 상했지만 그래도 버네사가 해달라는 대로 했어요. 잉글랜드에서 대체 의사를 찾는다길래 거기로 갔죠. 나는…… 나는 버네사가 혼자서 슬퍼할 시간이…… 뭔지 모를 죄책감을 달랠 시간이 필요하다고 생각했어요." 둘의 시선이 마주치자 베커는 그 말에 숨겨진 의미를 깨닫고 화들짝 놀란다. "나는 수시로 편지를 보냈지만 버네사는 몇 달 동안 답장이 없었어요. 그러다 당신이 들고 간 그 편지를 받았죠."

"아까 버네사에게 죄책감을 달랠 시간이 필요했다고 하셨는데요." 베커는 묻는다. "혹시……? 무슨 뜻에서 그런 말씀을 하신 건가요?"

그레이스는 손을 들어 햇빛을 가린다. 실눈을 뜨고 바다를 쳐다본다. "이제 그만 돌아가야겠네요." 그녀는 그의 질문을 못 들은 체한다. "물의 흐름이 바뀌고 있어요. 오도 가도 못하게 되면 큰일이잖아요." 베커는 자기가 보기에는 바다까지의 거리가 아직 안심할 정도인 것 같다고 말한다. "직접 겪어보면 깜짝 놀랄 걸요?" 그레이스는 말한다. "바다가 얼마나 금세 밀려오는지, 얕은 물에서도 얼마나 금세 발을 헛디디게 되는지 말이에요."

그들은 바다를 등진다. 포말의 잔재가 그들 앞 모래사장을 새처럼 스치듯 훑어가고 눈앞의 하늘은 금방이라도 비를 쏟을 것 같지만 바람을 등지고 있으니 대화를 나누기는 훨씬 수월하다.
"버네사가 죄책감을 느꼈다고요?"
그레이스는 고개를 끄덕이며 뒤편의 바다를 흘끗 쳐다본다. "줄리언 때문에요."
"줄리언 때문에요?"
그녀는 짜증스럽게 다시 고개를 끄덕인다. "네, 줄리언 때문에. 자기가 너무 부족했다는 생각이 들었나봐요."
"너무 부족했다뇨? 그게 무슨 뜻인가요?"
"아마도 그에게 할애한 시간이나 돈이요. 그가 항상 갈구한 게 그거였거든요." 그녀는 고개를 젓는다. "우리가 그 부분에 대해 진지하게 대화를 나눈 적은 없었어요. 내가 떠난 뒤로는 그에 대해 다시는 진지하게 대화를 나눈 적이 없었어요."
"하지만 선생님은 돌아오셨죠?" 그녀는 그를 쳐다본다. "그러니까, 분명 돌아오셨잖아요."
 "혹이 발견됐거든요." 그레이스는 말한다. "버네사가 겁에 질려서 나더러 돌아와달라고 했어요. 돌아와달라고 애원했죠."
 그들은 섬 쪽으로 말없이 빠르게 걸음을 옮기고 베커의 시선은 발치의 축축한 회색 모래에서 떠날 줄 모른다.

 계단 초입에서 그레이스가 발을 헛디디는 바람에 왼쪽 무릎을 찧으며 세게 넘어진다. 베커가 부축하려 하지만 그녀는 미친듯이 손사래를 치고 벌게진 얼굴로 숨을 헐떡이며 힘겹게 다시 일어난다.
 "또 무슨 짓을 저질렀어요?" 그녀가 그를 향해 으르렁거린다.
 "네?"
 "여기 온 뒤로 계속 걷어차인 개처럼 슬금슬금 움직이잖아요. 그 편지에 대해 실토했고, 그 인터뷰에 대해서도 얘기했잖아요. 할 얘기가 또 남았어요?"
 베커는 사회성이 떨어지는 사람치고 그레이스가 아주 예리하다는 생각을 한다. 대화를 나누는 내내 그의 머릿속 깊숙한 곳에서는 헬레나의 삭제된 메시지와 그로부터 상상 가능한 온갖 시나리오—모두 괴로운 시나리오다—가 맴돌고 있다. 하지만 그레이스에게 그걸 털어놓지는 않을 것이다.
 대신 그는 조소 작품에 대해 알린다. "〈분할 II〉 케이스를 열었어요." 그는 감정을 싣지 않고 말한다. 그녀에게 반응할 여지를 주지 않고 모두 쏟아낸다. "아직 검사는 진행하지 않았지만 인간의 뼈인 게 분명하다고 해요."

그레이스는 그에게서 돌아선다. 무릎과 허벅지에 묻은 모래를 떨고, 녹슨 난간을 손마디가 하얘지도록 꽉 붙잡고서 계단을 올라가기 시작한다. "내가 늑대 얘기를 한 적이 있던가요?" 그녀가 묻는다.

"늑대요?"

"전에는 여기가 묘지였어요. 이쪽 바닷가에 살던 사람들은 수백 년 전부터 누가 죽으면 시신을 섬으로 옮겨와서 묻었어요. 무덤이 파헤쳐지지 않게. 늑대로부터 지키기 위해서요."

버네사 채프먼의 일기

나는 누구를 위해 이런 기록을 남기는 걸까? 아마도 나를 위해서, 잊지 않기 위해서는 아닐 것이다. 그런 목적이라면 아무것도 거르지 않고 <u>모든 걸</u> 적을 테니.

요즘 들어 더글러스 생각이 많이 난다. 병이 재발한 뒤로 그에게 편지를 보내 모든 걸 설명하고 싶은 마음이 들었지만, 너무 늦어버린 것 같다. 왜 그때 당장 사실대로 말하지 않았을까? 이유가 기억나지 않아 일기장을 뒤적여봤지만 아무 해답도 찾지 못했다. 일기장이 전혀 도움이 되지 않았다. 내가 그 당시에는 이유를 알았다 해도, 이후로 언제든 이유를 알았다 해도 속으로 간직했던 모양이다.

(하지만 이 일기장이 곧 내 속마음 아닌가?)

나는 기억력이 딱히 좋지 않다. 그다지 새로울 것도 없는 사실이다. 내 생각에 기억력이 좋았던 적은 한 번도 없다. 적어도 지금 필요한 만큼 좋았던 적은. 사건이 정확히 어떤 식으로 벌어지고 일의 순서가 어떻게 되며 누가 누구에게 언제 무슨 말을 했는지 기억나지 않는다.

이미지로, 스냅사진처럼 기억이 난다. 피 묻은 내 손, 작업실 바닥에 온통 흩뿌려져 있던 하얀 도자기 파편이 보인다. 엉망이 된 그림도. 경찰들의 얼굴, 나를 쳐다보던 눈빛, 의심하고 미심쩍어하며 아래로 처진 그들의 입꼬리도 보인다. 내가 거짓말하고 있다는 걸 안다는 듯한 표정이었다.

이제 와 이런 생각이 든다. 내가 거짓말을 하기 전에도, 사실대로 말하기에는 너무 늦었다.

이미 너무 늦어버렸다. 핏자국은 물로 씻었고 증거는 없앴으니까. 그런데 무슨 수로 그들에게(경찰에게, 누구에게라도) 이런 말을 할 수 있었겠는가. 그 사람이 무슨 짓을 저질렀는지 봐요! 나를 죽이려고 했어요! (나는 줄리언의 의도가 그거였다고 생각할 수밖에 없다. 그 난장판을 맞닥뜨리면 내가 그 한가운데에 누워 죽어버리고 싶어 하리라는 걸 그는 분명 알았을 테니.)

전체적인 그림이 내 눈에 들어왔을 때는 이미 너무 늦어버렸다. 나는 전쟁중이었다. 더글러스와, 나 자신과, 심지어 그레이스와도. 그녀는 그걸 모르는 눈치였지만.

내가 언제 퍼즐 조각을 맞추기 시작했는지, 언제 뒤로 물러나 전체적인 그림에 초점을 맞추었는지, 언제 나무가 숲이 되고 양의 탈이 벗겨져 늑대가 드러났는지 기억나지 않는다. 어쩌면 그때 바로 언뜻 보았지만, 너무 무서워서 인정하지 못했던 것일 수도 있다. 너무 무서워서 아니면 너무 사랑해서. 사랑이 얼마나 잔인할 수 있는지 내가 그때는 몰랐던 것 같다.

이미 너무 늦어버렸다는 것만 알겠다.
그리고 이제 와서 실토하기에는 너무 늦었다는 것도.

이제 와서 어떻게 더글러스에게 편지를 쓰겠는가? 나 자신도 거의 이해가 되지 않는데.

나는 참상을 재료 삼아 뭔가를 만들었다. 그림을 그리고 창작을 하고 이제 줄 수 있는 것이 생겼다. 나는 다정하고 너그러울 수 있다. 더글러스에게 보상할 수 있다. 약속했던 작품은 줄 수 없지만 이후에 만든 모든 작품은 줄 수 있다. 그리고 그레이스에게도 선심을 쓸 수 있다.

35

　그레이스가 현관문을 열자마자 무슨 소리가 들린다. 뭔가가 부딪치거나 떨어지는 소리에 이어 고통에 겨운 비명소리가 들린다. 집안에 누가 있다.
　"문을 잠갔는데!" 그레이스는 소리를 지른다. 돌아서서 도망치려 하다가 베커와 몸이 부딪친다. 그녀의 물렁한 배와 젖가슴이 닿자 그는 혐오감에 뒤로 웅크리며 벽에 바짝 기댄다.
　그레이스는 허둥지둥 그를 밀치고 집밖 잔디밭으로 다시 뛰쳐나간다. 겁에 질린 모습이다. 베커는 엽총을 집어들고 야구방망이처럼 휘두르며 주방으로 몰래 들어간다. 아무도 없다. 그는 가만히 서서 귀를 기울인다. 그의 안에서 웃음이 거품처럼 보글보글 솟아오른다. 바보가 된 기분이다. 총을 내려 의자에 기대놓고 재킷을 벗어 식탁에 걸치는데—어라? 잠깐. 누군가가 집안에 있다. 발소리라기엔 너무 가볍고 뭔가가 바닥에 질질 끌리는 것처럼 부스럭거리는 둔탁한 소리가 이제 분명히 들린다.

"저기요!" 베커는 다시 총을 집어들며 큰 소리로 외친다. "거기 누구 있어요?"

그는 다시 현관홀을 지나 거실로 들어가서 뒷방을 잽싸게 들여다본다. 아무도 없다. 다시 나와 복도에서 걸음을 멈추고 숨을 참으며 한번 더 귀를 기울인다. 정적이 점점 부풀며 그를 압박한다. 뒤에서 무슨 소리가 들리자 그는 움찔한다. 그레이스가 들어와서 현관문을 닫는 소리다. 그는 다시 피식 웃고 싶어진다. 공포영화를 보며 공포와 재미 사이의 그 묘한 림보에 갇혀 화들짝 놀랄 다음 순간을 기다리는 어린애가 된 느낌이다.

그레이스가 눈을 휘둥그레 뜨고 하얗게 질린 얼굴을 문틈으로 내밀어 거실을 들여다본다. 베커가 그녀를 향해 어깨를 으쓱하고 고개를 저은 순간 버네사의 방에서 느닷없이 끔찍하게 악을 쓰는 소리가 들리자 둘은 흠칫한다. 그레이스는 비명을 지르고, 베커는 쿵쾅거리는 심장을 달래며 엽총을 들고 소리가 난 쪽으로 달려간다.

버네사의 방에서 재갈매기가 창문 아래 벽을 따라 좌우로 옆걸음질을 치고 있다. 깃털이 아직 얼룩덜룩한 새끼로 울음소리가 처량하다.

"새예요, 그레이스." 베커는 큰 소리로 외치고 총을 바닥에 내려놓는다. "방안에 갇힌 새예요."

그레이스가 살금살금 방안으로 들어온다. 새를 본 순간 안도하며 어깨를 늘어뜨리고 금세 평정심을 회복한다. 단번에 현실적이고 합리적인 인물로 변신해 침구용 벽장에서 묵은 시트를 꺼내와 펼치더니 그물처럼 갈매기 위로 던진다. 베커도 가세해 조심스럽게 새를 들어올리려 하지만 녀석의 요란한 날갯짓에 놀라서 시트를 놓치고 만다.

그레이스는 머뭇거리지 않는다. 시트를 오므린 다음 들어서 가슴에 품는다. 새가 미친듯이 반항하며 소름 끼치는 소리를 내지만 그레이스는 꿈쩍하지 않는다. 얼른 창문으로 다가가 밖으로 최대한 몸을 내민 뒤 시트 가장자리를 단단히 붙잡고 두 팔을 넓게 펼쳐 악을 쓰며 버둥대는 꾸러미를 허공에 풀어놓는다.

갈매기는 잠깐 동안 비명을 지르고 곤두박질치며 필사적으로 허우적거리다 본능이 되살아나자 가까스로 비스듬하게 몸을 틀고 바람 속으로 솟구쳐 집 위로, 시야 밖으로 사라진다.

베커는 시트를 창문 안으로 끌어당기는 걸 거든다. 그와 그레이스의 눈이 마주치자 그들은 안도감에 웃음을 터뜨리며 둘 사이의 긴장이 드디어 깨진 순간을 만끽한다.

그레이스가 손을 내밀어 베커의 손을 잡고 꾹 누른다. 그는 화들짝 놀라서 잡힌 손을 빼지 않으려 기를 쓰고 참지만, 방문 쪽으로 몸을 돌렸다가 벽에 기대 세워둔 캔버스를 보는 순간 더는 참지 않는다.

그는 날카롭게 숨을 들이마시며 손을 거둔다. 놀라고 기쁜 마음에, 아름다운 어떤 것, 스타일은 익숙하지만 그가 느끼기에는 전혀 새로운 어떤 것을 목격하고 반가운 마음에 보인 반응이다. 그림—나무를 깎아서 만든 새를 들고 있는 여자의 초상화—을 보고 너무 충격을 받은 나머지 그가 보고 있는 게 뭔지 알아차리는 데 조금 시간이 걸린다.

새를 들고 있는 그레이스다.

"〈토템〉이네요." 한참 만에 그가 말한다.

"맞아요." 그레이스가 대답한다.

그녀는 시트를 둘둘 말아서 방 밖으로 들고 나간다. 그는 멀어져가는 그녀를 지켜보며 좀전의 그 작품과 나란히 벽에 기대 세워놓은 조금 더 작은 초상화—역시 모델이 그레이스다—와 방문에 반쯤 가려진, 나머지 둘보다 좀더 크고 색감이 어두운 세번째 캔버스를 눈에 담는다. 그는 아플 지경으로 흉곽을 두드리는 심장을 느끼며 그림 앞으로 천천히 다가가 문을 밀어낸다.

지금까지 한 번도 본 적이 없는 검은 그림이다. 검은색 물감 위에 회색과 자주색, 피처럼 짙은 빨간색과 번쩍이는 금색을 팔레트 나이프로 쓱쓱 넓게 발라놓았다. 서치라이트를 중심부의 인물들에게 똑바로 비춰 현행범을 체포하기라도 하는 것처럼 빛의 웅덩이가 작품의 정중앙을 지배하고 있다. 첫번째 인물은 엎드린 채 고개를 뒤로 젖혔다. 두번째 인물은 무릎을 꿇고서 엎드린 사람의 목인지 얼굴 부근에 손을 대고 있다. 그들 뒤에 제삼의 인물인 관찰자가 서 있는데, 그 관음증 환자의 입에 흰색으로 번뜩이는 치아를 그려넣은 걸 보면 얼굴을 찡그리거나 미소를 짓고 있다는 뜻이다.

복도를 걸어오는 그레이스의 발소리가 들리자 베커는 문에서 뒤로 한 발 물러난다. 그녀는 문을 밀어서 열고 왼쪽으로 흘끗 시선을 돌려 캔버스를 보다가 다시 그를 쳐다본다. 입을 일자로 굳게 다물고 있다. 베커는 뒤로 물러서서 팔짱을 끼고 미술관에라도 온 것처럼 세 점의 그림을 감상한다. "그러니까," 그가 첫번째 그림을 가리키며 말한다. "저건 〈토템〉이고. 더 작은 저 초상화는요?"

"〈그레이스〉예요." 그녀는 대답한다. "그냥 〈그레이스〉라고 불러요. 나를 그린 첫 작품이었어요. 뒤에 1998년이라고 연도도 적혀 있어요."

"이런 작품이 더 있나요?" 베커는 묻는다.

"아뇨." 그레이스는 말하고, 그의 옆에 서서 그림을 쳐다본다. "이게 다예요."

베커는 아랫입술을 깨물며 고개를 끄덕인다. "저한테는 줄리언이 〈토템〉을 망가뜨렸다고 하셨잖아요."

"뭐." 그레이스가 고개를 돌리더니 턱을 들고 반항하는 표정으로 그를 마주본다. "거짓말이었어요." 그녀는 실토한다. "이 초상화들은 버네사가 나에게 준 거예요. 몇 년 전에 나한테 줬어요. 증거는 없어요, 문서 같은 걸 쓰지도 않았으니까. 페어번측에서 내 주장에 이의를 제기할 게 뻔하니 비밀로 했던 거예요."

베커는 고개를 끄덕인다. "초상화라고요?" 그는 제일 큰 작품을 가리키며 반문한다. "저건 초상화가 아닌데요."

그레이스는 어깨를 으쓱한다. "나예요." 그녀는 말한다. "나랑 바닥에 쓰러진 스튜어트."

"스튜어트요?"

"마거리트의 남편이요." 그레이스는 말한다. "버네사를 공격한 남자. 나랑 바닥에 쓰러진 스튜어트, 그리고 우리 뒤편에 서 있는 버네사. 정식 초상화가 아닌 건 맞지만 그래도 나를 그린 거예요."

36

에리스, 2009년

"다시 그림 그리기 시작했어?"

그레이스가 그날 저녁 집에 돌아와보니 버네사가 청바지에 물감이 튄 남자 셔츠를 입고 아가 레인지 앞에 서 있었다. 대여섯 벌 되는 버네사의 작업복 중 하나인 그 셔츠는 원래부터 오버사이즈였지만 이제는 그녀가 그 안에서 허우적댈 지경이었다. 그레이스의 심장이 욱신거렸다. 버네사가 어른 옷을 입은 어린애 같아 보였다.

"응!" 버네사는 웃는 얼굴로 그녀를 돌아보며 말했다. "시작했어." 눈은 움푹 꺼지고 입술은 뒤로 당겨져 이가 드러나고 얼굴은 파르스름하니 핏기가 없어서 섬뜩한 모습이었다. 글래스고에서 6주 동안 마지막 화학요법치료를 받고 에리스로 돌아온 지 겨우 며칠밖에 되지 않았다.

"너무 무리하지 않으면 좋겠어." 그레이스는 말했다.

버네사는 어깨를 으쓱했다. "나 컨디션 좋아, 그레이시." 그렇게 말하며 두 팔을 벌렸다. 그레이스는 거짓말과 포옹을 받아들이기로 했지만 셔츠 위로 튀어나온 버네사의 견갑골이 느껴지자 움찔했다. 버네사는 그레이스의 어깨에 머리를 가만히 얹었다. "보고 싶었어." 그녀는 중얼거렸다. 그러고는 포옹을 풀었다. "기운이 없어서 점토 작업은 못하지만 스케치랑 색칠은 할 수 있어. 그림을 그리고 싶어."

"쉬엄쉬엄 해야 해."

버네사는 열심히 고개를 끄덕였다. "나한테도 좋은 일이야. 작업을 하지 않으면 내가 얼마나 포악해지는지 너도 알잖아." 그녀는 눈을 찡긋했다. "실은 엄청난 작업을, 상당히 야심만만한 작업을 시작했어." 그녀가 음흉하게 씩 웃어 보이자 그레이스는 눈썹을 추어올렸다. "아니, 안 보여줄 거야." 그녀는 앞으로 다가와 갈라진 입술로 그레이스의 뺨에 살짝 스치듯 입을 맞췄다. "시간이 좀 걸릴 거야, 적어도 몇 주."

버네사는 18개월이 지난 뒤 그레이스를 작업실로 데려가 그 작품을 보여주었다. 완성이 늦어진 이유는 한바탕 앓은 독감이 폐렴으로 발전한 것과, 발목을 삐어 작업실까지 올라갈 수가 없었던 것, 그리고 가장 크게는 무모한 낙관과 극도의 절망 사이를 큰 폭으로 오간 감정 기복 때문이었다.

아침이었다. 그레이스는 이런 때, 뭔가를 완성해 보여줄 준비가 됐을 때 버네사에게서 뿜어져나오는 그 들뜬 분위기를 만끽하며 그녀와 함께 집에서 나와 언덕을 천천히 올라갔다.

언덕 꼭대기에 다다르자 버네사는 손을 내밀어 그레이스의 손을 잡았다. 그녀는 가슴속에서 희미한 휘파람소리를 내가며 숨을 헐떡이고 있었다.

"괜찮아, 비?" 그레이스가 물었다. 버네사는 고개를 끄덕이며 미소를 지었고 둘은 같이 작업실로 들어갔다.

그레이스는 이젤에 놓인 캔버스를 보았을 때 숨을 헉 들이마시며 불에 데기라도 한 듯 잡고 있던 버네사의 손을 떨어뜨렸다. 뭘 그린 건지 한눈에 알아보았다. 중앙의 아치형 천장 아래 땅바닥에 무릎을 꿇고 앉아서 두 손으로 커터를 잡고 당면 과제에 집중하고 있는 그녀가 보였다. 그리고 팔을 치켜들어 그녀를 막으려고 버둥대는 그가 보였다. 또 그녀의 뒤편으로 문 앞에 서서 지켜보는 인물이 보였다.

"저거 너야." 버네사가 말했다. 그레이스는 경악하며 그녀를 쳐다보았고 부끄러움으로 온몸이 화끈거렸지만 버네사는 웃고 있었다. "저거 우리야. 너랑 나랑 그 인간. 마음에 들지 않아?" 그녀의 목소리는 야옹거리는 새끼 고양이처럼 힘이 없고 가냘팠다. 불안해하는 것이었다.

그레이스는 캔버스 쪽으로 한 발 다가갔는데, 눈물 때문에 눈이 따끔거리고 눈앞이 흐릿했다. 바로 그 순간 그녀는 버네사가 그날 자신을 보았다는 것을, 자신의 본모습을 보았다는 것을, 그리고 그것을 넘어 이해했다는 것을 알아차렸다. 그럼에도 불구하고 자신을 사랑했다는 것을. 그녀는 지금까지 가죽 아래 비늘이 들통나 괴물이라고 거부당할까봐 두려움에 떨었는데, 버네사는 그 비늘을 보고 그녀를 더 사랑했다.

"우리가 저 인간을 죽일 수도 있었어." 버네사는 나른하게 말했다. "안 그래? 나는 요즘 그 일을 생각해, 자주 생각해. 저 인간을 죽여서 토막 낸 다음 가마에 넣어버릴 수도 있었다고, 태워버릴 수도 있었다고. 그래도 아무도 몰랐을 거라고."

버네사가 다시 손을 내밀어 그레이스의 손을 잡자 그레이스는 비로소 알아차렸다. 버네사는 자신을 사랑할 뿐 아니라, 둘은 서로 다르고 기본적으로 여러 면에서 정반대지만 이 점에 있어서만은 비슷하다는 것을. "가끔은 말이야," 버네사가 말했다. "나는 잿더미를 헤집는 꿈을 꿔. 잿더미를 헤집어서 뼈를 찾는 꿈."

마침내 그레이스가 말했다. "악몽 때문에 괴로우면," 그녀는 울컥해서 잠긴 목소리로 말했다. "약을 처방받을까? 푹 잘 수 있게."

버네사는 나지막이 웃음을 터뜨렸다. "항상 이렇게 현실적이지." 그녀는 말했다. "나의 그레이스. 나의 그레이스." 그녀는 그레이스의 손을 들어 자기 입술에 대고 손끝마다 입을 맞췄다. "저 작품 제목을 뭐라고 지었는지 알려줄까?" 그녀는 그레이스를 자기 쪽으로 잡아당기며 물었다. 그들은 같이 캔버스 뒤쪽으로 걸어갔고 그레이스는 틀 뒷면에 적힌 제목을 보았다. 사랑.

37

베커는 검은 그림을, 〈사랑〉을 두번째로 대면할 때 〈홀로페르네스의 목을 베는 유디트〉를 본다. 붉은색은 홀로페르네스의 망토, 그의 동맥에서 흘러나온 피다. 금색은 유디트가 입은 옷이다. 한 여자는 목을 베고, 다른 여자는 지켜보고, 짐승은 죽어가고. 다만 이 짐승은 죽지 않았다. 아닌가?

"그건 포기하지 않을 거예요." 그레이스가 말한다. 평소에는 부드러운 그녀의 얼굴이 어스름 덮인 이 방안에서 완강한 표정으로 바뀌었다. "이중 어떤 것도 포기하지 않을 거예요. 우리가 함께한 삶의 증거로 남은 게 이것뿐이에요."

베커는 그녀를 등지고 돌아서서 허리춤에 손을 얹으며 좌절의 한숨을 내쉰다. 그림을 보고 있자니, 바닥에서 어둠에 잠겨 사투를 벌이는 인물들을 보고 있자니 피곤하다. 피곤하고 서글프다. 지난 몇 주는 진 빠지는 일들의 연속이었다. 헬레나의 입원, 에멀라인과의 그 끔찍했던 상황, 장거리 운전, 헬레나가 잘못 보낸 메시지, 맞바람을 맞으며 걸은 바닷가, 비명을 지르던 갈매기 그리고 이 일—그레이스의 거짓말, 혼란스러운 태도, 절박함—까지 그 모든 것이 그의 신경을 너덜너덜하게 만들었다.

"완벽하지는 않았어요." 그레이스가 그림을 보며 조용히 말한다. "하지만 생생한 삶이었어요. 버네사와 나는 여느 연인 못지않게 풍요롭고 다채로운 시간을 함께했고, 그걸 당신들이 별것 아닌 걸로 폄하하려고 아무리 애써도—"

"저는 당신을 도우려고 애써왔어요!" 베커는 고함을 지른다. 그레이스는 움찔하지만 아주 살짝 그럴 뿐이다. 자기 주장은 조금도 굽히지 않는다. "제가 맨 처음 찾아왔을 때 이 선물들에 대해 말씀하셨다면 변호사의 개입 없이 해결하자고 서배스천을 설득해 심각한 충돌을 피할 수 있었을지 모르지만, 이제 와서요?" 그는 고개를 젓는다. "당신은 스스로 무덤을 팠어요, 그레이스. 서배스천은 이 작품과 버네사가 남긴 자료를 사적인 것까지 다 차지하려 달려들 텐데 저로서는 막을 방법이 없어요."

그레이스는 턱을 내민다. "좋아요." 그녀는 말한다. "하지만 나를 대신해서 말을 전해줄 수는 있겠죠, 내가 수단과 방법을 가리지 않고 그와 그의 어머니를 난처하게 만들겠다고. 마음만 먹으면 내가 얼마든지 그 가족의 인생을 힘들게 만들 수도 있다고."

베커는 다시 고개를 젓는다. 그녀를 등진 채 거실을 향해 복도로 걸음을 내딛는다. "제가 페어번으로 돌아가기 전에 알아야 하는 게 또 있을까요?" 그는 지친 목소리로 묻는다. "다른 선물이 또 있나요?"

"지금 나더러 거짓말을 했다고 뭐라 하는 거예요?" 그레이스가 으르렁거리자 베커는 웃음을 터뜨린다. 그는 다시 걸음을 옮기려 하지만 한 발짝도 떼기 전에 그의 팔뚝을 아플 정도로 움켜잡는 그녀의 손이 느껴진다. "어디서 감히!" 그녀는 그의 팔뚝을 잡은 손에 더욱 힘을 주고 분노로 몸을 부들부들 떨며 외친다. "감히 나를 조롱하다니!"

"그레이스." 가끔 그녀와 대화하다보면 어린애를 상대하는 듯한 기분이 들 때가 있다. "조롱하는 게 아니에요. 하지만 방금 전에 거짓말을 했다고 실토했으면서 당신 말을 믿어주지 않는다고 화를 내면 안 되죠."

그녀는 떨떠름하게 잡은 손을 놓는다. "내가 버네사의 토템이었어요." 그녀는 울먹이느라 떨리는 목소리로 말한다. "내가 옆에 없으면 모든 게 망가졌어요. 그 인간, 스튜어트 커민스는 버네사를 죽였을 거예요. 줄리언은 버네사의 인생을 파탄 내고 빚과 방탕의 수렁으로 버네사를 끌고 들어갔을 테고요. 그 인간은 그럴 의도가 다분했다고요! 그리고 그 인간이 실종됐을 때 누가 여기서 그녀의 곁을 지켰나요? 프랜시스? 더글러스? 천만의 말씀! 나였어요. 내가 버네사를 살리고 보호하고 챙기고 그녀를 위해 모든 걸 걸었어요. 내 면허, 내 자유까지! 나를 빼고는 절대 버네사의 이야기를 쓸 수 없을걸요? 나는 항상 그 이야기의 일부일 테니까. 당신은 절대 알지 못할, 나만 아는 것들이 있다고요. 당신은 버네사에 대해 아무 권리도 없어요! 그녀는 내 것이었어요."

38

 폭풍이 일찍 들이닥쳤다. 그레이스는 일요일 저녁이나 월요일 새벽쯤 상륙할 거라고 했는데, 토요일 저녁인 지금 빗방울이 누군가 던진 조약돌처럼 유리창을 때린다. 바람은 포악하다. 나무 사이에서 악다구니를 쓴다. 파도가 방파제를 후려치는 소리가 만 저편에서까지 들린다. 마치 폭격을 퍼붓는 것 같다.
 그레이스는 그림과 함께 버네사의 방에 들어앉아 문을 잠갔다. 베커는 잠깐 논리적인 설득을 시도하지만 그녀는 말을 섞길 거부한다. 잠시 후 그녀가 누군가와 통화하는 소리가 들린다. 변호사일까?
 그는 주방으로 슬그머니 물러나 잔에 물을 따르고 벽에 붙은 물때 시간표를 확인한다. 10시 30분경이면 방죽길을 건널 수 있다지만 날이 더 궂어지면 아무도 모를 일이다. 밤새 여기 갇힐 수도 있을까? 생각만 해도 끔찍하다.

그는 물을 한 모금 마신다. 희미하게 짠맛이 난다. 그의 입술에 소금기가 묻은 탓일 수도 있지만 갑자기 단것이 당긴다. 그는 차를 끓이고 버석버석한 황설탕을 숟가락으로 수북이 떠서 넣는다. 조리대에 놓인 병에 담긴 비스킷이 보이자 하나를 꺼내 먹고 창문으로 다가간다. 완벽한 어둠이 깔려 있지만—만 저편에 어떤 불빛도 보이지 않는다—소리로 거친 바다가 느껴진다. 이 정도 거리에서도 방파제를 포악하게 때리는 파도 소리가 들린다.

네 바로 앞에 뭐가 있는지 보지 못할 때도 있지.

아니면 바로 앞에 누가 있는지. 그는 서배스천을, 상대방을 무장해제시키는 그의 미소를 떠올린다. 우리 아가씨는 괜찮고? 우리 아가씨라. 에멀라인의 말이 맞을까? 그가 사랑에 눈이 멀어서, 아니면 그와 헬레나가 사귀게 된 경로 때문에 죄책감에 눈이 멀어서 그의 바로 앞에서 펼쳐지는 연극을 보지 못한 걸까? 그가 서배스천을 처음부터 잘못 파악했을 수도 있다. 그는 서배스천에게서 극기심과 불굴의 정신을 보았지만 실은 장기적인 꿍꿍이가 있는 교묘한 모사가였던 게 아닐까?

하지만 헬레나는? 그가 그녀를 잘못 파악했을 리는 없지 않을까? 심장박동이 다시 빨라지자 그는 휴대폰을 확인한다. 부재중 전화도 새로운 메시지도 없다. 그는 잠깐 고민하다가 헬레나에게 전화를 건다. 신호가 한 번 울릴 때마다 뱃속이 점점 더 똘똘 뭉친다. 그는 꼬박 1분 동안 자신을 고문한 끝에 전화를 끊는다.

담배를 피우고 싶어 미칠 것 같다. 그는 담배를 한 대 말고—만일의 경우에 대비해—한 대를 더 말고는 주방을 가로지르다가 문 옆 고리에 걸려 있는 작업실 열쇠를 본다. 그는 라이터가 든

주머니에 그 열쇠를 슬그머니 넣는다. 밖으로 나가 마당 한구석에서 몸을 웅크리고 담배에 불을 붙여보려 하지만, 이 섬을 통틀어 가장 막힌 곳일 것 같은데도 바람이 너무 세서 포기한다. 그는 바람에 맞서 고개를 숙이고 어깨를 움츠린 채 마당을 가로질러 작업실을 향해 언덕을 올라간다.

거의 모든 걸 치웠지만 가대식 테이블에 작은 상자 두어 개가 남아 있고 작업실 맨 안쪽 선반에 조그만 조각칼이 있다. 그는 조각칼을 주머니에 넣고, 집으로 가져가려고 상자를 챙긴다. 그레이스가 그를 보고 방에서 나와 항의하면 좋겠다. 지금은 한판 신나게 붙어보고 싶다. 그리고 그가 뭘 가져간다 한들 그녀가 제지하거나 물리적으로 막을 수 있는 것도 아니지 않은가? 좀전에 그녀에게 붙들렸던 팔뚝이 아직도 욱신거리긴 하지만. 신체적으로 전성기가 지난 여자치고 손아귀 힘이 놀라우리만치 세다.

그는 집으로 돌아가 식탁에 상자를 내려놓고 잠깐 멈춰 서서 뭐든 움직이는 소리가 들리는지 귀를 기울인다. 바람과 갈매기 소리, 파도가 집 아래쪽 바위를 요란하게 때리는 불길한 소리 말고는 아무 소리도 들리지 않는다. 그는 휴대폰을 꺼내 헬레나에게 다시 연락해보려 하지만 지금은 와이파이가 안 되는 것 같다. 폭풍 때문에 먹통이 됐나? 상관없다고, 그는 속으로 중얼거린다. 몇 시간 뒤면 여길 떠날 테니까. 현재 날씨를 감안하면 낙관적인 전망이지만, 지금 할 수 있는 거라고는 열심히 움직이는 것뿐이다. 결단력을 보여야 한다. 안전이 보장되자마자 떠날 수 있게 짐을 차에 실어야겠다. 차를 오솔길 입구에 세워놨으니 몰고 올라와야겠다. 이런 날씨에 길을 살펴가며 무거운 상자를 옮길 생각은 없다. 그는 재킷 주머니 깊숙이 손을 넣는다.
 차 열쇠를 어디 두었더라?

39

 폭풍이 정확히 예상했던 시각에 들이닥쳤다.

 그레이스가 예상 시각을 살짝 속인 이유는 베커야 궂은 날씨에 여기 갇혀 있고 싶을 리 없겠지만 그녀는 폭풍이 닥쳤을 때 그가 여기에 있어주길 바랐기 때문이다. 에리스섬의 가장 원초적이고 가장 짜릿한 모습을 그에게 보여주고 싶었다. 강풍에 빗줄기가 흩날리고, 바다는 유리창을 향해 포말을 뿜어내며, 바람은 나무를 할퀴고, 집 전체가 지반을 붙들고 낑낑거리는 모습을 말이다.

 그녀는 둘이서 그 광경을 함께 지켜보는 상상을 했다. 밤새 폭풍을 함께 견딘 사람들끼리는 유대감이 형성되기 마련이니까. 하지만 안타깝게도 그녀의 계획은 빗나갔다.

 그에게 그림을 보여준 것이 실수였다. 그에게 잠깐이나마 보여준 건 그 작품들이 버네사와 그녀가 얼마나 깊은 관계였는지를 분명하게 알려주기 때문이었다. 그 그림들이야말로 그녀가 버네사의 이야기에서 조연이나 단역이 아니라는, 오직 그녀를 통해서만 버네사가 어떤 인물이었는지 진정으로 이해할 수 있다는 증거―그것도 반론의 여지가 없는 증거―이지 않은가.

하지만 기초를 좀더 잘 다지고 그녀가 작품 몇 개를 감추어두고 있었다는 사실에 대비해 그에게 마음의 준비를 시키지 않은 것이 패착이었다. 이런저런 사건들 때문에 정신이 없었다. 새가 들어올 줄은 예측하지 못했고, 베커가 버네사의 방으로 그렇게 달려들어갈 줄은 상상조차 못했다.

이제 그녀는 방문 앞으로 다가가 문에 뺨을 댄다. 집이 바람에 맞서 삐걱거리고 끙끙대며 요동치지만 바로 옆방에서 그가 왔다 갔다하는 소리도 들린다. 그녀는 협탁을 흘끗 돌아본다. 그 서랍 안에 그의 차 열쇠가 있다. 갈매기 때문에 더러워진 시트를 세탁기에 넣으려고 주방을 가로지를 때 그의 재킷 주머니에서 슬쩍했다. 그녀도 곧장 알아차렸다시피 그가 그림을 보고 나면 언쟁이 벌어질 게 뻔한데, 그에게 문제를 해결하지 않은 채 떠날 여지를 주고 싶지 않았다. 해야 할 전화 통화를 끝낸 지금 그녀는 공유기 연결을 끊는다.

불을 끄고 버네사의 침대로 올라가 이불 속으로 기어들어간 다음 이불을 턱까지 끌어당긴다. 폭풍이 다가오는 그 짜릿한 소리, 그녀는 안전하고 따뜻하고 비를 맞지 않았으며 혼자가 아니라는 사실에서 오는 위안을 만끽한다.

어두컴컴하지만 〈토템〉에 그려진 그녀의 희미한 실루엣을 알아볼 수 있다. 그녀의 어깨 모양, 오므린 손이 보인다. 그 조그만 새는 어떻게 됐더라? 아주 오랫동안 보지 못했다. 창고에 넣어뒀

었나?

버네사가 〈토템〉을 그렸던 때는 조소 작업에 한창 몰두하던 시기였다. 나무를 깎고 석조도 시도했다. 망치가 끌을 종처럼 일정하게 때리는 소리를 집안에서도 들을 수 있었다.

그 작은 새는 아마 거실 어딘가에, 어느 벽장에 있을 것이다. 벽장마다 작품 모형, 바닷가에서 주운 조개껍데기와 돌, 나무를 깎아 만든 숟가락, 버네사가 온 사방에서 모은 잡동사니로 가득하다.

손안에 새가 있는 건 좋은 징조이지만 집안에 새가 있는 건 딱히 그렇지 않다. 그건 죽음을 예고한다, 그렇지 않나? 사람들이 그렇게 말하지 않나? 미신에 휘둘리는 심약한 그 사람들이 누구인지는 모르겠지만.

하지만 실내에 갇힌 야생동물이라니 심란할 수밖에 없다. 그 녀석이 얼마나 격하게 발버둥칠지, 얼마나 끔찍하게 도망치고 싶어할지, 살고 싶어할지를 생각하면 인상적이기도 하다. 궁지에 몰리면 인간도 그렇게 된다.

40

에리스, 2002년 여름

몇 주 동안 비가 내렸지만 그날 오전에는 해가 비쳤다.
그레이스가 아침을 차려놓은 식탁 앞에 앉아 신문을 읽고 있는데 버네사가 수줍게 미소를 지으며 들어왔다. 얼굴이 상기되었고 그레이스의 손을 잡는 그녀의 손가락이 살짝 떨렸다. "너한테 보여줄 게 있어." 그녀가 말했다.
작업실 벽에 기대어 세워둔 그림이 있었다. 나무를 깎아 만든 새를 들고 있는 그레이스의 초상화였다. 버네사는 비가 내리기 시작한 뒤로 내내 이걸 그렸다.
"내가 지은 제목은 '토템'이야." 버네사는 이렇게 말하고는 잠시 뜸을 들이더니 얼른 숨을 들이마셨다. "음, 네가 보기에는 어때? 마음에 들어?"

그레이스는 침을 삼켰다. 자신이 눈물날 정도로 감동했다는 데 당황했다. "응." 그녀는 말했다. 목이 메어서 헛기침을 했다. "진짜로 마음에 들어." 초상화 속 그녀는 예쁘지 않지만—절대 예쁠 수는 없을 것이다—당당하다. 의자를 뒤로 살짝 빼고 식탁 앞에 앉아 있어서 무릎 위에 올려놓은 목각상이 보인다. 그녀 뒤편 벽은 묵은 신문 같은 노란색이고 오후의 햇살은 부드럽고 따뜻하다. 빛바랜 파란 셔츠를 입은 그레이스의 모습은 상상한 적이 없을 만큼 고상하고 편안해 보인다.

버네사가 두 팔로 그레이스의 허리를 감싸고 꼭 끌어안았다. "나 진짜 기뻐. 이렇게 완성돼서 진짜 행복해. 하지만 초상화 모델을 하면서 어떤 작품이 나올지 상상했다가 그 작품을 맞닥뜨리면 어떤 심정인지 나는 알…… 절대 단순하지 않지." 그녀는 다시 한번 꼭 끌어안았다. "그레이스…… 지금 울어? 우네! 아, 그레이스."

얼마 전부터 그들 사이에 말로 표현하지 않은 어색한 기류가 흘렀다. 둘 다 이유를 알았지만 둘 다 모르는 체했다. "괜찮지, 그치?" 버네사가 물었다. "오프닝 행사에 참석 못하는 거 말이야. 나도 네가 참석하면 좋겠지만…… 너하고 나, 우리 둘은 사는 세상이 다르잖아. 그리고 그런 행사는 항상 스트레스가 너무 심해서 나는 평소와 다르게 안절부절못할 테고, 계속 악수하고 또…… 작품을 팔고 그러느라 너를 챙길 수 없을 거야, 너는 아는 사람도 없는데. 그래서 네가 불편할까봐—"

"괜찮아." 그레이스는 얼른 말했지만 실은 괜찮지 않았다. 버네사에게 말은 하지 않았지만, 그녀는 초대받지 못할 수도 있겠다고 갈수록 의심하면서도 뭘 입고 갈지 이미 골라놓았다. 3성급 호텔 숙박비도 알아보았고 오프닝 행사 전에 뭘 먹을지도 고민했다. "완벽하게 이해해. 오프닝 행사 끝나고 그 주에 갈 테니까 느긋하게 즐기면서 어디 근사한 데서 같이 저녁 먹자." 그녀는 잠깐 아무 말 없이 실망감을 삼키고 꾹꾹 누르며 지금 이 순간을 망치지 않겠다고 결심했다. "기분이 묘하다." 마침내 그녀는 말했다. "이 그림이 근사한 갤러리에 전시되고 사람들이 보고 누군가가 사서 집에 들고 갈 거라고 생각하니까 말이야. 나를! 벽에 걸다니!"

"그것도 아주 근사해 보이는 너를." 버네사는 환히 웃으며 말했다. 그녀는 그레이스를 두고 한 발 뒤로 물러나 약간 멀리서 그림을 감상했다. "나는 이거 소장하고 싶어, 우리집에 걸고 싶어. 너한테 선물하고 싶어. 하지만 돈이 필요하단 말이지." 그녀는 웃음을 터뜨렸다. "있잖아, 초상화는 너한테 선물하지 못하지만…… 이건 선물할 수 있어." 버네사는 등뒤로 손을 뻗어 가대식 테이블에 놓인 조그만 나무 새를 집어들더니 제물처럼 그레이스 앞으로 내밀었다.

"아니, 이런." 그레이스는 짓궂은 미소를 지으며 말했다. "영광이네." 그녀는 두 손으로 새를 받아 가슴에 갖다댔다. "이러니까 내가 아주 중요한 사람이 된 것 같아." 그녀의 얼굴이 빨개졌다. "이게 우리를 연결해주네, 그치? 너랑 나를. 우리 둘은 이걸로 연결된 거야."

"맞아." 버네사는 말하고 그레이스의 손을 다시 잡았다. "무슨 일이 있더라도 이건 영원히 남을 거야, 내가 캔버스에 너를 그렸던 순간은. 영원히."

다음날 줄리언이 등장했다.

그다음주에 버네사는 줄리언과 싸운 뒤에, 술에 취한 채 차를 몰고 마을을 가로질러와 그레이스하고도 싸운 뒤에, 목요일에 글래스고로 가져갈 작은 그림들을 챙기러 에리스로 돌아가기 위해 마을에 있는 그레이스의 집을 일찌감치 나섰다. 바로 그날 그레이스가 보건소에 출근해보니 대기실에 환자가 가득했다. 유행성 질환이 돌아 마을 아이 절반이 그 병으로 학교를 결석했는지 2시 30분이 되어서야 가까스로 점심을 먹으며 숨을 돌릴 짬이 났다. 그녀는 평소처럼 부두가 내려다보이는 벤치로 도망쳤고, 거기서 물보라를 허공으로 높이 튀기며 방죽길을 질주하는 줄리언 채프먼의 빨간색 소형 스포츠카를 보았다. 그 차가 언덕을 달려올라와 점점 속도를 높이며 마을을 가로지르자 그레이스는 생각했다. 아유, 고마워라. 저 인간이 떠났네.

그녀는 그날 저녁 퇴근하자마자 섬으로 건너갔다.

주방 개수대 아래에서 고무장갑과 청소용품을 꺼내 온 집안에서 그의 흔적을 모조리 지우는 작업에 착수했다. 지저분하기 그지없는 주방부터 시작해—쓰던 접시와 유리잔이 온 사방에 쌓였고, 재떨이는 조리대 위로 넘쳤고, 프라이팬은 딱딱하게 굳은 음식으로 덮였다—체계적으로 거실과 욕실을 지나 마침내 버네사의 방에 이르렀다. 그녀는 침구를 벗기다 시트 사이에서 쓰고 버린 콘돔이 나오자 혐오감에 몸서리치며 집어서 치웠다. 세탁기에 빨래를 가득 넣고 깨끗한 침구를 새로 깔던 중에 침대와 협탁 사이에 떨어진 버네사의 쪽지를 발견했다.

    J, 우리 이렇게 같은 자리에서 계속, 계속, 계속 맴돌면 안 돼!
    나는 주말에 돌아올 예정이야. 그전에 <u>반드시</u> 떠나줘. 더는 남은 돈도 없어.
    우리는 서로 사랑했고 서로 미워했고 이제는 서로에게서 자유로워질 수 있어.
    멋지지 않아?
    당신이 갈 길은 당신 <u>스스로</u> 찾아야지.

사랑을 담아서
네사

    그레이스는 쪽지를 읽는 동안 활짝 웃는 자신을 느낄 수 있었다. 이제는 서로에게서 자유로워질 수 있어. 할렐루야! 그녀는 허공으로 주먹을 날리고 싶었다. 그가 쫓겨났다. 사라졌다! 버네사의 인생에서, 그녀의 인생에서. 그들 둘이 함께하는 인생에서.
    버네사의 화장대 앞 조그만 의자 위에 검은색 지갑이 놓여 있었다. 그레이스는 지갑을 집어들고 훑어보았다. 신용카드 네 장(이러니 이 남자가 빚에 쪼들릴 수밖에 없었다), 현금 50파운드, 버네사가 아닌 다른 여자와 함께 찍은 사진이 들어 있었다. 실리아 그레이겠지? 사진 속 줄리언은 무척 행복해 보였다. 그레이스는 지갑을 서랍에 넣고, 버네사가 돌아오면 그에게 돌려주라고 말해야겠다고 머릿속에 메모하다가 생각을 바꾸었다. 재수없는 놈, 그녀는 생각했다. 지갑을 서랍에서 다시 꺼내 현금은 챙기고 방을 가로질러가서 창밖으로, 바다로 던졌다.

마침내 집안 청소를 마친 건 8시쯤 되어서였다. 그녀는 주방 고리에 걸려 있는 열쇠를 들고 천천히 언덕을 걸어올라 작업실로 갔다. 복숭아색 구름이 창백한 하늘을 총총히 가로지르고 가시금작화에서 코코넛 비슷한 향이 풍기는 눈부시게 아름다운 저녁이었다. 문 앞에 다다르니 맹꽁이자물쇠 고리에도 쪽지가 꽂혀 있었다. 그녀는 쪽지를 끄집어내 현금과 한 주머니에 넣고 자물쇠를 푼 뒤 문을 열어 부드러운 저녁 햇살을 작업실 안으로 들였다.

이곳은 모든 게 정돈돼 있었다. 남쪽 벽에 대형 캔버스 몇 개가 기대어져 있고 전시회에 출품할 도예품은 정중앙의 가대식 테이블에 정렬되어 있고 작품을 포장할 큼지막한 에어캡 두루마리 하나와 테이프 두 개도 준비돼 있었다.

그레이스는 주머니에서 쪽지를 꺼냈다.

그래, 네사, 당신이 이겼어. 당신 곁을 떠나줄게.
하지만 당신이 여기서 이렇게 틀어박혀 지내니 걱정이 돼. 당신이 작업중인 작품도 아름답지만 <u>당신도</u> 마찬가지로 아름답거든.
에리스는 근사한 도피처야—여길 당신 세상의 전부로 삼지는 마. 살아 있는 사람들의 땅으로 돌아와! 평생 여기 숨어서 늙고 재미없는 비계 씨와 노닥거릴 수는 없잖아—그러다가는 미쳐버릴 거야.
모로코 얘기는 진심이야. 이지가 10월과 11월에 마라케시에 전통가옥을 빌려놨어. 남는 방이 많을 테고 나도 당신을 괴롭히지 않을 거야(당신이 정중하게 부탁한다면 모를까).

아무도 당신을 괴롭히지 않을 거야! 거기서 작업하고 놀고 사막을 보러 나가고 별 구경도 하면 돼.

별을 그려도 되고.

생각해봐.

오프닝 행사 때 만나자!

언제나 당신을 사랑하는

J

그레이스는 자기도 모르게 오른쪽 허리춤 가장 가까이 있던, 주둥이가 꽃잎처럼 벌어진 물결무늬 꽃병을 감싸쥐었고, 잠시 후 그 꽃병은 허공을 가르며 날아가 기분좋게 깨지는 소리를 내며 벽에 부딪쳤다. 고급 도자기가 바닥에 떨어지는 소리는 음악 같았다.

오프닝 행사? 줄리언은 오프닝 행사에 참석한다고? 자신은 그 자리가 불편하고 버네사가 챙겨주지 못할 테니 그냥 집에 있어야 하는데?

그리고 모로코? 이지와? 그건 그레이스의 눈에 흙이 들어가기 전에는 안 될 일이었다. 완벽한 무게감에 차가운 파란색 유약을 입힌 얕은 주발이 날아갔다.

"지금 대체 뭐하는 거예요?"

그레이스가 놀라서 비명을 지르며 몸을 홱 돌리자 둔부가 테이블에 부딪치면서 또다른 작품 하나가 와장창 바닥에 떨어져 박살났다.

줄리언이 팔짱을 끼고 입술을 뒤틀며 문 앞에 서 있었다. "비계 씨, 지금 뭐하자는 거냐고."

그레이스는 딛고 서 있던 바닥이 기우뚱하는 느낌이었다. "여긴 왜 왔어요?" 그녀는 그를 향해 두어 걸음 다가갔다. "버네사가 떠나달라고 했잖아요."

"알아요. 그리고 떠났고요. 포트오거스터스까지 가서 주유소에 들어갔는데, 지갑을 두고 왔지 뭐예요. 기름을 넣을 현금이야 있었지만 휴대폰 배터리도 바닥이고 여기로 돌아올 무렵이면 밀물이겠더라고요. 이 망할 섬 같으니!" 그는 그녀를 보며 씩 웃었다. "당신은 어떻게 견디는지 모르겠네요. 차 안에서 잠깐 눈을 붙인 다음 여기로 다시 왔어요. 혹시 봤어요?" 그는 그녀를 향해 걸어오다가 쪼그리고 앉아서 바닥에 떨어진 받침 접시 크기의 도자기 조각을 주웠다. "내 지갑 말이에요."

"아뇨." 그레이스는 말했다. "내가 집을 청소했는데 못 봤어요. 다른 데 흘렸나보네요."

줄리언은 도자기 조각을 테이블에 올려놓았다. "그건 아닐걸요." 그는 가만히 말했다. 그러고는 다시 한 걸음 다가와 손을 내밀더니 그레이스의 팔을 잡고 손가락으로 그녀의 오른손목을 감싸쥐었다. 그녀는 손을 잡아빼려 했지만 그가 단단히 붙잡고 놓지 않았다. "그래서, 왜 이러는 거예요, 비계 씨? 여기서 네사의 작품을 박살내고 있는 이유가 뭐예요?"

그레이스의 심장이 아프도록 두근거렸다. 그녀는 그에게서 벗어나려고 안간힘을 썼지만 그는 꿈쩍하지 않았다. "박살내다니요. 실수였어요, 당신도 봤잖아요. 당신이 놀라게 하는 바람에 테이블에 부딪쳐서—"

"그건 실수였을 수 있죠." 줄리언이 이제는 손 전체로 그녀의 손목을 단단히 감싸쥐며 말했다. "하지만 첫번째는 아니었어요. 아니," 그는 바닥에 흩어진 도자기 조각들을 둘러보았다. "그게 실은 두번째였나? 맙소사, 도대체 몇 개나 박살낸 거예요?"

공포가 엄습하기 시작했다. 그레이스는 터널 속으로 들어가기라도 하는 것처럼 눈앞이 점점 캄캄해지는 것을 느낄 수 있었다. "일부러 그런 게 아니라……" 울음이 터질 것만 같았고, 그 사실에 경악했다. 이 사람 앞에서 무너지는 굴욕은 감당할 수 없을 터였다.

"무슨 일이에요?" 줄리언의 목소리는 달콤하기 그지없었다. "뭣 때문에 이렇게 성질이 난 거예요?" 궁금하다는 듯 주변을 두리번거리던 그의 시선이 그레이스가 움켜쥔 쪽지에 닿았다. "아." 그가 말했다. "그거로구나. 가엾은 그레이스. 따돌림당한 기분이에요?" 그는 놀리듯 입을 비죽거렸다. "우리 휴가 계획 때문에 화가 났어요? 버네사가 자기 생일에 나랑 같이 베네치아에 갈 거라고 얘기하던가요? 신혼여행 때처럼 치프리아니호텔에 묵을까 하거든요. 이번에는 베네치아를 좀 구경할 수 있을지 모르겠네요. 아니면 그냥 호텔방에 틀어박혀서 섹스만 할 수도 있고."

"버네사는 당신이랑 같이 가지 않을 거야." 그레이스는 말했다. "절대 그럴 리 없어. 버네사는…… 이거 좀 놔!"

하지만 그는 아프게 단단히 쥔 손을 놓지 않았다. "아, 하지만 버네사는 그런 여자야. 아무리 애를 써도 자기가 그렇다는 걸 부인하지 못할걸?" 그는 입술을 핥으며 눈을 내리깐 채 그레이스를 쳐다보았다. "나한테는 항상 열려 있단 말이지." 그는 나지막이 킬킬거렸다. "오프닝 행사가 있는 날 밤에 묵을 객실도 예약했어. 같이 축하하려고. 당신이 거기 없는 건 유감이네. 버네사는 그것 때문에 진심으로 양심의 가책을 느끼는 것 같지만 당신이 흉측한 바지 정장을 입고 등장해 수준을 떨어뜨리는 건 생각만으로도 감당할 수 없거든."

눈물이 제멋대로 그레이스의 얼굴을 타고 흘렀다. 그녀는 견딜 수가 없었다. 버네사의 시트에서도 풍겼던 그의 진한 애프터셰이브 냄새, 그의 입에서 나는 지독한 담배 냄새, 비웃듯 실룩이는 그의 입술을 더는 1초도 견딜 수가 없었다. 그레이스는 그에게 붙들린 팔을 비틀어 빼고 도망치려 했지만, 무릎이 풀리는 바람에 비틀거리다 벽에 기대어 있던 캔버스를 들이받았다.

"조심해." 줄리언이 말했다. "작품을 더 망가뜨려서야 되겠어?" 그는 씩 웃었다. "그거 알아?" 그는 말했다. "내가 예전에 버네사의 그림을 몰래 팔았던 거? 버네사가 얘기하지 않던가? 돈이 다 떨어지고 조금 난처한 상황에 놓여서 작품을 하나 슬쩍했지. 값도 후하게 받았는데—버네사는 몇 개월 동안 나랑 말도 섞지 않았어." 그는 몸을 돌려 작업실 문을 향해 천천히 걸어갔다. "당신이 무슨 짓을 저질렀는지 알면 버네사가 어떤 반응을 보일지 상상조차 되질 않네. 당신이 천국에서 쫓겨날 수도 있겠다 싶어."

바로 그 순간, 모든 것이 잠잠해졌다. 갈매기들이 조용해지고 바람소리가 멎고 문 앞에 서서 희미하게 어른거리는 바다를 내다보는 줄리엣은 실루엣만 보였다. 그리고 잠시 후 태양이 구름 뒤로 잠기면서 온 세상이 흑백으로 변했다. 그레이스가 부들부들 떨며 숨을 토했는지 아니면 다가가다 깨진 사금파리를 밟았는지 줄리언이 고개를 살짝 돌렸고, 덕분에 그레이스는 끌망치를 휘둘러 그의 관자놀이를 으스러뜨리고 두개골을 박살내면서 그의 얼굴에 떠오른 충격받은 표정을 볼 수 있었다.

41

베커는 해가 뜨기 전에 일어난다. 커피를 한 잔 끓인 뒤 현관문을 열고 문질러 씻은 듯 깨끗한 세상으로 나선다. 폭풍은 스스로 소진했고, 공기는 차갑고 상쾌하고 소금기로 싸하다. 그는 바다가 내려다보이는 언덕 비탈의 나무 벤치까지 걸어가 거기서 30분 동안 언덕 위 동쪽 하늘이 이글거리는 주황색에서 노른자처럼 진한 노란색으로 바뀌어가는 광경을 조용히 구경한다. 어깨 너머로 흘끗 돌아보니 아침노을이 주방 유리창에 반사돼 집이 이글거린다. 눈앞에 보이는 바다는 녹아내리는 황금빛이고 만조다. 잠시 후 색이 서서히 조금씩 스며나오기 시작해 구름이 옅은 주황색으로, 다시 연노란색으로 은은해지고 하늘은 마침내 맑고 희망찬 파란색으로 가라앉는다.

그가 머그잔을 비우고 얼마 되지 않을 때 현관문이 열리는 소리가 들린다. 잠시 후 그레이스가 김이 모락모락 나는 커피 주전자를 들고 나타난다. 그녀가 다가와 그의 잔을 채워주고 옆에 앉는다. "폭풍이 어마어마했죠?" 그녀는 말하며 그를 얼른 흘끗 쳐다보았다가 다시 바다 쪽으로 시선을 돌린다. "잠은 좀 잤어요?"

"잘 잤어요, 감사합니다." 그는 딱 할말만 한다. 그녀를 쳐다보지 않은 채 묻는다. "혹시 제 차 열쇠 못 보셨나요? 간밤에 찾지를 못했어요."

그녀는 그를 보며 미간을 찌푸린다. "아니요. 본 기억이 없는데…… 버네사의 방에서 갈매기랑 소동을 벌이다 떨어뜨린 거 아니에요? 내가 당장 찾아볼게요, 침대 밑에 있으려나?" 그러고는 이렇게 물어보며 그를 훔쳐보고 그는 그 시선을 감지한다. "오늘 암벽에 올라가보지 않을래요?"

"그럴 시간이 없을 것 같습니다." 베커는 말한다. "차에 짐도 실어야 하고요. 아무래도—"

"아." 그녀는 말허리를 자른다. "아쉬워라. 드디어 날씨가 좋아져서 갈 수 있으려나 했더니." 베커는 아무 말도 하지 않고 손목시계를 흘끗 확인한다. "몇 시간은 기다려야 건너갈 수 있어요." 그레이스가 말한다. "그리고 인터넷도 계속 먹통인 것 같은데, 어디 전화할 데 있으면 숲 저편에서는 전파가 잡힐지 몰라요. 대개는 그렇거든요……"

베커는 이를 악문다. 인정하기 싫지만 그녀의 말이 맞다. 지금 당장은 출발할 수 없고 이번을 끝으로 당분간 에리스섬에는 올 일이 없을지 모른다. 버네사가 그림을 그렸던 장소 몇 군데에서 사진을 찍고 싶다. 그리고 헬레나와 통화도 할 수 있으면 좋겠다.

그는 초조하지만 희망에 찬 표정으로 그를 올려다보며 미소를 짓고 있는 그레이스를 쳐다보면서 순간적으로 처음 여기 왔을 때 그녀에게서 받은 인상을 떠올린다. 외롭고 겁에 질린 노파. 마음이 약해진 그는 어머니가 사랑해 마지않았던 그 조그만 풍경화를 찾느라 자신이 얼마나 고생했는지 생각한다. 따지고 보면 사랑했던 사람의 유품을 놓지 못한 것 말고 그레이스에게 무슨 죄가 있겠는가.

"좋습니다." 그는 말한다. "암벽에서 바라보는 풍경이 어떨지 직접 확인하고 싶네요."

"그래요!" 그레이스는 누가 봐도 안도하는 표정으로 말한다. "원하면 관광도 살짝 할 수 있어요. 가는 길에 〈남쪽〉과 〈어둠〉이 탄생된 곳을 들를 수 있거든요. 저기 저 절벽만 올라가면 돼요." 그는 집에서 살짝 왼쪽, 섬의 남쪽 해변에 있는 곳을 가리킨다. "풍경이 얼마나 근사한지 몰라요."

그들은 커피를 좀더 마시고 각자 토스트를 두 장씩 먹은 뒤 집을 나선다. 그레이스가 일일이 가리키며 소개하는 곳이 워낙 많아 천천히 걷는다. 여기는 버네사가 일광욕을 할 때 애용했던 곳이고, 저기는 더글러스 레녹스가 술에 취해 버네사의 오래된 남자친구 중 한 명과 주먹다짐을 벌였던 곳이고, 바로 여기를 보면 땅바닥에 고대 서식지의 흔적이 찍혀 있다는 식이다.

절벽까지는 내내 오르막길이다. 노변에 빽빽하게 자란 가시금작화 너머에 거의 화가의 작업 공간으로 설계된 것처럼 보이는 공터가 있다. 바닥이 평평하고 가시금작화 덤불이 바람을 막아줄뿐더러 바다와 에리스 남쪽의 여러 섬을 거의 180도로 볼 수 있다.

베커가 먼저 공터에 도착한다. 그레이스는 그의 뒤에서 아직 끙끙대며 오솔길을 올라오고 있는 터라 이 신성한 공간을 2, 3분 동안 독차지할 수 있다. 갈매기 울음소리와 수백 피트 아래에서 파도가 바위에 부딪치는 소리를 들으며 혼자 있는 동안, 전날 저녁 버네사의 방에서 〈토템〉을 보았을 때처럼 만감이 교차한다. 난생처음 보는 풍경이지만 어린 시절의 어떤 공간으로 돌아간 것처럼 낯이 익어서 기쁘고 설렌다. 그는 이 자리에 서본 적이 없지만 이곳의 전망을 수도 없이 보았다. 해가 뜰 무렵과 질 무렵, 여름과 겨울, 오늘처럼 해가 쨍쨍할 때와 비라도 올 것처럼 하늘이 바다 위로 낮게 드리워졌을 때.

"가장자리에 너무 가까이 가지 말아요." 마침내 그와 합류한 그레이스가 날카롭게 말한다. 그녀는 숨을 헐떡이고, 걸어올라오느라 얼굴은 벌겋고, 윗입술은 땀이 맺혀 번들거린다. 그가 사진을 찍는 동안 아무 말 없이 지켜보지만, 그녀에게서 뿜어져나오는 긴장감과 그를 따라 움직이는 시선이 느껴진다.

그가 가능한 모든 각도에서 사진을 찍은 뒤 두 사람은 이동한다. 절벽에서 내려와 왼쪽으로 꺾어 한쪽엔 가파른 둔덕이, 다른 쪽엔 숲이 펼쳐진 얕은 도랑을 따라 이어지는 오솔길을 걷는다. "여기 소나무 중에는 수령이 200년 넘는 것도 있어요." 그레이스가 알려준다. "개중 한두 그루는 300년이 넘었을 수도 있고요. 가장 오래된 나무는 1990년대에 폭풍에 쓰러져버렸지만."

이 꾸준한 오르막길을 10분에서 15분쯤 걸었을 때 전파가 잡히면서 베커의 휴대폰에서 진동이 계속 울리기 시작한다. 부재중 전화와 확인하지 않은 메시지가 있다는 뜻이다. 그는 걸음을 멈추고 몸을 돌려 언덕 아래쪽을 내려다본다. 그레이스가 몇백 야드쯤 뒤처져 있다. 그는 숨을 크게 들이마신 뒤 헬레나에게 전화를 거는데, 곧바로 음성사서함으로 넘어가자 좌절감에 나지막이 욕을 한다. 전화를 끊고 번호를 눌러 자신에게 온 음성메시지를 듣는다.

첫번째 메시지는 어젯밤에 남긴 것이다. "베크, 자기야." 헬레나의 목소리가 불안한 듯 살짝 떨린다. "당신이랑 긴히 할 얘기가 있어. 이 메시지 확인하는 대로 전화해줄래?"

그는 귓전을 때리는 맥박을 느끼며 다시 한번 전화하지만 이번에도 음성사서함으로 연결된다. 그녀가 통화중이거나 휴대폰 전원이 꺼져 있다는 뜻이다.

그는 오늘 새벽에 남긴 다음 메시지를 듣는다. "나야." 이번에는 목소리가 작고 조심스럽다. 그녀가 자기 동생에게 상처를 덜 받게 하려고 혹은 나쁜 소식을 전하려고 할 때 이런 목소리로 운을 떼는 것을 들은 적이 있다. "왓츠앱으로 연락하려고 했더니 연결이 안 되네. 내가 보낸 메시지도 전달이 안 된 것 같고…… 저기 있잖아, 일이 생겼어." 베커의 심장이 멎는다. "나나 우리 아기는 걱정 마, 우리는 무사해. 에멀라인 때문에 그래."

베커의 심장이 다시 뛰기 시작한다. 에멀라인이라고? "에멀라인이 쓰러졌는데 이유가 확실하지 않대. 뇌졸중일 수도 있고 심장 문제일 수도 있고……" 그는 거의 환호성을 지르고 싶은 심정이다. "쓰러졌을 때 서배스천이 옆에 없었어. 왜냐하면…… 나랑 할 얘기가 있어서 우리집에 와 있었거든……" 이제는 별로 그렇게 신나는 기분이 아니다. "우리 지금 버윅에 있는 병원이야. 경찰이 찾아오는 바람에 그렇게 된 것 같아. 경찰이 오늘밤에, 아니다, 이제는 어젯밤이구나, 더글러스에 대해 묻고 싶은 게 있다며 불쑥 찾아왔대. 오발 사고로 그를 죽인 사람이 그레이엄 브라이언트가 아니라는 제보가 있었다면서…… 서브 말로는 경찰이 진지하게 추궁하는 것 같지는 않다지만 그래도. 저기, 전화해줘, 응? 이 메시지 확인하는 대로, 알겠지?"

페어번에 더글러스 사망 사건의 진실을 아는 사람이 몇 명 있지만 베커가 보기에 경찰에 신고했을 법한 사람은 딱 한 명이고 지금 그 사람이 바로 앞에서 끙끙대며 오솔길을 올라오고 있다.

마음만 먹으면 내가 얼마든지 그 가족의 인생을 힘들게 만들 수도 있다고.

"당신이 경찰에 신고했죠!" 그는 다가오는 그레이스를 향해 외친다. 그레이스는 걸음을 멈춘다. 허리를 숙이고 두 손으로 허벅지를 짚은 채 애써 숨을 고른다. "어제," 그는 말한다. "경찰에 연락했죠, 맞죠? 에멀라인 레녹스에 대해 제보했죠?"

그레이스는 허리를 똑바로 펴고 선다. 얼굴이 벌겋지만 걸어올라오느라 힘들어서 그런 거다. 표정은 오만, 그 자체다. "내가 얘기했잖아요, 그의 죽음이 사고사라는 말 안 믿는다고."

"망할!" 베커는 고함을 지르며 주먹을 쥔다. "당신이 무슨 짓을 저질렀는지 알아요?"

그레이스는 어깨를 펴고 턱을 든다. "당신은 배짱이 없어서 하지 못한 일을 했죠." 그녀는 쏘아붙인다. "더글러스가 비열한 인간이긴 했지만 그렇다고 정의를 누릴 자격이 없는 건 아니잖아요?"

베커는 그녀에게 등을 돌리고 언덕을 올라가기 시작한다. 너무 화가 나서 대꾸할 기운도 없다.

"내가 호의를 베푼 거예요." 그레이스는 그를 따라가며 말한다. "나한테 에멀라인 때문에 당신과 아내의 삶이 힘들다고 했잖아요. 베크." 그녀는 애처로운 투로 애원한다. 그의 몸에 소름이 돋는다. "우리는 한편이에요, 당신과 나는. 우리는 원하는 게 같아요."

그는 몸을 휙 돌려 그녀를 쳐다보면서 자제력을 총동원해 말한다. "저는 그렇게 생각하지 않습니다. 괜찮다면 여기부터는 혼자 가고 싶은데요."

그는 씩씩대며 언덕을 올라간다. 어느 누구보다 자기 자신에게 화가 난다. 오발탄을 날린 사람이 에멀라인이었다는 사실을 발설한 사람도 그고, 그레이스의 애정결핍이 병적이라는 사실을, 외로움 때문에 그녀가 그를 보는 시각이, 그들을 보는 시각이 왜곡됐다는 사실을 이제야 알아차린 사람도 그다. 그들은 무슨, 그는 생각하며 구역질을 달랜다. 그러면 그들이 무슨 관계라도 되는 것 같지 않은가.

오르막길의 경사가 처음에는 완만하다가 점점 가팔라져서 막판에는 기어가야 하는 수준이 된다. 그래서 엉금엉금 기다시피 에리스 암벽에 올랐을 무렵 그는 땀을 뻘뻘 흘리며 숨을 몰아쉰다. 그의 앞으로 화강암이 몇 야드 정도 넓고 평평하게 이어지다 깎인 듯이 뚝 끊기면서 아일랜드해가 펼쳐진다. 그는 짭짤한 공기를 허파 가득 들이마시며 서 있다가 낭떠러지 끝으로 몇 걸음 조심스럽게 다가가본다. 바람은 차갑고 하늘은 구름 한 점 없다. 오랜 친구처럼 낯익은 작은 섬들이 중간쯤에 언뜻 보이고, 저멀리 수평선은 잉크로 그린 것처럼 단호하게 또렷하다. 그의 얼굴에 미소가 번지고 순수한 기쁨으로 심장이 두근거리는 것이 느껴진다. 이 아찔한 풍경, 이 눈부시게 아름다운 곳 말고는 모든 게 잊힌다. 버네사가 그림의 틀을 잡은 곳, 불가능한 바다를 직면한 곳, 표현주의자로서 자신을 받아들인 곳! 여기 서 있으니 바다를 그린 그녀의 그림들이 왜 그렇게 손바닥만한지 이해가 된다. 그 왜소한 체구로 여기까지 대형 캔버스와 이젤을 들고 올라올 수 없었을 뿐 아니라, 들고 올라왔다 한들 바람이 불면 그것들과 더불어 그녀까지 날아가버렸을 것이다. 그래서 그녀는 일별한 풍경을, 찰나의 순간을 사랑과 갈망과 두려움을 가득 담아 밀도 높고 생생하게 그렸다.

베커는 낭떠러지로 조금씩 다가간다. 아주 조심스럽게 몸을 낮춰 절벽 너머로 다리를 늘어뜨리고 바닥에 앉는다. 주머니에서 휴대폰을 꺼내 다시 헬레나의 번호를 누른다. 신호가 두 번 울리자마자 그녀가 전화를 받는다.

"미안." 그녀는 잠기운이 가득한 목소리로 중얼거린다. "미안, 계속 전화했어?"

"괜찮아." 그는 다정하게 말한다. 그녀의 목소리를 듣자 어지럽던 마음이 당장 가라앉으면서 차분해진다. "별일 없지?"

"응." 그녀는 말한다. "그냥 너무 충격이었어. 4시가 돼서야 돌아와서 계속 잤어. 어디야? 오는 중이야?"

"아니, 아직." 그는 미소를 지으며 말한다. "사실 낭떠러지에 앉아 있어, 에리스 암벽에. 거기 앉아서 바다를 내다보고 있어."

"우와, 좋겠네." 그녀의 목소리에서도 웃음기가 느껴진다. "뛰어내리지는 마, 알았지?"

그는 웃음을 터뜨린다. 잠시 정적이 흐른다. "그래서…… 에멀라인은 어떻게 된 거야? 집에 혼자 있다가 쓰러졌다고?"

다시 정적이 흐른다. 헬레나가 숨을 깊게 들이마시는 소리가 들린다. "내가 서브더러 집으로 좀 와달라고 했어." 다시 정적. "당신도 알지, 그렇지?" 베커는 대답하지 않는다. "그에게 잠깐 들러달라고 했어. 우리 상황에 대해 대화를 나눌 때가 됐다는 생각이 들어서."

"그게 무슨 말이야?"

"문제가 있잖아, 베크."

"헬레나." 그는 앞으로, 바다를 향해 몸을 내던지고 싶어진다. "부탁이야…… 설마 지금—"

"우리가 페어번에서 사는 거 말이야, 베크. 그게 문제라고. 당신이랑 내가 아니라. 그런 뜻에서 한 말이야." 그녀는 서둘러 설명을 잇는다. "당신은 나를 못 믿잖아! 나는 당신이 나를 믿어주길 바라는데. 당신이 나를 믿어주면 좋겠어. 그리고 그래야 하고. 하지만 당신은 나를 믿지 못하지. 그럴 만도 한 게, 서브가 노상 옆에서 얼쩡대고 에멀라인은 우리 모두의 기분을 망쳐놓으려고 갖은 애를 쓰잖아. 우리 셋이 성숙한 문화 시민답게, 모든 면에서 프랑스 스타일로 살아보자는 발상 자체는 근사했지만 너무 진이 빠져서……"

베커는 암벽 위에 드러누워 실눈을 뜨고 하늘을 올려다본다. 따스한 태양이 얼굴을 비추고 입술에서 소금기가 느껴진다. "알았어." 그는 말한다. "떠나자."

"모든 인연을 끊을 필요는 없어. 당신은 계속 페어번에서 일해도 돼. 서브하고 내가 의논을 했는데—"

"서브하고 당신이?"

"당신 앞에서 우리 둘이 단합된 모습을 보여주고 싶었거든." 그녀는 말한다.

베커는 다시 웃음을 터뜨린다. "이런 모사꾼 같으니라고." 그는 말한다. 그러고는 그녀의 숨소리와 바닷소리에 귀를 기울이고, 잠깐 동안 두 사람 다 아무 말도 하지 않는다.

"얼른 집에 와." 마침내 그녀가 말한다. "나는 당신이 필요해. 우리는 당신이 필요해."

낭떠러지 반대편으로 기어가는데, 몸이 가벼워진 기분이다. 허공으로 펄쩍 뛰어오르면 낭떠러지 아래에서 불어오는 바람에 실려 멀리 날아갈 수도 있을 것 같다. 갈매기 한 마리가 위에서 급강하하자 그는 고개를 숙이고 웃음을 터뜨리며 헬레나가 옆에서 이 모습을, 버네사의 섬에, 그녀의 신성한 암벽 위에 있는 그의 모습을 보면 좋겠다는 생각이 든다. 그는 다시 사진을 찍기 시작한다. 이곳의 장엄한 풍경을 담기에는 역부족이라는 걸 알지만 그래도 수십 장쯤 찍다가 음성사서함에 녹음된 메시지를 다 듣지 않았다는 데 생각이 미친다.

그는 다시 번호를 눌러 음성사서함에 접속한다. "베커? 내 말

들려?" 이번에는 서배스천이고 오늘 새벽에 남긴 메시지다. 정신이 산만한 듯하고 살짝 숨을 헐떡이고 있다. "음, 저기…… 헬스한테 무슨 일이 있었는지 전부 들었을 테지만, 주말 동안 여기 꽤 일이 많았어. 엠 여사는 입원했고—괜찮아진 것 같지만…… 가슴이 철렁했지. 지금 의사를 기다리고 있는데…… 너한테 전화해야겠다는 생각이 들었어. 검사를 진행한 연구소에서 금요일에 이메일을 보내왔는데—어제 하도 난리가 나서 확인을 늦게 했어—곧바로 너한테 전달하겠지만 핵심은 뭔가 하면 이 뼈, 이 늑골이 남자의 것이고 연령은 이십대 후반으로 추정되는데 오차 가능성이 있대—7년인가 8년 정도. 그러니까…… 음……" 잠시 정적이 흐른다. 서배스천이 뒤에 있는 누군가에게 말하는 소리가 들리고 잠시 후 다른 소리가 좀더 가까이에서 들리기에 고개를 돌려보니 그레이스가 험상궂은 얼굴로 끙끙대며 암벽 위로 올라오고 있다. 그는 뒤로 한 걸음 물러난다.

휴대폰에서 서배스천이 말을 잇는다. "아…… 음, 미안…… 그리고 오래된 뼈가 아니래—전방위적으로 검사를 진행하지는 않았지만 광물화인가? 아무튼 그런 걸 보면 알 수 있는데, 그 뼈가 땅속에 묻힌 지 수백 년 된 게 아니라 그보다 훨씬 짧고 심지어 10년도 안 됐을 수도 있대…… 탄소연대측정을 할 예정인데 그러면 그 사람이 언제 죽었는지 좀더 정확히 파악할 수 있대. 그리고 DNA를 추출해 채프먼의 여동생에게서 받은 샘플과 비교할 거라네. 현재 상황은 여기까지야. 아무튼 줄리언 채프먼을 찾았을 가능성이 크다고 봐. 그럼 앞으로 사태가 급진전될 테고, 내 짐작이 맞다면 이건 엄청난 사건이 될 거야. 준비를 해야 해, 그것도 지금 당장. 여건이 허락하는 대로 전화해줘, 알았지?"

베커는 휴대폰을 다시 주머니에 넣는다. 그는 암벽 한복판에 서 있다. 낭떠러지까지의 거리는 3피트, 반대편 끝까지는 5피트 정도 되는데, 그 반대편 끝에는 지금 그레이스가 시뻘게진 얼굴로 개처럼 숨을 헐떡이며 서 있다. "당신을 여기 혼자 올라오게 둘 수가 없었어요." 그녀는 양손바닥으로 얼굴 땀을 닦으며 말한다. "그랬다가 무슨 일이라도 벌어지면 나를 절대 용서할 수 없을 테니까." 무슨 일이 벌어질 수 있다는 걸까? 베커는 의아해한다. 발을 헛디뎌서 떨어질 수도 있다는 뜻이겠지만 그렇다 한들 그레이스가 무슨 수로 막을 수 있을까?

이제 그녀는 도움이 되기는커녕 암벽에서 안전하게 내려갈 수 있는 유일한 통로를 가로막고 있다. 그녀가 골똘히 그를 응시한다. "무슨 일 있어요?" 그녀는 묻는다. "에멀라인 때문에 아직까지 화가 안 풀린 거예요? 나는 오로지 당신을 위해서 그런 거예요, 당신과 헬레나를 위해서."

베커는 아무 말도 하지 않지만 그녀가 그의 눈빛에서 뭔가를 읽었는지 아니면 그의 얼굴에서 핏기가 가셨는지 알겠다는 표정을 짓는다. 알아차린 것이다. "아." 그녀가 말한다. "그 뼈 때문이로군요?"

그는 고개를 끄덕인다. "네."

"줄리언이 아니에요." 그레이스는 곧바로 말한다.

베커는 입술을 오므리고 천천히 숨을 내뱉는다. "줄리언이 맞아요, 그레이스. 아직 DNA 검사는 하지 않았지만 남자의 뼈, 이

십대 아니면 삼십대의 젊은 나이에 죽은 남자의 뼈라고 결론이 났어요." 바로 그때 그의 눈에 뭔가가 보인다. 아니, 뭔가가 보인 것 같다. 공포가 언뜻 그녀의 얼굴을 스쳐지나간다. "그리고 몇백 년 전이 아니라 수십 년 전에 죽은 남자라고 해요." 그레이스는 손으로 입을 막는다. "그러니까 줄리언 채프먼일 가능성이 크죠."

그는 한쪽으로 걸음을 옮기며 팔로 잠시 지나가겠다는 뜻을 전한다. "이제 그만 가봐야겠어요." 그는 말한다. "돌아가야 해요—처리해야 할 일이 많아서요. DNA가 일치하는 것으로 밝혀지면 연구소측에서 당장 경찰에 알릴 테고 그럼 경찰에서 채프먼의 여동생에게 연락하겠죠. 그러고 나면……" 그는 손바닥을 활짝 펼친다. 어떻게 될지 모른다는 뜻이다.

"줄리언이 아니에요." 그레이스는 다시 말한다. 이제 무서워한다기보다 슬퍼 보인다—거의 체념한 듯 보인다. 기가 꺾인 듯 보인다. "DNA가 일치하지 않을 거예요." 그녀는 나지막이 말하고 그를 향해 한 걸음, 다시 한 걸음 다가온다.

베커는 주춤주춤 뒤로 물러난다. "뭘 근거로 그렇게 장담하세요?" 그는 말하며 어깨 너머를 흘끗 돌아보고 다시 한 걸음 뒤로 물러난다. 이미 지나치게 가까이 있는 그녀가 계속 다가온다.

"확실하니까요." 그녀는 손을 들어 그를 향해 손바닥을 펼쳐 보인다. 베커는 뒤로 몸을 움츠리며—저 여자가 왜 저러지?—순간적으로 그녀가 자기를 밀칠 거라고 생각하지만, 그녀는 손을 들어 마치 기도하는 것처럼 입술 앞에서 두 손바닥을 마주댄다. "확실해요." 그녀가 말한다. "확실해요. 왜냐하면 나는 줄리언이 어디 있는지 아는데, 숲은 아니거든요."

42

에리스, 2002년

그레이스는 작업실 앞 풀밭에 무릎 꿇고 엎드려 줄리언 위로 몸을 숙인 채 그를 애써 외면하면서 집게손가락과 가운뎃손가락을 그의 목 옆면에 대고 맥을 짚었다. 머리가 완전히 함몰돼 맥이 잡힐 가능성은 없지만 그래도 모를 일이었다. 만전을 기해서 나쁠 건 없었다.

맥은 잡히지 않았지만, 그녀가 풀밭에 그렇게 쭈그리고 있는 동안 땅바닥을 통해 그의 심장박동이, 그에게서 꿀렁이며 흘러나온 피가 흙속으로 스며드는 것이 느껴지는 것도 같았다. 그녀는 눈을 감고는 그 진한 철분 냄새를 들이마시고 내뱉고, 들이마시고 내뱉으며 자신의 심장박동이 진정될 때까지 기다렸다.

눈을 다시 떴을 때, 일어설 수 있을 만큼 기운을 차렸을 때 밀물이 드는 것이 보였다. 방죽길을 건너기에는 너무 늦은 상황이었다. 그녀는 잠시 안도하는 여유를 허락했다. 아무도 오지 않을 것이었다. 그녀의 피 묻은 손은 아무에게도 들키지 않을 것이었다. 이제 그녀에게는 꼬박 여섯 시간이 주어졌고 그 시간이 지나면 한밤중일 것이었다.

그녀는 그의 몸을 더듬었다. 옆구리를 타고 내려가 바지 주머니에 손을 넣었다. 그런 다음 그의 위로 몸을 숙이고 다른 쪽 주머니에 손을 넣어 그의 차 열쇠를 쥐었다. 그는 진입로 입구에 스포츠카를 세워놓았다. 최대한 빨리 그 차를 옮겨야 했다.

언덕을 내려가는데, 일순 희열이 느껴졌다. 맞은편으로 보이는 여러 언덕에는 무성하고 짙은 초록색 풀이 카펫처럼 깔렸고, 가시금작화는 햇빛을 받아 빛바랜 금색으로 반들거리고, 바다는 눈부시게 반짝이고, 줄리언은 죽었다. 그녀는 노래를 부르고 싶었고, 누군가에게 그녀의 승리를 선포하고 싶었고, 이것 좀 봐! 내가 무슨 짓을 저질렀는지 봐!라고 말하고 싶었다.

그 찰나의 순간이 지나고 아찔한 느낌이 사라지자 그녀는 현실로 돌아와 실질적인 상황을 직면했다. 그의 차문을 열고 후끈한 열기와 담배 냄새에 진저리치며 진입로를 따라 집 뒤편으로 차를 옮겼다.

집안으로 들어와 손을 씻고 얼굴에 찬물을 끼얹은 다음 잔에 물을 받았다. 선택지를 따져보았다. 아무에게도 들키지 않게 해가 질 때까지 집안에서 기다리는 것이 현명한 선택일 테지만, 그녀는 문득 다음번에 언덕을 올려다보면 그가 사라지고 없을 것 같다는, 혹은 다음번에 창문을 쳐다보면 그가 곤죽이 된 머리로 그 끔찍한 미소를 머금고 서 있을 것 같다는 얼토당토않은 공포감에 사로잡혔다.

그래서 그녀는 언덕을 다시 올라가 그의 옆에 앉았다. 거기 있으면 그를 감시할 수 있었다. 구름이 분홍색과 주황색과 빨간색으로 물들다 마침내 그녀가 앉아 있는 땅으로 줄리언의 피가 스며들듯 저녁노을의 모든 색이 스며나올 때까지, 하늘이 그의 몸처럼 차가워질 때까지 그 풍경을 전부 감상할 수 있었다. 밤이 슬금슬금 다가오고 하늘이 별들로 서서히 채워지는 그 푸르스름한 시간에 그레이스는 자신이 저지른 짓과 앞으로 해야 하는 일을 떠올리며 두려움에 살짝 눈물을 흘렸다.

하지만 날이 완전히 저물자 자기연민은 떨쳐버리고 작업에 착수했다. 그녀는 오솔길을 내려가 언덕 비탈을 가로지른 뒤 섬의 남쪽 절벽까지 그를 끌고 갈 작정이었다. 거기에서 바다로 떨어뜨리기만 하면 됐다. 그러면 시신이 발견됐을 때―만약 발견된다면―그의 머리가 함몰된 것이 추락이 아니라 강타의 충격 때문인지 아니면 파도에 밀려 바위에 부딪쳤기 때문인지 알 수 없을 것이었다.

하지만 그녀는 그의 손목을 잡고 시신을 끌어당기기 시작하자마자 그날 밤과 다음날, 어쩌면 그다음날이 지나도 그를 절벽까지 끌고 갈 수 없으리라는 사실을 깨달았다. 그는 키가 6피트 정도로 컸고 마른 체형이 아니었다. 20분인가 30분이 지나고 그녀는 폭포처럼 땀을 쏟았지만 그가 움직인 거리는 몇 피트밖에 되지 않았다―그마저도 내리막이었다. 그녀는 그의 손목을 놓고 땅바닥에 털썩 주저앉았다가 딱딱한 뭔가에 부딪치자 아파서 비명을 질렀다.

정화조였다.

덮개를 여는 데 시간이 좀 걸렸다. 절망적인 몇 분이 흐르는 동안 그녀는 20인치 크기의 정사각형인 그 육중한 콘크리트 덮개를 열 수 없을 것 같다는 생각이 들었다. 하지만 결국에는 욕을 하며 안간힘을 쓰고, 정화조 안에서 진동하는 악취를 마셨다가 헛구역질을 하고, 덮개 아래에 끌을 끼워넣어 지렛대로 활용한 끝에 가까스로 덮개를 똑바로 세워 돌에 기대놓을 수 있었다. 그녀는 달도 뜨지 않은 하늘 아래에서 언덕을 다시 올라가 오솔길 옆에서 큼지막한 돌을 또하나 골라서 들고 내려와 무게를 늘리려고 줄리언의 바지 허리춤에 쑤셔넣었다. 그런 다음 솟구치는 희열을 느끼며 그를 움직여 그 악취가 코를 찌르는 더러운 진창 속으로 머리부터 밀어넣었다.

콘크리트 덮개를 다시 제자리로 옮기려다 덮개와 입구 사이에 집게손가락이 끼었다. 그녀는 아파서 비명을 지르며 손가락을 얼른 잡아빼고 눈물이 가득 고인 눈으로 비틀비틀 일어섰는데, 스트레스와 통증에 수반되는 그 모든 것을 집어삼키는 분노가, 고통을 겪어야 할 사람은 자신이 아니라는 생각이 그녀를 덮쳤다. 이 모든 건 버네사 때문에 벌어진 일이었다. 버네사가 그를 그들의 섬으로, 그들의 집으로, 그녀의 침대로 두 팔 벌려 맞이하지 않았더라면, 그와 결탁하지 않았더라면, 그와 함께 떠나겠다고 약속하지 않았더라면 그 어떤 일도 벌어지지 않았을 것이다.

분노로 눈이 먼 그녀는 작업실로 달려올라가 테이블 가장자리를 잡고 위로 홱 들어올려 남아 있던 도예품을 모두 바닥으로 와

장창 떨어뜨렸다. 사기 조각을 하나 집어서 가장 가까이 있던 캔버스를 긋고, 〈북쪽〉과 〈에리스 암벽〉과 〈겨울〉을 광풍처럼 베고 찢다가 〈토템〉 속 자기 자신의 엄숙한 시선과 맞닥뜨렸다.

43

베커의 등에 바람이 느껴지고 파도가 절벽 기슭의 바위에 부딪치는 소리가 불안하리만치 또렷하게 들린다. "그게 무슨 말씀이죠?" 그는 그레이스에게 묻는다. "그는 숲에 있지 않다니요? 그러니까 줄리언의 시신이 어디 있는지 안다는 말씀인가요?" 마치 에리스 암벽이 기우는 것처럼, 그들 둘을 바다로 떨어뜨리려는 것처럼 느껴진다. 그는 한쪽으로 걸음을 옮기지만 그레이스가 따라서 움직인다. 그녀가 애원하며 손을 앞으로 내민다. 그는 솟구치는 아드레날린을 느끼며 체중을 다시 뒤로 옮긴다. 가장자리에 위험하리만치 가까워졌다는 느낌이 들면서 다리가 후들거리기 시작한다. 갑작스러운 돌풍을 맞고 그가 휘청거리자 그레이스가 돌진해 그의 팔을 잡고 자기 쪽으로 끌어당겨 어색하게 포옹한다. 그는 엉겁결에 위험을 피해 그녀 쪽으로 몸을 기울인다. "정당방위." 그녀의 뜨거운 숨이 그의 목 아래쪽에 닿는다. "그건 정당방위였어요."

그녀는 그의 팔을 붙잡은 채 어떤 일이 있었는지 설명하기 시작한다. 버네사가 글래스고에서 돌아와보니 줄리언이 섬에 있었다. 그레이스가 경찰에 얘기했던 것처럼 떠났다가 다시 돌아와서는 지갑이 어쩌고저쩌고했다. 버네사와 줄리언이 말다툼을 벌였는데 그 일이 벌어진 곳이 작업실이었고 그가 이성을 잃었다. 말다툼이 격해지자 그가 이런저런 것을 부수기 시작했다. "버네사는 그를 말리려고 했을 뿐이에요." 그레이스는 말한다. "그녀 잘못이 아니었어요……"

이건 사실이 아니야, 베커는 생각한다. 사실처럼 들리지 않아. 사실 그는 여기서, 이 암벽에서, 그녀에게서 멀찍감치 피하고 싶다는 생각뿐이라 그녀가 하는 말을 제대로 따라가지 못한다. 그는 팔을 빼낸 뒤 그녀의 어깨를 잡고 뒤로 세게 떠민다. 그녀는 놀라서 입을 떡 벌린 채 비틀비틀 뒷걸음질친다. "지금 뭐하는 거예요?" 그녀는 숨을 헐떡인다. 마침내 그녀의 육중한 몸을 지나쳐 좀더 안전한 곳으로 가자 안도의 물결이 그를 휩쓸고 지나간다. "이 얘기는 들어야 해요." 그레이스가 날카롭게 쏘아붙인다. "페어번으로 돌아가기 전에, 우리를 비난하기 전에. 당신도 알아야 해요…… 내가 발견했을 때 버네사는 거의 긴장증 환자 같았어요. 피를 뒤집어썼고 말이 안 통했어요. 나더러 경찰에 신고하지 말라고 했어요. 내가 그녀를 쫓아다니며 치워야 했어요. 그녀가 저질러놓은 난장판을 내가 치워야 했어요."

그레이스가 하는 말이 일부는 진짜 같고 일부는 거짓말 같다.

뭐가 진짜고 뭐가 가짜인지 구분하기가 어렵다. 베커는 오솔길 꼭대기에서 피곤함과 상실감을 느끼며 머뭇거린다. 새로운 사실이 폭로될 때마다 버네사는 점점 멀어지며 뭔가 다른 존재, 폭력적이고 파괴적인 인물로 변모한다.

"그런데," 그는 고개를 돌려 그레이스를 쳐다보며 묻는다. "버네사가 어떤 식으로—?"

"나는 기다려야 했어요." 그레이스는 그의 말허리를 자른다. "꼭두새벽까지 기다렸다가 줄리언의 차를 몰고 방죽길을 건넜어요. 달도 뜨지 않았는데 전조등을 켤 수 없어서…… 길에서 벗어나 모래사장에 처박히면 어쩌나 겁이 났죠." 이제 그녀는 귀신 얘기를 하는 어린애처럼 신난 얼굴로 그를 쳐다본다. "차 트렁크에 내 자전거를 싣고 북쪽으로 달렸어요—여기서 10마일쯤 가면 채석장이 있거든요. 구덩이가 어마어마하게 깊어서 아주 위험하고, 애들이 빠졌다는 둥 누가 자살했다는 둥 온갖 소문이 도는 곳이죠. 입구에 맹꽁이자물쇠가 달려 있었지만 그럴 줄 알고 창고에서 볼트 커터를 챙겨갔어요. 길에서 빠져나와 채석장 북쪽 둔덕으로 올라가서…… 어려울 것 없었어요. 차를 그냥 밀어서 굴러가게만 하면 됐어요……" 그녀는 천천히 눈을 깜빡인다. "자전거를 타고 돌아올 때가 진짜 무서웠죠. 눈에 띌까봐 조명을 켤 수가 없었으니까요…… 거기 도로가 특히 밤에는 쥐죽은듯이 고요하지만 그래도…… 밴이나 자동차 한 대만 과속으로 지나가도…… 하지만 나는 무사히 돌아왔어요. 날이 밝을 무렵에야 방죽길을 건너긴 했지만." 그녀는 그에게 가까이 몸을 기울인다. "경찰이 신문하러 찾아왔을 때," 거의 속삭이듯 말을 잇는다.

"나는 알리바이가 있었어요. 마거리트. 마거리트와 프렌치 양파 수프를 먹었다고! 그가 어떤 인간이었는지 설명하면—남편 스튜어트처럼 나쁜 남자였다고 하면—마거리트가 이해해줄 줄 알았어요. 나를 배신하지 않을 줄 알았어요."

베커는 자기 몸을 감싼다. 그녀의 이야기와 점점 거세어지는 바람 사이에서 스멀스멀 엄습하는 한기가 느껴진다. "그럼 줄리언은 채석장에 있나요?" 그는 묻는다. "지금 그 말씀을 하는 거예요? 줄리언의 시신이 채석장에 있다고?"

"아, 아니에요." 그레이스는 고개를 젓고 바보를 대하듯, 자기 말을 한 마디도 귀담아듣지 않은 사람을 대하듯 그를 보며 미간을 찌푸린다. "나 혼자서는 그를 차가 세워져 있는 곳까지 끌고 갈 수가 없었어요. 너무 무거워서."

베커는 헉하고 짧게 숨을 토한다. "그럼……?"

"정화조에 밀어넣었어요."

점점 더 슬퍼진다. 버네사의 전원, 그녀의 안식처, 이 신성한 곳은—전혀 그런 곳이 아니다. 불행과 참상으로 얼룩진 곳이다.

"그러니까……" 베커의 이가 덜덜 떨리기 시작한다. "그러니까—" 그는 말을 멈춘다—차마 그 말을 입에 담을 수가 없다. 맙소사. "그럼 버네사는요? 그런 일이 벌어지는 동안 버네사는 어디 있었나요?"

그레이스는 또다시 그의 질문을 못 들은 체한다. "아무한테도 얘기하면 안 돼요." 그녀는 그의 팔을 잡으며 당부한다. "부탁이에요, 아무한테도 얘기하지 않겠다고 약속해요."

그는 믿기지 않아서 입을 떡 벌리고 그녀를 빤히 쳐다본다.

"알겠어요." 그는 마침내 대답한다. 달리 뭐라고 할 수 있겠는가. "약속할게요."

그레이스의 시선이 그의 얼굴을 살핀다. 그는 자신이 확신을 주었다고 단 한 순간도 생각하지 못했지만 그녀는 고개를 끄덕인다. "고마워요." 그녀는 말하고 비척비척 그를 지나쳐 걸어간다. "춥네요, 그죠?" 그녀는 두 손으로 중심을 잡으며 오솔길의 가장 가파른 구간으로 조심스럽게 발을 내딛는다. "이제 그만 내려가는 게 좋겠어요."

베커는 오솔길 꼭대기에 앉아서 그레이스가 내려가는 동안 잠시 기다린다. 그녀가 끔찍한 일은, 엄청난 사건은 벌어진 적도 없었다는 듯이—허리를 꼿꼿하게 펴고 고개를 똑바로 들고—숲을 향해 점점 멀어지는 모습을 지켜본다. 그는 두 손을 재킷 주머니 깊숙이 넣고 엄지손가락 끝으로 버네사의 조각칼 칼날을 앞뒤로 문지른다.

이제 어쩐다? 그레이스에게 들은 이야기 그대로 경찰에 신고하면 형사와 감식반을 파견해 정화조를 수색할 것이다. 그레이스는 어쩌면 방조와 다른 여러 가지 혐의로 기소될 것이다. 그리고 버네사는 살인범이 되고 살인범으로 기억될 것이다.

경찰에 신고하지 않는다면? 그럼 어떻게 될까?

그는 헬레나에게 다시 전화하지만 신호음만 계속 울리다 끊긴다. 무음으로 해놓고 다시 잠든 모양이다. 그는 메시지를 남긴다. "곧 출발할게." 손목시계를 확인하며 말한다. "아마도…… 오후 늦게 도착할 것 같아. 몇 시간 뒤에 만나. 사랑해."

그는 그레이스가 내려간 길을 따라 얼른 허둥지둥 내려온다. 숲을 관통해 집으로 가는 최단 코스다. 버네사가 깨끗하게 발린 그 뼈를 발견한 곳이 바로 이 숲이다.

숲에 있었던 것이 줄리언의 시신이 아니라면 누구의 시신일까?

숲속의 그 남자는 누굴까?

44

　암벽에서 내려오는 그레이스의 발걸음이 무겁다. 그녀는 위험한 구간에서 벗어나자마자 최대한 허리를 펴고 어깨를 뒤로 젖히며 고개를 꼿꼿하게 들지만, 햇빛을 벗어나 그늘로 들어가는 고마운 순간까지 점점 속도를 높여서 오솔길을 따라 종종걸음친다.
　그녀는 도박을 걸었고, 판돈을 잃었다.
　나무 사이를 걷는데, 맥박이 후두를 두드리고 피가 살갗과 위험하리만치 가까운 데서 펄떡거린다. 너무 연약해, 그녀는 생각한다. 우리 인간이 얼마나 연약하고 이렇게 위험한 세상에 어울리지 않는지 황당할 지경이야. 우리는 늑대 같아야 하고, 그늘 속에 숨을 줄 알아야 하고, 먼길을 달리고 이빨로 먹잇감을 찢어발길 수 있어야 하는데.
　어둠 속에서도 볼 수 있어야 하는데.
　뒤를 돌아본 그녀는 베커가 따라오지 않는다는 사실을 알아차린다. 숲을 우회하는 길을 선택했을 수도, 아직 암벽에서 내려오지 않았을 수도 있다. 전화 통화를 하고 있나? 버네사를 향한 독실함이 그의 입을 막기에 충분하면 좋겠지만, 시민으로서의 책임감이 승리할까 두렵다. 어쨌거나 그는 선한 사람이니까.

암벽까지 올라갔다 왔더니 걸음이 조금 불안하고 다리가 후들거린다. 좀 쉬어야겠다. 그녀는 오솔길에서 벗어나 나무줄기에 기대어 쭈그려앉아 머릿속을 비운다. 부엽토에서 풍기는 풋풋한 흙냄새를 마시며, 늙은 소나무가 바람에 맞서 천천히 삐걱거리는 소리와 새들의 노랫소리와 작은 동물들이 덤불 속에서 미친듯이 부스럭거리는 소리를 듣는다.

여기에는 생명이 있다. 숲의 다른 어떤 곳보다 더 많은 생명이 있다. 나무의 뿌리와 가지가 뜯기고, 쓰러진 나무줄기가 썩어가며 흙에 양분을 공급하는 곳이 여기다. 빛이 드는 곳이 여기다. 그레이스는 숲의 다른 어떤 곳보다 여기를 잘 안다. 그녀를 헷갈리게 하는 일을 이해하고 싶을 때, 그녀 자신을 이해하고 싶을 때 몇 번이고 찾아오는 곳이 여기다.

지금 이 순간에는 이 차갑고 시커먼 흙이 갈라져 그녀를 삼켜주면 좋겠다. 그녀는 얼마나 아무렇지 않게 모든 비난을 버네사에게 떠넘겼는가! 스스로가 이렇게 의리 없는 사람일 줄은 상상조차 못했지만, 그녀를 쳐다보는 그의 눈빛 때문에 왠지 모르게 사실대로 실토할 수가 없었다. 뭐라고 하면 좋을지 알 수가 없었다. 전에는 그런 적이 한 번도 없었는데, 고민할 필요가 없었는데. 그녀와 버네사는 서로를 그냥 이해했는데.

버네사는 그레이스가 줄리언의 죽음에 책임이 있다는 걸 알았고, 편지에서 그걸 분명히 밝혔다. 너는 알면 안 되는 것을 알고 있잖아. 버네사는 이렇게 썼고 그레이스는 시간이 조금 걸리긴 했지만 그게 무슨 뜻인지 알아차렸다―그녀는 모로코를 말한 거였다, 베네치아를 말한 거였다. 그레이스가 그들의 계획을 어떻게 알았을까? 그레이스가 섬에 없을 때, 버네사와 줄리언 단둘이 여기 있었을 때 세운 계획인데. 따라서 논리상 버네사가 글래스고로 떠난 뒤에 그레이스가 줄리언과 대화를 나눈 게 분명했다. 그 자체로는 결정적인 증거가 아니었지만 버네사가 의구심을 품기에는, 아니면 전부터 고개를 들던 의심을 확증하기에는 충분했다.

이런 깨달음이, 둘 사이의 말로 표현하지 않은 어떤 것이 그들이 함께한 시간 내내 사라지지 않았다―그래서 처음에는 비참하고 괴로웠다. 하지만 버네사가 〈사랑〉을 그렸을 때 그레이스는 버네사가 화나지 않았다는―적어도 그때까지는 화나 있지 않았다는―사실을 알게 됐다. 〈사랑〉을 보고 버네사가 그녀를 용서했음을 알았다. 폭력 행위가 헌신의 표출일 수도 있음을 버네사가 이해했다는 것이 〈사랑〉에 드러나 있었다.

그녀가 사실대로 실토하면 베커도 이해할까? 과연 그럴까 싶다. 자백하면 속은 시원할지 몰라도 안도감은 영원히 지속될 리 없다는 것을 안다. 하고 싶은 말을 내뱉기는 쉬워도, 그러고 나면 그 결과를 짊어지고 살아야 한다. 집을 나설 때의 자신과 돌아갈 때의 자신이 다른 사람이 된다. 숲을 가로지르고 줄리언이 죽은 작업실 앞을 지나고 그의 시신이 썩고 있는 정화조 위를 걸어야 하고 전과 같은 사람으로는 지낼 수 없다.

딱 하고 나뭇가지 부러지는 소리가 들려서 고개를 돌려보니 베커가 천천히, 하지만 꾸준히 그녀를 향해 걸어오고 있다. "어쩌다 그렇게 됐나요?" 그는 그녀 옆에 다다르자마자 묻는다. "줄리언이 어쩌다 죽었어요?"

그레이스는 머뭇거린다. 한편으로는 그에게 털어놓고 싶은 마음이 들지만 지금은 때가 아니고, 버네사라면 그를 어떤 식으로 죽였을지 아무리 머리를 쥐어짜도 그림이 그려지지 않는다. "그 생각은 하지 마요." 그녀는 말한다. "끔찍하죠, 당연히 끔찍했죠. 하지만 줄리언을 가엾게 여기면 안 돼요. 그는 착한 사람이 아니었어요, 당신과는 전혀 달랐어요." 그녀는 그의 팔을 향해 손을 내밀지만 그가 과장되게 움찔한다. 데자뷔가 그녀를 강타하자 명치를 한 대 얻어맞은 것처럼 숨이 턱 막힌다.

베커는 그녀를 밀치고 지나간다. 숲을 가로질러 빛을 향해 씩씩하게 걸어가는데, 그녀와 물리적으로 거리를 두고 싶어하는 그의 마음이 거의 손에 만져질 것 같다. 상심만큼이나 강력한 실망감이 파도처럼 그녀를 덮친다. 그녀의 머릿속은 이제 백지가 아니며 자기 앞에 뭐가 놓여 있는지 보인다.

그레이스는 도박을 걸었고 베커는 판돈을 잃었다.

45

 빌어먹을 차 열쇠가 도대체 어디 있을까? 밀물이 썰물로 바뀌어 바닷물이 빠른 속도로 빠져나가고 있어서 30분 안으로 방죽 길을 건널 수 있을 텐데 차 열쇠가 보이질 않는다. 그는 주방과 거실을 뒤지고 이제 버네사의 방에서 그림 뒤편을 세번째로 훑어보고 있다.
 현관문이 쾅 닫힌다. 그레이스가 돌아온 것이다.
 그가 집에 들어와서 그 소리를 들었을 때 열쇠를 식탁 위에 내동댕이치지 않았나? 그녀가 치웠을 가능성도 있을까? 버네사의 방을 훑어보던 그의 시선이 침대 옆 협탁에 닿는다. 그가 서랍을 열어보려는 찰나, 그레이스가 문 앞에 나타난다.
 "열쇠 거기 없어요." 그녀가 쏘아붙인다. "바닷가에서 떨어뜨린 거 아니에요?"
 베커는 그녀를 노려보며 서랍을 홱 당겨 연다. 안에 아무것도 없다. 그레이스는 피하지 않고 마주보다가 몸을 돌린다. 주방으로 향하는 그녀의 요란한 발소리가 들린다. 이런 젠장. 그는 버네사의 침대에 털썩 주저앉아 두 손에 얼굴을 묻는다. 정말 열쇠를 바닷가에 떨어뜨렸을까? 그랬다면 오래전에 쓸려가 지금쯤 북아일랜드해까지 절반은 갔을 것이다. 방죽길을 도보로 건너가서 누구한테라도 연락을 해야겠다. 서배스천이 직원 편에 그의 차 스페어 열쇠를 보낼 수도 있지 않을까?

그는 힘없이 일어나 허리를 숙이고 침대 밑을 다시 한번 훑어본다. 열쇠는 없다. 확실히 열쇠는 없지만, 협탁 바로 아래편 걸레받이에 와이파이 공유기가 딱 붙어 있는데 전원이 꺼져 있다. 플러그가 뽑혀 있다.

누가 플러그를 뽑아놓은 것이다.

그의 뱃속 깊숙한 데서 뭔가가 벌렁거린다. 그는 네발로 엎드려 플러그를 콘센트에 다시 꽂고 주황색 불빛이 깜빡, 깜빡, 깜빡거리는 것을 지켜보는데……

"찾았어요?"

그는 허우적거리며 벌떡 일어나 밖으로 뛰쳐나가다가 문 앞에서 그레이스와 부딪힐 뻔한다. "네?"

"아뇨." 그는 말한다. "못 찾았어요, 당신 말이 맞나봐요. 바닷가에서 떨어뜨렸나봐요."

그녀는 고개를 끄덕인다. "차를 끓일게요." 그러고는 주방 쪽으로 다시 몸을 돌린다. "차 한잔 마시고 같이 가서 찾아봐요."

그는 갈비뼈를 두드리는 심장을 느끼며 잠깐 서 있다가 그녀를 따라간다. "무슨 소용일까 싶어요." 그가 말한다. "그렇게 사나운 폭풍이 몰아쳤는데." 그레이스는 그를 등진 채 주전자에 물을 받는다. "차는 사양할게요." 그가 퉁명스럽게 말하자 그녀가 그를 돌아보는데, 상처받은 것 같은 표정을 짓고 있다. "마을까지 걸어가서 페어번에 전화하려고요." 그는 말한다. "그쪽에서 인편에 스페어 열쇠를 보내줄 수 있을 거예요." 그레이스는 다시 고개를 끄덕인다. 찬장에서 유리잔을 두 개 꺼내 수돗물을 받는다. 물을 한 모금 마시고 다른 잔을 그에게 건넨다. 물이 다시 짭짤하다. 짭짤하고 씁쓸하다.

재킷 안주머니에 아늑하게 자리잡은 베커의 휴대폰이 가볍게 웅웅거리자 그는 살짝 승리의 미소를 지으며 문을 향해 걸어간다. 그레이스의 미간에 주름이 잡힌다. "지금 당장 출발하려고요?" 그녀는 묻는다. "방죽길 중간은 아직 물이 안 빠져서 옷이 젖을 텐데요."

그는 그녀에게 등을 돌린다. "그렇군요." 그는 말한다. "그럼 나가서 담배나 한 대 피우죠, 뭐."

그는 말아놓은 담배를 꺼내 불을 붙이며 그날 아침에 앉아 있었던 벤치를 향해 걸어간다. 와이파이가 계속 잡히는지 확인하려고 휴대폰을 들여다보니 서배스천이 보낸 메시지가 있다. 전화 부탁해.

신호가 한 번 울리자마자 서배스천이 전화를 받는다. "줄리언 채프먼이 아니었어."

"그렇구나." 베커는 말한다. 심장이 이상하게 쿵쾅거린다. 암벽에서 그랬던 것처럼 현기증이 나면서 머리가 어지럽다. 그는 거의 피우지도 않은 담배를 바닥에 던지고 신발로 비벼서 끈다.

블루 아워 379

"별로 놀라지 않는 것 같네?" 서배스천이 말한다.

베커는 당황해서 머뭇거린다. 그녀의 말이 사실이었다. "아나…… 놀랐어." 그레이스의 말이 사실이었다. "그렇다면 희소식 아닌가?" 그는 말한다.

"그렇지." 서배스천은 이렇게 대답하지만, 미술관 관련 기사로 신문 1면을 장식하려던 희망이 깨져서 실망한 투다. "데이터베이스에서 가족의 DNA를 찾았는데, 1990년대에 실종된 남자로 정신질환과 약물 문제가 있었대. 마지막으로 목격된 곳이 레이크디스트릭트였다네." 잠시 정적이 흐른다. "버네사가 레이크디스트릭트에서 지낸 적이 있어?"

"글쎄…… 내가 알기로는 없는데." 베커는 말한다. 무슨 소리가 들리기에 고개를 돌려보니 그레이스가 뭔가를 손에 들고 집에서 나오고 있다. 그를 보자 그녀는 걸음을 멈추고 다른 쪽 손으로 햇빛을 가린다. 그녀의 표정은 보이지 않지만 얼음처럼 서늘한 공포가 그를 관통한다. "어머니는 어때, 서브? 별 문제 없으시겠지?"

"응, 그럴 것 같아. 아무튼 안정을 찾으셨어. 물어봐줘서 고마워. 자세한 사항은 돌아오면 알려주겠지만 이 뼈 때문에 당면한 문제가 있다면 〈분할 II〉를 더는 전시할 수 없다고 해. 지금 상태로는 말이지. 라일리측과 얘기를 나눠봐야겠지만 허가를 내줄 것 같지 않네."

베커는 벤치 쪽으로 두어 걸음 다가간다. 속이 안 좋아서 좀 앉고 싶다. "미안, 누구? 누구랑 얘기를 나눠봐야 한다고?"

"그 가족 말이야." 서배스천은 말한다. "라일리 가족. 실종됐다가 이 작품에 갈비뼈를 제공하게 된 남자가 니컬러스 라일리였어."
 베커는 자기 신발 위로 토악질을 한다.

46

카라칸, 1993년

그레이스는 카라칸의 보건소에서 근무하고 있었다. 일시적으로 한파가 닥쳤고 독감 시즌의 초입이라 종일 바쁜 하루였다. 힘든 교대근무 끝에 컴퓨터를 끄고 퇴근하려는데 간호사가 문틈으로 고개를 내밀었다. "해스웰 선생님, 대기실에 있는 젊은 남자분이 선생님을 안대요. 어디 아파서 온 건 아니라는데 제가 보기에 안색이 별로 좋지는 않아요. 런던에서 온 닉이라는데요." 그녀는 런던을 전염성이 아주 강한 성병이라도 되는 듯이 발음했다.

그레이스는 진료실을 나와 대기실까지 복도를 따라 걸으며 런던에서 온 다른 닉이 있을 수도 있나 열심히 고민했다. 왜냐하면 그녀의 닉일 수는 없었으니까. 그가 어떻게 여기 있을 수 있겠는가.

그런데 맞은편 벽에 일렬로 설치한 밝은 노란색 성형 플라스틱 의자에 그가 앉아 있었다. 그가 고개를 들었지만 그녀는 눈을 맞출 수가 없어서 대신 자기 발치를 내려다보았다. 얼굴이 화끈거렸고 한 발 더 내디디면 쓰러질 것만 같았다.

그녀가 마침내 눈을 들어보니 그가 자리에서 일어나 두 팔을 벌리고 있었다. "안녕, 그레이스."

그는 아닌 게 아니라 아파 보였지만—뼈만 앙상하고 안색이 창백하고 잘생긴 얼굴 여기저기에 뾰루지가 났다—10년 전에 알고 지냈던 닉의 모습이 여전히 많이 남아 있었다. 반짝이는 옅은 적갈색 눈, 왼쪽 입가에만 생기는 깊은 보조개. 그녀는 그를 끌어안지는 않았지만 미소를 지어 보였고, 그러자 그가 좀전보다 더 활짝 웃었고, 그때 그녀가 느낀 감정은…… 희열은 아니었다. 그랬다면 더 단순하고 순수했을 것이다. 그녀가 느낀 건 자부심, 그러니까 수치심의 부재였다.

외로움의 끝이 이런 기분이구나, 그녀는 생각했다. 세상을 향한, 자기 자신을 향한 적대감이 종말을 고하는 기분이었다. 가능성이 시작되는 기분이었다. 모서리가 딱딱했던 그녀의 세상이 말랑말랑해지기 시작했고, 그녀와 다른 모두를 나누던 경계가 무너지기 시작했다.

닉은 그녀 곁에 머물렀다. 잠은 소파에서 잤다. 그녀가 출근할 때도 퇴근할 때도 이불을 턱까지 끌어올려 덮고 그 자리에 누워 있었다. 외출은 거의 하지 않았다. 춥다고, 계속 춥다고, 하루종일 난방을 세게 틀어도 따뜻해지질 않는다고 했다. 그녀는 수프를 끓이고 그를 살살 달래서 먹게 하고 씻게 하고 결국에는 입을 열게 했다.

그는 이런 식으로 찾아와서 미안하다고, 자기는 그녀의 따뜻한 보살핌을 누릴 자격이 없는 인간이라고 했다. 힘든 시기를 겪고 있다고 했다. 그와 오드리는 처음에는 약물 때문에, 그다음에는 돈 때문에 곤경에 처했다. 그는 달리 갈 데가 없었다.

"오드리는 지금 어디 있어?" 그레이스는 물었다. "혹시 알아?"

그는 고개를 저었다. 그들은 맨체스터에 사는 오드리의 언니 집에서 잠시 신세를 졌지만 끊임없이 싸우다 쫓겨났다. 닉은 친구 집을 전전하며 그들이 진저리를 낼 때까지 소파에서 잠을 해결했다. 오드리가 레이크디스트릭트의 켄들에 있는 술집에 취직하자 그도 따라갔지만 그 무렵 그녀 옆에 다른 남자가 생겼기에 마음과는 달리 잘되지 않았다.

"오드리는 맨체스터로 돌아갔을지도 몰라. 하지만……" 그는 무겁게 한숨을 쉬었다. "이제는 관계를 정리해야 할 것 같아. 나는 그냥 손을 댄 정도였지만 오드리는 장난이 아니었거든. 나는 걔를 사랑해." 그는 슬픈 목소리로 말했다. "하지만 결국에는 선택을 해야 한다는 걸 알았어. 그녀 곁에 남든지, 손을 씻든지. 나는 손을 씻는 쪽을 선택했지."

"네가 원체 눈치가 빠르잖아." 그레이스는 말했다.

그는 소파에 만들어놓은 자기 둥지에서 그녀를 올려다보며 고개를 저었다. 정말 미안했다고, 그런 식으로 그녀 곁을 떠나서 정말 미안했다고 말했다. 그건 부당했다. 잔인했다. 그는 그때 그녀에게 상처를 줄 생각이 없었다. 아무 생각이 없었다. 오드리가 떠나고 싶어해서 그저 따라나섰을 뿐이었다.

"이미 오래전 일인걸." 그레이스는 이렇게 말했지만, 그때를 떠올리면 어제 있었던 일처럼 상처가 생생하게 느껴졌다. "지나간 과거." 그녀는 웃으며 거짓말을 했다. "다 끝난 일이야."

그녀는 그에게 원하면 얼마든지 집에 있어도 된다고 했다. 예전처럼 그렇게 지내자고 했다.

닉은 웃음을 터뜨렸다. 그래. 딱 예전처럼.

닉과 함께 지내자 그레이스 안에서 해묵은 갈망이 되살아났지만, 정확히 뭘 향한 갈망인지는 그녀도 알 수 없었다. 우정인 건 분명했지만 그녀는 그걸 넘어 관심을 원했고 위안을 원했다. 생말로로 여행 갔을 때 수영하고 나서 오드리의 길고 까만 머리가 뒤엉키자 닉이 빗겨주었던 일이 계속 생각났다. 그녀는 그런 걸 원했지만 어떤 식으로 부탁하면 좋을지 알 수 없었다. 그걸 부탁하는 상상만으로도 온몸이 오그라들었다.

그래서 대신 그를 보살폈다. 일하고 음식을 만들고 살살 구슬렸다. 닉은 소파에서 거의 꼼짝하지 않았다. 그녀는 돈을 아무데나 두면 없어진다는 사실을 꽤 일찌감치 알아차렸다. 할머니의 유품이었던 구닥다리 진주목걸이가 담긴 가죽 보석함이 없어진 것도 알아차렸다. 하지만 그가 약을 하지 않는 건 분명했다. 약을 하면 그녀가 알아차렸을 것이다. 그렇지 않을까?

하지만 그가 우울증을 앓고 있다는 건 누가 봐도 알 수 있었다. 그는 바깥출입을 좀더 자주 해야 했다. 그 당시 그레이스는 카라칸의 추레하고 옹색한 집에서 살았다. 창밖으로 양조장이 보이고 효모와 식초 냄새가 코를 찔렀다. 닉은 햇볕을 쬐어야 했다. 상쾌한 공기를 마시며 운동을 해야 했다.

"이번 주말에 말이야." 어느 날 그레이스가 그에게 말했다. "날이 괜찮으면 에리스에 다녀오자. 남쪽으로 조금만 가면 나오는 섬인데, 썰물이 지면 걸어서 갈 수 있어. 풍경이 엄청 아름다워. 버스 타고 가서 좀 걷다 올까? 너 예전에 하이킹 좋아했잖아. 프랑스로 놀러갔을 때하고 비슷할 거야. 너도 기억하지? 옛날 생각이 날 거야."

날이 받쳐주지 않았다. 수요일이 되자 기상청에서 폭풍 예보와 함께 경보를 발령하며 시속 90마일의 강풍이 예상된다고 했다. 금요일 새벽에 폭풍이 들이닥쳤을 때는 예상보다 더 심각해서 그레이스는 돌풍에 지붕이 뜯겨나가는 줄 알았다. 열차 운행이 중단되고 도로가 봉쇄됐다. 바닷가에서는 나무 수백 그루가 쓰러졌다.

하지만 일요일이 되자 해가 났다. 당국에서는 여전히 불가피한 경우가 아니면 이동을 자제하라고 했지만 그레이스는 닉을 소파에서 일으켜 집밖으로 데리고 나가고 싶은 마음이 굴뚝같았다. 그래서 그들은 외투를 챙겨 입고 에리스행 버스에 올라탔다.

부둣가 주차장을 가로질러 걸어가는데, 어떤 사람이 벤치에 앉아서 심장을 토할 듯이 흐느끼고 있었다. 체구가 너무 작아서 처음에는 길을 잃은 어린애인가 했는데 그들이 가까이 다가가자 그녀가 고개를 들었고, 이제 보니 예쁜 얼굴에 멍이 든 여자였다.

그녀가 욕처럼 들리는 단어를 내뱉었다.

"여기 어째 〈위커맨〉* 같은 분위기다, 그치?" 닉이 중얼거렸다. 그레이스에게 빌린 빨간색 목도리에 같은 색 모자까지 쓰고 있어서 그 역시 어린애 같아 보였다.

날은 춥고 바람은 거셌고, 파도는 거친데다 간조가 30분 전에 지났는데도 평소보다 높았다. 에리스섬은 인적이 없고—그런 날씨에 건너갈 만큼 멍청한 인간은 그 둘뿐이었다—경이롭도록 아름다웠다. 깨끗이 씻긴 세상, 거친 바다, 빗방울을 머금고 반짝거리는 황금색 고사리.

그들은 오르막길을 따라 걸으며 버려진 농가를 지났고 숲을 우회해 낑낑대며 언덕을 올라갔다. "위험할 수 있거든." 그레이스는 말했다. "언제 나무가 쓰러질지 모르니까."

닉은 말이 없었지만, 너무 얇은 점퍼를 입고 나와 벌벌 떨면서도 소매를 잡아당겨 손등을 덮고 거북처럼 옷깃 속으로 목을 움츠린 채 순순히 따라왔다. "저긴 누구 집이야?" 언덕 마루에서 잠깐 걸음을 멈추고 하얀 입김을 뿜으며 내리막길 너머로 육지를 내려다보던 그가 물었다.

"분쟁중이래." 그레이스가 말했다. "보건소 간호사 말로는 그래. 집주인이 2, 3년 전에 유언장 없이 죽는 바람에 자녀들끼리 어떤 식으로 처분할지를 놓고 싸우는 중이고, 그러는 동안 집은 폐허가 되어가고 있지."

---

* 신흥 이교도를 중심으로 종교적 공동체를 형성한 스코틀랜드 어느 섬마을에서 벌어지는 기괴한 사건을 다룬 공포영화.

"그 자녀들이 얼마에 처분할 생각인지 궁금하네." 닉은 점퍼 주머니 깊숙이 손을 찔러넣으며 말했다. "몸을 사리고 조용히 지낼 곳으로 딱일 것 같은데."

"너 지금 몸을 사리는 중이야?" 그레이스는 물었다.

닉은 어깨를 으쓱했다. "그렇게 살고 싶어. 그냥…… 조용히 살면서 정신을 차리고 싶어. 이런 데서 말이야." 그가 그녀를 보며 미소를 짓자 그레이스의 심장이 두근거렸다.

꼭대기에 도착하자 그들은 다리를 대롱거리며 암벽에 걸터앉아 샌드위치를 먹으면서, 바람과 일전을 치르는 갈매기들을 구경하고 절벽 전면을 향해 몸을 던지는 바다를 구경했다. 샌드위치를 다 먹자 닉이 조심스럽게 일어서더니 손을 내밀어 그레이스를 일으켜세웠다.

"오늘 즐거웠어." 그가 그녀의 손을 잡은 채 말했다. "고마워."

즐거운 하루였지만 그들이 너무 미적거렸다. 언덕을 내려오기 시작했을 무렵 하늘이 이미 먹물을 푼 듯 어두운 파란색이었기에 그들은 숲을 관통하는 최단 거리를 선택해 발걸음을 재촉했다. 그레이스는 초조하게 손목시계를 확인하며 읊조리듯 자신을 욕했다. 바보 멍청이 같으니라고.

"내일 역까지 태워다줄 수 있어?" 나무가 뿌리째 뽑혀 생긴 깊은 구덩이를 피해 돌아가며 닉이 물었다.

그레이스는 문득 걸음을 멈췄다. "역까지?"

"응." 닉이 말했다. "열차 운행이 재개됐다면 말이야. 맨체스터에 다녀와야겠어서. 생각을 해봤는데……" 그는 잠시 뜸을 들였다. 해가 거의 넘어가 숲속이 어둑어둑했지만 그레이스는 그의 시선이 그녀의 얼굴을 떠나 뒤편 어딘가를 응시하고 있다는 것을 알 수 있었다. "오드리를 찾아볼까 싶어…… 마지막으로 다시 한번 잘해보고 싶어. 그리고 돈을 벌어야 하니까 일자리도 알아봐야지."

"하지만……" 그레이스는 호흡이 갑자기 가빠지는 것을 느꼈다. 손톱이 손바닥을 파고들도록 주먹을 불끈 쥐었다. "지난번에…… 오드리 곁에 남든지 손을 씻든지 둘 중 하나를 선택해야 한다고 했잖아. 그건 어쩌고—?"

"나는 이제 손을 씻었어." 닉이 말했다. "더는 둘 중 하나를 선택하지 않아도 돼."

"하지만 조용히 살고 싶다고, 예전처럼 지내고 싶다고 한 건 다 어쩌고—?"

"예전처럼 지내고 싶다고 한 건 너지, 그레이스." 닉은 발끈한 투였다. "그리고 조용히 살고 싶다고 한 거? 그건 그냥 해본 말이야, 그냥 상상해본 거라고. 내가 섬에 있는 빌어먹을 집을 살 리 있겠어? 우유하고 빵을 살 돈도 없는데." 그는 고개를 길게 빼고 그녀의 어깨 너머를 살펴보았다. "이제 그만 가자, 여기서 오도 가도 못하게 되면—"

"여기서 일자리를 구해도 되잖아." 그레이스는 물러서지 않았다.

닉은 섬뜩하게 웃음을 터뜨렸다. "여기서? 여기서 내가 할 수 있는 일이 젠장, 뭐가 있겠어?"

"호텔에 취직해도 되고." 그레이스는 자신 없게 말했다. "아니면 술집이나."

"내가 중간에 공부를 때려치우긴 했지만, 그레이스," 닉은 눈을 부라리며 중얼거렸다. "그래도 의대생이었어. 술집보다는 조금 더 괜찮은 데서 일할 능력이 된다고 보는데."

"당연하지, 나는 그냥—" 그녀는 말을 멈췄다. "사실 지금 당장은 일을 시작하지 않아도 돼. 내가 당분간 너를 챙길게. 우리 둘이 같이 지내면서 재밌는 시간을 보내자. 예전처럼 말이야."

"아, 진짜 짜증난다, 그레이스." 닉은 쏘아붙였다. "우리는 이제 학생이 아니야. 예전처럼 지낼 수는 없다고." 닉은 그레이스를 지나쳐 가려고 왼쪽으로 움직였지만 그녀가 앞을 가로막자 그녀를 한쪽으로 밀치며 오른쪽으로 방향을 틀어 앞으로 발을 내디뎠다. 그러다 나무뿌리가 뽑힌 구덩이 가장자리를 밟는 바람에 발목이 꺾여 아파서 비명을 지르면서 구덩이 안으로 넘어졌다.

그레이스는 그렇게 마음이 상하지 않았다면 날은 저물어가는데 진창에 빠져 허우적거리며 고래고래 욕을 하는 그를 보고 신나게 웃었을지 모른다.

"괜찮아?" 그가 조용해지자 그녀는 물었다. 보아하니 발목을 삔 모양이었다. "많이 아파?"

"응, 우라지게 아파." 그는 그녀를 올려다보며 으르렁거렸다. "썅, 좀 도와줘. 거기 그냥 서 있지 말고 손이라도 잡아달라고."

그가 손을 내밀었다. 그레이스는 그 손을 쳐다보며 뒤로 살짝 물러났다.

"하, 이제는 도와주지 않겠다는 거야?" 그는 구덩이 옆면을 기어오르려 했지만 낡은 운동화가 그런 지형에 맞지 않아서 계속 진창 바닥으로 다시 미끄러졌다. "몇 주 동안 내 주변을 맴돌면서 나를 어린애 대하듯 하더니…… 아니지, 키울 수 있는 애완동물에 가까웠지…… 이제는 내가 여기 남아서 장단을 맞춰주지 않겠다고 하니까…… 네가 원하는 게 행복한 가족인지 뭔지 나는 전혀 모르겠는데. 원하는 게 뭐야? 친구? 형제? 아니면 내가 따 먹어주길 바라는 거야?"

그레이스는 그가 그런 식으로 말하는 걸 견딜 수 없어서, 계속 듣고 있을 수가 없어서 손으로 귀를 막았지만 그는 멈추지 않고 떠들어댔다. 지면으로 기어올라오는 내내 그레이스와 그녀의 옹색하고 형편없는 집과 이 지긋지긋한 곳과 그녀의 처량하고 외로운 삶을 모욕했다. 그녀는 견딜 수가 없었고, 그걸 멈추고 싶었고, 그를 멈추게 할 수만 있다면 뭐든 할 수 있었다. 그래서 그녀의 발치에 무릎을 꿇고 앉아 독설을 퍼붓는 그의 손을 신고 있던 워킹화로 쾅 밟았다. 그의 비명소리는 노랫가락 같았다.

그는 분노로 부들부들 떨며 비틀비틀 일어섰다. "이건 폭행이야, 네가 방금 저지른 짓은." 그는 씩씩댔다. "의사가 사람을 폭행하고 다녀도 돼? 그러고 다니면 문제가 생기지 않겠어?" 그는 아파서 얼굴을 찡그리며 손을 감쌌다. 진흙을 뒤집어쓴 얼굴에 눈물 자국이 생겼다. "너는 대가를 치르게 될 거야, 이 못생긴 년아. 너는—"

"아니야, 부탁이야, 제발 그렇게 말하지 마—미안해—" 그녀는 이런 일이 벌어졌다는 데, 그가 그런 말을 하고 그녀가 그런 짓을 저질렀다는 데 경악했다. 그녀는 입을 벌린 채 눈물을 글썽이며 부끄러운 마음으로 손을 내밀었다.

그는 넌더리를 내며 움찔했다.

무슨 일이 벌어지는지 그레이스가 알아차리지도 못한 사이에 애원하는 뜻에서 내민 손이 그녀의 의도와 상관없이 다른 뜻을 띠었다. 그녀의 왼손이 위로 올라가 오른손과 합쳐지더니 양손이 그의 목을 감싸고 양쪽 엄지손가락으로 그의 목구멍 앞쪽을 눌렀다.

그레이스가 닉보다 키가 작았지만 그는 마른데다 부상까지 입었고 그녀는 도축업자의 손을 가지고 있었다.

47

그레이스는 베커를 부축해 소파에 앉힌다. 그는 혼란스럽고 창피하다―온몸에 토사물이 묻었다. 그녀는 그를 살살 구슬려 머리 위로 두 팔을 들게 한 다음 점퍼와 티셔츠를 벗긴다. 세탁기에 넣어 빨려는 것이다.

"됐어요." 그녀는 말하며 그를 소파에 눕히고 머리에 베개를 받쳐준다. 다시 토악질을 할 경우에 대비해 등에 쿠션을 대고 옆으로 눕게 한 뒤 담요를 덮어준다.

"이―이―이게―?" 그는 눈을 휘둥그레 뜨고 벌벌 떤다. 흰자위가 창문 없는 방 안에서 선명하게 번뜩인다.

"물 좀 가져다줄게요." 그녀는 말한다.

그녀는 개수대 앞에 서서 수도꼭지를 틀고 찬물이 나오길 기다리다가, 창문에 비친 자신의 모습이 심란하게 이중으로 겹쳐 보이자 움찔한다.

그레이스는 자기 자신을 여러 관점에서 조망한다. 다른 사람들처럼 그녀도 수많은 형용사로 자신을 표현할 수 있다. 양심적이다, 성실하다, 의리가 있다, 이상하다, 외롭다, 불행하다, 착하다. 그녀는 의사이고 친구이고 간병인이다. 살인범이다. 그녀는 그 단어를 조용히 읊조려본다. 어쩐 앞뒤가 안 맞고 신파극 같다. 보호자, 그녀는 생각한다. 안락사 전문가. 하지만 어디선가 듣기로 세 명을 죽이면 연쇄살인범이 된다고 한다. 웃음이 날 지경이다. 어처구니가 없다. 이 무슨 황당한 기준인가. 삼진아웃제도 아니고.

그녀는 믹싱 볼을 물잔과 함께 거실로 들고 가는데, 마침 그때 베커가 다시 속을 게운다. 그녀는 무릎을 꿇고 앉아 그의 앞쪽 바닥에 믹싱 볼을 놓는다.

"걱정 마요." 그녀는 말한다. "아주 정상적인 반응이니까. 속이 메스꺼운 건 비소의 일반적인 부작용이에요." 그의 두 뺨에 눈물이 흐른다.

"미안해요." 그녀가 그의 뺨을 어루만지며 말한다. "솔직히 닉일 줄은 몰랐어요. 그가 숲속에 있다는 건 알았지만 안전하다고 철석같이 믿었거든요."

그는 쓰러진 나무 때문에 생긴 구덩이 깊숙한 곳에 묻혔다. 그레이스는 흙과 나뭇가지로, 있는 대로 끌어모은 부스러기로 그를 덮었다. 그녀는 아무 계획이 없었고 개를 산책시키는 사람이 며칠 안에 시신을 발견할 거라고 확신했지만 운이 좋았다. 혹한인데다 그다음주에 첫번째보다 더 사나운 폭풍이 들이닥쳤다. 방죽길 일부가 유실돼 에리스가 한동안 물때에 상관없이 통행이 불가능한 진짜 섬이 되었다. 마침내 봄이 찾아와 다시 섬을 찾을 수 있게 됐을 때 그레이스는 더 많은 나무가 쓰러져 닉의 시신이 묻힌 곳을 완전히 덮은 것을 보고 아무것도 그에게 닿을 수 없을 거라고 확신했다.

베커가 끙끙대며 일어나 앉는다. 턱이 가슴에 거의 닿을 정도로 고개를 떨구고 있다. 호흡은 빠르고 얕다. 그가 얼굴에 흐른 눈물과 아랫입술에 묻은 토사물을 닦는다. 고개를 들고 어리둥절한 표정으로 그레이스를 쳐다본다. 열병에 걸려서 속수무책인 어린애 같다.

그녀는 그의 다리에 손을 얹는다. "당신이 처음 여기 왔을 때, 그 뼈에 대해 이야기했을 때 나는 오래된 유골일 거라고, 걱정할 필요가 전혀 없다고 확신했어요. 어이없는 사실은 나와 닉의 관계를 유추할 수 있는 유일한 사람이 바로 당신이라는 거예요. 그 사진 때문에! 당신이 그 이름을 기억할지 확신이 없었는데, 기억하는 게 맞죠?" 그녀는 그의 눈빛을 보고 자신의 짐작이 맞았음을 알아차린다. 그녀가 제대로 조치를 취한 것이다. "운이 나빴네요. 그의 부모님은 내 존재를 전혀 몰랐고, 우리는 학창 시절로부터 40년과 수백 마일이나 떨어져 있는데."

그녀는 한숨을 쉬고 손을 내밀어 베커의 이마에 손등을 얹는다. 이마가 축축하고 차갑고 그의 호흡은 느리다. "마거리트는 알아요. 마거리트는 처음부터 알고 있었어요. 평소처럼 창문 앞에서 그 짐승을 기다리다가 방죽길을 건너는 나를 봤죠. 보건소에서 처음 만났을 때 그녀가 묻더군요. 선생님 친구는 어디 갔어요? 나는 혼비백산했죠. 또 이런 말도 했어요. 섬에 갔다가 선생님 혼자 나왔잖아요. 혼자, 해뜨기 전에." 그레이스는 고개를 젓는다. "나는 젊었고 겁에 질렸지만, 그녀가 착각한 거라고 쉽게 설득할 수 있었어요. 그녀는 철저하게 고립된 상태였고 머나먼 타국에서 겁에 질려 있었거든요. 경찰에 집안 문제를 신고하겠다고만 하면 그녀의 말과 행동을 내 마음대로 조종할 수 있었어요."

베커는 고개를 저으며 입을 벌리지만 아무 소리도 나오지 않는다. 그는 입을 다물고 눈을 감은 채 몸을 앞으로 숙인다. 엄청난 노력과 집중력을 기울여 일어서보려 한다. 반쯤 일어서지만 휘청거리며 다시 소파에 주저앉는다.

"진정해요." 그레이스는 양손을 그의 어깨에 얹고 아래로 누른다. "그래 봐야 상태만 더 나빠질 뿐이에요. 자." 그녀는 그의 몸을 돌리고 다리를 소파로 들어올려 다시 눕게 한다. "나를 나쁘게 보지는 말아요." 그레이스는 말한다. "나를 나쁘게 보면 안 돼요. 작정하고 그런 게 아니었어요."

"실수였나요?" 그는 묻는다. 가슴이 뭉클할 정도로 기대하는 목소리다.

"음." 그레이스는 말한다. "아뇨. 실수였다고 할 수는 없을 것 같네요."

그녀로서는 설명하기가 어렵다. 그를 죽인 그 순간이 워낙 오랜 세월 동안 언어의 한계 너머에 존재했고, 그 기억이 연기처럼 손에 잡히지 않아 거의 소환할 수 없었기 때문이다. 그때 기억을 되살리려 해도—그런 적이 거의 없긴 했지만—너무 황당해서 꿈인 것 같았다. 전혀 말이 되지 않았다. 그들은 걷고 있었고, 날은 화창했고, 언덕 꼭대기에서 집을 보았고, 샌드위치를 먹었고, 손을 잡았고, 조용히 지내는 것과 다시 시작하는 것에 대해 이야기했다. 그러다 날이 저물었고, 바람이 나무를 할퀴었고, 바다가 포효했고, 그녀는 춥고 몸이 지저분했고 무서웠다. 혼자였다. 느낌상으로는 그 두 상황 사이에 아무것도 없었다. 다리도, 방죽길도 없었다.

썰물일 때 그들은 함께 있었지만, 밀물일 때 그는 죽고 없었다.

그 두 상황 간의 연관성은 어쩌다 한 번, 아주 단편적으로 떠올랐다. 조롱하는 투에 매정했던 그의 음성, 부드럽고 가냘픈 손가락이 신발 아래에서 으스러지던 감각. 그런 낙인 같은 사소한 것. 심통 사납고 어처구니없고 마땅한. 사소한 동시에 중요한. 일단 저지르자 돌이킬 방법이 없었다. 일단 저지르자 이야기가 저절로 전개됐고 결말은 명확했다. 닉이 그 섬을 떠날 가능성은 전혀 없었다.

그녀가 여기까지 파악한 건, 훨씬 나중에 그녀의 행동이 정당방위였음을 깨달은 뒤였다. 그는 그녀를 협박했다, 그렇지 않은가? 그녀에게 대가를 치르게 하겠다고 말하지 않았나? 그리고 육체적인 위협도 있지 않았나? 그는 구덩이에 빠졌고 그녀는 그 가장자리에 서 있었지만, 내가 따먹어주길 바라는 거야?라고 물었을 때 그의 말투는 분명 위협적이었다.

그녀에게 어떤 선택의 여지가 있었을까?

상황이 그렇게 되어버렸을 때 그를 암매장하고 혼자 거기서 빠져나와 함구하고 지내는 것 말고 무슨 방법이 있었을까? 자수한들 그녀에게 무슨 도움이 됐을까? 아무도 이해하지 못했을 것이다. 아들이 어떤 최후의 순간을 맞이했는지 알면 그의 부모님도 전혀 마음이 편치 않았을 것이다. 마침표는 찍을 수 있었을 텐데,

그걸 가로막은 것은 항상 미안하게 생각하지만.

하지만 미안해하는 게 무슨 소용일까? 미안한다고 누구에게 도움이 될까?

"내가 착한 일을 얼마나 많이 했는지 그걸 생각해야 해요." 그녀는 조용히 베커에게 말한다. "저울로 재면 그쪽이 훨씬 무거워요."

베커는 기침하며 고개를 젓는다. "그건 아니죠, 한 사람의 생명을 다른 사람과 저울질할 수는 없어요."

"왜요?" 그레이스는 고집을 부린다. "나는 수많은 사람을 도왔고 수많은 생명을 살렸어요. 내가 버네사를 살렸고 마거리트도 살렸어요." 그녀는 바지 허리띠를 풀어 그의 위팔에 감싼다. "내가 줄리언을 죽인 건 버네사를 위해서였어요." 그녀는 말한다. "그녀를 안전하게 지키려고 그랬다고요." 그녀는 어떤 식으로 죽였는지도 설명하고 싶다. 자부심을 느껴서가 아니라 누구에게라도 털어놓고 싶기 때문이다. 따지고 보면 버네사는 그레이스가 얼마나 엄청난 짓을 저질렀는지 모른 채 그녀를 용서했으니, 솔직히 그건 진정한 용서가 아니었다.

베커가 다시 버둥거리기 시작하자 그녀는 팔로 그의 목을 눌러 제압한다. "미안해요." 그녀는 말한다. "반항하지 말아줘요. 안 그래도 힘든데 더 힘들게 하지 말아줘요." 그가 그녀를 용서하지 않는다는 것을, 그녀를 증오한다는 것을 알겠다. 그녀는 좀더 세게 누른다. "이제 괜찮아요." 그녀는 말한다. "괜찮아요." 그는 공포에 휩싸인 표정이다. 그녀는 그가 공포에 휩싸이길 바라지 않는다. 팔을 치우고 그의 이마에 입맞춘 다음 그의 살갗에 주삿바늘을 꽂는다. "이제 쉬어요. 당신은 나와 함께 여기 있을 거예요."

48

 이 늙은 여자가 그에게 비소를 먹였다. 그를 따먹으려는 수작일까?
 베커는 눈물이 멎었다. 컨디션이 훨씬 좋아졌다. 모두 괜찮아질 것이다. 여기 이 소파에서 잠깐 자고 일어날 것이다.
 아니다, 소파가 아니다. 그가 있는 곳은 소파가 아니다, 그렇지 않나? 그는 똑바로 앉아 있다. 차에. 그는 차 안에 있다. 차를 세워놓은 데까지 걸어나왔나? 걸어온 기억이 나지 않는다. 운전을 해도 될지 잘 모르겠다. 아, 상관없다, 그는 운전을 하지 않으니까. 그녀가 한다. 그레이스가 운전을 하고 있다. 그들은 언덕을 내려가는 중이다, 아래로 아래로 아래로.
 우리는 물때를 놓쳤다.
 수위가 너무 높다. 그레이스, 수위가 너무 높아요.
 지금은 어두컴컴하다. 그게 아니라 그가 눈을 감은 건가? 아니다, 어두컴컴하다.

그레이스가 어디 있지?

그는 운전을 할 수 없다, 운전할 수 있는 상태가 아니다. 그레이스가 어디 있지?

그레이스가 사라졌다.

그레이스. 놀라운 은혜, 하느님의 은혜.* 좋은 은혜, 나쁜 은혜.** 그레이스가 줄리언을 죽였다. 그레이스가 버네사의 작품을 망가뜨렸다. 그는 어쩌다 진상을 파악하기까지 그렇게 오랜 시간이 걸렸을까?

빛이 보인다.

터널 끝에서 비추는 빛인가?

이제는 그것마저 사라졌다.

아니다, 저기 있다.

등대. 등대다.

춥다. 발이 너무 시리다.

발이 젖었다.

차 안으로 물이 들어온다.

차 안으로 물이 들어온다!

괜찮다, 걱정할 필요 없다. 그냥 나쁜 꿈을 꾸고 있는 거다, 이제 기억이 난다. 그냥 나쁜 꿈을 꾸고 있는 거다.

나쁜 꿈이 아니다.

---

* grace에 '은혜'라는 뜻이 있다.
** 원어는 'good graces, bad graces'로 각각 '호감을 사다' '눈밖에 나다'라는 뜻이 있다.

그는 다시 속이 메슥거린다.

차에서 나가야 한다. 차에서 나가야 한다, 그것도 지금 당장, 물이 너무 깊어지기 전에. 물살을 헤치며 걸어가면 된다, 그리 멀지 않다. 이 정도면 깊지 않다. 이 정도면 멀지 않다.

물이 너무 차갑고 벌써 허벅지까지 찼다. 물살이 그를 이쪽으로 흔들다가 저쪽으로 잡아챈다. 그는 거의 즉시 발을 헛디뎌 미끄러지고, 공포로 숨을 헐떡이고, 일어나려 버둥거리고, 큰 소리로 외친다. 도와주세요. 도와주세요. 저쪽에 닿을 방법이 없다, 돌아가야 한다. 몸을 돌려야 한다.

아, 너무 피곤하다.

너무 추워서 괴롭다. 물이 얼음장 같아서 더는 못 견디겠다. 더는 한순간도 못 견디겠다, 이건 고문이다.

그러다 이내 견딜 만해진다. 견딜 만하다. 이제는 그리 춥지 않다.

그는 검은 그림을 떠올린다.

아니, 버네사의 검은 그림이 아니라 원작, 마드리드 프라도미술관에 걸려 있는 고야의 검은 그림을 말이다. 그는 젊었을 때 어떤 여자와 그 미술관에 간 적이 있는데 여자의 이름은 기억나지 않는다. 헬레나는 아니다.

그는 고야의 작품 속 그 개다. 물 밖으로 고개를 내밀고 발버둥치는, 물에 빠진 개.

헬레나. 아, 헬레나.

우리 아기.

다시 빛이 보이고 물살이 그의 얼굴을 때린다. 차로 돌아갈 수 있다면, 차로 돌아갈 수만 있다면 괜찮을지 모른다. 휴대폰! 휴대폰이 어디 있지? 그녀의 음성을 딱 한 번만 다시 들을 수 있다면.

그녀의 음성이 들린다.

그녀가 그를 부른다, 어떤 음성이 그의 이름을 부른다.

갈매기다. 갈매기들이 그의 이름을 부른다.

등대의 불빛이 다시 보이는데, 점멸하며 점점 더 빠르게 번쩍인다. 이제 더는 흰색이 아니라 파란색이다.

이제는 파란색이다.

이제는 파란색이다.

버네사 채프먼의 일기

그렇게 오래 있을 생각은 없었다.

몇 년일 거라고, 길어봐야 10년일 거라고 생각했다. 그때는 내게 세상의 모든 시간이 있는 줄 알았고, 평생의 시간이 있는 줄 알았다. 평생의 시간이 있는 건 맞았다―다만 알고 보니 그 평생이 다소 짧았을 뿐.

글래스고 병원에서 들은 말 중에 희소식은 하나도 없었다.

돌아오는 차 안에서 나는 방죽길을 처음 건넜을 때, 실물을 확인하지도 않고 산 그 집을 처음 보았을 때를 떠올렸다. 그때만 해도 얼마나 용감했던가! 그리고 얼마나 젊었던가. 내게 배달된 그 신문기사, 친구가 보낸 줄 알았는데 다들 아니라고 했던 그 기사를 백만 년 만에 떠올렸다. 문득 깨달았다―줄리언이었구나! 당연히 줄리언이 나를 보내버리려고 슬쩍 등을 떠민 거였다. 내가 거부하지 못하는 게 뭔지 가장 잘 아는 사람이니까.

가엾은 줄리언, 제 손으로 무덤을 파다니.

섬으로 다시 돌아왔을 때 그레이스는 어딘가로 외출하고 없었다. 그래서 나는 작업실로 올라가 혼자 악을 쓰고 길길이 날뛰었다. 철저하게 속은 기분이었다―거길 다 태워버리고 싶었다.

물론 절대 불가능한 일이었지만.

그리하여, 짧은 인생. 늘 행복했던 것만은 아니다. 하지만 자유로웠다! 여기 내 섬에서는 자유로웠다. 지긋지긋한 집안일과 남자들의 폭력에서 벗어났다. 내 손으로 일했고 내 몸으로 치열하게 사랑했다.

얼마나 다행인지 모른다! 타인의 기대에 맞춰 살고 싶지 않다는 사실을 늦지 않게 깨달아서 다행이고, 뛰쳐나와서 다행이고, 도망쳐서 다행이다.

내 섬, 에리스가 있어서 다행이다.

한때는 격했던 나의 희망이 이제는 볼품없고 가엾은 것이 되었으니 현실적으로 접근해야 한다. 내가 죽고 나면 벌어질 일을 고민해야 한다. 한편으로는 발끈하는 마음도 있다— 그게 뭐가 중요한가 싶어서. 따지고 보면 인생은 이런저런 것들을 모아놓은 것이 아니다. 파도가 가차없이, 아랑곳없이 덮쳐오는데, 무엇을 두고 가는지가 과연 중요할까? 어느 날—아마 지금으로부터 머지않은 날—이 섬은 바다 밑으로 가라앉을 테고, 집과 암벽과 그 아래에 묻힌 뼈들도 그렇게 될 텐데 뭐가 중요할까?

하지만 중요하다. 무엇을 두고 가는지는 중요하다.
내가 만든 작품, 또는 사람들. 사랑했던 친구들. 잘했던 일, 잘못했던 일.

중요하다.

감사의 말

뼈의 식별과 연대 측정을 비롯한 법의학 관련 사항에 대해 조언을 아끼지 않은 팀 클레이턴 박사님, 데임 수 블랙 교수님, 데릭 해밀턴 교수님, 튜리 킹 교수님께 감사의 뜻을 전하고 싶다. 그 부분과 관련해 오류가 있다면 전적으로 내 책임이다.

작업 현장을 참관할 수 있도록 곁을 내어준 레드브레이스 포터리의 헤더 윌슨과 닉 스텐하우스, 마치몬트 크리에이티브 스페이스의 애너벨 와이트먼에게도 고맙다는 말을 전하고 싶다.

이름을 빌려준, '암과 싸우는 젊은이들'에서 주관한 2023년 '좋은 책' 경매 낙찰자 스튜어트 커민스에게도.

나무만이 아니라 숲을 볼 수 있게 해주고 유목과 뼈를 구분할 수 있게 도와준 편집자 세라 애덤스와 케이트 닌츨. 응원과 계획 수립의 완벽한 조화를 보여준 에이전트 리지 크레이머와 사이먼 립스카에게도.

벤 제퍼리스에게도. (이유는 밝힐 수 없지만 알 사람은 안다.)

그리고 참을성이 많고 유머 감각이 뛰어나며 요리도 잘하고 내가 글을 쓰는 동안 기꺼이 헤드폰을 착용해주는 사이먼에게 감사를 전한다.

지은이 **이은선**
연세대학교 중어중문학과와 같은 학교 국제대학원 동아시아학과를 졸업했다. 출판사 편집자, 저작권 담당자를 거쳐 전문 번역가로 활동중이다. 옮긴 책으로 『더 체스트넛 맨』『고아 열차』『주황은 고통, 파랑은 광기』『딸에게 보내는 편지』『사라의 열쇠』『키르케』『홀리』『미스터 메르세데스』『아래층에 부커상 수상자가 산다』『그레이스』『도둑 신부』『카디프, 바이 더 시』『중요한 건 살인』『맥파이 살인 사건』『할머니가 미안하다고 전해달랬어요』『베어타운』 등이 있다.

문학동네 세계문학
블루 아워

초판 인쇄 2025년 7월 30일 | 초판 발행 2025년 8월 18일

지은이 폴라 호킨스 | 옮긴이 이은선

기획·책임편집 윤정민 | **편집** 류현영 김혜정
디자인 최윤미 이주영 | **저작권** 박지영 형소진 주은수 오서영 조경은
마케팅 정민호 서지화 한민아 이민경 왕지경 정유진 정경주 김혜원 김예진 이서진
브랜딩 함유지 박민재 이송이 박다솔 조다현 김하연 이준희
제작 강신은 김동욱 이순호 | **제작처** (주)상지사P&B

펴낸곳 (주)문학동네 | **펴낸이** 김소영
출판등록 1993년 10월 22일 제2003-000045호
주소 10881 경기도 파주시 회동길 210
전자우편 editor@munhak.com
대표전화 031) 955-8888 | **팩스** 031) 955-8855
문학동네카페 http://cafe.naver.com/mhdn
인스타그램 @munhakdongne | **트위터** @munhakdongne
북클럽문학동네 http://bookclubmunhak.com

ISBN 979-11-416-1235-1 03840

잘못된 책은 구입하신 서점에서 교환해드립니다.
기타 교환 문의 031)955-2661, 3580

www.munhak.com